JOHN SANDFORD

John Sandford est le pseudonyme de John Camp, un journaliste américain lauréat du prix Pulitzer de la presse écrite. Auteur d'une vingtaine de romans, son nom est attaché à celui de son héros Lucas Davenport, dont il a fait l'un des officiers de police les plus originaux du thriller américain. Les aventures de ce célèbre personnage sont retracées dans une série de romans publiés chez Belfond, parmi lesquels *Une proie de rêve* (2003), *Une proie sans défense* (2004), *Une proie mortelle* (2005), *La proie de l'aube* (2006), et *La proie cachée* (2007), thrillers qui gagnent un public toujours plus nombreux

UNE PROIE RÊVÉE

DU MÊME AUTEUR
CHEZ POCKET

NUITS D'ENFER

Dans la série Kidd :

LE CODE DU DIABLE

Dans la série Lucas Davenport :

LA PROIE DE LA NUIT
LA PROIE DE L'ESPRIT
LA PROIE SECRÈTE
UNE PROIE CERTAINE
UNE PROIE RÊVÉE

JOHN SANDFORD

UNE PROIE RÊVÉE

Traduit de l'anglais (États-Unis)
par Hubert Tézenas

BELFOND

Titre original :
EASY PREY
publié par G.P. Putnam's Sons, New York

Ce livre est une œuvre de fiction. Les noms, les personnages,
les lieux et les événements sont le fruit de l'imagination
de l'auteur ou sont utilisés fictivement. Toute ressemblance
avec des personnes réelles, vivantes ou mortes,
des événements ou des lieux serait pure coïncidence.

Le Code de la propriété intellectuelle n'autorisant, aux termes des paragraphes 2 et
3 de l'article L. 122-5, d'une part, que les « copies ou reproductions strictement réservées à l'usage privé du copiste et non destinées à une utilisation collective » et, d'autre
part, sous réserve du nom de l'auteur et de la source, que les « analyses et les courtes
citations justifiées par le caractère critique, polémique, pédagogique, scientifique ou
d'information », toute représentation ou reproduction intégrale ou partielle, faite sans
le consentement de l'auteur ou de ses ayants droit ou ayants cause, est illicite (article
L. 122-4). Cette représentation ou reproduction, par quelque procédé que ce soit,
constituerait donc une contrefaçon sanctionnée par les articles L. 335-2 et suivants du
Code de la propriété intellectuelle.

© John Sandford 2000. Tous droits réservés.
© Belfond 2003 pour la traduction française.
ISBN 978-2-266-15636-3

À Stephen et Colleen Camp

1

Quand le premier homme se réveilla ce matin-là, il ne pensait tuer personne. Il se réveilla avec du blues plein la tête, un cerveau trop gros pour sa boîte crânienne et une vessie près d'éclater. Il resta couché, les paupières closes, la respiration contrariée par le goût de plume grillée de sa langue. Le blues se déversait par la porte de la chambre.

À plein tube.

Il tournait à la cocaïne depuis trois jours, pour tout régler – *tout*. Et la nuit passée, en pleine descente, il s'était arrêté chez un marchand de liqueurs pour s'acheter une bouteille de Stolichnaya. Ses neurones noyés de sang avaient enregistré une image de lui-même en train d'attraper la bouteille sur la gondole et une autre de sa prise de bec avec le mec du comptoir, qui ne voulait pas de son billet de cent dollars.

Il était déjà défoncé au-delà de tout contrôle, et la Stoli s'était révélée une mauvaise idée. Il n'existe pas de descente en douceur quand on se klaxonne la gueule trois jours de rang, mais la vodka avait transformé en crash ce qui aurait pu n'être qu'un atterrissage forcé. Il allait maintenant en payer le prix. Si on avait pu lui ouvrir le crâne à la façon d'une boîte de conserve pour le vider de sa substance, sa cervelle aurait sûrement eu l'aspect coagulé d'une soupe aux fayots Campbell...

Il entrouvrit les yeux, souleva la tête, lorgna le réveil. Sept heures et des poussières. Il avait dormi quatre heures. La faute à la coke, surtout, même si la Stoli n'avait pas arrangé son cas. S'il avait pu en écraser dix ou douze heures – et il lui en aurait fallu environ cinq de mieux pour vraiment combler son déficit –, le cap le plus difficile aurait peut-être été franchi. Mais là, il était bon pour se taper la corvée en intégral.

Il se tourna sur sa gauche, où une femme – une blonde lavasse – gisait, le visage enfoui dans l'oreiller. Il n'apercevait que la moitié de sa tête ; le reste disparaissait sous une couverture molletonnée rouge. Elle reposait sans bouger, comme morte, mais il ne fallait pas rêver. Les yeux de l'homme se refermèrent, et son monde se réduisit d'un seul coup aux accords lancinants qui se bousculaient dans la pièce voisine, échappés de la chaîne spécial blues – neuf cent quelque chose sur le cadran du téléviseur. Il avait dû oublier de l'éteindre la veille...

Il faut que je bouge. Il faut que je pisse. Il faut que j'avale vingt aspirines, que je descende au Country Kitchen, que je m'envoie des crêpes et un chapelet de saucisses...

L'homme ne se réveilla pas avec des idées de meurtre. Il se réveilla en pensant à sa tête, à sa vessie et à une montagne de crêpes. C'est curieux comment les choses peuvent tourner.

Cette nuit-là, après avoir tué deux personnes, il se retrouva un peu choqué.

Alie'e Maison et ses yeux verts, debout sur le pont d'une péniche du Mississippi rongée par la rouille. Drapée dans une robe haute couture qui évoquait l'écume sur un récif de la mer des Caraïbes – une robe longue qui avait exactement la même teinte de jade délavé que ses iris, une robe décolletée et ultrafine, moulante aux hanches et évasée au niveau des chevilles. Avec ses yeux immenses et ses pieds nus, elle s'avança, telle une sylphide, sur la planche de pin jaune pâle de trente centimètres sur cinq qui plongeait à la façon d'une ligne de mire dans la pénombre violacée de la péniche.

Derrière elle, une armoire à glace vêtue d'un débardeur blanc, d'un bleu de travail crasseux et de bottes d'ouvrier mi-longues arrachait des étincelles à une pièce de fer forgé avec sa lampe à acétylène. L'homme portait un masque de soudeur noir en forme de dôme. Une fumée âcre et grise tournoyait autour de ses cuisses massives et contractées. Ce masque cybernétique, combiné à ses bras velus, à son tee-shirt sale, à la fumée et à ses jambes énormes, lui conférait la monstrueuse puissance évocatoire d'une gargouille.

Un fantasme à trois mille dollars de l'heure.

Et pas franchement au point.

— C'est nul. PUTAIN, C'EST NUL À CHIER !

Amnon Plain se faufila entre les stroboscopes. Ses épais cheveux noirs lui retombaient sur le front, ses lunettes à monture fine étincelaient dans le halo des projecteurs, et sa voix était aussi cassante qu'une coulée de verre pilé :

— Putain, Alie'e, tu es quasiment arrêtée quand tu atteins la ligne de déclenchement. Je veux que tu *gicles* de cette péniche, putain de merde. Je veux que tu accélères en te pointant sur le pont – pas que tu ralentisses. Et je veux que tu sois furax. Là, tu as l'air de t'emmerder, tu as l'air de faire la gueule...

— Je m'emmerde, riposta Alie'e. Et on se les gèle. J'ai une de ces chairs de poule !

Plain se tourna vers un de ses assistants.

— Larry, approche-lui le radiateur. Elle a besoin d'un peu plus de chaleur.

— Ça risque de péter, observa Larry en mettant les poings sur les hanches avec une pose délibérément efféminée.

Larry n'était pas pédé – juste ironique.

— T'occupes. Pigé ? C'est mon affaire si ça pète, d'accord ?

— Faites quelque chose, supplia Alie'e. Je caille vraiment.

Elle noua les bras autour de son corps et frissonna pour accentuer son effet. Un type vêtu de noir se faufila entre les projecteurs tout en ôtant sa veste en cachemire. Grand, mince, de longs cheveux bruns rejetés en arrière cascadant sur ses épaules. Il avait un anneau d'argent ciselé dans le lobe gauche et un grain de beauté noir juste sous la lèvre inférieure.

— T'as qu'à enfiler ça en attendant qu'ils soient prêts, dit-il.

Alie'e se pelotonna sous la veste de l'homme en noir. Plain leva les yeux au ciel en se détournant.

— Larry,,, Bouge-moi ce putain de chauffage.

Larry haussa les épaules et entreprit de pousser le radiateur au propane vers l'intérieur de la péniche. S'ils crevaient tous d'une intoxication au monoxyde de carbone, ce ne serait pas sa faute.

Plain fit de nouveau face à Alie'e.

— Jax, va faire un tour. Et embarque ta veste avec toi.

— Hé, mec..., lâcha l'homme en noir.

Personne ne le regarda ni ne fit la moindre attention à lui.

— Alie'e, enchaîna Plain, je veux te voir furax. Et arrête de faire ce truc à la con avec tes lèvres. Je ne sais pas pourquoi tu les sors comme ça. (Il avança les lèvres.) C'est une moue. Je n'ai rien à foutre d'une putain de moue. Essaie plutôt ça.

Il grimaça, et Alie'e s'efforça de l'imiter. Cela faisait partie de ses talents : sa faculté d'imiter les expressions, un peu à la façon dont les danseurs sont capables de reproduire un mouvement.

— C'est déjà mieux, acquiesça Plain. Mais étire un peu plus la bouche, laisse retomber les côtés, et garde-la comme ça pendant que tu avances. Allez, recommence.

Elle recommença, avec les modifications demandées.

— C'est bon, mais maintenant il faut te refaire la bouche.

Plain se tourna vers la petite foule regroupée derrière les projecteurs, en arc de cercle – un comptable, un directeur artistique, une maquilleuse, un coiffeur, le représentant du couturier, un deuxième assistant photo et les parents d'Alie'e, Lynn et Lil. Plain n'avait pas prévu de sièges, et l'intérieur de la péniche ne donnait pas franchement envie de s'asseoir, surtout quand on portait un jean griffé à quatre cent cinquante dollars... Il lança à la maquilleuse :

— Refais-lui la bouche.

Puis, au deuxième assistant :

— Jimmy, où est ce putain de Pola ? Tu l'as ?

Jimmy était en train d'éventer pour le sécher un tirage Polaroïd en couleurs utilisé pour contrôler l'exposition. Il jeta un coup d'œil à l'image et dit :

— Ça vient.

Derrière, le directeur artistique glissa à l'expert-comptable :

— Il dit tout le temps « putain ».

Et le comptable marmonna :

— Ils sont tous comme ça.

Plain examina le Polaroïd avant de lever les yeux sur un réflecteur fixé au-dessus des têtes.

— Déplace-moi ce truc. D'une soixantaine de centimètres, par là.

Jimmy déplaça le réflecteur, et Plain promena un regard circulaire sur le pont.

— Tout le monde est en place ? Alie'e, n'oublie pas de bouger en arrivant sur la passerelle. Clark, tu es prêt ?

— Ouais, lui répondit le soudeur, je suis prêt. Ça allait pour les étincelles ?

— Les étincelles étaient bien, les étincelles étaient nickel. À croire que tu es le seul professionnel à bosser ici ce matin. (Il se retourna vers Alie'e.) Quant à toi, ne me refais pas ta putain de moue – je veux que tu me *bouffes* cette putain de passerelle...

Alie'e attendit patiemment qu'on lui ait refait la bouche, le regard perdu au ras de l'oreille de la maquilleuse qui s'affairait à rehausser d'une touche de rouge la commissure gauche de sa lèvre inférieure.

— Je t'adore, lui glissa Jax. Tu fais un boulot extra, tu es vraiment top.

Alie'e l'entendit à peine. Elle se *voyait* sur la planche, une vision d'elle-même tout droit sortie de l'esprit de Plain.

Une fois sa bouche repeinte, elle recula jusqu'à sa marque de départ. Jax s'écarta de sa trajectoire et, quand Plain lui eut dit : « Vas-y », elle peaufina son expression, s'engagea sur la passerelle à longues

foulées ondoyantes et piqua vers la ligne de déclenchement, la robe verte dansant sur ses hanches, les
flammèches orangées du soudeur tourbillonnant à l'arrière-plan. L'odeur et la fumée du métal en fusion la
cernèrent au moment où Plain, voûté sur son appareil,
allumait sa batterie de flashes.

— Il y a du mieux, dit-il en s'avançant vers elle.
Putain, il y a un petit mieux.

Ils bossaient depuis deux heures dans le ventre de la
péniche à grains. Un don du ciel, ce rafiot : le pilote
du remorqueur grec *Treponema* l'avait récemment
expédié dans une culée de pont. La péniche avariée
avait été ramenée au chantier naval Anshiser, à Saint
Paul, où des soudeurs s'étaient mis à découper les
plaques de tôle déformées du pont afin de les remplacer par des neuves. Plain avait eu le coup de foudre
pour sa coque éventrée alors qu'il était en repérage. Il
négocia un marché avec la société Archer-Daniels-
Midland, propriétaire de la péniche : vous reportez les
réparations d'une semaine, et ADM passera dans
Vogue. Les dirigeants d'ADM ne réussirent pas à trouver une seule raison valable pour laquelle leur entreprise pourrait avoir intérêt à passer dans *Vogue*, mais
les filles du service de communication s'étaient mises
à mouiller là-dessus comme des malades. Les dirigeants donnèrent leur accord, et l'affaire fut conclue.

Ils travaillaient toujours sur la robe verte quand une
équipe de TV3 se pointa, et tout le monde fit une
pause. Alie'e se pavana de long en large pour la
caméra, dévoilant quelques centimètres de peau, roulant à Jax une longue et belle pelle, que l'équipe de
télé lui demanda de recommencer deux fois, dont une
à contre-jour. Le journaliste de TV3, un ex-joueur dc

base-ball aux mâchoires carrées, aux dents artificielle-
ment blanchies et au sourire perfectionné devant le
miroir de sa salle de bains, déclara, après que la
caméra eut été éteinte :

— C'est un jour calme. Je crois qu'on va ouvrir les
nouvelles là-dessus.

Personne ne lui demanda où il voyait une nouvelle.
Ces gens-là vivaient entourés d'objectifs et tenaient
pour acquis leur statut d'événement permanent.

Deux heures pour mettre en boîte quatre images –
deux films Fujichrome à haute saturation pour chaque
image. Le film Fuji faisait péter les couleurs. Plain
s'étant déclaré satisfait en ce qui concernait la robe
verte, l'équipe passa à autre chose.

La photo suivante mettait en jeu un tee-shirt déchiré
et un slip kangourou pour femme inspiré des modèles
masculins. Alie'e et Jax s'étaient repliés au bout de la
coque, où il y avait un peu d'ombre, et Alie'e tourna
le dos à l'assistance pour se défaire de sa robe verte.
Dessous, elle était nue ; le moindre sous-vêtement
aurait gâché l'image.

Elle se rendait compte de sa nudité mais s'en trouvait moins gênée qu'à ses débuts. Pour ses premiers
jobs, elle avait été modèle au sein d'un groupe, et les
filles se changeaient en général toutes en même
temps ; elle était simplement un corps nu parmi
d'autres. À l'époque où elle avait commencé à gravir
les échelons de la reconnaissance individuelle et de la
célébrité, elle était aussi conditionnée qu'une strip-
teaseuse à s'afficher nue en public.

Pour ne pas dire plus. Elle avait travaillé en Europe,
chez les Allemands, et la nudité totale n'était pas rare
dans l'univers de la mode. Elle se rappelait la première fois qu'on lui avait coiffé la toison pubienne. Le

coiffeur, un type de trente et quelques années, s'était accroupi devant elle, la clope au bec, pour donner du volume à sa touffe, et en définitive il lui avait fait une petite coupe expresse avec une paire de ciseaux, aussi indifférent qu'un employé du tri postal. Ensuite, le photographe était venu jeter un coup d'œil en suggérant deux ou trois coups de ciseaux supplémentaires. Le corps d'Alie'e aurait aussi bien pu être une pomme.

Tu veux de l'intimité, chérie ? Tu n'as qu'à tourner le dos.

Alie'e Maison — « Eu-Li-Ey May-Sone » – était née Sharon Olson à Burnt River, Minnesota. Jusqu'à dix-sept ans, elle avait vécu avec ses parents et son frère, Tom, dans une bicoque bâtie en bordure de la route 54, à quatorze miles au sud de la frontière canadienne. Elle avait été un splendide bébé. À un an, elle avait remporté le prix du plus beau nourrisson – elle était née juste avant Halloween et avait pour costume une citrouille que sa mère lui avait confectionnée sur sa Singer. L'année suivante, Sharon décrochait le trophée du plus beau bébé marcheur de l'État. Cette fois, on l'avait déguisée en scarabée – un costume noir et or.

Elle commença la danse et les leçons de maintien à trois ans, les cours de chant à quatre. L'année suivante, elle remporta le concours de claquettes de North Central dans la catégorie « moins de cinq ans ». Tout cela s'inscrivait dans un plan de carrière soigneusement étudié : Miss Nord junior, Miss Neige International (à International Falls et Fort Frances, au Canada), Miss Lacs frontaliers. Elle consacrait ses journées d'école à chanter et à danser. Ensuite, Miss Minnesota, et pourquoi pas – même si ses parents,

Lynn et Lil, osaient tout juste y rêver – Miss Amérique. Le rêve se prolongea jusqu'à ses quatorze ans.

À l'époque où le gène des gros seins lui passa sous le nez, Alie'e attirait tous les regards. Cette lacune se manifesta avec évidence au collège, lorsque ses amies commencèrent à se plaindre des bretelles de soutien-gorge qui leur entaillaient les épaules. Pas Alie'e. Ce fut le moment que choisirent les meilleurs amis de la famille Olson, Ellen et Bud Benton – ou en tout cas Bud –, pour déclarer à ses parents :

— On ne devient pas Miss Minnesota sans une grosse paire de pare-chocs, vous savez.

Dans le cas particulier d'Alie'e, ce déficit mammaire n'eut pas de conséquences dramatiques. Pour son seizième été, Lynn et Lil l'emmenèrent dans une agence de mannequins de Minneapolis, et la directrice apprécia ce qu'elle vit. Alie'e avait des pommettes ciselées et, surtout, ces beaux yeux vert jade. Un don du ciel qui complétait à la perfection ses cheveux d'un blond pâle, son teint sans défaut, ses jolies omoplates qui semblaient dire prends-moi, et ses hanches si étroites qu'elles auraient eu du mal à accoucher d'une bobine de fil.

Quelque part entre Minneapolis et New York, Sharon Olson disparut, et Alie'e Maison se faufila dans sa robe taille 36. Elle acquit rapidement une telle notoriété qu'elle permit à un jardinier nommé Louis Friar de devenir la deuxième personne la plus célèbre de Burnt River. Un soir, alors qu'elle était en seconde, Friar avait couché avec Alie'e au milieu de la pelouse tondue au millimètre de Bergholm Road, tout près de la ligne de première base du terrain de base-ball de l'American Legion, sur un matelas gonflable qu'il avait apporté à cette fin.

Louis ne raconta jamais son exploit à personne. Il

n'alla même pas jusqu'à confirmer qu'il avait eu lieu. Il préféra garder ce souvenir pour lui tout seul, avec une dévotion ponctuée de forts renvois de bière. Alie'e, en revanche, le cria sur les toits, de sorte que tout le monde à Burnt River fut bientôt au courant – et en particulier de la façon dont, au moment critique, Louis s'était mis à hurler « Oh-mon-Dieu-oh-mon-Dieu-oh-mon-Dieu-ooooh-mon-Dieu ! », raison pour laquelle il fut unanimement surnommé « le Révérend ». Friar, lui, resta persuadé que ce sobriquet était dû à son nom de famille[1] – comme si tous les habitants de Burnt River raffolaient des calembours ; personne ne se donna la peine de le démentir.

— Tu ne trouves pas que ça devient un peu hard ? chuchota Lynn à Lil, tout en regardant Amnon Plain guider sa fille à travers le décor. Je ne veux pas voir ma fille tomber dans le porno.

Lynn avait une dent contre le porno.

— Tu sais bien qu'il n'y a aucun risque, rétorqua placidement sa femme.

Elle jeta un coup d'œil de biais à son mari. Tout de noir vêtu, il portait des lunettes de soleil enveloppantes.

— Ils ne sont pas fous, ajouta-t-elle pour le rassurer. Ça te tuerait dans la minute. (Lil reprit son observation.) Regarde Jax. Je trouve vraiment qu'ils vont bien ensemble.

Jax – qui n'avait apparemment pas de nom de famille – était en train d'observer le pont de la péniche à travers le viseur d'un Nikon F5. Bien que n'ayant pas encore pris beaucoup de photos, il se considérait comme un photographe. Que pouvait-il y avoir de

---

1. *Friar* signifie « frère » dans l'acception religieuse de ce mot. *(N.d.T.)*

difficile là-dedans ? Un coup d'œil dans le viseur, tu appuies sur le bouton, et basta.

— Tu as quelque chose sur toi ? lui demanda Alie'e.

Jax laissa retomber l'appareil sur son estomac, inclina la tête, et ils s'éloignèrent ensemble vers le bout de la coque. Jax sortit de sa poche un petit compte-gouttes nasal et le tendit à Alie'e. Elle dévissa le bouchon, mit l'embout sous une de ses narines et pressa le flacon une fois, puis une autre.

— Ho-ho ! marmonna Jax. Vas-y mollo, ça va te niquer les yeux.

Quand on avait des iris aussi verts et aussi immenses qu'Alie'e, on ne tenait pas à avoir les pupilles dilatées.

Amnon Plain déplaça quelques projos pendant que ses assistants rechargeaient son boîtier au Kodachrome. Alie'e allait enfiler un tee-shirt déchiré bleu ciel censé dévoiler une toute petite partie de son mamelon, souligné au rouge à lèvres à l'intérieur de la déchirure, et il fallait absolument que l'image conserve la subtilité du jeu entre le rose et le bleu. Sur du Kodachrome, la lumière du projecteur installé derrière elle ne péterait pas autant que sur du Fuji, mais pour cette image-ci ce n'était pas important.

Plain était en train de jongler mentalement avec ses équivalences de couleurs quand Alie'e dit, derrière lui :

— Salut, Jael.

Plain fit volte-face. Sa sœur venait d'apparaître dans une brèche de la coque, à l'extrême lisière de la zone éclairée par les projecteurs.

— Qu'est-ce que tu veux ? lui lança-t-il d'un ton sec.

Jael Corbeau – elle avait opté pour le nom de famille de sa mère après la séparation de leurs parents –

était aussi blonde que Plain était brun. Mais cette différence pigmentaire mise à part, ils avaient un visage absurdement similaire : cunéiforme et anguleux, avec les mêmes grands yeux.

Jael avait, elle aussi, été modèle ; mais, comme elle ne courait pas après l'argent, elle n'avait pas tardé à juger cette vie ennuyeuse et était passée à autre chose. Même si son frère et elle se ressemblaient de manière troublante, il y avait une seconde différence entre eux. Trois longues stries blanchâtres zébraient le visage de Jael : des cicatrices. C'était déjà en soi une fille superbe, mais ces cicatrices lui conféraient une dimension supplémentaire. Spectaculaire. Belle. Érotique. Exotique. *Quelque chose.*

— Je suis venue voir Alie'e, lâcha-t-elle d'un ton maussade.

— Vois-la ailleurs, dit Plain. On essaie de bosser.

— Ne me cherche pas, Plain.

— Dégage de ma putain de scène, gronda Plain, marchant sur elle.

Les conversations cessèrent. Clark, le soudeur, se leva d'un air hésitant, écarta son masque. La voix de Plain tremblait de violence contenue.

Derrière lui, Alie'e lança :

— Il y a une fête chez Silly ce soir, à neuf heures.

Jael avait reculé d'un pas. Elle ne ressentait aucune peur, mais ne doutait pas une seconde de la capacité de Plain à l'expulser physiquement de la péniche. Il était plus fort qu'elle.

— Neuf heures chez Silly, dit-elle avant de s'en aller.

Plain la regarda partir, attendit qu'elle ait quitté son champ de vision, se retourna vers Alie'e, inspira un grand coup et vit Clark dressé à l'arrière-plan tel un sumotori. Il se tourna vers le représentant du couturier et lui dit :

— Ça y est, j'ai votre image.

Le représentant du couturier, un Allemand au visage étroit, s'appelait Dieter Kopp. Il avait le crâne rasé, une barbe de deux jours et une peau blafarde ; ses joues étaient légèrement grêlées, comme s'il avait jadis été atteint de variole. Seul sur la péniche à ne pas être en jean, il portait un costume italien gris clair avec une chemise de soie noire à col ouvert et une gourmette en or.

Kopp n'avait aucun plaisir à se trouver à Saint Paul, aucun plaisir à se trouver en Amérique. Il aurait préféré être à Vienne, ou à Berlin, mais le destin l'avait condamné à fourguer à des femmes américaines des slips kangourou à soixante-dix dollars pièce.

En bon Allemand, il était prêt à faire ce qu'il faudrait pour exécuter les ordres ; mais, en attendant, il était encore tout émoustillé par la menace de violence qui venait de surgir à l'encontre de cette blonde spectaculaire. Il connaissait son visage. Elle avait été modèle, il le savait, mais elle avait quitté le circuit des années plus tôt. Elle avait encore embelli ; elle était même belle à tomber par terre.

— Quoi ?

Les propos de Plain lui avaient échappé.

— J'ai votre image, répéta le photographe. On déplace Clark à l'arrière-plan et on met Alie'e plein champ. Amène-toi, Alie'e.

Alie'e s'engagea sur la planche pendant qu'Amnon Plain poursuivait :

— On les éclaire individuellement, et ensuite on écrase la distance au télé. Clark aura l'air d'une putain de lune en train d'émerger au-dessus de l'horizon, avec Alie'e au premier plan.

22

— N'oubliez pas qu'on a besoin de l'effet mamelon, objecta l'Allemand. Avec le télé, on risque de le perdre.

— De toute façon, il est déjà perdu pour l'Amérique, intervint le directeur artistique, un homme à barbe rousse dont le crâne chauve était saupoudré de taches de son.

— On n'a qu'à faire deux images, suggéra Plain. Pour les Européens, on garde le mamelon. Il n'y a qu'à mettre un pinceau quelque part par là-bas, sur la gauche, et le pointer dessus. Alie'e...

Alie'e s'approcha encore. Plain passa une main dans la déchirure du tee-shirt et l'augmenta de quelques centimètres pour mieux exposer le mamelon.

— Il faudra ensuite me le recoudre un peu et aussi rendre ce mamelon plus visible. Peut-être en le retouchant avec une pointe de maquillage.

— Pas trop quand même, objecta le directeur artistique, assez nerveux. Elle est vraiment pâle, et ça risquerait de faire artificiel.

— Vive l'artifice ! s'exclama Plain. Vous connaissez un truc plus sexy que du rouge à lèvres au bout des seins ?

— En Allemagne, peut-être, dit Kopp. Mais en Amérique...

— C'est aussi sexy en Amérique, mais les grands magazines n'en voudront pas, s'exclama Plain. Pour l'image américaine, on va lui mettre de la glace sur le sein pour le durcir. Comme ça, on le verra bien sous le tee-shirt. On balance un peu d'ombre sur le côté pour bien le souligner, on recoud une partie de la déchirure, et on laisse tomber le pinceau. On sentira quand même sa présence – ça fera comme un mamelon virtuel sous le tee-shirt.

— De la glace ? demanda Alie'e. Vous voulez me

mettre de la putain de glace sur le sein ? Merde, il fait déjà moins dix sur ce rafiot !

L'Allemand avait fermé les yeux. Au bout d'un moment, il acquiesça. Plain avait travaillé huit ans à Miami, où il s'était taillé une solide réputation de photographe de mode décadent, à forte connotation érotique, grâce à sa manie de juxtaposer des personnages grotesquement disparates en une infinité de variations sur le thème de la Belle et la Bête. N'importe qui était capable de faire la même chose, et beaucoup s'y étaient essayés, mais Plain avait une patte spéciale, que personne d'autre n'arrivait vraiment à imiter. Un style qui paraissait découler en droite ligne des contes de Grimm.

Cette image en était l'illustration.

L'Allemand la *voyait* en son for intérieur à présent que tous les personnages étaient rassemblés sur le pont de cette péniche ridicule, avec les lumières, l'odeur du chalumeau, le souffle du radiateur au propane... mais jamais il n'aurait pu la concevoir lui-même. C'était précisément pour cela qu'il avait fait le voyage jusqu'à Minneapolis et qu'il payait aussi grassement Amnon Plain.

Plain avait de la vision.

Ils travaillèrent jusqu'en fin de matinée ; ils travaillèrent d'arrache-pied, recommençant encore et encore. Plain avait en tête une palette de couleurs et un plan de mise en scène. Il savait d'avance ce qu'il allait obtenir, et il poussait à fond. Il déchira le tee-shirt, exposa complètement un des seins d'Alie'e. À l'arrière-plan, Clark, sa lampe incandescente à la main, contemplait le corps de cette fille, les traits figés comme un parpaing. Lynn et Lil observaient toujours la scène derrière la rangée de projecteurs.

— Tu ne trouves pas que ça frise le porno, là ?

Lorsque la séance fut finie, et pendant que Jax ramassait les sacs de vêtements, un des assistants de Plain escorta Alie'e vers une Lincoln Towncar de location. Elle y récupéra son sac à main, où elle planquait sa coke, se mit un peu de poudre sous l'ongle et la sniffa.

— Qu'est-ce que tu penses de Clark ? lui demanda l'assistant.

Alie'e, qui avait fermé les paupières pour mieux savourer la montée de cocaïne, rouvrit un œil, inclina la tête, réfléchit à la question.

— C'est peut-être un bon coup.

— Ce que je veux dire, reprit l'assistant, c'est qu'on aurait dit qu'il avait une courgette dans le futal pendant la dernière séance de pose.

Alie'e répondit, avec un sourire mélancolique et vague :

— Ça prouve que la photo doit être bonne.

Dieter Kopp l'avait vu ; Plain aussi.

— J'ai eu peur de louper ça.

Plain chassa une mèche de son front en riant.

— Et moi, pendant ce temps, j'essayais d'orienter mon foutu pinceau de manière à lui envoyer de la lumière en plein sur la queue – en priant le bon Dieu pour qu'il ne débande pas et pour qu'il ne devine pas ce que je faisais.

— Ça ne collera pas pour la presse américaine, j'imagine ? fit Kopp.

C'était une question.

— Je crois que si. Bien sûr, on ne pourra rien dire. Il ne faudra pas non plus que ce soit trop évident.

Mais avec un petit bidouillage sur l'ordi, histoire de l'augmenter ou de la réduire... Ça passera. Et croyez-moi, les gens la remarqueront.

Kopp hocha la tête, se fendit d'un sourire dur. Soixante ans plus tôt, il aurait probablement lancé son char à travers les steppes russes au lieu de vendre des dessous chics. Mais l'époque était différente, et lui se trouvait ici, et maintenant. Dans le slip.

Le soir, ils se rendirent tous à la fête organisée par Silly Hanson : Alie'e, Jax, Plain, Kopp, Jael Corbeau, les deux assistants, les parents d'Alie'e, et même Clark, le soudeur. Alie'e était d'une beauté à couper le souffle. Vêtue de la robe verte de la photo, elle passa le plus clair de sa soirée à s'afficher au bras de Jael Corbeau et de Catherine Kinsley, l'héritière, et, à les voir ainsi enlacées, on aurait pu penser aux trois Parques de certains tableaux de la Renaissance.

Un flot de techno-pop dégoulinait des petits haut-parleurs noirs disposés un peu partout dans les salons de la maison de Silly Hanson, et des images d'Alie'e défilaient régulièrement sur des écrans plats aux dimensions cinématographiques. La foule dansait, transpirait, s'enfilait des Martini et des Rob Roys[1], allait et venait.

Silly se soûla et sortit avec Dieter Kopp, qui lui laissa un assortiment de marques de pouce sur les seins et la croupe. Un joueur professionnel en train de sillonner la foule croisa un policier en civil, qui n'en revint pas de le voir là.

Le meurtrier était là aussi. Dans un coin, aux aguets.

---

1. Cocktail à base de whisky et de vermouth. *(N.d.T.)*

2

Ce même matin, Lucas Davenport se leva à cinq heures, bien avant que le soleil eût dépassé la cime des arbres. Il avala un bol de porridge, but une tasse de café, transvasa le reste du café dans un Thermos et s'en alla pour Hayward en voiture. Son ami avait déjà chargé le bateau sur sa remorque. Lucas laissa son gros Chevrolet Tahoe garé le long du trottoir, et ils partirent ensemble vers Round Lake pour une partie de pêche au maskinongé[1], la dernière de la saison.

Un temps froid ; pas de vent, mais froid. En appareillant, ils furent obligés de briser sur cinq mètres une couche de glace d'un bon demi-centimètre. Son épaisseur aurait sans doute quadruplé d'ici au lendemain, et elle s'étalerait sur quinze à vingt-cinq mètres. Au bord des routes de campagne, des gens commençaient à sortir les cabanes de pêche sur glace dans leur jardin, histoire de les préparer pour l'hiver.

Ce matin, toutefois, l'eau était encore essentiellement liquide. Ils choisirent un emplacement à peu de distance d'un banc de sable immergé, balancèrent

---

1. Gros poisson lacustre du nord de l'Amérique. *(N.d.T.)*

leurs hameçons et appâts par-dessus bord et attendirent. L'ami de Lucas ne disait pas grand-chose. Il préférait rester bêtement planté là. Après avoir descendu un leurre baptisé Fuzzy Duzzit sous le fond du bateau, il garda un œil fixé sur les lignes pendant que Lucas somnolait – un sommeil tranquille, paisible, exempt de stress, qui avait toujours sur lui un singulier pouvoir régénérant.

Ils ne prirent rien – ils prenaient rarement du poisson, bien que l'ami de Lucas soit une autorité en matière de pêche au maskinongé – et, vers midi, ils rentrèrent au port, transis. Lucas retira la batterie du bateau afin de l'entreposer pour l'hiver dans la cave de son ami pendant que celui-ci rangeait les filets, les avirons, une glacière, un pot de chambre et le reste du matériel dans son garage. Quand ils eurent fini, Lucas dit :

— On se revoit au printemps, mon gros.

Et il partit vers son chalet.

Il aurait pu faire une sieste. Il n'avait dormi que quatre heures la nuit précédente. Mais il avait bu une grande quantité de café pour se réchauffer, et la caféine le rendait nerveux ; d'ailleurs, son petit somme à bord l'avait reposé. Au lieu de dormir, il sortit sa trousse à outils de son quatre-quatre et se mit au travail dans son nouveau hangar à bateaux métallique.

Son précédent hangar bénéficiait déjà d'une alimentation électrique, et le type qui avait monté le nouveau s'était contenté de laisser l'extrémité du câble de raccordement souterrain enroulée au niveau des fondations. Lucas, qui s'était équipé la veille de quatre tubes fluorescents, quatre prises de courant et une boîte de raccordement murale, se mit en devoir de brancher le tout.

La tâche lui demanda un certain temps. Il dut repartir en ville pour acheter un surplus de fil électrique et en profita pour s'offrir un déjeuner tardif et boire encore un café. Quand il eut fini, le soleil était en train de sombrer derrière le lac. Il alluma les tubes, passa quelques secondes à admirer leur lumière rose – il avait opté pour des fluos naturels – et commença à remplir le hangar.

Il y parqua d'abord deux canots légers en aluminium sur leur remorque, une caravane utilitaire dans le coin opposé, un Gator John Deere[1] à la perpendiculaire de la caravane et, pour finir, un tracteur appartenant à un voisin qui s'était aperçu qu'il ne tenait pas dans son garage. Il refusa un moment de démarrer, et Lucas faillit noyer le moteur.

Juste après six heures, il revint à pied au chalet dans l'obscurité. Tout près, sur le lac, un harle fit entendre son cri. La ceinture de glace qui cernait les flots avait fondu pendant la journée, mais la température dégringola brusquement après le crépuscule. À moins qu'un vent vienne la chiffonner, la surface gèlerait de plus belle pendant la nuit.

Lucas consacra deux heures au ménage de son chalet, passant l'aspirateur, ramassant les ordures et les vieux magazines de l'été, lavant et séchant les draps, nettoyant le réfrigérateur, balayant la cuisine. Puis il prit une bonne douche, avec une bière posée en équilibre sur le trône des toilettes. Une fois rhabillé, il coupa le ballon d'eau chaude et la pompe, régla le thermostat sur dix degrés. Après une ultime vérification, il transporta ses ordures jusqu'au Tahoe et les balança à l'arrière.

---

1. Petit véhicule utilitaire découvert multiusage à quatre ou six roues. *(N.d.T.)*

À huit heures, il verrouilla le chalet et rejoignit son quatre-quatre. Un bateau de pêche rouge et argent était installé sur sa remorque à côté de son hangar neuf. Un ami l'avait laissé la semaine précédente. Lucas devait le lui ramener. Il attela la remorque à l'arrière du Tahoe, inspecta les chaînes de sûreté, vérifia les phares de sa camionnette. Impeccable : tout fonctionnait, même les clignotants.

Bon. Paré pour l'hiver ! songea-t-il. Un harle cria, puis un deuxième : sans doute une explication entre canards sauvages quelque part sur le lac. Des millions d'étoiles l'épiaient de haut par une nuit sans lune ; le regard de Lucas traversa les frondaisons pour contempler la Voie lactée avec son milliard d'étoiles rondes comme des bulles...

Davenport était grand ; au quotidien, il roulait en Porsche, mais se sentait plus à l'aise dans son Tahoe. Ses cheveux noirs étaient striés de mèches grises irrégulières ; sa peau, aussi mate que celle d'un Sicilien, affichait un hâle permanent. Ce hâle rehaussait le bleu étincelant de ses yeux et la blancheur de son sourire. Plusieurs femmes lui avaient confié que son regard était doux, presque un regard de prêtre, mais que son sourire les inquiétait. L'une d'elles avait même précisé qu'il avait le sourire d'un carnassier prêt à dévorer sa proie.

Son visage était marqué de cicatrices. Une estafilade lui coupait l'arcade sourcilière pour s'enfoncer jusque dans sa joue. On aurait dit un coup de couteau, mais ce n'était pas cela. Une autre, qui ressemblait à un point d'exclamation – la trace étroite d'une lame et en dessous le O circulaire d'un impact de balle – lui barrait le devant du cou, le long de la trachée. On lui avait tiré dessus et il serait mort si une chirurgienne ne lui avait ouvert la gorge avec un cran d'arrêt, ce qui lui avait permis d'arriver en vie sur le billard. Un chirurgien esthétique lui avait ensuite proposé d'atténuer ses cicatrices, mais Lucas les avait gardées, et il avait l'habitude de suivre distraitement leur tracé du bout des doigts quand il réfléchissait ; il y voyait une partie de son histoire personnelle, à ne pas oublier.

La route était étroite et sombre, et il n'était pas pressé. Il emprunta la 77 jusqu'au centre de Hayward, bifurqua sur la 70 à Spooner, mit le cap à l'ouest, traversa la frontière pour entrer dans le Minnesota, rejoignit la I-35. Vers dix heures, toujours avec son bateau en remorque, il atteignit la lisière nord des Villes jumelles. Le propriétaire du bateau, Herb Clay, vivait dans une ancienne ferme restaurée au sud de Forest Lake, non loin de l'autoroute.

Lucas s'engagea dans l'allée des Clay, dépassa la maison, continua vers l'étable, décrivit une courbe serrée avant de s'immobiliser. Il laissa le moteur en marche et mit pied à terre au moment où s'allumait une lampe extérieure. Puis Clay émergea sur la véranda, appuyé sur une paire de béquilles.

— C'est toi ?

— C'est moi, répondit Lucas en faisant mine de dételer la remorque. Comment va ta guibolle ?

— Ça me gratte à mort.

— Tu as pensé à te servir d'un cintre ?

— Ouais, mais il y a toujours un coin inaccessible.

La femme de Clay parut à son tour sur la véranda, tout en enfilant une veste molletonnée. Elle se dépêcha de traverser la cour.

— Je vais t'ouvrir, dit-elle.

Elle fit pivoter une des portes de l'étable, révélant l'intérieur de ce qui avait dû être une laiterie à l'orée du siècle, mais qui avait été reconverti en garage. Puis

31

elle actionna l'interrupteur. Lucas remonta dans son quatre-quatre et fit entrer le bateau en marche arrière.

— Stop ! hurla-t-elle quand le bateau ne fut plus qu'à quelques centimètres du fond de l'étable.

Il pila, et ils détachèrent la remorque ensemble. L'intérieur de l'étable, bien que des années se fussent écoulées depuis le passage de son dernier pensionnaire à cornes, sentait toujours un peu le foin et peut-être même la bouse – une odeur résolument agréable. La femme de Clay sortit, ferma le battant et s'arrêta à côté de Lucas. Tous deux levèrent les yeux vers le ciel.

— Une belle nuit, fit-elle.

C'était une petite femme, menue, aux cheveux noirs et au visage carré. Lucas et elle s'étaient toujours beaucoup appréciés, et si les circonstances avaient été différentes, si les Clay n'avaient pas été aussi bien assortis... Elle sentait bon, un peu comme ces savons discrètement parfumés.

— Une belle nuit, répéta-t-il.

— Merci de nous avoir aidés pour le bateau, dit-elle à mi-voix.

— Oui, merci de l'avoir rapporté ! renchérit Clay depuis la véranda.

— Ouais, fit Lucas en remontant dans son Tahoe. Allez, à la prochaine.

À onze heures dix, il arriva chez lui, déclencha l'ouverture automatique de son garage, parqua le Tahoe à côté de la Porsche. Une acquisition récente, cette Porsche ; il était temps.

Net, suave, mais déjà en train de se résorber, le souvenir de l'odeur de Verna Clay circulait toujours dans ses connexions nerveuses quand il s'affala sur son lit. Il s'endormit en cinq minutes, une ombre de sourire aux lèvres.

Il n'eut droit qu'à trois heures quarante-cinq de sommeil. Le téléphone sonna – sa ligne sur liste rouge. Hagard, il se redressa sur son matelas, décrocha le combiné.

— Ouais ?

Swanson, un vieux routier de la Criminelle :

— Bon sang, enfin te voilà chez toi. Alie'e Maison, le top model, ça te dit quelque chose ?

— Ouais ?

— On vient de la retrouver étranglée. Chez une amie de la haute. On a besoin d'un politique dans ton genre sur place : cette histoire promet de faire un sacré foin.

3

Samedi. Premier jour de l'affaire Alie'e Maison.

Un matin froid, même pour la mi-novembre. Le lac, à cent cinquante kilomètres au nord, avait sûrement regelé. Lucas, debout à côté d'une pompe à essence, était en train de verser cinquante-cinq litres de sans-plomb dans le réservoir de sa Porsche. À deux blocs de chez lui, il s'était souvenu qu'il n'avait presque plus d'essence. Et il avait dû faire un détour, juste à temps.

Il regarda autour de lui en bâillant. L'employé de la station, assis à l'intérieur de sa cabine de verre à l'épreuve des balles, les deux pouces scotchés à sa Game Boy, semblait sortir d'un tableau d'Edward Hopper. Les pensées de Lucas ne s'attardèrent pas sur Hopper ; il préféra se demander pourquoi les pompes à essence ne faisaient plus *ding*. Dans le temps, elles faisaient *ding* tous les quatre litres environ, alors que maintenant elles se contentaient de laisser défiler leurs chiffres électroniques jaunes, en litres et en dollars, silencieuses comme la nuit.

Une autre voiture, une petite Lincoln, celle qui ressemblait à une Jaguar (Lucas connaissait le nom de la

34

Jaguar, mais n'arrivait jamais à se rappeler celui de la Lincoln), s'immobilisa devant la seconde rangée de pompes. Lucas bâilla encore et vit une femme en descendre.

Il cessa de bâiller. Cette femme lui disait quelque chose, mais quelque chose de lointain. Il ne voyait pas son visage. Ce n'était d'ailleurs pas son visage qui avait suscité cette impression – plutôt sa façon de se mouvoir, quelque chose dans ses gestes, sa stature, ses cheveux.

Son visage était toujours invisible quand elle dévissa le bouchon de son réservoir et introduisit le bec de la pompe dans l'orifice. Elle portait un ensemble noir, des chaussures à talons plats et un chemisier noir. Elle se tourna un instant vers lui au moment d'insérer sa carte de crédit dans le lecteur, mais il n'eut droit qu'à une vision fugace de ses traits. Menton carré, cheveux blonds. Il pensa à Weather, la femme qu'il avait failli épouser – qu'il aurait dû épouser, à qui il n'avait jamais cessé de penser –, mais ce n'était pas elle. Weather était plus petite, et il l'aurait reconnue à un kilomètre de distance, de dos, de profil ou de face.

La poignée de la pompe tressauta dans sa main. Réservoir plein. Il la raccrocha, entra dans la boutique, prit une bouteille de soda sans sucre dans un bac réfrigéré, glissa un billet de vingt et un autre de dix dans le tiroir de l'hygiaphone. Le caissier, tout juste capable de s'arracher à son jeu, lui rendit sa monnaie d'une seule main, l'air maussade. Un manuel d'algèbre de fac était ouvert sur le comptoir à côté de lui.

— Vous faites vos études à Saint Thomas ? s'enquit Lucas.

— Ouais.

— Ça vous fait des journées à rallonge.

— La vie est une merde, répondit le jeune. Et ensuite, on crève.

Pas l'ombre d'un sourire ; il semblait sincère. Son regard fila au-dessus de l'épaule de Lucas.

— Lucas ? demanda une voix flûtée de soprano. C'est toi ?

Il n'eut pas besoin de chercher à qui il avait affaire. La voix avait tout remis en place.

— Catrin, dit-il en se retournant.

Elle souriait, et ce sourire faillit le faire tomber à la renverse. Catrin avait quarante-quatre ans, cinq kilos de plus qu'à la fac, le visage un peu plus rond, mais toujours cette belle peau de Galloise et ces indomptables cheveux blond-roux. La dernière fois qu'ils s'étaient vus...

— Ça doit bien faire vingt-cinq ans, fit-elle.

Elle lui serra la main, jeta un coup d'œil au caissier et déclara :

— J'ai payé à la pompe.

Ils se dirigèrent ensemble vers la porte, ressortirent de la boutique.

— Je t'ai vu à la télévision, dit Catrin.

Lucas tentait de se remettre. Il avait du mal. La dernière fois qu'ils s'étaient vus...

— Eh bien, euh, qu'est-ce que tu deviens ?

— Je vis à Lake City. Tu sais, au bord du lac Pepin...

— Mariée ? Des enfants ?

Elle sourit.

— Oui, bien sûr. À un généraliste, un médecin de famille. Deux enfants. James est en deuxième année à Saint Olaf. Maria est en terminale.

— J'en ai un aussi – une fille. Toujours à l'école primaire. Sa mère et moi... on n'est plus ensemble.

Ils ne s'étaient jamais mariés. Mais à quoi bon le

préciser ? Une pensée lui effleura l'esprit, et il consulta sa montre.

— Il n'est pas encore quatre heures du matin. Qu'est-ce que tu fais dehors ?

— Une amie vient de mourir, répondit-elle.

Son sourire se teinta de mélancolie. L'espace d'un instant, Lucas crut qu'elle allait fondre en larmes.

— Je savais qu'elle allait partir. Cette nuit. Tu vois, je m'étais même habillée pour.

— Nom de Dieu...

— Elle était fichue. Cancer du poumon. Elle n'a jamais arrêté de fumer. Mais je suis tellement, tellement...

Il lui toucha l'épaule.

— Oui.

— Et toi, où est-ce que tu vas ? Tu n'étais pas spécialement lève-tôt, si j'ai bonne mémoire.

— Un meurtre.

Il sentit soudain qu'il la regardait avec un peu trop d'insistance, qu'elle le savait et que ça l'amusait. À l'époque, elle avait toujours su exactement l'effet qu'elle lui faisait. Et cet effet, songea-t-il, devait avoir été cryogénisé, parce qu'il était toujours aussi puissant au bout de vingt-cinq ans.

— Ah.

— Tu connais Alie'e Maison, le top model ?

Catrin porta une main devant sa bouche, effarée.

— Elle est morte ?

— Étranglée.

— Mon Dieu ! Où ?

— À Minneapolis.

Catrin considéra l'aire déserte de la station-service.

— Tu ne donnes pas précisément l'impression d'être en train de te ruer vers le lieu du crime.

— Cinq minutes de plus ne changeront rien. Elle est morte.

Catrin parut reculer, et pourtant elle ne bougea pas. Levant les yeux sur lui, elle dit :

— Toujours une réplique cinglante au bout de la langue. Le souffle froid de la réalité.

Lucas se souvint qu'elle venait d'assister à la mort d'une amie.

— Désolé, je ne voulais pas...

— Non, ça va. C'est seulement que... Oh, Lucas. (Elle retrouva son sourire, prit une main de Lucas entre les siennes, la tapota doucement.) Tu ferais mieux d'y aller. Occupe-toi d'elle.

— Oui.

Il s'éloigna, fit halte.

— Tu es magnifique, dit-il. Tu fais partie de ces femmes qui seront encore aussi belles à quatre-vingt-dix ans.

— C'est toujours bon à prendre, surtout lorsqu'on sent que le compteur tourne, répondit-elle en croisant les bras, comme pour s'enlacer. Lorsque les amis meurent et qu'on voit le temps passer...

Il s'en fut à regret, tourna la tête pour la voir marcher vers sa voiture. Une Lincoln. Classique et classe. Impeccablement entretenue.

Bon sang. La dernière fois qu'ils s'étaient vus...

D'instinct, il monta les rapports de la Porsche, s'engagea sur la bretelle d'accès à l'autoroute, puis sur la voie rapide de la I-94 en direction des lumières de Minneapolis, le regard concentré sur l'asphalte et le trafic, l'esprit obnubilé par Catrin.

La dernière fois qu'ils s'étaient vus, elle était à la fois furibonde et nue comme un ver, émergeant à peine d'une douche chaude, en train de se frotter les cheveux avec une serviette de bain brune et rêche qu'il avait fauchée dans le placard à linge de sa mère. L'accrochage avait commencé deux semaines plus tôt, à l'occasion d'un match de hockey improvisé sur une patinoire en plein air. Lucas s'était pris un coup de coude volontaire en pleine poire. Le nez pissant le sang, il s'était jeté sur son agresseur – et n'avait pas su s'arrêter à temps. Les amis du mec avaient dû le transporter dans un hôpital local pour une intervention dentaire d'urgence.

Peu après, il avait reçu un coup de crosse lors d'un match officiel contre Duluth. Rien de grave, une simple entaille et quelques points de suture. Mais après le match, pendant une soirée hors campus, une prise de bec avait éclaté entre deux de ses coéquipiers et un défenseur de l'équipe adverse. La tension était retombée très vite – sans baston – mais Lucas était tout prêt à se jeter dans la mêlée ; Catrin avait dû se pendre à son bras pour le retenir.

Elle avait commencé ensuite à lui chercher noise : il aimait la violence, il prenait du plaisir à se battre, si seulement il pouvait se voir... Qu'y avait-il de bon dans la bagarre ? Et pourquoi traînait-il avec ces sportifs à la con qui se retrouveraient à laver des bagnoles dès qu'ils auraient passé l'âge limite de la sélection ? Il était bien plus intelligent qu'eux, pourquoi n'arrivait-il pas à...

Ils avaient remis ça plusieurs fois, et ce jour-là, elle en avait rajouté une couche à sa sortie de la douche. Ce fut la goutte d'eau.

— Ferme ton putain de clapet ! s'était-il écrié.

Elle avait sursauté – comme si elle le croyait vraiment sur le point de la frapper. Ç'avait été un choc pour Lucas : *jamais* il n'aurait levé la main sur elle. Il le lui avait dit. Et elle avait recommencé à lui prendre le chou.

Il était sorti de l'appartement. Avait pris tout son temps. S'en était allé faire un tour, histoire de laisser retomber la pression. À son retour, une feuille de papier l'attendait sur le bar de la cuisine. « Va te faire foutre. »

Il avait essayé de l'appeler, mais sa colocataire avait répondu qu'elle ne voulait plus entendre parler de lui. Il n'avait pas insisté : il s'entraînait du matin au soir, accumulait les matchs, se débattait pour garder la tête hors de l'eau en cours. Il ne l'avait pas relancée, mais il pensait constamment à elle. Ils étaient sortis ensemble d'octobre à février de sa deuxième année de fac. Il avait déjà couché avec une demi-douzaine de filles, mais c'était la première qui semblait vraiment partager son intérêt pour le sexe. Ensemble, ils avaient *potassé* le sujet.

Et il y pensait encore.

L'idée le fit sourire – jusqu'à ce qu'il remarque que la glissière de béton de l'autoroute défilait dans une espèce de brouillard. Son regard tomba sur le compteur. Cent soixante-dix. Il leva le pied.

Catrin...

Silly Hanson habitait une maison de stuc blanc à toiture de tuiles orangées, à un jet de pierre de Lake of the Isles, un riche quartier de maisons d'architecte de la première moitié du XXe siècle, aux jardins manucurés par des paysagistes professionnels. Une demi-douzaine de véhicules de police étaient parqués le long du trottoir. Un patineur lève-tôt, trop vieux, trop chauve, trop gras et surtout bien trop riche pour porter ce genre de tenue, glissait sur la glace au bord du lac en lorgnant l'essaim de flics. La nouvelle du meurtre allait se répandre comme une traînée de poudre. Lucas trouva une place libre devant une bouche d'incendie, se gara et fit signe à un agent en tenue planté près du perron.

— Belle matinée, dit-il.

— Du tonnerre.

— Si quelqu'un essaie de me coller une contre-danse...

— Vous n'aurez pas de contredanse.

Lucas gravit les marches. Un inspecteur de la Criminelle, gras et débraillé, portant un blouson de base-ball en Nylon imperméabilisé sur une chemise blanche ornée d'une cravate également blanche, l'attendait au sommet du perron. Ses traits étaient tirés, mais il se fendit d'un sourire de soulagement à l'approche de Lucas.

— Je ne suis pas mécontent de te voir, mec.

Deux autres agents postés du côté intérieur de la porte d'entrée les observaient.

— Tu ne vas pas y croire.

L'inspecteur gras s'appelait Swanson.

— Si, répondit Lucas. Alie'e Maison est morte, et j'y crois. Où est le corps ?

— C'est pis que ça, dit Swanson. On a essayé de te rappeler, mais tu étais injoignable.

Lucas se figea.

— Qu'est-ce qui se passe ?

— Quand cesseras-tu de débrancher ton portable ? demanda Swanson.

— Si je ne le débranche pas, plein de gens m'appellent dessus. Alors, que se passe-t-il ?

— On était lancés dans notre routine, fouille de la baraque, inspection des portes et des fenêtres. Enfin, tu sais bien.

Ils savaient l'un et l'autre. Lucas avait fréquenté un

41

nombre incalculable de lieux de crimes, et Swanson s'en était farci encore plus que lui. Il bossait déjà à la Crim à l'époque où Lucas portait encore l'uniforme.

— Et ?

— On a découvert un deuxième corps, dit Swanson. Caché dans un placard. Une autre gonzesse.

Lucas le dévisagea longuement, secoua la tête.

— C'est nettement pire.

— Ouais. C'est bien ce que je me suis dit.

Et également inédit. Si tous deux avaient déjà été confrontés à des meurtres multiples, c'était la première affaire où, à un moment où les policiers avaient déjà mis la cafetière en route, envoyé un pigeon chercher des beignets et entamé les opérations de routine, quelqu'un ouvrait une porte de placard derrière laquelle un second cadavre affalé n'attendait que l'occasion de se répandre comme un tiroir à chaussettes mal fixé.

— Pourquoi est-ce qu'il a fallu si longtemps pour la trouver ? s'enquit Lucas.

— Elle était dans un placard fermé. Personne n'a pensé à l'ouvrir plus tôt.

— Nom de Dieu... J'espère que la presse n'apprendra pas ça. Ou alors, peut-être qu'on devrait l'annoncer nous-même. À notre sauce, tu vois le genre ?

— La rombière qui habite ici, Hanson, elle était là quand on a découvert le numéro deux, et je peux t'assurer qu'elle ne va pas se gêner pour le crier sur les toits. Elle ne vit que pour les médias. Tu sais ce qu'elle m'a sorti tout à l'heure ?

Lucas secoua la tête.

— Elle m'a dit qu'elle n'avait que des robes noires trop courtes. Pour une affaire de meurtre... Elle voit ce truc comme un roman-photo, et elle prépare déjà sa panoplie.

— D'accord.

Ce genre de comportement se voyait parfois.

— Il y a autre chose, dit Swanson, en décochant un coup d'œil oblique aux deux flics en tenue.

Lucas comprit le message. Tous deux s'éloignèrent sur le côté, et Swanson baissa le ton.

— Hanson m'a parlé d'un mec louche qui aurait traîné chez elle pendant la soirée. À peu près à l'heure où Maison a disparu. Elle pense que c'est lui qui a fait le coup. Elle ne le connaît pas, mais il parlait à tout le monde. Elle dit qu'il ressemblait à un zonard. Trop maigre, les dents jaunes, et un tee-shirt disant *Je suis avec cet abruti*, avec une flèche pointée vers le bas, c'est-à-dire vers sa bite. Et aussi un veston sport bizarre, couleur merde de clebs, tu vois le genre ?

Lucas fixa Swanson avec insistance.

— Hmm..., fit-il.

— C'est ce que j'ai pensé aussi, approuva Swanson. Tu t'occupes de l'appeler ?

— Oui, je m'en occupe. Laisse-moi juste jeter un coup d'œil sur les lieux.

La maison de Silly Hanson était élégante, mais aseptisée. Elle remit en mémoire à Lucas une autre affaire, quelques mois plus tôt, où il avait pénétré dans un appartement caractérisé par le même décor impersonnel haut de gamme. Un peu comme les photographies de couverture de l'*Architectural Digest* : joli, mais pas habité. Des murs coquille d'œuf ornés d'œuvres contemporaines – des clés, des marteaux, des postures, de l'angoisse à revendre – et puis, intercalée quelque part dans un coin, la scène de campagne anglaise, à l'huile, avec ses vaches, idéalement placée pour faire contrepoint aux œuvres contemporaines. L'humour de quelqu'un d'autre – un humour terni par l'odeur sous-jacente de l'alcool et de la fumée, l'odeur d'un motel bien tenu.

La maison était divisée en deux parties – une partie séjour à plan ouvert à l'avant, et derrière une enfilade plus conventionnelle de chambres avec salle de bains. Dans le long couloir central, deux flics en civil debout bénéficiaient d'une vue plongeante sur l'épaisse tignasse grise d'un assistant du médecin légiste, accroupi au-dessus d'un corps de femme étendu au sol. La morte gisait face contre terre, vêtue d'une robe de soirée brun-rouge. Le légiste était en train de lui tamponner la bouche à l'aide d'un mouchoir absorbant.

— Elle s'appelait Sandy Lansing, expliqua Swanson à Lucas tout en s'approchant. Elle était hôtesse à l'hôtel Brown, un truc de ce genre.

Le Brown était un hôtel de luxe, où les clients étaient escortés jusqu'à leur suite par de jeunes et jolies blondes bien roulées en tailleur gris perle pendant qu'un chasseur en livrée rouge et noir se colletait les bagages en gardant la bouche fermée.

Lucas s'accroupit près du corps ; un de ses genoux craqua.

— Vous avez la cause ? demanda-t-il au légiste.

Le légiste était plus âgé que lui, comme Swanson, avec les mêmes yeux de chien battu. Le haut d'un paquet de blondes débordait de sa poche de chemise, et une trousse médicale noire était ouverte sur la moquette derrière lui.

— Je penche pour une fracture du crâne. C'est le seul trauma visible, mais ça a sans doute suffi. On voit une entaille, semble-t-il en forme de V. Il se peut qu'elle ait été frappée par un objet à tranche étroite, une planche ou peut-être le bout d'une canne – une canne de marche. Pas un tuyau, en tout cas. Rien de cylindrique.

— Une canne ? Est-ce que quelqu'un avait une canne hier soir ? demanda Lucas en levant les yeux sur Swanson, qui haussa les épaules.

— Ça pourrait aussi être un cadre de porte ou quelque chose dans ce goût-là, enchaîna le légiste. Regardez.

Il souleva la tête de la femme, en douceur, presque comme s'il s'était agi de sa propre fille, et la fit tourner. Une petite trace dentelée barrait l'arrière du crâne à faible distance du sommet ; un peu de sang avait suinté, suffisamment pour révéler le tracé de la plaie.

— On pense qu'elle a peut-être débarqué par hasard pendant le meurtre de Maison et que le tueur s'en est pris à elle, déclara Swanson. Il l'a frappée avec le premier truc qui lui est tombé sous la main. Peut-être qu'il lui a cogné la tête contre un mur.

— Pourquoi l'aurait-il mise dans le placard ? objecta Lucas.

— Hé, visez-moi ça, fit l'assistant du légiste.

— Quoi ?

Penché au maximum sur le cuir chevelu de la morte, il tendit le bras vers l'arrière, chercha à tâtons dans sa trousse, en sortit une loupe.

— Je crois, euh, on dirait un éclat de peinture dans ses cheveux. (Il leva la tête vers Swanson.) Ne laissez personne toucher aux encadrements de porte – ni aux boiseries. Ni aux autres endroits où elle aurait pu se cogner la tête. Vous avez une chance de retrouver une trace d'impact, et peut-être un cheveu ou deux.

Ce qui pouvait suffire à établir la différence entre un meurtre et un homicide involontaire, voire un accident.

— Entendu, fit Swanson.

Son regard remonta puis redescendit dans le couloir

en s'arrêtant une fraction de seconde sur chaque porte ; il semblait y en avoir des dizaines.

Lucas revint à son idée initiale.

— Pourquoi celle-ci ne pourrait-elle pas avoir été tuée en premier ?

— Parce que Maison a été étranglée, qu'elle ne portait aucun sous-vêtement, et que l'état de sa vulve et de ses poils pubiens suggère qu'elle venait d'avoir des rapports sexuels, répondit Swanson. Si quelqu'un a d'abord liquidé Lansing, il nous paraît hautement improbable qu'il ait pris ensuite le temps de sauter Maison avant de l'étrangler.

— Soit.

Ça se tenait.

— Il y a un truc écrit au stylo à bille sur son poignet, mais plus ou moins effacé. C'est sans doute antérieur au moment où elle a été tuée, observa l'assistant du légiste.

Il retourna le poignet de la victime. Lucas tenta de déchiffrer l'inscription à l'encre bleue.

— On dirait... Ella ? Fella ? Della ?

— Ça pourrait être un nom, suggéra le légiste.

— Drôle de nom, fit Swanson.

— Voyons ce qu'on peut en tirer, dit Lucas. Fais faire des photos.

— D'acc.

Lucas se leva.

— Allons voir l'autre.

La porte de la chambre d'amis où avait eu lieu le meurtre d'Alie'e Maison se situait deux mètres plus loin, et Lucas dut enjamber le corps de Lansing pour l'atteindre, suivi de près par Swanson. Deux techniciens de la police scientifique émergèrent de la pièce au moment où ils arrivaient.

— La vidéo, lâcha l'un d'eux.

46

— C'est vraiment un putain de gâchis, dit l'autre.

À l'intérieur, un projecteur s'alluma, et le caméraman se mit à filmer la pièce pendant qu'un assistant l'éclairait. Tout ce que Lucas pouvait voir d'Alie'e Maison était un pied nu, dépassant au bout du lit ; elle gisait entre le lit et le mur.

Il attendit que le technicien vidéo ait fini son boulot pour se pencher au-dessus du corps. Le visage de Maison était tourné vers le plafond, elle avait une main au-dessus de la tête et l'autre coincée sous son dos. Sa robe verte translucide était retroussée sous les aisselles, révélant son corps à partir du nombril. Les hanches étaient orientées vers le mur et les chevilles croisées, mais dans le mauvais sens : celle qui aurait dû se trouver dessous était dessus.

— On dirait qu'elle a été balancée là, fit observer Lucas.

Un des policiers acquiesça.

— C'est ce qu'on pense. Le meurtrier a essayé de la planquer.

— Plus ou moins. Ses pieds dépassent.

— Oui, mais quelqu'un qui se serait contenté de passer la tête dans l'entrebâillement de la porte ne l'aurait sans doute pas vue.

— Qui l'a découverte ?

— Une invitée. (Il consulta son calepin.) Rowena Cooper. Elle savait que Maison s'était retirée dans une des chambres, officiellement pour se reposer, et n'était pas ressortie. Elle est venue voir si elle était réveillée. Elle dit qu'elle a ouvert la porte mais que, n'ayant rien vu, elle a allumé. Au moment de repartir, elle a aperçu le slip par terre, s'est approchée pour le ramasser, et c'est là qu'elle a vu les pieds. Elle s'est mise à crier.

— Où est-elle ?

Le flic inclina la tête vers le bout opposé de la maison.

— Dans la bibliothèque. On a appelé Sloan, il va venir s'occuper d'elle.

— Parfait.

Sloan était le meilleur spécialiste de l'interrogatoire du département de police. Lucas balaya une dernière fois du regard la chambre. Le dessus-de-lit était assorti aux rideaux et à la moquette.

— Les fenêtres étaient fermées de l'intérieur ?

— Dans cette chambre, oui, répondit un des policiers. Mais on a retrouvé une fenêtre ouverte un peu plus bas dans le couloir.

— Montrez-la-moi.

— Regardez d'abord ceci, suggéra le flic.

Il se pencha en avant, pointa l'index vers le pli du coude d'Alie'e Maison.

Lucas comprit avant même d'avoir aperçu le minuscule hématome. Alie'e Maison était une adepte de la seringue. Il soupira, hocha la tête à l'intention du flic, appela Swanson, se replia dans le couloir. Swanson le suivit.

— Écoute, dit Lucas, tu sais comme moi ce qui nous attend, alors il faut absolument que tout soit passé au peigne fin. Tout. Je veux que tous les échantillons possibles soient prélevés. Je veux qu'on effectue toutes les analyses existantes, sur les deux corps. Je veux une déposition de la totalité des personnes ayant participé à la soirée – demande à chacun de dresser une liste de noms, et démerde-toi pour que personne ne passe à travers les mailles du filet.

— Ça roule.

— Qui prendra le relais à la fin de ton service ?

— Je crois que c'est... Thompson.

— Mets-le au courant. Sortez le grand jeu. Le

département paiera la note pour toutes les infos scientifiques, si infimes soient-elles. (Il se retourna vers la chambre.) Tu as regardé ses ongles ?

— Ouais. Ils sont propres. On va effectuer un prélèvement vaginal et faire une recherche de sperme.

— Et le sang, bon Dieu ! il nous faut un bilan sanguin tout de suite. Je veux savoir à quel genre de merde elle se shootait.

— Héroïne.

— Ouais, je m'en doute, mais je veux le *savoir*.

— Tu vas appeler Del ?

— Dans une minute.

— Il y a un téléphone dans le bureau. Je l'ai réquisitionné pour les appels entrants, dit Swanson.

— Montre-moi la fenêtre... Cette baraque ne m'a pas l'air d'être le genre d'endroit où on laisse les fenêtres ouvertes.

— D'après Hanson, elles ne le sont jamais, expliqua Swanson. Mais elle les a fait laver il y a deux semaines, et elles ont toutes été ouvertes à ce moment-là – elles sont équipées d'une sorte de système basculant qui permet de laver les deux faces de l'intérieur.

— Connais pas.

— Ouais, eh bien, en tout cas, la fenêtre aurait pu avoir été ouverte ce jour-là. D'après Hanson, elle ne s'est pas donné la peine de les vérifier toutes. Elle supposait qu'elles avaient été refermées.

La fenêtre en question était celle d'une deuxième chambre d'amis, à une porte de distance, avec une combinaison différente de dessus-de-lit, rideaux et moquette assortis. Lucas regarda au-delà de la vitre. Rien qu'une pelouse et des buissons.

— Pas d'empreinte au pied de la fenêtre, avec une marque de pompe rarissime imprimée dans la boue fraîche ?

— Oublie la boue. Ça fait deux semaines qu'il n'a pas plu.

— Je rigolais, fit Lucas.

— Pas moi. J'ai fait le tour et j'ai tout vérifié. Le gazon n'est même pas couché.

— D'accord. Où est ce téléphone ?

Le bureau de Hanson était une petite alcôve fonctionnelle flanquée à un bout d'un rayonnage en cerisier supportant des annuaires, quelques ouvrages de référence et une minichaîne. Le bureau, en cerisier aussi, était muni de quatre tiroirs – pour les dossiers à gauche, pour le courrier à droite. Un agenda à reliure en bois trônait sur le côté droit du meuble, un téléphone à gauche. Un ordinateur portatif était posé sur une tablette amovible, et son câblage échappait au regard pour réapparaître à l'arrière d'une imprimante laser posée sur un classeur de rangement en bois à deux tiroirs.

— Hanson est toujours dans le salon ? demanda Lucas.

— Ouais.

— Va lui parler. Distrais-la... Pose-lui des questions, commence à dresser ta liste de témoins.

— C'est comme si c'était fait.

Swanson jeta un coup d'œil à l'ordinateur, hocha la tête et s'en fut vers le salon.

Dès qu'il fut sorti, Lucas referma la porte du bureau et mit l'ordinateur en marche. Quand Windows 98 apparut à l'écran, il cliqua sur « Programme », « Accessoires » et « Carnet d'adresses ». Le carnet était vide. Il revint au portail et lança Microsoft Outlook. La fenêtre s'ouvrit. Il inspecta les dossiers « Reçu » et « Envoyé » et constata que Hanson entretenait une modeste correspondance électronique.

Il souleva le combiné du téléphone, composa de mémoire le numéro de Del et, pendant la sonnerie, sélectionna de nouveau le dossier « Reçu », cliqua sur « Rechercher » et tapa « Alie'e ».

Il était encore en train de taper quand la femme de Del décrocha. Sa réponse tenait plus du grognement que de la parole humaine.

— Allô ?

— Cheryl, ici Lucas. Del est dans le coin ?

— Il dort, Lucas. Il a essayé de te joindre toute la nuit, sans succès. (Son ton était désagréable.) Quelle heure est-il ?

— Désolé. Réveille-le, il faut que je lui parle.

— Un instant...

Après quelques grommellements en fond sonore, la voix de Del se fit entendre au bout du fil.

— T'es au courant ?

— Ouais, je viens d'arriver. Tu peux me dire ce que tu fichais ici ?

Del, après un bref silence :

— Hein ? Où ça, ici ?

— Chez Sallance Hanson. Tu étais à la fête, pas vrai ?

— Ouais, mais qu'est-ce que tu fous là-bas ?

— L'affaire Maison, répondit Lucas.

— Quoi ?

Lucas baissa les yeux sur le combiné et ajouta :

— Tu n'es pas au courant ?

— Si, répondit Del. Je t'ai appelé. J'ai appelé partout pour essayer de te trouver. J'ai même demandé à ton voisin dans le nord d'aller jeter un coup d'œil à ton chalet, mais tu étais parti.

— Tu m'as appelé pour m'avertir que quelqu'un avait étranglé Alie'e Maison ?

Silence prolongé. Puis :

— Qu'est-ce que tu me chantes, bordel de merde ?

— Quelqu'un a étranglé Alie'e Maison et planqué son cadavre derrière le lit d'une des chambres d'amis. Une autre femme a été tuée et enfermée dans un placard. Hanson soupçonne un zonard d'avoir fait le coup – un zonard portant un tee-shirt *Je suis avec cet abruti*, ça ne t'évoque rien ?

Après un nouveau silence, Del dit :

— Tu ne plaisantes pas ?

— Je ne plaisante pas.

— Bon Dieu ! lâcha Del, désormais bien réveillé. Bon Dieu !

Derrière lui, la voix de Cheryl se fit entendre :

— Qu'est-ce qui se passe ?

— D'accord, fit Del, c'était moi. Je suis resté sur place jusque vers une heure. À partir de minuit environ, je n'ai plus vu Maison.

— Que faisais-tu ?

— Je cherchais la came. Cette baraque était un océan de drogue.

— Maison avait des traces de piqûre fraîches au bras.

— Ouais, ils étaient tous défoncés à quelque chose. Je voulais trouver d'où venait le matos.

— Tu as trouvé ?

— Non.

— Tu ferais mieux de me rejoindre. Je vais devoir parler à Hanson très vite.

— J'arrive.

Quand Del eut raccroché, Lucas cliqua sur « Rechercher maintenant ». L'ordinateur médita un instant avant de produire quinze ou vingt messages. Il les parcourut aussi rapidement que possible ; la plupart étaient des lettres d'information envoyées par tel ou tel magazine à propos d'Alie'e. Deux d'entre eux paraissaient plus significatifs : trois mois plus tôt, selon la date, l'expéditrice, une certaine Martha Carter, avait croisé Alie'e dans une soirée, « chargée à la c » – c'est-à-dire à la cocaïne.

Lucas bascula dans le dossier « Envoyé », l'inspecta jusqu'à retrouver le nom de Carter et la date correspondante. Hanson avait répondu au commentaire sur la coke en renchérissant que, d'après des amis à elle, Alie'e était tombée dans l'héroïne.

Lucas envoya les deux lettres vers l'imprimante, revint au dossier « Reçu » et à la fonction « Rechercher », tapa « Maison ». Il obtint deux messages qu'il avait déjà consultés. Il essaya « Aliee » sans apostrophe et trouva un nouveau message, qui concernait une robe.

Il tapa « Sandy Lansing » et trouva un seul message, où Lansing n'était mentionnée qu'en passant. Il essaya « Sandy » seul, puis « Lansing » seul, retomba sur ce message unique. Il revint au dossier « Envoyé » et réitéra l'opération. Il trouva neuf références à Alie'e et aucune à Lansing : un courrier où Hanson confiait à une certaine Ardis – sans nom de famille – qu'Alie'e avait une liaison avec quelqu'un qui s'appelait Jael, et que quelqu'un d'autre, Amnon, était atrocement jaloux.

Je crois qu'Amnon serait capable de tuer Jael si elle disait juste ce qu'il faut...

Lucas envoya ce message à l'imprimante et nota l'adresse électronique.

Sallance Hanson était assise sur un canapé, moulée dans une robe noire, un chapeau noir posé à côté d'elle, quand Lucas entra dans le salon. Swanson, qui se tenait dans un fauteuil moelleux en face d'elle, se leva et dit :

— Mam'zelle Hanson, voici le chef adjoint Davenport.

Hanson fit un quart de tour sur son canapé et tendit la main sans se lever. C'était une jolie blonde de quarante et quelques années, avec une bouche mince et têtue et des yeux bleus à l'éclat froid. Elle avait souligné leur pourtour au crayon noir et mis une touche de gris sur ses paupières ; l'ensemble lui conférait un petit air de chiot épuisé, presque agonisant à force d'avoir trop joué.

— Quand m'emmenez-vous au poste ?

— Je vous demande pardon ? fit Lucas.

— Pour que je fasse ma déposition ?

— Ah, oui. L'inspecteur Swanson va s'en occuper. En fait, nous allons sans doute pouvoir prendre votre déposition ici même... Mais je voudrais d'abord vous parler d'un autre sujet.

— Avez-vous retrouvé ce zonard ? C'est moi qui l'ai repéré.

— C'est précisément de ça que je veux vous parler.

Elle haussa les sourcils.

— Vous l'avez retrouvé ? Mais... personne ne m'a prévenue ! Comment se fait-il qu'on ne m'ait rien dit ?

— Hmm..., intervint Swanson, vous êtes plus un... témoin qu'autre chose, mam'zelle Hanson. Vous ne faites pas précisément partie de l'enquête.

— Ce n'est pas comme ça que je vois les choses, riposta-t-elle.

— Pourtant, c'est la réalité, fit Lucas.

— Je pourrais en toucher un mot au maire, et il mettrait les choses au point avec vous. Le maire est un de mes amis.

— C'est aussi un des miens, répondit Lucas. Il m'a

nommé à mon poste. Il vous répéterait exactement ce que nous sommes en train de vous dire. Vous ne faites pas partie de l'enquête. Sauf peut-être en tant que suspecte.

— *Quoi ?*

— Deux meurtres viennent d'être commis sous votre toit, mademoiselle Hanson. Vous étiez sur place au moment des faits. Nous ne savons rien de vous, ni de vos relations avec les victimes. (Il sourit, se radoucit imperceptiblement.) Aucun politicien, notre maire compris, ne prendrait officiellement la défense de quelqu'un qui risquerait d'être inculpé du meurtre d'Alie'e Maison. Je suis sûr que vous pouvez comprendre ça.

— Oh... (Elle pencha la tête d'un côté puis de l'autre, pensive, se redressa sur le canapé, s'illumina, et dit :) Voilà qui est plutôt drôle – être suspectée de meurtre ! Sauf que je n'ai tué personne. Ni l'une ni l'autre. Ce zonard... il est déjà en prison ? Vous comptez l'amener ici ou quoi ?

Lucas l'observa avec une certaine gêne ; il recula d'un pas et s'installa dans un confortable fauteuil de cuir, joignit les mains en forme de haut-parleur devant sa bouche.

— Ce zonard s'appelle Del Capslock. C'est un policier infiltré. Un de nos *meilleurs* agents infiltrés.

— Ho-ho, fit Hanson en laissant glisser son regard de Lucas à Swanson. Cela pourrait vous valoir des problèmes. (Un froncement de sourcils.) Que fabriquait-il chez moi, pour commencer ?

— C'est le second point, dit Lucas. Del était à la recherche de... drogue. Mlle Maison s'est probablement injecté de l'héroïne. Elle avait des traces de piqûre au pli du coude.

— Non !

Le visage de Hanson exprima un choc – elle est

55

plutôt douée, songea Lucas. Sa main voleta artistiquement vers son visage.

— Alie'e se droguait ?

Un flic en tenue pénétra dans la pièce et dit :

— La télé vient de débarquer. En masse.

Lucas hocha la tête et déclara :

— D'accord, maintenez-les à distance. (Et, à Silly Hanson :) Mademoiselle Hanson, tout le monde s'est drogué pendant votre petit pince-fesses.

— Pas moi, se défendit-elle, une ombre sur le visage. Cette accusation est scandaleuse.

— Mademoiselle Hanson, l'agent en question est un spécialiste. Il affirme qu'un océan de produits stupéfiants a circulé sous votre toit, et il sait de quoi il parle. Le fait est qu'il est impossible qu'une telle quantité de drogue soit passée chez vous à votre insu.

— C'est de la foutaise ! riposta-t-elle, de plus en plus rageuse, et aussi un peu effrayée. Je ne comprends rien à ce que vous dites. Peut-être mon avocat devrait-il l'entendre.

Lucas ne tenait pas à mentionner l'e-mail avant qu'ils aient obtenu un mandat officiel pour saisir l'ordinateur. Il leva les deux mains, paumes ouvertes :

— Soit, appelez votre avocat et parlez-en avec lui. Ce qui est sûr, c'est que ça ne nous aidera pas dans notre enquête s'il est fait la moindre allusion à ce détail. Si vous vous laissez interviewer par la presse écrite ou la télévision et si vous mentionnez la présence de notre agent à votre soirée... nous allons devoir expliquer publiquement ce qu'il faisait là.

— C'est du chantage.

Elle était vive.

— Non, non. Vous pouvez raconter ce que vous voulez à qui vous voulez. Votre avocat vous le confirmera. Le Premier Amendement vous confère ce droit,

56

et tous les fonctionnaires de police de Minneapolis le respectent. (Il jeta un regard oblique à Swanson.) N'est-ce pas ?

— Absolument, fit Swanson avec componction. C'est même pour ça que je me suis engagé dans les marines.

— Je vous suggère simplement, enchaîna Lucas, de... prendre la mesure des conséquences avant d'adopter une position auto-destructrice. Si vous voyez ce que je veux dire.

— Vous me demandez de la boucler.

— En ce qui concerne notre homme, oui. C'est un agent infiltré. Si son signalement est divulgué, il perdra toute efficacité, et sa vie pourrait même être menacée.

— Et si c'était lui qui avait fait le coup ? Certains flics en sont capables. On lit parfois ce genre d'histoires. Il y a des meurtriers chez les flics aussi.

— Ce n'est pas lui, répondit Lucas. De toute façon, une équipe des affaires internes sera spécialement chargée d'étudier ses faits et gestes. Quand elle aura fini, nous saurons exactement tout ce qu'il a fait hier, minute par minute.

— Bon... je suppose que je peux le laisser en dehors de ma déclaration. À la presse.

— Parfait. Encore une question. On en reparlera lors de votre déposition officielle, mais je suis curieux. Alie'e Maison était très célèbre. Sans doute l'invitée la plus célèbre de votre soirée ?

Hanson leva les yeux au ciel et pencha la tête d'un côté, puis de l'autre, comme pour soupeser les équivalences de célébrité.

— Sans doute, répondit-elle enfin. Dans ce milieu-là, en tout cas. Nous avions aussi quelques financiers très connus, mais c'est un autre monde.

— Si elle était tellement célèbre, comment a-t-elle

pu s'éclipser dans une chambre sans que personne se préoccupe d'elle ?

— Ma foi, je l'ai déjà expliqué à l'inspecteur Swanson... Elle semblait avoir très sommeil, et elle a simplement eu envie de se reposer un peu. Du coup, nous l'avons installée dans cette chambre et nous avons fait le nécessaire pour dissuader les curieux. Alie'e avait un emploi du temps infernal, une nouvelle séance photo le matin de très bonne heure, tout ça. Elle était sur les rotules.

— Donc, personne n'est allé la voir à l'arrière de la maison ?

— Je ne dis pas ça. Peut-être certains de ses amis proches y sont-ils allés. (Son regard quitta Lucas ; il se peut qu'elle ne mente pas, se dit-il, mais elle est en train de s'écarter de la stricte vérité.) Il est même probable que certains l'aient fait. Nous nous sommes contentés de maintenir à distance les importuns.

— Laissez-moi vous apprendre une bonne chose, fit Lucas. Je ne vous déchiffre pas encore assez bien pour savoir si vous mentez, mais si c'est le cas, vous êtes en train de commettre un crime.

Il se tourna vers Swanson et demanda :

— Tu lui as lu ses droits ?

— Pas encore.

— Vas-y. (De nouveau, il fit face à Hanson.) Vous n'êtes pas tenue de nous raconter quoi que ce soit, vous pouvez exiger la présence d'un avocat, mais si vous nous parlez, mieux vaut que ce soit pour dire la vérité. Nous pouvons nous montrer sacrément tatillons sur les questions d'entrave à la justice dans les affaires de double meurtre.

Dans le hall d'entrée, une voix d'homme que Lucas reconnut s'éleva :

— Ohé ?

— Sloan ? Par ici.

Un instant plus tard, Sloan parut sur le seuil, lavé et prêt pour une nouvelle journée de travail : costume brun propre, chemise blanche, cravate rayée bleu et or.

— Lucas...

— Voici Mlle Hanson, la propriétaire de cette maison, dit Lucas. Il nous faut sa déposition, et aussi celle de la personne qui a découvert le corps d'Alie'e.

— Je peux entendre Mlle Hanson tout de suite, proposa Sloan. (Il sortit un Dictaphone et baissa les yeux sur Silly.) Si vous pouviez nous trouver un endroit tranquille et confortable ?

Silly Hanson agita une main, comme si cela n'avait aucune importance, et se tourna vers Lucas.

— Avant que vous ne partiez, laissez-moi préciser un détail. Vous n'êtes pas en train de me dire que je ne peux pas parler aux médias, vous dites simplement...

— Que vous devriez surveiller vos paroles. De près. Je me réjouis de vous voir à la télé, je m'attends à vous y voir. Vous n'avez quasiment aucun moyen de l'éviter – mais il y a certains aspects de l'enquête que nous ne souhaitons pas rendre publics.

— Comme cet agent infiltré.

— Qui ça ? demanda Sloan, regardant Lucas.

— Del était ici hier soir, expliqua Lucas.

— Ah. Une histoire de came ?

Hanson considéra Sloan, puis Lucas, puis de nouveau Sloan, et secoua la tête.

— Il n'y avait pas de came, dit-elle.

Swanson et Lucas informèrent rapidement Sloan de ce qu'ils savaient. Pendant qu'ils parlaient, Hanson se leva :

— Je reviens dans une seconde. Il faut que j'aille aux toilettes.

— Je vous retrouve dans la cuisine, lança Sloan.

— Tu as la liste des participants de la fête ? demanda Lucas à Swanson.

Swanson sortit un calepin de sa poche.

— Plus ou moins.

— Il y a un Amnon ? Ou Jael ?

— Ouais, ça me dit quelque chose. Un frère et une sœur. (Il feuilleta son calepin, retrouva les deux noms.) Voilà. Amnon Plain et Jael Corbeau. Pourquoi ?

— D'après un bruit qui court, Alie'e aurait plaqué Amnon pour sortir avec Jael, et Amnon n'aurait pas, mais alors pas du tout apprécié. Donc, vous me les convoquez au quartier général. (Il regarda Sloan.) Tu t'en occupes ? Appelle-moi dès qu'ils seront sur place : je veux y assister.

— Ça marche.

— Ce sont des noms bibliques, fit observer Swanson. Amnon et Jael.

— Ah ouais ? Et qu'est-ce qu'ils font dans la Bible ?

— J'en sais foutre rien, dit Swanson. C'est juste un souvenir de caté.

Lucas s'intéressa ensuite à Rowena Cooper, qui avait découvert le corps d'Alie'e, une femme mince et morose, aux cheveux noirs et aux yeux bordés de rouge ; elle était assise en compagnie de Dorothy Shaw, flic grassouillette aux allures de nounou.

— Je voulais lui dire bonsoir, dit Cooper. La dernière fois qu'Alie'e est passée en ville, on est allées au cinéma ensemble. Je voulais juste voir comment elle allait.

— Vous n'avez pas eu l'occasion de lui parler plus tôt ? interrogea Lucas.

— Non, non, je ne suis arrivée qu'à minuit. Elle s'était déjà retirée pour se reposer.

Cooper ne savait vraiment rien d'autre : elle avait traîné parmi les invités pendant un peu plus de deux heures, essentiellement dans l'espoir de parler à Alie'e, ne serait-ce qu'un moment.

— Nous partagions certaines inquiétudes sur la mode actuelle, sur les directions qu'elle semble être en train de prendre...

Elle paraissait sincèrement bouleversée par le meurtre, sans aucune trace de l'excitation sous-jacente de Hanson. Lucas tâcha de la consoler sans grand succès et la laissa avec Shaw.

— Del t'attend sur le perron, dit Swanson quand Lucas revint dans le séjour.

Del avait pris son temps pour s'habiller ; il portait un jean propre, des mocassins en bon état et un sweat-shirt gris aux manches retroussées sur les coudes. Il émanait de sa personne une vague senteur de déodorant au musc, et ses longs cheveux étaient encore humides.

— On va devoir parler de toi aux affaires internes. Il faudra que tu leur répondes, avertit Lucas. Histoire de te blanchir.

— Aucun problème, opina Del. J'ai entendu parler de cette soirée hier après-midi, et j'ai prévenu Lane que j'y allais. Je suis couvert.

— Bien.

Del et Lane étaient les deux agents du Groupe d'études stratégiques et de planification dirigé par Lucas.

— Au fait, je ne t'ai toujours pas dit pourquoi je

t'avais appelé hier soir, fit Del. Pourquoi je te cherchais. Quelqu'un t'a parlé de Trick ?

— Trick ?

— Trick Bentoin. Il était ici hier soir. Il vient de débarquer du Panama.

Lucas le dévisagea longuement avant de se risquer à un embryon de sourire.

— Tu te fous de ma gueule ?

— Pas du tout, mec, dit Del, écarquillant les yeux. Je lui ai parlé. Il a eu l'air de trouver mon histoire vachement marrante. Il ne rigole presque jamais, mais il a quand même failli tomber à la renverse dans le couloir.

— Nom d'un chien...

Lucas éclata de rire, et un instant plus tard Del se joignit à lui. Un flic en uniforme, dont la gueule d'enterrement était parfaitement appropriée à un lieu de crime, passa la tête dans l'encadrement de la porte d'entrée, constata à qui il avait affaire et se retira.

— Voilà qui risque d'être un peu dur à expliquer, réussit enfin à articuler Lucas.

Les Stups et la Brigade criminelle avaient travaillé de concert avec les enquêteurs de l'attorney du comté pendant plus de quatre mois afin de bâtir un dossier d'inculpation pour meurtre digne de ce nom contre Rachid Al-Balah. Al-Balah avait tué Trick Bentoin et jeté son corps dans un marais de la réserve naturelle Carlos Avery, qui était, selon l'État, la décharge à cadavres traditionnelle de la pègre des Villes jumelles. Ce dossier se composait d'un puzzle d'indices à charge : quelques graines recueillies à l'arrière de la Cadillac et identifiées par un botaniste de l'université du Minnesota comme étant spécifiques de ce marais ; des traces de sang du même groupe que celui de Bentoin au fond de la malle arrière ; un historique détaillé des menaces de mort proférées par Al-Balah à l'encontre de Bentoin ; l'absence totale d'alibi...

Al-Balah croupissait en prison depuis un peu plus d'un mois, en attente d'une condamnation à perpète pour meurtre au premier degré.

— Et le sang dans la bagnole ? demanda Lucas.

— Trick n'était pas au courant, fit Del. Il avait eu vent d'un plan au Panama – un mec plein aux as et persuadé de savoir jouer au gin rummy – et avait sauté dans le premier avion. Il n'a jamais entendu parler du procès. Il faut dire qu'il n'a pas fait les gros titres au Panama.

Lucas se gratta le crâne.

— Et merde. Je vais devoir prévenir l'attorney du comté. Il ne va pas être ravi. Ce procès lui a valu un tas de bons papiers dans la presse.

— Le pire, c'est que cet enfoiré d'Al-Balah se retrouvera bientôt dans la rue.

— Et qu'est-ce que ça inspire à Trick ?

— Il m'a dit : « Vous devriez le laisser à l'ombre. Vous savez bien qu'il a tué quelqu'un. »

— Un point pour lui, reconnut Lucas.

Au bout de la rue, un projecteur de la télévision s'alluma, et Lucas tourna la tête : Silly Hanson se faisait interviewer, posant dans sa robe noire sur sa belle pelouse. Au bout d'un moment, le gros projecteur fut coupé, et deux caméramen se mirent à arpenter le gazon avec un éclairage portatif. Un camion-régie n'allait pas tarder à être installé.

— Nom de Dieu ! lâcha Lucas.

— Ça va être un sacré cirque, dit Del.

— Je sais... Hanson dit qu'elle n'a absolument pas entendu parler de drogue.

— Tu t'attendais à quoi ? Les seules personnes qui

n'étaient pas occupées à se foutre quelque chose dans le nez ou dans le bras étaient trop bourrées pour le faire.

— Tu connaissais certains invités ?

— Seulement de vue. Et aucun ne me connaissait, ça va de soi.

Swanson passa la tête à l'extérieur, cherchant Lucas.

— Rose Marie vient d'appeler, dit-il. Tu as rendez-vous à six heures et demie à son bureau.

— D'accord.

Lucas se retourna vers Del.

— Il va falloir que tu répondes aux affaires internes le plus tôt possible. Dès que tu seras blanchi, demande à tes potes des Stups de mettre la pression sur tous les dealers qui pourraient avoir vendu de la dope à Maison ou à ses amis. Tâchez de trouver où elle s'est procuré la poudre qu'elle s'est injectée dans les veines hier soir, si elle l'a achetée ici ou si elle l'avait apportée avec elle.

— Entendu.

— Le vrai problème, si les médias découvrent que tu étais de la fête, c'est qu'ils vont tout faire pour balancer ton portrait. Et si ta photo passe au journal du soir, tu n'auras plus qu'à te trouver un autre boulot. En payant toutes tes contredanses en retard au passage.

— Non, non, non, pas question de passer à la télé. Je veux absolument rester en dehors de ça.

— Je ferai de mon mieux, mais si la nouvelle s'ébruite, on va avoir besoin d'une catastrophe aérienne de première ampleur pour faire diversion. Et tu sais aussi bien que moi que ce fichu département fuit de partout.

— Une catastrophe aérienne n'y suffirait pas, fit Del d'un air lugubre, le regard fixé sur les projecteurs de la télévision. Pas avec la mort d'Alie'e Maison.

64

Belle, riche, célèbre... et étranglée. Un rêve en or pour CNN. Ils vont se jeter comme des vautours sur tous ceux qui ont été en rapport avec elle à un moment ou à un autre de sa vie. Alors, dès qu'ils sauront que j'existe... Merde ! Il faut qu'on retrouve ce mec. (Il indiqua la maison d'un coup de menton, mais il parlait du tueur.) Il faut qu'on le retrouve fissa.

4

Rose Marie Roux, qui avait perdu quinze kilos grâce à un nouveau régime exclusivement protéiné, envisageait à présent un lifting.

— Juste deux petits coups de bistouri pour me retendre les côtés, expliqua-t-elle à Lucas.

Rose Marie était le chef de la police de Minneapolis. Elle porta les mains à son visage, sous chaque pommette, et en étira la peau vers l'arrière jusqu'à forcer un sourire. Le maire entra à cet instant dans son bureau, la regarda fixement.

— Que se passe-t-il ?

Elle écarta les mains, et son visage reprit son aspect habituel.

— Un lifting, dit Lucas en bâillant.

Il aimait faire des heures sup le soir, pas le matin.

— Je suis moi-même assez tenté par les implants capillaires, reprit le maire, qui souffrait d'un début de calvitie. Vous croyez que ça se verrait ?

— Les implants m'ont toujours fait penser à des petits buissons plantés au flanc d'une colline gazonnée, si vous voulez mon avis, répondit Rose Marie. Ne permettez jamais à quelqu'un d'avoir une vue plongeante sur vous dans l'escalier.

— Ce que vous dites est valable pour les implants à l'ancienne. Moi, je pense aux micro-implants – ils sont censés faire vraiment naturel.

Ils discutèrent quelques minutes de chirurgie plastique et de micro-implants, en bons politiciens sur le retour s'adonnant à leur sport favori – l'autocomplaisance –, jusqu'à ce que Lucas laisse échapper un nouveau bâillement. Le maire interrompit son babil au beau milieu d'une phrase et lui demanda :

— Comment est-elle morte ?

— Étranglée, répondit Lucas en se redressant sur son siège. Peut-être violée. Rose Marie vous a parlé de la deuxième ?

Le maire rejeta la tête en arrière et fixa sur Lucas un regard de faon éberlué – si tant est qu'un ex-avocat dégarni, trapu, bâti comme un tonneau et spécialisé dans les accidents personnels puisse ressembler à un faon éberlué...

— Une deuxième quoi ?

Il se tourna vers Rose Marie, qui répondit en haussant les épaules :

— Je n'y peux rien. Un deuxième cadavre a fait son apparition, planqué au fond d'un placard. Je viens de l'apprendre.

— Encore un mannequin ? fit le maire.

— Non, dit Lucas, qui dressa au maire un bref panorama du double meurtre. Au fait, votre amie Sallance Hanson m'a prévenu : si on n'est pas gentils avec elle, elle vous appellera.

— Qu'elle aille se faire voir. Fouettez-la à coups de chaîne si ça vous chante.

— Ah bon ? s'étonna Rose Marie, haussant les sourcils.

— Elle m'a fait un chèque de deux cents dollars, dit le maire. À ce tarif-là, on a tout juste droit à un autographe signé. Pas question que j'aille mettre mon nez dans une affaire de meurtre. (Son regard revint sur Lucas.) Des pistes ?

— Sans doute, mais je ne suis pas au courant. On travaille encore sur place. Maison s'injectait quelque chose dans les veines, vraisemblablement de l'héroïne. L'autre fille avait le pourtour du nez rouge, comme quelqu'un qui a sniffé pas mal de coke.

— Coke et héroïne, répéta le maire, la chambre de commerce va adorer. Que raconte-t-on aux gens du showbiz ?

Les gens du showbiz étaient les journalistes de télévision.

— Qu'il s'agit sans doute d'une histoire de drogue, répondit Lucas.

Le maire fronça les sourcils.

— Une histoire de drogue, ça ne sonne pas bien.

— Il n'y a *rien* qui sonne bien dans cette affaire, déclara Lucas. Mais parler de drogue, c'est bon pour la comprenette. Et c'est ce qu'il nous faut. Un truc simple. Banal. Compréhensible. Rien d'exotique. Pas d'orgie, pas de perversion sexuelle, pas de gros pactole ni d'amant jaloux, bref, pas de scandale. Rien d'autre qu'un salopard qui traîne quelque part. Et le showbiz gobera l'héroïne. Il y a tellement de poudre en circulation dans le milieu de la mode que c'est même devenu un look il n'y a pas si longtemps. Tous les mannequins tiraient la même tronche de toxico en bout de course. Personne ne s'étonnera.

— Je ne veux pas que ce truc traîne en longueur. Ni que ça devienne un sujet de débat sociocu pour intellos du showbiz.

— C'est ce que je dis, fit observer Lucas. Rien de

mystérieux, rien d'exotique. Une simple histoire de toxicos, voilà ce qu'il nous faut.

— Parlez-lui de la fenêtre, intervint Rose Marie.

— La fenêtre ?

— Dans la chambre voisine de celle du meurtre – en tout cas voisine de celle où on a retrouvé le corps de Maison, mais c'est sans doute la même –, la fenêtre n'était pas fermée. Quelqu'un aurait pu sortir par là. Ou plus vraisemblablement entrer. Un de ces cambrioleurs risque-tout, un monte-en-l'air quoi.

— Avec toute cette foule dans la baraque ? Il devait y avoir de la lumière.

— La lumière semble exciter ce genre de mecs, observa Lucas. Ils s'éclatent à entrer par effraction dans les maisons où il y a du monde – parce qu'ils sont agités du bocal. En général, quand on en coince un, on se retrouve face à un mec prêt à violer ses victimes. Voire à les tuer. Des fêlés du grand frisson.

— Nom d'un chien..., grommela le maire, secouant la tête.

— Mieux vaut s'en tenir à une histoire de came, reprit Lucas. Si c'est un dealer qui l'a rectifiée, ou si elle est morte pour quelques grammes de blanche, les gens comprendront. C'est un événement ponctuel, et Alie'e est partiellement responsable. Elle serait toujours en vie si elle ne s'était pas shootée. Mais si c'est un monte-en-l'air, alors ça veut dire qu'on a un tueur en série sur les bras, et un de la pire espèce – de ceux qui sont capables de se glisser dans votre chambre pour vous étrangler même s'il y a un tas de gens chez vous.

— Comme dans certains films d'horreur, commenta Rose Marie. *Halloween*, ou celui avec le mec qui a des couteaux à la place des doigts.

— Non, non, non, je ne veux pas de ça, fit le maire, balayant l'idée d'un revers de main.

— C'est bien ce qu'on pensait, dit Rose Marie avec un sourire forcé.

— Va pour la drogue, concéda le maire. Qui avez-vous choisi pour mener la revue ?

— Frank Lester, répondit Rose Marie. Lucas et son groupe interviendront en parallèle – ils l'ont déjà fait. De cette façon, tout le monde se sentira plus à l'aise.

— Bien. Va pour le Groupe de planification straté-gique...

— Groupe d'études stratégiques et de planification, corrigea Lucas. J'ai besoin d'une femme. Marcy Sher-rill, de la Criminelle, est prête à nous rejoindre.

Rose Marie secoua la tête.

— Il faudrait que je nomme quelqu'un d'autre à la Criminelle. Mon budget est trop serré.

— On vous rapporte vingt fois ce qu'on coûte, dit Lucas d'un ton patient. Et il me faut une femme pour intervenir sur ce dossier.

— Il y a des aspects politiques...

— Les meurtres ont baissé de quatorze pour cent, en grande partie grâce au boulot que mes deux hommes et moi avons fourni pour repérer les crimi-nels. Ça, c'est de la politique.

Le maire leva les mains pour couper court à la polé-mique et s'adressa à Rose Marie :

— De toute façon, la moitié des effectifs de la Cri-minelle va devoir bosser sur cette affaire, alors pour-quoi ne lui prêtez-vous pas Marcy pour la durée de l'enquête ? On trouvera une solution pour la suite.

Rose Marie soupira.

— Soit. Mais j'ai besoin d'une rallonge.

Le maire leva les yeux au ciel.

— Qui n'en a pas besoin ? (Et, après une pause :) Vous vous chargez des médias ?

Rose Marie acquiesça.

— Il faudra quand même que vous soyez présent vous aussi, au moins la première fois. Cette affaire va rameuter du monde.

— Qui, à votre avis ?

— Tout le monde. Quatre chaînes locales et un collaborateur de CNN campent déjà devant chez Hanson. Les grands réseaux seront bientôt sur place. Sans compter la plupart des magazines à potins. *People*. *The Star*.

— Dans ce cas, observa le maire en fixant Lucas, il ne suffira pas de dire « C'est une affaire de drogue ». On a quelqu'un à leur jeter en pâture ? Une petite merde de dealer sur qui ils pourraient s'exciter pendant deux ou trois jours ?

— Je vais me renseigner, proposa Lucas.

— S'il vous plaît. Plus ils auront d'os à ronger, moins ils passeront de temps à demander pourquoi on ne fait rien. (Le maire porta une main à son front.) Vous savez, je commence à regretter de ne pas m'être occupé de ces fichus implants. J'aurais dû démarrer l'année dernière.

Rose Marie s'étira la peau des joues.

— Il n'est jamais trop tard, dit-elle.

La réunion avait duré un quart d'heure. Au moment où Lucas s'éloignait, Rose Marie lui lança :

— Hé ! Branchez votre téléphone, d'accord ? Jusqu'à la fin de l'enquête.

Lucas eut un haussement d'épaules. Sur le chemin de son bureau, il composa le code de Del sur son portable pour déclencher la numérotation rapide. Del était

71

en plein interrogatoire aux affaires internes. Lucas lui transmit la requête du maire.

— Je verrai ce qu'on a en stock dès que je serai sorti d'ici, répondit-il.

— Comment ça se passe avec les bœuf-carottes ?

— Très bien. Ces gens sont adorables.

Lucas coupa la communication et rangea son téléphone dans sa poche. Del était capable de se débrouiller seul. De retour dans son bureau, il s'étira, tomba la veste et s'enferma sans allumer. Il ouvrit le tiroir supérieur de son bureau, s'affaissa dans son fauteuil, plaça les deux pieds en appui sur le tiroir. Pas encore tout à fait sept heures. En temps normal, il n'aurait pas encore ouvert les yeux à cette heure.

Des années auparavant – avant de s'enrichir presque par inadvertance –, il avait inventé des jeux de société, une façon pour lui d'arrondir son salaire de policier. Ces jeux avaient pris forme lors de nuits blanches qui tendaient maintenant, dans sa mémoire, à se confondre avec le temps passé à courir les rues. Il avait fini par les doter d'un support informatique, Lucas continuant d'écrire les scénarios pendant qu'un analyste-programmeur recruté à l'université du Minnesota élaborait le code des logiciels.

Cette évolution déboucha sur la fondation de Davenport Simulations, une petite entreprise de logiciels spécialisée dans les simulations informatiques de situations extrêmes, simulations qui avaient pour but premier de former le personnel de communication de la police à une gestion rapide et efficace des crises auxquelles il se trouvait confronté. Quand la direction de l'entreprise lui racheta ses parts, la majorité du personnel du 911 avait planché sur les logiciels de Davenport Simulations.

Les simulations n'intéressaient pas beaucoup Lucas.

Elles avaient simplement été pour lui un moyen évident et logique de gagner de l'argent – beaucoup plus qu'il s'était jamais attendu à en gagner. Et si les jeux continuaient de l'intéresser, il avait perdu sa place dans leur univers. Les nouveaux jeux informatiques d'action et de stratégie en trois dimensions allaient aujourd'hui bien au-delà de tout ce qu'il aurait été capable de concevoir, ne fût-ce que cinq ans plus tôt.

Devenu riche, il avait quitté la rue pour entrer dans la sphère politique de l'action policière. Mais, depuis six mois environ, sa vie donnait de nouveau des signes de changement. Il s'était remis à arpenter nuitamment les Villes jumelles. À fréquenter des lieux où il n'était pas allé depuis des années : des bars, des bowlings, des salons de coiffure, telle confiserie servant de façade à un bookmaker, des bars à strip-tease camouflés en clubs pour gentlemen. À dépoussiérer de vieilles relations.

Il avait revu d'anciens amis. Et il en était venu à concevoir l'idée d'un nouveau type de jeu – un jeu ancré dans le monde réel, avec de vraies victoires à remporter, un vrai trésor à la clé, où l'on s'appuierait peut-être sur un ordinateur de poche et un téléphone portable. Il s'était remis à veiller tard pour travailler à cette idée. Il en était encore au stade du gribouillage, crayon en main, mais déjà une flopée d'ordinogrammes était scotchée à sa table de dessin. Une idée par nuit, c'était tout ce qu'il demandait. Quelque chose d'exploitable. Mais une idée par nuit, cela représentait une grosse masse de réflexion.

Il se carra dans son fauteuil, ferma les yeux. Dans son for intérieur, il revit Alie'e Maison sur la moquette, le pied dépassant du lit, et l'autre fille recroquevillée devant son placard. Alie'e et ses amis étaient des toxicos, et les toxicos se faisaient tuer ; une règle observée quarante ou cinquante fois par an à Minneapolis, des milliers de fois dans tout le pays.

De son point de vue, les toxicos ne valaient pas grand-chose, et s'ils mouraient, bah ! c'était le sort qui leur était dévolu. Il se souciait comme d'une guigne de la célébrité d'Alie'e. Cette célébrité était purement éphémère. Ce n'était pas le résultat de son travail acharné, ni de sa supériorité intellectuelle ou morale, mais un simple produit dérivé de son aspect physique.

Il n'éprouvait aucun désir de vengeance – juste les premiers picotements de son instinct de chasseur. Tout à fait autre chose. Et qui n'avait rien à voir avec Alie'e Maison. C'était entre ses hommes et ceux d'en face.

L'image de Catrin jeune fit irruption dans son esprit. Bon Dieu, la dernière fois qu'ils s'étaient vus...

Les yeux de Lucas étaient clos, et les coins de sa bouche se relevèrent. Un début de sourire, et guère séduisant. Il se sentait un peu usé ; il se sentait vaguement soumis à des pressions politiques ; et il sentait qu'un meurtrier rôdait en liberté, quelque part. Peut-être en train de courir, peut-être pas. Pendant que lui avait une femme en tête, quelqu'un à qui penser.

Voilà comment la vie était censée être. Bien droit dans ton fauteuil, regrettant d'avoir arrêté de fumer, soucieux de trente-six machins à la fois. À l'opposé de cette sensation d'être démobilisé, un rien paumé à force d'éprouver... ce confort merdique, et si familier, de mec plein aux as.

Comme *ça*.

Il dormait comme un bébé quand le téléphone sonna.

5

Noir complet. Un goût désagréable. Lucas se redressa dans son fauteuil. Le téléphone sonnait toujours. Après un moment de stupeur, il se rendit compte qu'il était dans son bureau, qu'il avait piqué du nez. Il soupira, trouva le combiné à tâtons.

— Ouais ?

Sloan :

— Le môme Amnon est en route, il arrive. Sa sœur aussi. Jael, ou Yael.

— Oui, Jael.

Lucas se frotta les yeux, chercha l'interrupteur en gardant le téléphone collé contre son oreille, regarda sa montre. Sept heures un quart.

— Ils arrivent quand ?

— Amnon est à Saint Paul. Il a un truc à finir, mais il croit pouvoir s'en débarrasser dans les dix minutes. Il devrait débarquer dans une petite demi-heure. Sa sœur pense arriver vers neuf heures. Elle a l'air assez secouée. On entendait quelqu'un chialer en fond sonore. Tu m'as bien dit que tu voulais être de la partie ?

— Exact. Ils viennent avec un avocat ?

— Je sais pas. Ah, Maison a été transférée à la morgue, le légiste va l'examiner. J'y vais.

— Attends-moi. Je t'accompagne.

Le médecin légiste était un homme de taille moyenne, aux longs cheveux gris rassemblés en une impeccable queue-de-cheval. Il avait des lunettes cerclées d'or et un petit air distrait. Il les reçut dans son bureau – un placard de fonctionnaire classique, sans le moindre cadavre en vue.

— Je me suis juste livré à un examen préliminaire, rien de plus ; on va attaquer l'autopsie complète dans la foulée. Les premiers résultats biochimiques tomberont en fin d'après-midi. Mais je peux déjà vous annoncer trois choses. Un, vous pensez qu'elle a été étranglée, et je suis en mesure de confirmer que c'est presque sûrement le cas. Rien à voir avec une asphyxie accidentelle consécutive à un jeu sexuel ni quoi que ce soit dans ce genre-là. L'os hyoïde est brisé, ce qui exige la pression directe, vraisemblablement avec les deux pouces, d'une solide paire de pognes.

— Un homme, donc, dit Sloan.

— Tu envisageais autre chose ? s'enquit Lucas, fronçant les sourcils.

— Si j'en crois certaines rumeurs, elle était passée dans le camp adverse. Ou plutôt, elle marchait à voile et à vapeur, mais ces derniers temps, elle sortait plutôt avec des filles.

Le légiste secoua la tête.

— Je ne peux pas vous garantir que c'est un homme qui a fait le coup. Juste que c'est quelqu'un qui a de la force dans les mains. Voici le deuxième point : les gars des premières constatations ont suggéré une activité sexuelle juste avant sa mort. Je peux vous dire qu'elle en a eu, mais *un peu* de temps avant. Une heure, peut-être deux. Il y a deux ou trois éraflures et des petits hématomes autour de sa vulve. Des traces d'ongle, je crois, à peine de quoi provoquer un léger saignement – mais les hématomes ont quand même eu le temps de se développer avant le décès. Et il semblerait – je vous le confirmerai avec certitude après l'autopsie – que, malgré ces hématomes qui évoquent des ébats un peu brutaux, il n'y ait pas eu de pénétration complète. En tout cas pas par un pénis. Les jeux sexuels ont sans doute été essentiellement manuels et oraux. Il n'y a pas de sperme.

Lucas regarda Sloan, qui demanda :

— Ça fait deux points, ou trois ?

— Deux, répondit le légiste.

— Quel est le troisième ? s'enquit Lucas.

— L'absence de blessures de défense. Pas d'autres hématomes, aucune trace de lutte, aucun signe que le tueur ait dû combattre pour garder sa prise. Elle ne l'a pas griffé : ses ongles sont nets. Je n'ai pas relevé le moindre indice suggérant qu'elle se serait débattue. Elle s'est tout bonnement... laissée partir. Ce meurtre, quel que soit son auteur, n'a pas posé de problème.

— La poudre, fit Sloan. Elle ne s'est peut-être même pas rendu compte qu'elle était en train de crever.

— Ah oui, c'est un quatrième point, dit le légiste. Elle a bel et bien une trace de piqûre au bras, et il y en a d'autres entre ses orteils. Elle s'est shootée un certain nombre de fois.

— Accro ?

— Je vous le dirai plus tard. Tout ça est provisoire. J'aurai des conclusions définitives cet après-midi.

Lucas passa par le bureau de son chef et lui fit un résumé de ce qu'avait révélé le médecin légiste. Rose Marie prit quelques notes.

— Donc, ça pourrait bien être une affaire de drogue, résuma-t-elle.

— Oui. Probable.

— Il me reste une demi-heure avant la conférence de presse. J'ai promis à tout le monde que vous nous livreriez le meurtrier menottes aux poings devant les micros.

— Ou la meurtrière.

— Ah oui ?

— Peut-être.

Rose Marie se détourna vers la fenêtre, scruta un instant le trottoir désert en plissant les paupières, secoua la tête.

— Sûrement pas, dit-elle. C'est un homme. Une femme n'aurait pas tué Alie'e Maison.

— Vous en êtes sûre ?

— Oui. Et, sérieusement, Lucas...

— Mmm... ?

— Ce serait bien qu'on le serre vite.

La tête de la secrétaire de Rose Marie se profila dans l'embrasure.

— Lucas, Sloan m'a demandé de vous prévenir qu'un certain M. Plain est arrivé.

Je dois y aller, fit Lucas. Bonne chance avec le showbiz.

Sloan attendait au fond de la salle de la Criminelle, en compagnie d'un grand jeune homme aux cheveux et aux yeux noirs, qu'on aurait pu qualifier de svelte s'il n'avait eu les épaules trop larges ; il aurait été parfait pour un rôle de motard déjanté dans un film rock des années soixante. Il portait un blouson de cuir noir, un pantalon noir et un tee-shirt blanc. À quelques pas de distance, un autre type, bien en chair, cheveux bruns, taches de rousseur, casquette de base-ball Star Wars et anneau d'argent à l'oreille, était assis en diagonale sur une chaise à dossier droit.

Sloan vit Lucas arriver.

— Commissaire Davenport, Amnon Plain. Il était à la fête et a accepté de venir nous parler.

Le grand jeune homme adressa un signe de tête à Lucas, et le brun assis sur sa chaise lança :

— Prends un avocat, mec.

— J'en ai besoin ? demanda Plain à Lucas. D'un avocat ?

Lucas haussa les épaules.

— Je n'en sais rien. Vous avez tué Alie'e ?

— Non.

Rien de plus. Pas de commentaire outré, aucune explication sur les raisons pour lesquelles il n'aurait pas voulu ou pas pu la tuer.

— Si vous avez une théorie à la fois simple et convaincante, reprit Lucas, il ne devrait pas y avoir de problème. S'il y a des ambiguïtés dans votre déposition... peut-être devriez-vous faire appel à un avocat.

Plain considéra le brun, qui lui dit :

— Fais ce que te conseille ce gus. Prends un avocat.

Le regard de Plain chercha Lucas, puis Sloan, avant de revenir sur Lucas.

— Au diable l'avocat. Par contre, je veux pouvoir enregistrer ma déposition. J'ai apporté un Dictaphone.

— Aucun problème, fit Lucas.

Plain demanda ensuite si le brun pouvait rester, et Lucas se tourna vers Sloan, qui haussa les épaules.

— Je ne préférerais pas...

— Prends un avocat, interrompit le brun.

— ... mais, après tout, s'il se tient à carreau...

— D'accord, il peut venir, trancha Lucas.

Ils entendirent la déposition d'Amnon Plain dans une salle d'interrogatoire, avec trois appareils enregistreurs sur la table : deux magnétos de la police censés se couvrir mutuellement en cas de panne, et le Sony miniature de Plain.

Sloan attaqua en mode brave flic :

— Si vous nous disiez simplement où vous étiez, ce que vous avez fait et qui vous avez vu hier soir ?

Plain plongea la main dans une poche de son blouson, en sortit un carnet de notes à reliure orange, l'ouvrit.

— Je suis arrivé chez Silly Hanson juste après dix heures – vers dix heures dix, pour être précis. Avant, et depuis huit heures environ, j'étais au New French Café avec des amis. Ces amis sont...

Il dressa la liste des amis en question. Au cours des cinq minutes suivantes, il délivra un récit quasiment minuté de sa soirée, en citant chaque personne rencontrée sur son chemin.

Et en ce qui concernait Sandy Lansing ?

Plain secoua la tête.

— Je ne sais pas. Si je voyais une photo d'elle, peut être que je la reconnaîtrais, mais son nom ne me dit rien. Cette fête était ouverte... à un milieu particulier.

— Quel genre de milieu ?

— Celui des artistes branchés et pleins de thune.

— De la drogue ?

— Il y en avait dans tous les coins.

— Vous en consommez ?

Sloan avait formulé sa question d'un ton relativement

doux, mais un serpent était tapi dessous, et tout le monde le sentit. Plain n'hésita pas un instant.

— Non. Je n'utilise aucune substance chimique. Je l'ai fait, pendant deux ans, quand j'étais jeune. Je me suis tapé de la cocaïne, de l'héroïne, des amphés, de l'ecstasy, de l'acide, du peyotl, de l'herbe, de l'alcool, de la nicotine, et encore deux ou trois autres trucs. Des hypnotiques. Du Quaalude. Puis je me suis aperçu que chacun de ces produits me rendait plus stupide, et j'ai décidé que c'était un luxe que je ne pouvais pas m'offrir. Alors, il y a onze ans, j'ai tout arrêté.

— De l'aspirine ? interrogea Lucas avec une pointe de raillerie.

— Je continue de prendre de l'aspirine et de l'ibuprofène. Je ne suis pas débile.

Son ton ne recelait aucune réaction perceptible au sarcasme, ce qui laissa à Lucas l'impression diffuse qu'il venait de faire une vanne puérile. Plain menait aux points.

— Que s'est-il passé ensuite ? demanda Sloan.

Vers minuit, Plain avait quitté la fête pour rejoindre son studio de Saint Paul Lowertown avec un ami, Sandy Smith. Ils y avaient retrouvé un collaborateur, James Graf, pour visionner les négatifs de la séance photo du matin. Après avoir bossé une demi-heure, Smith était reparti chez lui pendant que Plain et Graf continuaient seuls.

— Des photos de quoi ? questionna Lucas.

Plain pencha la tête.

— Vous ne le savez pas ?

— Non.

— Tu parles d'une enquête, glissa Plain à son ami brun, avant de répondre aux policiers : J'ai passé toute la matinée d'hier et le début de l'après-midi à faire des photos de mode avec Alie'e.

— Vous aviez des relations personnelles avec Alie'e ? s'enquit Sloan.

— Comment ça, « personnelles » ? Vous voulez savoir si je la baisais, c'est ça ?

— Ou autre, intervint Lucas.

— Non. Je ne la baisais pas. Alie'e ne m'intéressait pas. C'était une poupée. Un de ces jouets où on plante son dard pour tirer un coup. Ou, si on est une femme, sa langue. Elle ne pensait qu'à s'éclater, ça n'allait pas plus loin.

— Votre sœur avait une liaison avec elle ? demanda Lucas.

— Ouais. Elles se broutaient le minou, et tous les autres trucs que font les filles ensemble. Elles s'envoyaient de l'héroïne dans les veines, elles se poudraient le nez à la coke.

Sloan émit un grognement.

— J'en ai parlé à une personne présente à la fête, insista Lucas, et elle m'a dit que vous étiez tellement jaloux de cette liaison que vous auriez pu tuer Jael si vous en aviez eu l'occasion. Ce qui m'incite à croire qu'Alie'e comptait plus pour vous qu'un modèle parmi d'autres.

Plain inclina la tête, scruta Lucas avec une sorte de curiosité et lâcha :

— Vous mentez. Personne ne vous a dit ça. Mais c'est tout de même intéressant. Apparemment, vous tenez un petit bout de quelque chose, quelque part, et vous ne savez pas exactement quoi en faire.

— Prends un avocat, grogna son ami.

Lucas sourit involontairement. Il avait été pris la main dans le sac – ce qui excitait *sa* curiosité.

— Dites-moi pourquoi vous pensez que je mens, proposa Lucas.

— Parce que vous avez inversé les données.

— Quoi ?

— Je n'en veux pas à ma sœur de m'avoir pris Alie'e. Si je suis un brin jaloux – ce que je veux bien admettre –, c'est parce que Alie'e m'a pris Jael.

Dans le silence immédiat qui s'abattit, l'ami brun gronda :

— Et merde !

Lucas et Sloan échangèrent un regard tout en s'efforçant de saisir ce que Plain venait de leur révéler. Plain, jetant son dévolu sur Sloan parce que c'était celui des deux flics qui lui semblait le plus réglo, se pencha en avant et lâcha :

— Hé oui. Je baisais avec ma sœur.

— Voilà ce que j'appelle un interrogatoire, déclara Sloan quand Plain et son ami furent repartis.

Ils disposaient d'une heure et demie d'enregistrement. Lucas se massa les tempes.

— J'aurais presque compati sur la fin, dit-il. Deux parents bourrés de pognon qui se la jouent bohème et qui finissent par divorcer. Chacun garde un gosse. Les mômes ne se revoient plus, ne se parlent plus pendant quinze ans, et voilà qu'ils retombent l'un sur l'autre, presque deux étrangers, aussi beaux l'un que l'autre, l'une mannequin et l'autre photographe, frayant dans le même milieu. S'ils n'avaient pas été frère et sœur, on se serait attendu à les retrouver au lit ensemble.

— Peut-être, sauf que...

Lucas l'interrompit d'un hochement de tête.

— Et il y a autre chose.

— Quoi donc ?

— Il prétend que sa sœur a abandonné la mode pour se lancer dans la céramique, qu'elle est très cotée chez les galeristes. J'ai connu deux ou trois artistes de ce genre.

83

— Je n'en doute pas, marmonna Sloan, qui se faisait une idée excessive de la vie amoureuse de Lucas.

— Et je peux te dire un truc à leur sujet. Ils t'attrapent leur glaise, ils te la retournent dans tous les sens, ils te la pétrissent et te la malaxent et te lui refilent de ces baffes... Au bout de quelques années de ce régime, ils se retrouvent avec des paluches de catcheur.

— Et Alie'e a été étranglée, conclut Sloan. Ça va être intéressant de causer à la sœurette.

Le petit ami d'Alie'e, un bellâtre qui soutenait mordicus que Jax était son nom unique, débarqua dans les locaux de la Brigade criminelle avec quelques secondes d'avance sur Jael Corbeau et son avocat. Lucas dut choisir son interrogatoire, et il opta pour celui de Jael.

Sloan enregistra sa déposition, avec Lucas et Swanson en spectateurs ; Lucas tâcha de ne pas trop la dévisager, mais Jael Corbeau était de ces femmes qui attirent les regards. Pas sur-le-champ – pas comme ces bombes qui explosent dès qu'on pose les yeux sur elles –, mais, au bout d'une minute ou deux, il s'aperçut qu'il avait énormément de mal à regarder ailleurs. Blonde, elle avait les mêmes traits anguleux que son frère. Et elle avait des marques sur le visage, des cicatrices, qui exerçaient sur lui un effet curieux : elles perturbaient sa respiration.

Après les préliminaires d'usage – Sloan lut l'avertissement légal, et l'avocat précisa qu'il pourrait le cas échéant demander à sa cliente de ne pas répondre à certaines questions et que cela ne devait en aucun cas être pris comme un indice de culpabilité –, Sloan ouvrit le feu :

— Parlez-nous de vos relations avec Alie'e Maison.

Jael regarda son avocat, qui hocha la tête.

— Eh bien, je ne l'ai pas tuée. Ni l'autre fille.

— Ravi de l'apprendre, fit Sloan en souriant. Vous voyez qui pourrait l'avoir fait ?

— Non. Vraiment. J'ai retourné tout ça cent fois dans ma tête, et je n'arrive à rien. (Ses yeux quittèrent Sloan et s'arrêtèrent sur Lucas.) Personne ne la détestait assez. Je veux dire, je ne sais pas pour les autres femmes, mais Alie'e... Elle déplaisait sans doute à certains, mais pas au point qu'on puisse lui vouloir du mal.

— Et à New York ? interrogea Sloan. Quelqu'un de là-bas, peut-être ?

— Non, répondit-elle, sans cesser de regarder Lucas. Des dix ou quinze top models dont on parle vraiment, vous savez, les stars, elle était numéro sept ou huit. Elle était tout près du sommet – et peut-être qu'elle serait devenue numéro un, elle avait les atouts pour –, mais il y a quand même des gens nettement plus importants. Plus susceptibles d'attirer l'attention d'un détraqué, si c'est à ça que vous pensez.

— On ne sait pas encore trop quoi penser, répliqua Sloan. Donc, vous ne...

Jael lui coupa la parole en se penchant vers lui :

— Cela dit, elle avait un tas de fans sur Internet. Beaucoup de types s'intéressaient à elle... vous voyez le genre, des informaticiens et autres. Ils récupèrent des pages Internet, je ne sais plus comment ça s'appelle – des sites, oui –, avec des photos. Certains se sont amusés à faire des montages porno avec elle, et du coup, on voyait une femme en train de baiser avec quelqu'un, et son visage était celui d'Alie'e... Un paquet d'images de ce type circulent sur le Net.

— Intéressant, dit Sloan, qui lorgna vers Lucas, puis vers Jael. Elle a fait du hard ?

— Non. Bien sûr que non. Toute autre considération

mise à part, elle ne pouvait pas se le permettre. Si elle avait fait du hard, les gros agents l'auraient aussitôt laissée tomber comme une patate brûlante.

— D'accord... Et Lansing ? C'était une amie à vous ?

— Non. Je la connaissais – on la croisait dans les soirées –, mais elle ne faisait pas vraiment partie de... Je ne vois pas trop comment appeler ça. La scène artistique ? Ça fait prétentieux et débile.

— Donc, ce n'était pas une amie, mais vous la connaissiez plus ou moins, résuma Lucas.

— Ouais. Je crois qu'elle bossait comme cadre dans un hôtel.

Sloan hocha la tête.

— D'accord. Permettez-moi de vous interroger sur vos relations personnelles avec Mlle Maison. Vous étiez... quoi ?

Il laissa sa question en suspens, inachevée. Corbeau hésita un instant, puis :

— On avait des relations à la fois amicales et sexuelles. Je l'ai rencontrée à New York. J'étais encore modèle. C'était avant qu'elle devienne célèbre. Nous venions toutes les deux du Minnesota, ça a créé un lien, et nous sommes devenues amies.

— Vous avez maintenu des relations après votre retour dans la région ? J'ai cru comprendre que vous viviez ici.

— Oui, mais je vais régulièrement à New York pour négocier avec les marchands. Je présente à la fois mes œuvres et celles d'autres céramistes aux galeries new-yorkaises. En général, j'étais hébergée chez Alie'e.

— Pas toujours ?

— Pas toujours. On a toutes les deux continué à vivre notre vie – à sortir avec des hommes autant qu'avec des femmes. (De nouveau, elle regarda Lucas.) Ni elle ni moi ne nous sommes jamais considérées comme d'authentiques lesbiennes ; nous étions juste des amies très proches, et notre amitié avait une composante physique. Quand elle fréquentait quelqu'un, je m'installais ailleurs. En général du côté de Central Park Sud, pour pouvoir accéder à pied aux galeries de la 57e Rue et de Madison Avenue.

— Avez-vous eu des relations sexuelles avec Mlle Maison hier soir pendant la fête ? demanda Sloan.

Nouveau coup d'œil à l'avocat.

— Oui.

— Vous étiez seule avec elle ?

— Non. Nous étions trois. Il y avait aussi Catherine Kinsley, qui est partie ce matin dans le Nord avec son mari. Je n'ai pas réussi à la joindre. (Elle rougit pour la première fois.) Ce n'est pas une sexualité aussi sportive que celle qu'on peut connaître avec un homme. C'est davantage à base de... de caresses, de baisers, de paroles.

— Mais avec tout de même une composante physique.

— Oui.

— Que s'est-il passé après ? Comment était Alie'e quand vous l'avez quittée ?

— Ensommeillée. Nous avions toutes sommeil, mais elle s'était levée très tôt pour sa séance de pose, et elle devait remettre ça le lendemain matin. Silly – Silly Hanson – a assuré qu'elle pouvait dormir là, et on l'a laissée. Elle allait bien.

— Et ni Mme Kinsley ni vous ne l'avez revue ?

— Non. Enfin, je ne sais pas pour Catherine, parce que, comme je vous l'ai dit, je n'ai pas réussi à la joindre ce matin. Je n'ai pas retrouvé son numéro, et

je ne sais pas exactement dans quel bled est leur chalet. Mais je ne pense pas qu'elle l'ait revue. On est
reparties ensemble vers les voitures, on s'est souhaité
bonne nuit, et je suis rentrée chez moi. Ce sont vos
collègues de la police qui m'ont réveillée.

— Mlle Maison s'est injecté de l'héroïne autour de
l'heure de votre rencontre. Y avez-vous assisté ?

— Non.

Net et sans bavure, songea Lucas. Elle s'attendait à
cette question. Sloan enchaîna :

— Vous ne saviez pas qu'elle consommait de l'héroïne ?

Légère hésitation, nouveau regard à l'avocat, puis :

— J'ai pensé qu'elle était peut-être sous héro
quand on s'est retrouvées dans la chambre. Elle était...
languide. Comme on peut l'être dans ces cas-là. Mais
je n'étais pas sur place quand elle se l'est injectée, et
je ne crois pas qu'elle en ait pris beaucoup, parce
qu'elle ne s'est pas endormie, ni rien, pas en notre
présence. Disons qu'elle s'était offert... une petite
douceur.

— Une petite douceur, répéta Lucas.

— Ouais. C'est ce qu'on dit parfois. On parle aussi
de minifixe – vous savez, quand on veut l'effet, mais
sans tomber accro.

— On tombe accro quand même, répliqua Sloan.

Corbeau redressa la tête.

— Vous savez bien que c'est faux. C'est de la pro-
pagande politique.

Sloan se tourna vers Lucas, qui haussa les sourcils,
et répondit :

— Je ne suis pas ici pour polémiquer avec vous,
mais que ce soit clair, mademoiselle Corbeau : les
minifixes vous accrochent aussi vite que les autres.
Croyez-moi ou non, c'est la réalité.

Elle secoua la tête, et Sloan ajouta :

— Je ne veux pas vous embarrasser, mais il faut que je vous pose cette question. Le médecin légiste nous dit que Mlle Maison présentait des éraflures discrètes autour de la vulve, et de légers hématomes, laissant supposer qu'elle s'était livrée à une pratique sexuelle active impliquant une stimulation manuelle et peut-être orale... Cette description pourrait-elle caractériser votre rencontre ?

Jael rougit de plus belle, les observa rapidement, l'un après l'autre, comme pour prendre leur mesure. Lucas, toujours soumis à l'effet qu'elle exerçait sur sa respiration, gigota sur sa chaise ; il avait tout à coup l'impression d'être un pervers. Elle n'arrangea pas son cas en demandant :

— Ce genre de truc vous fait bander ?

Le visage aussi impassible qu'un masque, Sloan secoua la tête.

— Quand on est assis dans une telle pièce, où il n'y a que du carrelage et des tables en métal, ce n'est pas très excitant, mademoiselle Corbeau. On a simplement besoin de savoir, parce qu'il faut qu'on détermine si Alie'e a eu un autre contact sexuel après vous, ou si, plus vraisemblablement, vos rapports sont à l'origine des griffures et des hématomes. Mlle Maison a été étranglée, ce qui est fréquemment associé à une activité érotique.

— Soit, opina Jael. Oui, il est possible qu'elle ait été griffée. Surtout par Catherine. Elle est parfois un peu brusque, et elle a les ongles longs. Je coupe toujours les miens très court à cause de mon métier.

— Vous faites de la poterie.

— Oui.

— Et vous n'avez joué aucun rôle dans le meurtre d'Alie'e Maison ?

— Non, aucun.

Elle se mordit la lèvre à l'instant où les mots sortirent, et son menton frémit. Lucas la sentit ébranlée et décida d'enfoncer le clou :

— Croyez-vous que votre frère a pu en jouer un ?

Elle le dévisagea avec un début de froncement de sourcils.

— Non. Si Amnon s'en était pris à quelqu'un, ç'aurait été à moi.

— Pourquoi ?

— Nous avons un problème personnel.

— Il nous a parlé de vos relations, dit Lucas. Vous croyez qu'il aurait pu aller jusqu'à la violence ? passer à l'acte ?

Elle se détourna et fixa le sol en se tordant les doigts.

— Il y a de la violence en lui. Mais Amnon n'aurait pas tué Alie'e, parce qu'il n'avait aucune... considération pour elle. Elle ne comptait pas. Il faut bien éprouver des sentiments envers quelqu'un pour le tuer, vous ne croyez pas ?

— Non, répondit Lucas. Pas quand on est psychologiquement perturbé. Il arrive qu'un détraqué tue pour modifier sa perception de la réalité. Sa victime peut être un parfait inconnu si le meurtre a sur lui un quelconque effet... thérapeutique.

Mon Dieu, c'est atroce.

— Oui. Alors, votre frère ?

— Non. Il n'a pas ce genre de folie. Je le connais assez pour l'affirmer.

— D'où viennent vos prénoms ? demanda Swanson.

— Nos parents étaient plus ou moins hippies, ils aimaient passer d'un trip à l'autre, et ils ont fini par essayer le judaïsme. Amnon et moi sommes nés à cette époque. Ce sont des noms bibliques.

— Je suis catholique, dit Lucas. On n'était pas très portés sur la lecture de la Bible quand j'étais môme. Ces noms ont-ils une signification quelconque ?

— Jael était peut-être une sorcière. Deborah a combattu Sisera le Cananéen et l'a vaincu. Sisera a fui le champ de bataille et s'est réfugié sous la tente de Jael. Quand il s'est endormi, elle l'a tué en lui enfonçant un pieu de tente à travers le crâne.

— Ouille, lâcha Lucas, qui crut entr'apercevoir un imperceptible embryon de sourire sous les traits mélancoliques de Jael. Et Amnon ?

— Amnon était un des fils de David.

— Et ? Il avait la sagesse de son père ?

— Non, non. Il a couché avec sa sœur.

Elle regarda les quatre hommes, Lucas, Sloan, Swanson et son avocat, esquissa de nouveau une ombre de sourire sans joie et ajouta :

— C'est à se demander si mes parents n'avaient pas un don prophétique...

À la fin de l'interrogatoire, quand tout le monde fut ressorti dans le couloir, Lucas demanda à Jael :

— Pourquoi avez-vous renoncé à votre carrière de modèle ?

— Vous croyez que je n'aurais pas dû ?

— Je crois que vous auriez dû... continuer.

Elle lui donnait confusément le sentiment d'être un bouffon de province – et, en un sens, il aimait ça.

— C'est chiant, dit-elle. Comme tourner un film, sauf qu'on n'est pas assez payé.

— C'est chiant de tourner des films ?

— Un putain de cauchemar, mec.

Elle pouffa et lui prit le bras, une brève seconde ; le genre de femme qui aime toucher les gens, songea Lucas.

91

— Tourner un film est à peu près aussi chiant que de regarder l'herbe pousser.

Quand Jael et son avocat furent partis, Lucas et Sloan regagnèrent les bureaux de la Criminelle. Frank Lester, qui était en train de parler à Rose Marie, fit signe à Lucas de s'approcher.

— Ça avance, les gars ?

Lucas haussa les épaules.

— Ce ne sont pas les mobiles qui manquent, dit-il, mais aucun ne semble concerner directement Alie'e ou Lansing.

— Ils concernent qui, alors ? interrogea Rose Marie.

— Tout le monde. On a de l'inceste, de la jalousie, de la drogue et des triangles amoureux, mais rien de tout ça ne se focalise sur quelqu'un en particulier.

— C'est ce que je disais à Rose Marie, fit remarquer Lester. On a tellement de suspects que c'est en train de devenir un problème technique. On en est à cinquante-quatre participants à cette fête, et ce n'est pas fini. Comment fait-on pour interroger sérieusement plus de cinquante personnes ? Sur qui met-on la pression, et à quelle dose ? Le gros hic, si le meurtrier fait partie du lot et s'il est le cinquante-quatrième à déposer... c'est qu'on ne *sentira* plus qu'on tient le bon client.

— Vous leur demandez bien à chacun de désigner un suspect possible ? s'enquit Lucas.

— Oui, mais ils mentent comme des arracheurs de dents. Personne n'a vu que tous les autres se défonçaient. Du coup, on a à peine réussi à éliminer une demi-douzaine de personnes, celles qui ont quitté la soirée pendant qu'Alie'e circulait encore. Et à cause de cette satanée fenêtre ouverte, il est impossible d'écarter le moindre invité encore présent après son retrait dans la chambre d'amis. Quelqu'un pourrait très bien avoir ouvert la fenêtre avec l'idée de s'en aller pour revenir sans se faire voir un peu plus tard.

— Si cette fenêtre a été utilisée, fit observer Sloan.

— Oui. Si.

— Et le mari de la bonne femme qui s'est envoyée en l'air avec Alie'e et Corbeau, Catherine Kinsley ? Il était au courant de leur liaison ? demanda Lucas.

— On n'a pas encore entendu ni lui ni sa femme, répondit Rose Marie.

— Je viens d'assister à l'interrogatoire du petit ami d'Alie'e, déclara Lester.

— Oui, je l'ai aperçu tout à l'heure, dit Lucas.

— Un branleur, reprit Lester. Il s'appelait autrefois Jim Shue. Comme il n'avait pas du tout l'impression de ressembler à une godasse[1], il a voulu changer de nom et se faire appeler JX : J pour Jim, X pour personne. Le tribunal lui a expliqué qu'il fallait une voyelle, alors il a choisi Jax. Quoi qu'il en soit, il était tout à fait au courant de la liaison d'Alie'e avec Corbeau. Et ça ne le dérangeait pas des masses. Il appelle ça le « mode alternatif » d'Alie'e. Il dit qu'ils étaient bisexuels l'un et l'autre. Et que très bientôt tout le monde sera bi.

— Trop tard pour moi, lâcha Rose Marie.

— Ouais, fit Lester. J'ai déjà assez de mal à être monosexuel. En tout cas, c'est vraiment un branleur. Il prétend qu'il n'a rien à voir là-dedans, mais moi je le garde sur la liste des candidats.

— Et en ce qui concerne les médias ? demanda Rose Marie à Lucas. Le bouc émissaire ?

— Je vais poser la question à Del, dit Lucas. Il y travaille.

---

1. *Shue* se prononce comme *shoe* – « chaussure ». *(N.d.T.)*

6

Del attendait à l'extérieur du bureau de Lucas, nonchalamment adossé au mur. En voyant arriver son chef, il vint à sa rencontre dans le couloir.

— Les affaires internes m'ont blanchi, annonça-t-il.

— Et tu as quelqu'un à balancer aux médias ?

— Je n'arrive pas à trouver le joint. On est vraiment loin de la racaille. Cela dit, les Stups s'apprêtent à débouler chez George Shaw...

— Shaw, c'est de la pure racaille. Ce n'est sûrement pas lui qui a fourni sa came à Alie'e.

— Je sais, mais c'est tout ce qu'on a en magasin. On a eu confirmation hier soir qu'il est en possession d'un gros paquet de coke, et peut-être aussi d'héro. Les Stups vont le serrer, et j'ai pensé qu'on pourrait les accompagner. On ne moufte pas, mais tu te fais tirer le portrait par la presse.

— Où ça ?

— 35ᵉ Rue. Shaw a l'habitude de dormir là-bas, en général jusqu'à quinze heures. On débarquera juste après midi. Si on se débrouille bien, les gens de la télé sauteront à pieds joints sur la conclusion. Tu n'auras qu'à nier en bloc. Ils ne te croiront pas une seconde.

— Ce n'est pas tout à fait ce qu'on voulait.

— Non, mais on n'aura pas mieux.

Lucas réfléchit un instant. Les gens du showbiz n'étaient pas des demeurés ; s'ils flairaient la manipulation, ça tournerait mal. Mais si on ne leur jetait pas un bout de viande, ils continueraient de leur tourner autour comme une meute de loups faméliques, les politiques ne tarderaient pas à paniquer, et l'attorney général – personne ne tient à se retrouver pris en sandwich entre l'attorney général et les caméras de télévision – s'en mêlerait en invoquant une énième négligence policière. Très vite, ils se retrouveraient en plein bordel, et...

— D'accord. Si on n'a rien de mieux.

— J'ai déjà averti les gars de TV3 d'être prêts à tourner entre midi et une heure, dit Del. Rose Marie et le maire ont déclaré, lors de la conférence de presse, que tu superviserais l'investigation. Alors, si tu supervises aussi la descente et s'ils sont capables d'additionner deux et deux... ça les regarde.

— Cette descente n'est pas bidon, au moins ? Je veux dire, légalement, elle se justifie ?

— Aucun problème. Shaw s'est fait livrer une tonne de matos la semaine dernière, mais depuis il n'a pas cessé de remuer pour revendre sa came à tous les petits détaillants du secteur. On n'arrivait pas à le localiser. On sait maintenant qu'il crèche chez sa belle-sœur et qu'il lui en reste encore.

Lucas hocha la tête.

— Parce que si c'est du bidon, et si quelqu'un déguste, le mot finira fatalement par se répandre, et on se retrouvera tous dans un pétrin abyssal !

— On est couverts, dit Del. Les mecs des Stups en parlaient déjà hier soir, avant Alie'e, dès qu'ils ont repéré Shaw en train de rentrer à pied chez sa belle-sœur.

Le Groupe d'intervention d'urgence, composé de douze hommes, se réunit dans un poste de police du quartier sud où il fut briefé par un certain Lapstrake, des Renseignements. Lapstrake était un type placide de vingt et quelques années, avec une coupe de cheveux maison, un bleu de travail et un tee-shirt bleu arborant dans le dos l'inscription *Vitrerie Cairn*. Il dessina plusieurs schémas au tableau pour décrire les abords de la planque de George Shaw. Lucas et Del l'écoutèrent, assis sur des chaises pliantes au fond de la salle.

— Il faudra agir vite, expliqua Lapstrake en pointant son laser sur le schéma. George a des parents dans tout le quartier, et chacun d'eux est prêt à sauter sur son téléphone pour l'avertir. Quatre gars passeront par l'arrière, venus de la 34e Rue. Les huit autres se scinderont en deux pour contourner cette bicoque (le point rouge du laser s'attarda sur la maison située juste derrière celle de Shaw). Vous sautez la palissade et vous vous postez de manière à couvrir l'issue de secours et les fenêtres latérales. La palissade est basse, aucun problème.

— Pas de clebs ? demanda quelqu'un.

— Il y en avait un, mais il est mort, répondit Lapstrake.

— Merde, lâcha quelqu'un d'autre. Ils ont sûrement des pitbulls.

— Le clebs est vraiment mort, dit le type des Renseignements avec un grand sourire. Je vous le promets.

Il darda son point rouge sur la façade de la maison de Shaw.

— Le groupe deux arrive par l'avant pour bloquer

l'issue principale et surveiller les côtés. Le groupe trois enfonce la porte. On pense que George dort dans ce qui était auparavant la salle à manger. Vous entrerez par le séjour. Il y aura un couloir droit devant, avec une sorte d'arche sur le côté droit. Cette arche donne sur la salle à manger, et c'est là que George devrait être, mais attention à la porte de communication entre la salle à manger et la cuisine.

Lapstrake ébaucha un schéma rapide et s'assura que le Groupe d'intervention avait compris.

— À partir du moment où on posera le pied sur le trottoir, il faudra l'avoir maîtrisé en une minute, pas plus. Il y a une petite possibilité pour qu'il soit en haut. Mais comme l'étage n'a pas de salle de bains ni de sortie, on estime que c'est peu probable. L'escalier arrive dans le séjour – vous l'apercevrez sur votre gauche en passant le seuil.

— Qui d'autre sera sur place ? s'enquit un homme. Et on cherche quoi au juste ?

— On estime qu'il détient entre une demi-livre et un kilo de cocaïne, ainsi qu'une certaine quantité d'héroïne, mais on ne sait pas combien. Il transporte généralement sa poudre dans des burettes d'huile en plastique souple, le genre qu'on trouve dans les magasins de cycles. On a appris la semaine dernière qu'il s'était fait livrer quelques jours plus tôt et qu'il était en train de mettre sa came sur le marché, mais comme on n'a pas pu le repérer avant hier, on ne sait pas ce qui lui reste. Peut-être en a-t-il une tonne, peut-être a-t-il déjà tout fourgué... Pour la coke, on est sûr qu'il en a, un mec à nous l'a vue hier soir. Quant aux autres personnes qui pourraient se trouver sur place, la bicoque appartient à sa belle-sœur, Mary Lou Carter. Surtout, n'oubliez pas de garder un œil sur elle. Et plaquez-la au sol. Elle a le sang chaud.

— Elle est armée ?

— Ce n'est pas son style, mais il y a probablement quelques calibres qui traînent dans la bicoque. Elle a un caractère explosif, elle est grande et plutôt baraquée. Si elle vous agresse, ne faites pas les cons. Flanquez-la par terre. Dick Hardesty a eu affaire à elle il y a deux ou trois ans, et elle a bien failli lui faire gicler la cervelle.

— Et Shaw ? Il va résister ? C'est un dur.

— Oui, et c'est aussi un pro. Mais il vieillit, et il n'est plus aussi rapide que dans le temps. Je ne crois pas qu'il résistera, répondit Lapstrake, qui jeta un coup d'œil circulaire avant d'ajouter : Pas d'autres questions ? Non ? Bon, le chef Davenport voudrait vous dire un mot. Del et lui nous accompagneront.

Lucas se leva et prit la parole :

— Un, je ne veux pas de blessés. Deux, les médias seront dans les parages. Vos collègues de la Criminelle pensent que Shaw pourrait avoir vendu de l'héro à Alie'e Maison, et vous avez sûrement tous entendu parler de ce problème. Ils croient aussi que son meurtre est peut-être une histoire de drogue. Alors... allez-y mollo, mais il faut qu'on ait l'air efficace.

Lucas regarda tout autour de lui, recueillit plusieurs hochements de tête.

— On y va, dit Lapstrake en attrapant son blouson.

Del, tout en marchant sur le trottoir à hauteur de la voiture au ralenti, sortit son portable, composa un numéro, murmura quelques mots, coupa la communication.

— Tout est prêt, dit-il.

Sans cesser de s'approcher de la maison-cible à quelque distance du Groupe d'intervention d'urgence, il demanda :

— Tu te souviens de George Shaw ?

— Oui. Mais je ne l'ai pas très bien connu.

— C'est juste que Lapstrake a dit qu'il vieillissait, qu'il était moins rapide et qu'il ne résisterait probablement pas.

— Ouais. Et ?

— Shaw a à peu près notre âge.

— Enfoiré de Lapstrake ! grommela Lucas.

Ils débouchèrent au coin de la 35e Rue juste à temps pour voir les membres caparaçonnés du Groupe d'intervention enfoncer la porte d'entrée de la maison de Shaw. Les policiers se déversèrent à l'intérieur pendant que Lucas garait sa voiture le long du trottoir ; au même moment, des portes s'ouvrirent un peu partout dans la rue, et quelques gamins s'approchèrent. Deux minutes plus tard, Lapstrake reparut sur le seuil de la maison, scruta la rue de haut en bas, repéra Lucas et Del et leur fit signe de venir. Tandis qu'ils se dirigeaient à pied vers la maison, une camionnette de la télévision pointa son capot au coin de la rue.

— Ils devaient être déjà dans le coin, grogna Del. Je te laisse.

Il allongea le pas, gravit les marches du perron et s'engouffra dans la maison pendant que Lucas restait sur le trottoir. Lapstrake le rejoignit à hauteur du parking.

— On le tient.

— De la coke ?

— Ouais. Une bonne quantité, dit Lapstrake, et de l'héroïne.

— Bien. On...

Un autre flic apparut sur le seuil.

— Hé, les gars, venez voir.

— Quoi ?

— Venez.

Forcément une bonne nouvelle, songea Lucas. Le collègue était trop jovial pour qu'il s'agisse d'autre chose.

— On a trouvé du matos à l'étage, chef, lui glissa un des flics armés au moment où Lucas entrait dans la maison.

C'était une vieille maison, avec des plafonds apparemment affaissés de plusieurs centimètres, des planchers qui couinaient sous les semelles, et des pièces exiguës dans toutes leurs dimensions. Le papier peint se décollait, laissant des cloques et des taches d'humidité au ras des plinthes. Deux tapis aux couleurs vives amorties par l'accumulation de crasse déployaient leur ovale défraîchi devant un téléviseur à écran large. Il flottait une odeur de hamburger à l'oignon. La plupart des flics étaient rassemblés dans la salle à manger. Lucas y pénétra et vit un grand Noir en caleçon vert olive, une expression ébahie sur la figure, menotté à plat ventre sur un clic-clac ouvert. Del lui parlait, accroupi à ses côtés.

— Où est Mary Lou ? interrogea Lucas.

— Elle est sortie il y a quelques minutes, juste avant qu'on s'apprête à entrer, dit Lapstrake. Elle a pris un bus pour le centre-ville. On l'a laissée filer.

— Venez voir en haut, insista le flic armé, quelque peu impatient.

À l'étage, au centre de la seule chambre, une énorme pile de pains de marijuana compressée reposait sur une bâche en plastique.

— D'accord, fit Lapstrake. C'est du sérieux.

Lucas ramassa un pain d'herbe, le renifla, le laissa tomber. L'étroite fenêtre était ouverte, et ses deux rideaux ondulaient sous le léger souffle de la brise ; dehors, à travers le store, il aperçut un petit garçon en train de jouer dans un pneu de tracteur reconverti en bac à sable. À dix mètres de là, une fillette, son aînée de quelques années, se tenait parfaitement immobile de l'autre côté de la cour, observant en diagonale ce qui était forcément le ballet des policiers dans la rue. Ses bras et ses jambes étaient raidis par l'attention – et peut-être aussi par la peur ou la colère. Lucas fut choqué par la similarité entre cette vision et la scène d'un film sur la Seconde Guerre mondiale qu'il avait vu à la télé la semaine précédente. Sauf que, à l'époque, les types en tenue de combat noire avec leur casque et leur mitraillette qui flanquaient les gens à la porte de chez eux, c'étaient des nazis.

Un simple film.

Il se retourna vers Lapstrake.

— Je vais dire aux gens du showbiz de rester dans le coin. Quand vous en aurez fini avec le procès-verbal, faites-les entrer et laissez-les filmer quelques plans de vos gars en train de transbahuter l'herbe, ordonna Lucas. Montrez-leur aussi la coke.

— Pas moi, prévint Lapstrake.

— Demandez à quelqu'un d'autre. Faites venir Jones, des Stups, il est très doué pour ce genre de mise en scène.

Il redescendit dans la salle à manger. Del se releva et dit :

— Je me tire. Une des bagnoles du Groupe d'intervention va me ramener. On a quelque chose comme un kilo et demi de coke en poudre, une burette d'héroïne, plus cette beuze. Pas de crack.

— Que penses-tu de Shaw ? demanda Lucas.

— George ? Il appartient à l'histoire ancienne.

— Y a-t-il la moindre possibilité pour qu'un échantillon de sa came ait fini dans les veines d'Alie'e ?

— Franchement, Shaw n'a pas les relations qu'il faut pour opérer à ce niveau de la chaîne alimentaire. Mais qui sait ? Je lui en reparlerai demain.

Del et Lapstrake restèrent soigneusement hors de vue pendant que les membres du Groupe d'intervention d'urgence poussaient George Shaw vers une voiture et le jetaient à l'intérieur. Dès que les caméras eurent emboîté le pas à la silhouette voûtée du trafiquant, désormais vêtu d'un pantalon noir et d'une paire de tennis, Del s'éclipsa par l'arrière. Lucas suivit le cortège Shaw. À peine la voiture de police eut-elle démarré qu'une journaliste l'appela par son nom, et il marcha vers la petite meute. Les trois reporters étaient suivis comme leur ombre par trois cadreurs qui tournèrent aussitôt leur caméra pour la braquer sur lui.

— Commissaire Davenport, nous considérons que cette descente est une conséquence directe du meurtre d'Alie'e Maison. Est-ce exact ?

Lucas secoua la tête.

— Je n'ai pas le droit de commenter une enquête en cours. Je peux juste vous dire que nous avons trouvé une quantité substantielle de drogues illicites.

— Quelles drogues ?

— Cocaïne, héroïne et marijuana, répondit Lucas, l'œil fixé sur les caméras. Pour ce qui est de l'herbe, à peu près l'équivalent d'un gros tas de bûches.

— Il semblerait que la cocaïne et l'héroïne aient joué un rôle dans le meurtre d'Alie'e Maison.

— Je l'ai entendu dire, mais ma source n'avait sans doute pas plus de fondements que la vôtre, repartit Lucas d'un ton suave.

— N'étiez-vous pas sur les lieux ce matin de bonne heure ?

À contrecœur :

— Si. J'y suis passé.

— Et vous voilà en train d'enquêter sur une affaire où l'on découvre exactement les mêmes drogues que celles qui ont été retrouvées sur place...

— Écoutez, coupa Lucas. Je n'ai pas l'intention de parler de l'affaire Maison. Le chef Roux a pris personnellement la direction de l'enquête, il faudra vous adresser à elle.

— Mais il semblerait que vous assuriez la supervision de...

— Aucun commentaire. Si vous voulez bien m'excuser...

Lucas se fraya un chemin entre les journalistes et se dirigea vers sa voiture. L'interview était terminée. Les cadreurs baissèrent leur caméra, mais les reporters lui emboîtèrent le pas.

— Il y a forcément autre chose, Lucas, lui lança une jolie jeune femme enthousiaste, aux cheveux noirs coupés court.

— J'aimerais pouvoir vous renseigner, mais c'est impossible. Impossible. Enfin, je vais quand même vous dire une chose : si vous traînez un peu dans les parages, je vais en toucher un mot à Jim Jones, le lieutenant Jones, des Stups, et il vous fera entrer dans la maison. Il n'y a peut-être pas de quoi faire tout un plat d'un peu de marie-jeanne, sauf que là, on en a trouvé une montagne. Je lui dirai aussi de vous montrer la cocaïne et l'héroïne.

— Alie'e prenait de l'héroïne, en tout cas à New York, intervint une autre journaliste – une blonde aux cheveux de miel, dotée d'un nez si parfait qu'il ne pouvait s'expliquer que par l'intervention d'un bistouri.

103

— Écoutez-moi, fit Lucas, baissant le ton. Devant Dieu, il faut absolument que ça reste officieux, d'accord ? Je suis sérieux.

Les trois journalistes échangèrent un regard et opinèrent.

— Alie'e a pris ce qu'on appelle un minifixe d'héroïne très peu de temps avant sa mort. Je ne sais pas ce qu'ils ont l'intention de dire là-dessus au quartier général, mais c'est la stricte vérité. Si vous insistez, ils confirmeront. (Il jeta un regard en arrière, vers la maison de Shaw – un regard lourd de sens, du moins l'espérait-il.) Je peux rien vous apprendre de plus.

— Une minute, insista la blonde. Vous avez dit « minifixe », c'est bien le terme ?

— Oui, un minifixe.

— Excellent. Ça fait vraiment ghetto. Ah ! encore une question, qui ne pourra faire de mal à personne. Quand vous avez vu Alie'e ce matin, elle portait une robe verte ?

— Une robe verte ?

— Oui, une robe verte à col étroit et...

— Il faut vraiment que ça reste officieux, répéta Lucas, qui ne voyait pas en quoi ce genre d'information pourrait être préjudiciable à quiconque.

— Bien sûr. Évidemment. On aimerait juste savoir. Elle était verte. Genre tran slu ih

— Excellent.

Les techniciens s'étaient rapprochés pour écouter, caméra basse – c'était officieux, et ils connaissaient les règles du métier. La blonde se tourna vers son caméraman, lui tendit une main, la paume en l'air.

— Elle était verte, déclara-t-elle.

Ils se frappèrent dans les mains, et Lucas demanda :

— Et alors ?

Les autres journalistes paraissaient à peu près aussi déboussolés que lui.

— La robe du meurtre, expliqua-t-elle. On l'a mise en boîte hier. De chez Gurleon. Un suaire à vingt-cinq mille dollars, et on l'a filmé, avec Alie'e dedans. Alors, on est bons, oui ou merde ?

7

— « ... et elle s'est muée en suaire d'émeraude
vaporeuse pour la fille énigmatique aux yeux de jade.
À vous les studios. »

Le premier homme n'avait pas dormi ; il faisait les
cent pas dans son bureau, un œil sur le téléviseur.
La journaliste blonde semblait lui sourire. *Suaire
d'émeraude vaporeuse.* Elle semblait en être fière.
D'émeraude vaporeuse.

À l'extrémité de ses phalanges, l'homme avait l'impression de sentir encore la douce chaleur de la gorge
d'Alie'e. Elle ne lui avait pas laissé le choix. Elle
avait surgi au pire moment possible...

Sandy Lansing était en proie à la panique, elle allait
s'enfuir. Il fut contraint de lui *parler*, de la *discipliner* :
on ne s'enfuit pas au milieu d'une affaire en cours. Il
la rattrapa avec l'intention de la plaquer contre le mur.
Mais, sans qu'il le fasse exprès, le creux de sa paume
la cucillit sous le menton. La tête de Sandy partit en
arrière et heurta l'encadrement de la porte. Il entendit
son crâne se fissurer, sentit l'onde de choc lui traverser
la main – à peu près comme quand on casse un œuf
cru sur la tranche d'un bol de porcelaine.

106

Son regard chavira, elle s'affaissa le long du mur, et il se retourna vers le bout du couloir – vers la fête. Si cette porte s'ouvrait...

— Relève-toi, dit-il. Lève-toi, bordel !

Il lui prit le bras, tira dessus, mais ce bras était désespérément flasque. Il mit une bonne minute à y croire. Il chercha son pouls, tâcha de déceler un battement de cœur, ne trouva rien. La terreur s'empara de lui : bon Dieu ! elle était morte. Il s'accroupit au-dessus du corps, tel un chacal, et son regard se déplaça des traits figés de la morte à la porte close. Il n'avait pas voulu la tuer.

Mais personne n'était au courant.

Le corps était tout près d'une porte. Il l'ouvrit : une penderie, équipée d'une tringle ployant sous les anoraks et les manteaux d'hiver. Il releva Sandy, ses chevilles traînant sur la moquette, et la poussa à l'intérieur de la penderie. Elle refusait d'y rester ; elle persistait à s'effondrer alors qu'il fallait absolument qu'elle soit debout pour tenir dedans. Il était en train de lui maintenir la gorge d'une main en essayant de rabattre la porte de la penderie de l'autre quand une voix demanda, à quelques centimètres de son oreille :

— Qu'est-ce que vous fabriquez ?

Il faillit avoir une attaque cardiaque. Il se retourna, découvrit les yeux de jade ; la porte de la penderie fit entendre un petit clic, enfin refermée. Alie'e demanda de nouveau :

— Pourquoi est-ce que vous la mettez dans ce placard ?

Le deuxième homme avait appris la mort d'Alie'e sur son autoradio. D'abord, il crut avoir mal entendu ; puis l'idée lui vint qu'il avait perdu la boule – il n'avait rien entendu de tel. Mais le présentateur de la radio continuait de palabrer, palabrer, palabrer... Il avait changé de chaîne, et ça palabrait, palabrait...

Alie'e ceci, Alie'e cela.

Alie'e et les lesbiennes.

Alie'e nue en photo.

Alie'e morte.

Le deuxième homme se gara au bord de la route, tira le frein à main, cala le front sur son volant et se mit à pleurer. Incapable de s'arrêter : les épaules tremblantes, la bouche ouverte, respirant par hoquets spasmodiques.

Au bout de cinq interminables minutes, il s'essuya les yeux avec sa manche de chemise, se retourna, attrapa une planchette sur la banquette arrière, fixa dessus une feuille de papier et écrivit :

Qui a fait ça ?

Juste au-dessous, il inscrivit un premier nom.

D'autres noms l'auraient rejoint, songea-t-il, avant que cette liste soit complète.

8

Sur le chemin du retour au quartier général de la police de Minneapolis, Lucas sortit son téléphone portable et composa le numéro de la ligne directe de Rose Marie Roux. Elle décrocha.

— On s'est occupés des journalistes, annonça-t-il. La descente a permis de récupérer une tonne d'herbe, ainsi qu'un joli paquet de coke et d'héro. Je crois que les gens du showbiz ont avalé le morceau.

— Parfait. Il va nous falloir un deuxième acte, maintenant.

— On dirait presque que la gestion des médias passe avant l'arrestation de l'assassin.

— Vous savez ce qu'il en est, Lucas. On coincera l'assassin – ou on ne le coincera pas – indépendamment de ce que disent les médias. Mais les médias peuvent *nous* assassiner. D'ailleurs, je ne vois pas mieux à faire pour le moment.

Pendant le reste de la journée, Lucas rôda autour des salles d'interrogatoire, tâchant de glaner des informations. Un fait ne tarda pas à émerger : Alie'e n'avait pas de drogue en sa possession, ni le matériel indispensable à la préparation d'un shoot. Donc, quelqu'un d'autre lui avait procuré l'héroïne, mais aucun participant de la soirée n'admettait s'être drogué, ni même avoir remarqué qui que ce soit en train de le faire.

Parmi les questions posées à tous les témoins, une concernait le mot griffonné au stylo à bille sur le poignet de Sandy Lansing. Les policiers obtinrent la réponse qu'ils cherchaient en début d'après-midi.

— C'est une femme, une dénommée Pella, expliqua Swanson à Lucas. Elle part en Angleterre en décembre pour trois semaines, et Lansing était censée lui obtenir une remise à l'hôtel. D'après elle, Lansing aurait noté son nom sur son poignet pour se rappeler qu'elle devait s'occuper de cette histoire.

— Ça tient la route ?

Swanson haussa les épaules.

— À mon avis, oui. Pella dit qu'une chambre d'hôtel décente à Londres coûte deux cents dollars la nuit, mais que, grâce à Lansing, elle peut avoir la même à cent vingt-cinq. Ce qui fait au total quelque chose comme mille cinq cents dollars d'économie.

— Et cette Pella n'est au courant de rien pour la came ?

— Elle aurait rencontré Alie'e pour la première fois hier soir, et il paraît qu'elles ont juste échangé trois mots. Cela dit, elle m'a paru assez déjantée... Je ne serais pas surpris si elle trimbalait un petit quelque chose pour se klaxonner la gueule dans son sac à main.

— Il suffit d'en faire craquer un. De trouver celui ou celle qui sera prêt à balancer un ami.

Lester les rejoignit.

— On a saisi l'ordinateur de Hanson, mais on n'y a trouvé quasiment que dalle.

— Il y est fait mention de drogue, fit observer Lucas.

— Selon elle, il s'agirait de simples rumeurs.

— Elle se fout de nous.

— Bien sûr.

Deux flics de Saint Paul en tenue escortèrent ensuite une armoire à glace répondant au nom de Clark Buchanan. Contre toute vraisemblance, Clark déclara aux policiers qu'il était mannequin et, à l'occasion, soudeur.

— Vous défilez avec quoi ? lui demanda, sceptique, un des inspecteurs chargés de l'interrogatoire. Un bleu de chauffe ?

— Des fringues et autres conneries de ce genre, répondit Clark. Je suis sur la photo d'Alie'e. Pendant qu'elle portait la robe au premier plan, moi, derrière, je faisais des étincelles.

Clark n'avait pas entendu parler de drogue pendant la soirée.

— J'ai bu quelques verres, c'est tout.

— Beaucoup ?

Il haussa les épaules.

— Peut-être une demi-douzaine. Ou dix. Des vodkas-Martini. Bon Dieu... Je vais même vous dire un truc, les gars : les gens de la haute se sifflent des putains de vodkas-Martini.

Il était resté jusqu'à une heure du matin, après quoi il avait pris un taxi pour rentrer chez lui. Il se rappelait le nom de la compagnie et le prénom du chauffeur : Art. Les policiers lui posèrent quelques questions supplémentaires avant de le laisser filer.

En début d'après-midi, les parents d'Alie'e arrivèrent avec un groupe d'amis. Ils s'entretinrent d'abord avec le maire, qui les escorta ensuite dans le bureau de Rose Marie Roux. Celle-ci appela Lucas, qui descendit et se posta au fond de la pièce, avec Lester, pendant que la chef exposait aux parents les grandes lignes de l'enquête.

Lynn et Lil Olson étaient tous deux vêtus de noir de la tête aux pieds : Lynn portait un costume sans doute acheté à Manhattan, Lil une robe de dentelle sur un corsage de soie, avec un chapeau noir dont la voilette lui grillageait le front et les yeux ; ses sourcils étaient assortis – deux minces traits noirs d'aspect sévère –, mais ses cheveux étaient d'un blond soigneusement dégradé, miel et platine, comme chez sa fille. Ses yeux, pour autant que Lucas pouvait les deviner, étaient bordés de rouge.

Alie'e tenait davantage de son père, songea-t-il : mêmes pommettes, même complexion, mêmes yeux verts. Lynn Olson était naturellement blond, mais ses cheveux étaient en train de blanchir. Dans son costume noir, il faisait penser à un artiste célèbre.

Quant à leurs amis, ils étaient vêtus de flanelle, de toile de jean et de velours : cent pour cent Minnesota.

— Elle allait se lancer dans le cinéma, dit la mère d'Alie'e d'une voix chevrotante. Le projet était presque au point. On avait commencé à auditionner les autres acteurs. Et maintenant...

Rose Marie était plutôt douée pour recevoir les parents de victimes : patiente, attentive, compatissante. Après avoir présenté Lucas et Lester, elle leur décrivit sommairement la façon dont l'enquête serait menée.

Lucas prit conscience d'une étrange contradiction : les deux parents d'Alie'e, qui approchaient sans doute la cinquantaine, avaient une allure typiquement new-yorkaise avec leur tenue noire contrastant avec leur blondeur et la clarté de leur teint. Les mots qu'ils utilisaient étaient new-yorkais, et même leur attitude face à la mort d'Alie'e était new-yorkaise : les affaires avant tout. Ce n'était pas seulement leur fille qui était morte, mais aussi la marque Alie'e Maison. En revanche, leur prononciation était émaillée de sonorités directement issues du Minnesota profond : voyelles arrondies à la scandinave, « o » prononcés « ou ». Et, régulièrement, au détour d'une phrase, une construction grammaticale typiquement régionale pointait le bout du nez.

Rose Marie alla droit au but. Elle mentionna la liaison d'Alie'e avec Jael.

— C'était juste pour s'amuser, répondit Lil. Les filles, vous savez...

Puis Rose Marie fit allusion à une éventuelle consommation de drogue. Les Olson détournèrent les yeux en même temps... et, à l'instant où Rose Marie finissait sa phrase, la porte s'ouvrit. Un homme puissamment bâti entra dans la pièce, jeta autour de lui un regard circulaire.

Il portait un jean, des bottes noires et un épais blouson marron bon marché dont une manche était souillée d'huile. Ses cheveux étaient coupés comme ceux d'un paysan : hirsutes sur le haut du crâne, presque tondus autour des oreilles.

— Tom..., souffla Lynn Olson en se levant.

Lil cessa de renifler et redressa brusquement la tête. Le nouveau venu les toisa, adressa un bref hochement de tête aux gens de Burnt River, puis considéra Lucas, Lester et Rose Marie.

— Je suis Tom Olson, lança-t-il. Le frère d'Alie'e.

— Nous étions justement en train d'expliquer à vos parents notre façon d'enquêter, dit Rose Marie.

— Vous savez seulement où vous mettez les pieds ?

— Nous nous occupons de ce genre d'af...

— Vous êtes face à un nid de vipères ! coupa

113

Olson. Le mieux, c'est encore de les assommer à coups de bâton. Ce sont des pécheurs, l'un et l'autre. Ils se sont vautrés dans la drogue, le stupre, le vol, et maintenant le meurtre. Ce sont des criminels.

— Tom, intervint Lil. Tom, s'il te plaît.

— Nous questionnons toutes les personnes ayant eu un contact avec Alie'e hier, reprit Rose Marie. Nous sommes convaincus que...

Tom Olson secoua brièvement la tête et se détourna d'elle pour regarder fixement ses parents.

— Alors ? Au bout de vingt-cinq ans d'abus divers, voilà comment elle finit. Morte à Minneapolis. Gavée de drogue, d'après la radio, gavée d'héroïne – un « minifixe » ou je ne sais quoi. Encore un type de mal pour lequel il a fallu inventer un nom spécial, n'est-ce pas ? On n'a jamais entendu parler de ça à Burnt River.

Les yeux de Lester frôlèrent Lucas pendant que Lynn Olson se levait :

— Tom, tu te calmes, hein ?

Tom marcha vers son père et gronda :

— Je ne vais pas me calmer. Je me souviens du temps où on l'appelait Sharon.

— Il faut qu'on vous parle, dit Lester à Tom Olson.

— Vous voulez m'interroger ? Soit. Mais je ne sais quasiment rien de ses activités. J'avais tout juste droit à une lettre par mois.

— Tout de même..., on aimerait vous entendre.

Tom Olson ignora Lester, se tourna de nouveau vers ses parents, tendit un index courroucé dans leur direction.

— Combien de fois vous ai-je avertis ? Combien de fois vous ai-je prévenus que vous étiez en train de courtiser la mort ? Vos habits mêmes sont ceux du malin, ceux de Satan. Regardez-vous, vous dépensez plus d'argent pour une seule chemise que les braves gens pour leur garde-robe entière. C'est un cancer, et ce cancer vous a rongés...

Tom commençait à écumer. Ce n'était plus seulement son doigt qui s'agitait, mais son corps entier. Lucas s'écarta du mur et Lynn Olson se leva pour dire :

— Tom, Tommy. Tommy...

— Ceux qui vivent dans ce cauchemar, ceux qui encouragent ce cauchemar et collaborent sciemment avec le diable...

Il s'était tourné vers Rose Marie, qui le regardait bouche bée et, l'espace d'un instant, il sembla qu'il allait lui sauter à la gorge en bondissant par-dessus le bureau. Lucas se hâta de contourner la table.

— Holà, holà ! doucement, mon gars, doucement...

Tom Olson se tut, mais continua de trembler, puis fit volte-face, se dirigea vers le fond de la pièce et appuya le front contre la porte. Au bout d'un moment, il se retourna, les joues baignées de larmes.

— Est-ce que je peux la voir ?

Del, penché sur une liste de toxicomanes et de dealers, tâchait de retrouver la source des substances illicites qui avaient circulé la veille au soir chez Silly Hanson. Le second collaborateur de Lucas, Lane, travaillait à reconstituer la généalogie d'Alie'e.

— Je veux la famille complète, avec un arbre illustrant précisément tous les liens. Je veux ses ex-maris...

— Aucun mari.

— ... ex-fiancés, ex-petits amis, tous ceux qui auraient pu vouloir lui faire la peau. Pareil pour l'autre gonzesse...

— Lansing.

— Ouais. Je veux un topo complet.

— Écoute, je crois que si on s'intéressait aux gens qui étaient à la fête d'hier...

Lucas secoua la tête.

— La Crim a déjà la moitié de la liste. Je la recevrai ce soir ou demain, s'ils n'ont pas alpagué un suspect d'ici là.

— Il y a aussi l'hypothèse du monte-en-l'air. J'ai eu mes sources dans ce milieu-là quand je patrouillais.

— Lane... boucle-moi d'abord ces deux généalogies, tu veux bien ? La Crim et les Vols travaillent sur la piste du cambrioleur. On a besoin d'infos que Lester n'aura pas tout de suite. Parce que si le meurtre d'Alie'e n'est pas un événement isolé, si ce n'est pas l'œuvre d'un monte-en-l'air, alors, c'est quelqu'un qui la connaît assez pour avoir un mobile, et ce doit donc être une personne raisonnablement proche.

— Mais...

Lucas darda un doigt sur lui.

— Les généalogies.

Il passa ensuite une heure dans les locaux de la Criminelle, écoutant ce qu'avaient à dire les inspecteurs à la fin de leurs interrogatoires. Il n'y avait manifestement pas grand-chose d'intéressant. Lester sortit de son entretien avec Tom Olson.

— Il dit que leurs parents l'ont dressée comme une chienne. Ce sont ses termes. « Une chienne savante. » Ils la traînaient à travers tout le pays pour la présenter dans des concours de beauté et des défilés de mannequins.

— De là à parler d'*abus*...

— Il ne parlait pas d'abus sexuels, ça ne faisait apparemment pas partie du programme. Et il ne croit pas non plus que ses parents puissent avoir joué un rôle actif dans le meurtre. Selon lui, ils *vivaient* à travers Alie'e. Ils l'ont privée de sa vie d'enfant et ils continuaient de le faire.

— A-t-elle tenté de résister ?

Lester secoua la tête.

— D'après lui, non. Elle n'a jamais connu autre chose.

— Hmm. Il m'a paru un peu barge.

— C'est une sorte de prêcheur, expliqua Lester. Il semble aimer ses parents, mais il n'a pas des tonnes d'estime pour eux.

Puis Del téléphona :

— Accroche-toi à ton slip, mec.

— Quoi ?

— Boo McDonald m'a appelé. Je suis chez lui.

McDonald était un paraplégique qui écoutait les fréquences policières pour le compte d'une demi-douzaine de chaînes de télé et de radio. Il renvoyait quelquefois l'ascenseur aux flics en leur refilant des tuyaux utiles.

— Il a fait une recherche Internet sur Alie'e. Il y a déjà une histoire qui circule, ça s'appelle « La partie de broute-minou vire au meurtre » et elle vient d'ici. Devine de quoi elle parle.

— La partie de broute-minou ? répéta Lucas, perplexe.

Les sourcils de Lester se haussèrent de plusieurs crans.

— Voilà qui ne me plaît pas du tout.

Del parlait toujours :

— Ouais. C'est un torche-cul en ligne intitulé *Spittle* [1] qui a sorti ça. Et il y a des détails. La fuite vient forcément de chez nous.

---

1. « Bave ». *(N.d.T.)*

— Ça craint vraiment ?

— Eh bien, on y parle d'un article semi-journalistique, ce qui veut dire que beaucoup d'infos sont inventées. Histoire de renforcer le réalisme de la scène, tu vois le genre.

— Renforcer ?

— Laisse-moi t'en lire un extrait. Ramène-toi, Boo.

Lucas entendit une série de cliquetis, puis la voix de Del se fit de nouveau entendre :

— « Alie'e s'arc-boute en arrière, tend les bras vers les montants de cuivre de la tête de lit et les empoigne, en serrant de plus en plus fort à mesure que les vagues de plaisir déferlent sur son corps svelte et lisse. La tête de Jael monte et descend entre ses cuisses. Du bout de sa langue rose, elle écarte les grandes lèvres moites d'Alie'e, trouve le petit homme dans le canoë, le centre de la chaleur et de la féminité d'Alie'e... »

— Bordel ! s'esclaffa Lucas avant d'ajouter : Tu aurais vraiment l'air d'une voix off de film X si quelqu'un jouait du saxo derrière toi.

— C'est probablement pour bientôt – le film, pas le saxo. J'ai appelé le môme qui édite *Spittle* et je lui ai demandé où il s'était procuré cette merde. Il m'a répondu qu'il ne voulait pas en parler, en invoquant le Premier Amendement. Mais il a déjà accepté de distribuer des interviews à Channel 3, Channel 4 et Channel 11.

— L'enfoiré ! fit Lucas.

— En fait, il m'a plutôt paru sympa. Il m'a rappelé ce que j'étais à son âge. J'ai essayé le registre de la menace... Il m'a rétorqué qu'il était mineur et que je pouvais aller me faire mettre.

— Et tu as dit quoi ?

— Qu'est-ce que tu voulais que je dise ? « Le lit

n'avait pas de montants de cuivre, petit puceau de mes deux. » Voilà ce que j'ai dit.

— Il a quel âge ?

— Seize.

— On l'a dans l'os. De toute façon, l'histoire des gouines est déjà dans la nature.

— Oui. Une piste de plus pour le grand cirque.

Lucas appela Rose Marie pour la prévenir. Après avoir raccroché, il se réfugia dans son bureau en quête d'un havre de silence, s'installa dans son fauteuil et fixa le plafond.

Son plafond était sale.

Ce fut la seule conclusion qui lui vint. L'affaire Alie'e sentait mauvais : trop de suspects, pas assez de pistes sérieuses. Les meurtres les plus carrés sont parfois les plus durs à élucider : quelqu'un se fait zigouiller, et tout le monde nie en bloc. Dans les Villes jumelles, une bonne demi-douzaine de meurtriers n'avaient jamais été inquiétés ; les flics savaient tout sur leurs crimes, mais sans disposer de la moindre preuve. Des maris ayant tué leur femme, pour la plupart. On flanque un bon coup sur le crâne de la légitime, on balance le tuyau dans le fleuve, on rentre chez soi et on découvre le corps.

Que voulez-vous y faire ?

Il était en train de ressasser ces sombres pensées quand le téléphone sonna. Encore une mauvaise nouvelle ?

Non. Catrin.

— Lucas... J'ai pensé à toi toute la matinée. Mon Dieu, ça m'a fait vraiment plaisir de te revoir. Plein d'images de la fac me sont revenues. Tu te souviens de Lanny Morton ? Tu sais ce qu'il est devenu ?

— Oui, répondit Lucas en se détendant. Il a émigré à L.A. pour se lancer dans le cinéma, et à la place, il s'est retrouvé dans l'immobilier. Ça marchait plutôt bien pour lui la dernière fois que je l'ai vu ; il en était à sa quatrième femme.

— La quatrième ? Et Virginia ?

Lucas se tassa légèrement dans son fauteuil.

— Virginia est morte. Tu ne savais pas ? Nom d'un chien, c'est arrivé cinq ans après son diplôme. Une crise cardiaque sur la plage de Venice. Elle devait avoir vingt-huit ans.

— Mon Dieu. Tu te rappelles ce match de foot avec toutes les mamans, où chaque garçon était censé choisir une maman à sa petite amie ?

— Contre l'université de l'Iowa.

— Oui. Virginia était si... Enfin, elle semblait devoir vivre éternellement.

Ils discutèrent une vingtaine de minutes, comme pour rattraper une part du temps perdu. Catrin se rappelait tous les noms croisés lors de leurs quelques mois d'intimité, et les visages remontèrent les uns après les autres des profondeurs de la mémoire de Lucas, de même que les soupirs, les sons et les odeurs de cette glorieuse époque : toutes les salles de sport du circuit du Big Ten[1], qui sentaient la crasse et le popcorn ; les patinoires sur lesquelles planaient des odeurs mêlées de glace et de sang, de laine mouillée et de sueur ; le diesel des cars ; les majorettes.

— Bon sang, j'aimerais avoir plus de temps pour parler, soupira Lucas. Qu'est-ce que tu fais ? Tu peins toujours ?

---

1. Championnat universitaire régional multisport. *(N.d.T.)*

— Non, non, je fais un peu de photo, mais la peinture... Je ne sais pas. Disons que j'ai simplement arrêté. Mon mari est médecin généraliste. Je l'ai aidé à son cabinet quand il a démarré...

— J'avais entendu dire que tu avais épousé un docteur. Ça m'est revenu tout à l'heure, à mon arrivée au bureau. Je crois que c'est Bill Washington qui m'a appris un jour que tu sortais avec un type plus âgé.

— Washington... Sapristi ! Je n'avais plus repensé à lui depuis des lustres. La dernière fois que je l'ai vu, on était tous assis en cercle à Dinkytown et on se passait des joints.

— Toi qui fais de la photo, tu ne connaîtrais pas un certain Amnon Plain ? Il est peut-être mêlé au meurtre d'Alie'e.

— Vraiment ? C'est lui qui l'a tuée ?

— Il prétend que non, et c'est sans doute vrai... mais il se présente comme un genre de photographe de mode, et j'ai pensé que...

— Tu plaisantes ! Plain est bien plus que ça. C'est vrai, il fait de la photo de mode, il a même commencé par là. Mais il est surtout l'auteur d'images de la Prairie absolument hallucinantes. Il est un peu comme Avedon, il fait de la mode, mais il construit en parallèle une œuvre qui n'a rien à voir.

— Avedon ?

Catrin rit.

— Toujours aussi fasciné par la culture, on dirait ?

— J'ai tout misé sur le hockey, moi. Et sur le droit pénal.

— Oui, bref... Plain est effectivement photographe. C'est une pointure. Une grosse pointure. Rien à voir avec moi – en fait, je m'occupe essentiellement des gosses. Ou plutôt j'essaie – ils arrivent au stade où ils ne veulent plus entendre parler de moi. Mon Dieu...

— Quoi ?

— Je viens d'avoir une idée épouvantable.

— Quoi ?

— Ma fille s'apprête à entrer en fac. Elle pourrait tomber sur un Lucas Davenport.

— Ce serait tellement dramatique ?

Catrin riait.

— Tu sais, je lis parfois des choses à ton sujet dans le journal. J'ai même du mal à croire que je t'ai *connu* autrefois. Tu es célèbre.

— Oui. Mondialement célèbre à Minneapolis, comme on dit... Laisse-moi t'inviter à déjeuner demain.

Une pause au bout du fil.

— Tu me raconteras tout ce que sait la police sur Alie'e ?

— Si tu ne le répètes à personne d'autre.

Elle rit de plus belle.

— Quelle heure ?

Catrin. Dès qu'elle eut raccroché, il eut envie de la rappeler.

Qu'allait-il mettre le lendemain ? Une tenue classe et chère, ou alors quelque chose qui lui donnerait l'aspect d'un flic dur à cuire ? Il jouait au hockey quand ils s'étaient rencontrés, mais elle lui avait rapidement avoué que le sport ne l'intéressait guère – ni même les sportifs. Il lui racontait ses accrochages sur la glace, il revenait parfois de son match avec une petite entaille sur la pommette ou un léger hématome, et elle était perplexe, troublée et parfois vaguement amusée par le plaisir qu'il semblait trouver dans la violence...

L'adrénaline déclenchée par le coup de fil de Catrin

lui monta au nez d'un seul coup. Il s'extirpa de son fauteuil, fit le tour de la pièce, s'aventura finalement dans le couloir. Frank Lester était assis derrière son bureau, bien installé dans son fauteuil de cuir, la porte ouverte. Des inspecteurs entraient et sortaient.

— Du nouveau ? s'enquit Lucas.

— Que dalle. Rose Marie est en train de se farcir une nouvelle conférence de presse sur le coup des gouines.

— Bon sang... Ne les appelle surtout pas comme ça si tu passes à la télé.

— Hé, tu me prends pour un con ?

Lucas était en train d'étudier le plafond, y cherchant la réponse à apporter à cette question, quand Lester ajouta en souriant à belles dents :

— On est en train de répertorier tout ce qu'on a déjà tiré des interrogatoires, on vérifie l'emploi du temps de toutes les personnes présentes à la fête, mais je vais te dire un truc : mes gars commencent à croire que c'est un cambrioleur qui a fait le coup.

— Ce ne serait pas bon pour nous, observa Lucas. Vu qu'on n'a toujours rien.

— Carrément catastrophique même, à moins qu'un de ses potes ne le balance. Quelle preuve va-t-on pouvoir trouver ? Le meurtrier n'a même pas pu repartir avec des traces de sang sur ses fringues, vu qu'il n'y a pas eu de sang. On envisage de lancer une récompense.

— Tu es au courant pour George Shaw ?

Lester hocha la tête.

— Rien à espérer de ce côté-là, fit-il.

— Sans doute, mais les médias semblent s'être mis en tête qu'il y a quelque chose. Si vous décidez de lancer une récompense, pourquoi ne pas attendre que la piste Shaw soit éventée ? Une récompense serait un élément nouveau. Ça nous permettrait de garder le showbiz à distance aussi longtemps que possible.

— Entendu.

— D'ailleurs, à mon avis, la solution est dans la liste des invités. Il n'y a pas eu de monte-en-l'air.

— Et tu tiens ça de qui ?

— De moi. Rose Marie m'a dit ce matin que c'était un homme qui avait tué Alie'e, que ce n'est pas une affaire de gouines, et, nom d'un chien, je suis sûr qu'elle a raison. Ce n'est pas non plus un cambrioleur. Dieu ne supporterait pas qu'une simple coïncidence, un hasard malencontreux, fasse une victime aussi célèbre qu'Alie'e Maison.

Lester gonfla les joues, puis souffla. Et acquiesça.

— Un malfaiteur qui se faufile chez des inconnus par une fenêtre ne tombe pas par hasard sur Alie'e Maison couchée nue sur un lit, résuma Lucas. Pas une chance sur un satané million !

Lester sourit de plus belle sans cesser de réfléchir.

— Il faudrait qu'il soit sacrément verni !

— Où est Sloan ?

— Toujours en bas, en train de se taper des interrogatoires.

Lucas se dirigea vers l'escalier. Qui sait, peut-être que Sloan était en train de dégager un fil d'Ariane ?

Il se demanda à quoi ressemblerait Catrin le lendemain. Et si elle s'était transformée en parfaite petite ménagère de province ? Elle n'avait pas cet aspect-là à la station-service. Elle lui avait paru... intéressante. Elle avait vieilli, évidemment, mais lui aussi. Pris quelques rides. Quelques kilos ? Peut-être. Cinq ou six ? Peut-être. Mais elle avait gardé ces cheveux splendides, ces gestes pleins de grâce. Et ce rire...

Il se retrouva catapulté en un éclair dans l'appartement

qu'il occupait du temps de la fac au-dessus d'un minable magasin de pièces automobiles, sur University Avenue. Séjour avec canapé-lit et faux tapis oriental, une occase trouvée chez Goodwill ; salle d'eau en permanence envahie de moisissure ou de champignons – il ne s'y était jamais intéressé d'assez près pour trancher – ; cuisine équipée d'une gazinière bon marché et d'un réfrigérateur auquel manquait un pied et qui, en raison d'une gîte sévère sur la gauche, produisait des glaçons biseautés. Il avait aussi une chambre minuscule, et dans cette chambre trônait le meilleur meuble de l'appartement – un lit venu de chez lui. C'était une excellente chose qu'il dispose de ce lit, parce que, s'il ne l'avait pas eu, Catrin lui aurait certainement brisé les reins. Catrin aimait le sexe. Beaucoup. Elle n'était pas nympho, juste enthousiaste. Ils avaient appris un tas de choses ensemble – ils avaient fait leurs gammes. Notamment par ce jour d'hiver, froid mais radieux, où ils avaient traîné au lit jusqu'à midi, avec le soleil qui se déversait par la vitre crasseuse, inondant la pièce, pendant que Catrin...

Assailli par cette image, il se sentit... ébranlé.

Au pied de l'escalier, il fit halte et regarda un instant autour de lui. Où allait-il ?

Ah, oui. Sloan.

Sloan sortait tout juste d'une salle d'interrogatoire. Il tenait à la main une feuille de papier et marchait un demi-pas derrière un homme d'âge moyen à l'air anéanti. Cet homme avait une bosse sur la nuque, la tête penchée vers l'avant, des mèches grises clairsemées et rabattues sur le haut de son crâne. Son visage avait beau être sec, on distinguait encore des traces de larmes sur ses joues.

— Lucas... voici M. Arthur Lansing. Le père de Sandy Lansing.

— Toutes mes condoléances, monsieur Lansing, fit Lucas.

— Je... je n'arrive pas à croire qu'elle soit partie. Elle était tellement heureuse... Sa carrière... (Sa voix s'étrangla, après quoi il reprit :) Sa carrière... (Il fixa Lucas.) Quand elle était petite, sa maman et moi avions l'habitude de prendre la voiture pour l'emmener à Como Park. On la promenait à travers le zoo dans sa poussette. Elle aimait les ours. Et les singes, oui, elle adorait les singes.

— Je suis sûr que...

Lucas s'apprêtait à se fendre d'une banalité, mais Lansing l'interrompit.

— Vous croyez que vous allez l'avoir ?

— Oui.

— Je parie que c'est un coup des négros.

— Il n'y avait aucun Noir à la soirée d'hier.

Lansing agita un doigt tremblant devant Lucas.

— Peut-être. Mais écoutez-moi bien. Je suis sûr que c'est les négros. Ça vous arrive de faire un tour là-haut, au tribunal ? Moi, j'y monte tout le temps. Pour regarder. Et ce qu'on trouve dans les salles d'audience, c'est toujours des négros. Je veux dire, on voit parfois passer une crapule blanche ou deux, mais à quatre-vingt-dix-neuf pour cent... des négros. D'ailleurs, la plupart des crapules blanches ont du sang de négro.

Sloan, immobile derrière Lansing, leva les yeux au ciel.

— Noir ou Blanc, le coupable, on le coincera, monsieur Lansing, assura Lucas. Je suis sincèrement navré pour votre fille.

Lansing s'éloigna en disant, à la cantonade :

— Ma fille. Elle était cadre.

Il s'en fut à pas incertains, parlant toujours aux courants d'air.

— Il adorait sa fille, grommela Sloan.

— Oui. C'est aussi ce que clamaient autrefois ces connards de ségrégationnistes. Que tous les Blancs adoraient leurs filles.

— Je détesterais perdre la mienne, dit Sloan, qui avait une fille à la fac. Je ne vois pas ce que je pourrais imaginer de pire. C'est vraiment trop injuste de mourir avant son tour.

Lucas soupira.

— Tu as trouvé quelque chose ?

— Non, mais je suis sûr qu'on s'occupe des bons clients. Le meurtrier était à la fête. Il y avait là-bas trop d'éléments susceptibles de générer des étincelles – de la came, des ex-copains et des ex-copines, le ramdam de la célébrité et toute la merde machiste qui va autour, la folie collective de toute cette faune.

— Je viens de dire à peu près la même chose à Lester, fit observer Lucas. Il y avait combien de personnes ?

— On en a déjà entendu soixante et quelques sur une centaine, répondit Sloan en soulevant sa feuille de papier. Voici la liste. La plupart des participants ne se rappellent pas avoir revu Alie'e après minuit. J'ai parlé à un type et à sa copine qui pensent être arrivés à minuit un quart et disent ne l'avoir pas vue. Ils savaient pourtant qu'elle était là, et ils l'ont cherchée. Jael et Catherine Kinsley l'ont laissée dans la chambre avant une heure du matin. Elle était vivante et assez ensommeillée.

— Tu as parlé à Kinsley ?

— Au téléphone uniquement. Elle est en train de rentrer avec son mari. Leur chalet est assez loin au nord, à Ely – cinq heures de trajet. Elle n'a appris la nouvelle que vers midi, sur une radio locale.

— Et toi ? Quand elles t'assurent qu'Alie'e était vivante, tu les crois ?

— Oui. Il y avait trop de... Lansing a été vue en vie après le départ de Jael et de Kinsley ; en tout cas, c'est ce qui apparaît pour le moment.

— Ce qui nous laisse combien de candidats susceptibles d'avoir commis les meurtres ?

— D'après Hanson, la soirée a battu son plein entre une heure et deux heures du mat, ce qui signifie a priori que la plupart des invités étaient encore là quand Alie'e s'est fait rectifier. On a tout de même pu confirmer que quelques-uns sont partis avant. Mais il y en a nettement plus qui prétendent être partis de bonne heure sans qu'on puisse vérifier s'ils mentent ou non.

— Et si le meurtrier avait ouvert cette fenêtre et quitté les lieux par la grande porte pour que les gens puissent le voir s'en aller ? Genre en se faisant remarquer, avec des bisous par-ci et des poignées de main par-là, histoire de se construire un alibi ? Pour revenir un peu plus tard par la fenêtre, régler son compte à Alie'e et repartir par la même fenêtre ?

— Je trouve que ça fait beaucoup d'allées et venues, dit Sloan.

— Peut-être, mais ça expliquerait la fenêtre ouverte. Et aussi pourquoi Sandy Lansing y est passée aussi. Suppose qu'il revienne par la fenêtre. Il liquide Alie'e, et *boum !* il tombe sur Lansing qui traîne justement dans le couloir. Il est obligé de la tuer. Elle sait qu'il est parti, qu'il en a fait tout un plat et qu'il est revenu.

Les yeux de Sloan tombèrent sur la feuille de papier qu'il tenait à la main.

— Si c'est ça, revoilà tout le monde en piste.

9

Lane revint.

— Ça y est, j'ai la généalogie d'Alie'e – ses parents, son frère, tout ça.

— J'ai vu son frère, dit Lucas.

— Ouais, le prêcheur. Il circule énormément, il célèbre des offices pour les paysans de la vallée de la Red River. Il répare les machines agricoles, travaille parfois à temps partiel sur un silo à grains. N'accepte aucun don. Reverse tout ce qu'il gagne sauf ce dont il a besoin pour bouffer et s'acheter des fringues.

— En tout cas, ses fringues ne lui coûtent pas cher.

— Les gens de là-bas le considèrent soit comme un fou, soit comme un saint, voire les deux. C'est ce qui est écrit dans le journal de Fargo. Il y a eu un article sur lui.

— Sur le frère, pas sur Alie'e.

— Essentiellement sur le frère, opina Lane. Le titre était : « UN FOU DE DIEU DANS LA FAMILLE D'ALIE'E MAISON. »

— Et hier soir, où se trouvait-il ?

Lane avait posé cette question au prêcheur.

— À Fargo. Il y tient une table ouverte. Il est resté

sur place jusque vers vingt heures, et il est revenu le matin. Il peut avoir fait l'aller-retour dans l'intervalle.

— Et il a un fichu caractère, observa Lucas. Autre chose ?

— Tout un tas de saletés sur Alie'e. Il m'aura suffi de faire une petite virée sur le Net. J'ai une pile de cinq centimètres de fichiers imprimés. Et tu sais quoi ? Alie'e avait des adorateurs qui lui vouaient une sorte de culte. Et aussi des abhorrateurs. Ces gens-là s'affrontent virtuellement sur la Toile.

— J'en ai entendu parler.

— Je ne serais pas surpris qu'un de ces mecs lui ait fait la peau.

— Ah bon ?

— Oui. Tu vois le genre, un putain de pervers accro à l'ordi se construit tout un film autour d'Alie'e, il débarque dans une fête où il a appris qu'elle serait, elle le rembarre en se foutant de sa gueule et en lui sortant qu'elle préfère s'envoyer en l'air avec ses copines plutôt qu'avec un avorton pustuleux dans son genre...

Sa description fit sourire Lucas.

— Un « putain de pervers accro à l'ordi » ?

— Il est tout à fait possible que ça se soit passé de cette façon, remarqua Lane d'un ton grave.

— Tu as autre chose ?

— Oui, et c'est très intéressant, même si ça n'a rien à voir avec ma précédente hypothèse sur le mec accro à l'ordi. Le putain de pervers.

— Et ?

— C'est à propos de l'autre fille, Lansing. J'ai parlé d'elle au gérant de l'hôtel Brown, et il se trouve que Sandy n'était pas franchement haut placée. Plutôt un genre de groom en jupon. Elle escortait les riches clients jusqu'à leur piaule et les promenait en ville.

130

— Elle ne faisait pas partie du personnel d'enca-drement ?

— Non. Elle gagnait quelque chose comme vingt-cinq mille par an. Tout juste de quoi ne pas crever la dalle. Mais j'en ai touché un mot aux collègues de la Crim, qui ont perquisitionné son appartement. Elle avait des fringues tip-top, une super bagnole – une Porsche Boxster, je crois –, et elle ne frayait qu'avec des rupins. Sans être dans le rouge financièrement. Elle devait avoir une autre source de revenus, mais je n'arrive pas à trouver laquelle.

— Ça ne venait pas de son vieux, en tout cas. Je viens de le croiser. Le genre de mec qui n'a pas deux pièces de dix *cents* à faire tinter l'une contre l'autre.

— C'est aussi l'impression que j'ai eue, fit Lane. Bref, je me disais... Tu vois, elle travaille à cet hôtel, elle s'occupe des clients. Peut-être qu'elle leur fait des petits extras ?

— Des antécédents aux Mœurs ?

— Que dalle. Mais, à ce niveau-là, les choses se font plutôt par relations. Un sportif connu passe quelques jours en ville, ou alors un ponte de la télé, et elle lui fait la visite guidée. Ensuite, elle le raccom-pagne à sa chambre d'hôtel et, plus tard, elle reçoit un *cadeau*. La direction de l'hôtel est peut-être au cou-rant, peut-être pas.

— Il va falloir retrouver des personnes de son entourage et leur mettre un peu la pression. Pour découvrir d'où venait son fric.

— J'ai pensé que tu pourrais te charger du boulot à l'hôtel, dit Lane.

— Moi ? Tu oublies que je suis chef adjoint de la police.

— Sans doute, mais il se trouve que le gérant

adjoint de l'hôtel chargé des relations avec la clientèle est un vieux pote à toi.

— Ah oui ? Qui ça ?

— Derrick Deal.

— Tu te fous de moi ?

— Non, monsieur le chef adjoint de la police.

Sur le chemin de la sortie, Lucas croisa Rose Marie qui descendait le couloir en ahanant.

— La « partie de broute-minou », hein ? demanda-t-elle en lui attrapant le bras.

— C'est ce que disait le titre, répondit Lucas, légèrement agacé.

— Combien d'euphémismes les hommes ont-ils en stock pour désigner les organes sexuels féminins ?

— Voilà le genre de question que vous feriez mieux de ne pas poser.

— Combien de temps pour coincer le meurtrier ?

— Voilà une deuxième question que...

Elle hocha la tête.

— ... je ferais mieux de ne pas poser.

Derrick Deal avait autrefois été plus ou moins contrôleur assistant des services fiscaux du comté. En réalité, il jouait officieusement un rôle de représentant sur le terrain d'une cabale du conseil municipal qui vendait aux contribuables des rabais sur l'évaluation de leurs biens immeubles. Cette cabale s'était attirée des ennuis après que Deal eut tenté de racketter le propriétaire d'un atelier mécanique, qui se trouvait être l'oncle d'un flic des Mœurs. Celui-ci lui avait tendu un piège de flic et s'était procuré une bande enregistrée de Deal en train de réclamer son pot-de-vin.

Le flic des Mœurs commit alors une bourde. Il s'imagina que, s'il se contentait de dénoncer Deal, les collègues contrôleurs de celui-ci châtieraient son oncle en surévaluant la valeur de son patrimoine pendant que Deal passerait simplement six petites semaines à l'ombre. Du coup, au lieu de l'arrêter, le flic fit entendre son enregistrement à Deal et le pria de lâcher la grappe à son oncle. Deal mésinterpréta la menace et courut voir ses protecteurs du conseil municipal. Ceux-ci allèrent trouver le chef de la police – cela se passait trois chefs de la police avant Rose Marie –, qui écrasa le flic des Mœurs comme une punaise : il se retrouva aussitôt à régler la circulation à l'entrée d'un chantier.

Le flic des Mœurs fit à son tour appel à ses confrères – et notamment à Lucas, qui organisa un traquenard. Deal fut expédié en cabane pour neuf mois. Ses employeurs du conseil municipal réussirent à se tirer d'affaire, et les confrères contrôleurs de Deal se livrèrent aux représailles attendues sur le propriétaire de l'atelier, dont les impôts grimpèrent de cinquante pour cent.

Quand Deal sortit de prison, il essaya de vendre des voitures, puis des maisons, mais il n'était pas doué. Ses talents naturels s'exerçaient dans la bureaucratie et le chantage, pas dans la vente. Lucas avait entendu dire qu'il était parti en Californie et, jusqu'à la seconde où Lane mentionna son nom, il avait toujours supposé qu'il s'y trouvait encore.

— Derrick Deal..., murmura-t-il en marchant à travers la ville.

L'hôtel Brown était un immeuble de briques situé à un bloc de la tour IDS. Vu de l'extérieur, il ne ressemblait guère à un hôtel ; il fallait savoir qu'il était là. Lucas salua d'un coup de tête le portier en gants blancs qui lui ouvrit la porte, vira à droite sur la moelleuse moquette rouge, contourna une banquette circulaire au centre de laquelle s'épanouissaient des glaïeuls hors de saison et piqua sur le comptoir de la réception. Une jeune femme noire tirée à quatre épingles était debout derrière. Elle avait un visage délicatement ciselé et portait un tailleur ultraclassique que venait égayer un collier d'argent orné de petites turquoises de forme ovoïde.

— Vous désirez, monsieur ?

— J'ai besoin de voir M. Deal. M. Derrick Deal.

— Puis-je savoir qui le demande ?

— Non.

Lucas sourit pour adoucir sa réponse, sortit son insigne, le lui montra.

— Je tiens à lui faire la surprise. Si vous pouviez simplement m'indiquer où il se trouve ?

Elle tendit la main vers un téléphone.

— Je vais prévenir le directeur.

Lucas lança un bras par-dessus le comptoir et posa la paume sur le combiné.

— Je vous en prie, ne faites pas ça. Montrez-moi simplement où est M. Deal.

— J'aurai des ennuis, dit-elle, la lèvre tremblante.

— Non, vous n'en aurez pas. Croyez-moi.

Elle regarda d'un côté, puis de l'autre, ne décela aucune perspective de soutien, s'humecta la lèvre et murmura :

— Il est dans son bureau... au fond du couloir.

Elle jeta un coup d'œil sur la droite, en direction d'un long et étroit corridor qui donnait sur le hall.

— Montrez-moi la porte.

Elle balaya de nouveau le hall du regard et dit finalement :

— Par ici.

Elle contourna le comptoir et partit en tête dans le

couloir, à foulées nerveuses. Arrivée hors de vue du hall, elle ralentit.

— Il a des ennuis ? demanda-t-elle.

— J'ai une question à lui poser.

— S'il n'a pas d'ennuis, il devrait en avoir.

— Vraiment ?

— C'est un connard.

— Une minute, fit Lucas. (Ils s'immobilisèrent dans le couloir.) C'est quoi au juste, un connard ?

— Quelqu'un qui harcèle les gens.

— Pour de l'argent ? du sexe ? de la drogue ?

— Pas pour de la drogue.

— Vous avez été obligée de le repousser ?

— Pas exactement. Ma peau est un peu trop foncée à son goût. Et je lui ai dit que, s'il me harcelait, mon frère viendrait lui couper les testicules.

— Il vous a crue ?

— Oui. Mon frère est venu et lui a montré son couteau.

— Ah.

— Mais toutes ces petites femmes de chambre, beaucoup sont mexicaines, peut-être qu'elles n'ont pas de papiers. C'est à cause de la crise qu'ils les embauchent.

— Et il leur tombe dessus ?

— Oui. Parfois pour le sexe – il y a presque toujours des chambres vides dans l'établissement. Mais surtout pour l'argent. Les clients leur laissent des pourboires, dix ou vingt dollars. L'un dans l'autre, il peut en récupérer cinquante par jour. Les femmes de chambre n'osent pas le dénoncer. Il lui suffirait de passer un coup de fil anonyme aux autorités. Il le leur fait comprendre.

— Elles devraient faire venir leurs frères du Mexique.

— Facile à dire.

— Je sais. Bon. Je vais lui poser ma question, et peut-être qu'ensuite je trouverai un moyen de le calmer un peu.

— L'hôtel ne le mettra pas à la porte. Il est très bon dans sa branche.

— À savoir ?

— Il arrange un tas de choses pour les clients. Il leur trouve des billets pour les spectacles et les matchs de basket. Si quelqu'un tombe malade, il lui trouve un docteur.

— N'importe qui pourrait le faire.

— Je veux dire, quand une star du rock se fait porter pâle...

— Après s'être un peu trop poudré le nez, par exemple ?

— Par exemple. Ou s'il y a une petite querelle d'amoureux et que quelqu'un se retrouve avec un bleu ou une entaille...

— Je vois, fit Lucas. On lui touchera quand même un mot des femmes de chambre.

Lucas attendit que la réceptionniste soit revenue suffisamment près de son comptoir pour ouvrir sans un bruit la porte du bureau de Deal. Ce bureau était constitué par un ensemble de six alcôves délimitées par des paravents de toile montant à hauteur d'épaules ; il perçut le cliquètement d'un clavier d'ordinateur dans le coin opposé de la salle.

Deal était un type dégarni, au long nez et aux lèvres charnues qu'il remuait nerveusement en scrutant son écran. Il portait un veston sport de couleur sombre, dont les épaules et les revers étaient saupoudrés de pellicules. Il avait l'air très concentré. À aucun moment il ne se rendit compte de l'approche de Lucas.

Lucas souleva un fauteuil de bureau dans l'alcôve

voisine et l'installa dans l'allée centrale, à la sortie de celle de Deal. Il s'assit lourdement dessus, et Deal, tout à coup, sentit qu'il n'était plus seul. Il pivota sur son siège et sursauta, interloqué.

— 'jour, Derrick, fit Lucas en souriant. Je vous croyais en Californie.

Deal reprit immédiatement contenance.

— Nom de nom, Davenport ! Vous m'avez collé une de ces trouilles... Qu'est-ce que vous voulez ?

— Vous êtes au courant pour le meurtre ? Celui de Mlle Lansing ?

— Rien à voir avec nous, maugréa Deal.

Il prit une feuille de papier sur la table, l'examina un instant en plissant les yeux et la glissa dans un tiroir du bureau, hors de vue.

Lucas haussa les épaules.

— Vous savez ce que c'est, Derrick. Nous sommes bien obligés d'étudier toutes les hypothèses. Et cette petite, Lansing, j'avoue qu'elle nous laisse un tantinet perplexes. Elle ne roule pas sur l'or – elle se fait chez vous à peine vingt-cinq mille par an. Mais elle se balade en Porsche et se sape dans des boutiques de luxe...

— On lui refile cinq mille dollars par an pour ses fringues, dit Deal.

— Pour des robes du soir ?

— Non. Pas pour des robes du soir. (Il se retourna nonchalamment vers son écran d'ordinateur sur lequel était affiché un tableau de chiffres, frappa sur une succession de touches, et l'écran devint noir.) Le genre de fringues que portent les autres filles d'ici. Des fringues classiques de bourgeoise.

— On a pensé qu'elle se faisait peut-être un peu d'argent de poche en les *enlevant*. Vous savez, ses fringues de bourgeoise ?

Deal secoua la tête.

— Non.

— Allons, mec, fit Lucas en esquissant de la main un revers qui signifiait : « Regardez autour de vous ». Vous recevez toutes sortes de champions, de vedettes de cinéma, de chanteurs, d'acteurs de théâtre et de gens pleins aux as. Qu'est-ce qu'un type dans votre genre fait quand l'un d'eux a envie de se faire tailler une petite pipe ?

— Je lui conseille de se sucer lui-même.

— Derrick...

Deal leva les deux mains.

— Écoutez, mec. Lansing ne baisait pas pour le fric. Pas ici, en tout cas. Je suis au courant en ce qui concerne sa bagnole, je lui ai même posé la question. Elle m'a répondu un truc du style : « J'ai de l'argent de côté. » Je me suis dit qu'elle tenait ça de son père et qu'elle bossait juste le temps de se trouver un mari.

— Ce n'était pas une fille à papa, répliqua Lucas.

Deal secoua la tête.

— Dans ce cas, il serait sans doute temps pour vous de vous livrer à un vrai boulot d'enquête, ce qui vous permettrait au passage de cesser de harceler des innocents.

— Derrick, bon sang, je fais de mon mieux pour vous trouver sympathique, mais vous ne me facilitez pas la tâche, dit Lucas en posant les mains sur les bras de son fauteuil, prêt à se lever. On sait qu'elle gagnait pas mal de blé en extra, et le sexe est la seule chose à laquelle on puisse penser. Ça m'ennuierait beaucoup de prendre le Brown pour un bordel de luxe, mais on va devoir envoyer quelqu'un pour jeter un coup d'œil à votre paperasse. Vous me permettez de dire que vous nous avez recommandés ?

— Une minute, juste une petite minute.

Deal décrocha un téléphone, composa quatre chiffres, attendit une première sonnerie, puis une seconde, et dit :

— Jean ? Vous pouvez descendre un moment ?

Et, après avoir raccroché :

— Vous devriez plutôt chercher du côté de la came.

— Pourquoi ?

— Parce que la moitié du temps, quand Sandy venait bosser, c'est-à-dire généralement en fin d'après-midi, elle avait la tête dans le cul. Elle faisait trop la fête. C'était une noceuse et elle avait un sérieux problème de coke.

— Vous pensez qu'elle en revendait ?

Deal entrouvrit la bouche, comme s'il avait une réponse au bord des lèvres, mais ses yeux se mirent à papilloter et il se ravisa.

— J'en sais rien. Mais elle se défonçait. Et elle ne se faisait aucun petit extra ici, que ce soit sous la table ou dessus.

Il ment, songea Lucas. Il l'avait vu dans ses yeux – ce papillotement momentané. La porte du bureau s'ouvrit, et ils se tournèrent tous les deux. Un instant plus tard, une jeune femme passa la tête au bout de l'allée, regarda dans leur direction et vit Lucas.

— Monsieur Deal ?

Deal se leva, marcha devant Lucas.

— Oui, Jean. Par ici.

La fille s'avança vers eux, et Lucas se rendit compte qu'elle était extraordinairement jolie. Un peu lourde, un peu ronde, elle avait une soyeuse chevelure brune striée de mèches blondes, un visage somptueux dont l'éclat était rehaussé par une paire d'yeux bleu pâle respirant la sérénité et par une lèvre inférieure discrètement charnue à peine maquillée d'une touche de rouge. Son tailleur était aussi classique que celui de la réceptionniste, mais avec une différence notable – il était assez généreusement échancré sur le devant pour révéler le profond sillon qui marquait la naissance de ses seins. Cette fille, se dit Lucas, était à la fois maternelle et terriblement sensuelle.

— Oui ? demanda-t-elle.

— Pourriez-vous rapporter ce crayon à India ? Elle est à la réception.

Il lui tendit un crayon à papier jaune.

Visiblement déconcertée, elle obtempéra néanmoins.

— Oui, monsieur.

Quand elle fut repartie, Deal se rassit et lâcha, avec une pointe de sarcasme :

— Voilà pourquoi Sandy Lansing ne sortait pas avec nos clients.

Suivant des yeux la trajectoire de la jeune femme, Lucas réfléchit un moment avant de hocher la tête.

— Elle n'était pas à la hauteur.

— Tant s'en faut, rétorqua Deal, très à l'aise. Il y en a ici deux ou trois autres comme Jean. Et même mieux... Sans que j'aie jamais eu vent du moindre petit arrangement privé entre un membre de notre personnel et la clientèle. (Il joignit les mains sur son estomac et bascula en arrière.) D'autres questions, monsieur Davenport ?

Lucas se pencha vers lui, tendit un bras, lui tapota la rotule.

— Oui. Lansing et la came. Où se fournissait-elle ?

— Aucune idée, couina Deal à la façon d'un goret effarouché. Je ne connais rien à la came. Je ne suis pas branché came. Vous le savez bien.

Deal mentait.

— D'accord. Votre truc, c'est plutôt l'évaluation fiscale.

— Disons que ça le serait encore si vous ne m'aviez pas fait tomber. Maintenant, je suis dans l'hôtellerie.

— Et ça vous plaît ?

— Non. Ça ne me plaît pas. (Son regard fila entre les deux rangées d'alcôves.) Je suis en train de moisir... dans une putain de cage à rats.

10

Pas grand-chose d'autre à faire pour le moment : il y avait des inspecteurs partout, enquêtant sur tout le monde. Rédigeant la bio sommaire de chaque participant de la soirée ; vérifiant sa version, la confrontant à celle des autres. Dehors, les camions de la télé commençaient à encombrer les trottoirs. Lucas appela Rose Marie, s'excusa pour la soirée, rentra chez lui.

Il se prépara un sandwich, prit une bière au réfrigérateur – la dernière : il allait devoir courir à l'épicerie. Mit le téléviseur en marche : comme prévu, les gens du showbiz nageaient en pleine folie. Les journaux télévisés du coin avaient compressé les sports et la météo en un bloc de cinq minutes, et toutes les autres nouvelles en deux minutes, pour consacrer le reste de leur demi-heure à Alie'e. Puis les grands réseaux prirent le relais avec leurs hommes-troncs. Ils avaient eu toute la journée pour potasser le thème de la mode et de la drogue, et une interminable brochette de types entre deux âges à la mine grave entreprit de déplorer la relation qui existait entre les deux univers.

La Fox et NBC diffusèrent une photo à couper le souffle d'Amnon Plain montrant Alie'e Maison dans ce qui semblait être un slip d'homme à l'ancienne. La photo était aussi sexy que pouvait l'être une image de télé censurée par des zones floues sur les parties les plus intéressantes, songea Lucas – et si Plain était cité en tant qu'auteur de l'image, pas un commentateur n'omit de remercier *The Star* pour la cession des droits de cette photo.

Le présentateur du journal d'ABC précisa que le numéro du *Star* serait dans les kiosques à deux heures le lendemain, à peine trente-six heures après le meurtre d'Alie'e. Il semblait y voir une sorte de miracle technologique. Lucas eut droit à quelques secondes d'antenne, une intervention entrecoupée d'images d'un George Shaw abasourdi, en jean et sweat-shirt, traîné hors de la maison de sa belle-sœur vers une voiture de patrouille. Les médias avaient mordu à l'hameçon Shaw, mais apparemment pas à pleines dents.

— « S'il est admis que la piste de la drogue représente un axe central de l'enquête, des rumeurs ont également fait surface concernant un certain nombre d'escapades sexuelles auxquelles aurait été mêlé un ancien mannequin, Jael Corbeau... »

Le reportage montra une image de Jael vêtue d'une robe noire à col mao qui soulignait les angles de son visage et l'aspect déchiqueté de ses cicatrices.

Au bout d'un moment, lassé, Lucas coupa le téléviseur et se dirigea en traînant les pieds vers sa planche à dessin.

Une idée par soir, point. Son idée du jour était qu'il aurait peut-être besoin d'un meneur de jeu à temps complet – ou, mieux, songea-t-il, d'une meneuse de jeu, par exemple une blonde mignonne à lunettes dorées. Mais les ventes ne permettraient pas de maintenir éternellement ce genre de concept. Il faudrait donc définir une limite de temps. Disons un an. Lucas sortit une feuille de papier vierge, s'installa sur son haut tabouret, griffonna vaguement. Ça ne venait pas...

Catrin. Il ne savait pas au juste ce qu'il pensait d'elle, mais il pensait indiscutablement à elle.

Nerveux, il redescendit le couloir, décrocha son téléphone, hésita un instant avant de composer le numéro. Celui du couvent. Une religieuse décrocha.

— Ici le commissaire Davenport, du département de police de Minneapolis. J'ai besoin de parler à sœur Marie-Josèphe.

— Je vais la chercher, répondit la religieuse – une voix jeune, aux intonations dépressives.

Lucas connaissait sœur Marie-Josèphe, sa plus ancienne amie, depuis l'école primaire. Née Ella Kruger, elle enseignait la psychologie au collège Sainte-Anne, à quelques blocs de chez lui. Il patienta deux minutes, sentit enfin que le combiné bougeait au bout du fil.

— Lucas ?

Il sourit en reconnaissant sa voix ; elle lui faisait presque toujours cet effet-là.

— Salut, Ella. Comment va la vie ?

— Laisse tomber les préambules, Lucas. Où en es-tu sur l'affaire Alie'e Maison ?

— C'est drôle que tu me poses la question.

— Tu crois qu'il y a une composante saphique ?

— Alors là...

— Et qu'est-ce que c'est qu'un *minou* ?

Lucas resta absolument abasourdi l'espace d'un moment, même s'il sentit dès la première seconde qu'il n'arriverait pas à trouver une réponse convenable à la question. Là-dessus, Ella partit d'un rire joyeux et dit :

— Allez, tu peux remettre ton cœur en marche.

— Ne me refais pas ce genre de coup. L'affaire Alie'e... est un vrai sac de nœuds. Il y a effectivement eu un épisode saphique, impliquant trois femmes, peu de temps avant les faits. Je ne sais pas dans quelle mesure il est lié au meurtre. Peut-être n'y a-t-il aucun rapport. C'était en gros là-dessus que je voulais te poser quelques questions.

— Sur ?

— Quand deux pédés se battent, ça peut être extrêmement violent : beaucoup de rage, des mutilations. Des coups de couteau à répétition, va savoir pourquoi. On voit des gars se faire planter vingt ou trente fois.

— La passion se mue en colère quand les choses tournent mal. La passion et la colère sont liées. Comment étaient ces femmes ? Était-ce purement sexuel entre elles, ou était-ce moins sexuel qu'autre chose ?

— C'est ce que je me demandais. Une des femmes a laissé entendre que, en admettant qu'elles avaient eu une relation sexuelle, ce n'était pas une sexualité agressive. À l'en croire, cela ressemblerait plus à des papouilles. Il y a eu un acte sexuel – des attouchements, des caresses orales. Mais ça n'avait pas l'air d'être quelque chose de... dingue.

— Il se peut que ça ne l'ait pas été. Les tabous culturels contre le sexe saphique sont loin d'être aussi forts que ceux qui frappent l'homosexualité masculine. Quand un homme se livre à des pratiques homosexuelles..., cela mobilise une énorme quantité de stress, au moins dans un premier temps, expliqua Ella. Les femmes peuvent parfois passer de l'amitié avec une autre femme à des attouchements occasionnels, voire au sexe, et revenir ensuite à l'amitié sans dommage, sans trop de culpabilité ni de tension. C'est pour cela qu'on ne voit pas autant de crimes lesbiens commis de façon violente. La tension n'est pas aussi forte.

— Toutes les femmes impliquées avaient parallèlement des relations avec des hommes, précisa Lucas. Et parfois de façon simultanée.

— Ce n'est pas rare. Certaines femmes sont – comment dire ? – instinctivement lesbiennes, c'est leur nature profonde. Elles sont attirées par les femmes comme... ma foi, comme tu peux l'être toi-même. Mais beaucoup de femmes, surtout jeunes, peuvent avoir envie de faire un petit bout de ce chemin-là, d'avoir des relations avec des femmes autant qu'avec des hommes. Il doit même y avoir un élément de mode là-dedans.

— Je suis d'accord.

— Tu as enquêté sur la famille d'Alie'e ?

— Quelqu'un l'a fait. J'ai rencontré son père et sa mère. Je ne crois pas qu'ils mériteraient la médaille des parents modèles... Ils l'ont traînée à travers le pays toute sa vie pour lui faire une place au soleil. Ils ne vivaient que par elle.

— Mmm...

— Et elle a un frère assez barré.

— Intéressant. Cela suggère qu'il y a eu des tensions sérieuses dans la famille.

— Exact. Il prêche dans les cambrousses du côté de Fargo. Il donne tout ce qu'il a.

— Ce ne serait pas... Tom Olson, par hasard ?

Lucas baissa les yeux sur le combiné avant de se le remettre contre l'oreille.

— Si. Tu le connais ?

— C'est un saint. Saperlipopette !

Dans la bouche d'Ella, « saperlipopette » était un effroyable juron.

— Quoi ?

— C'est vraiment un saint. Un évangélique, persuadé que la béatitude est pour le mois prochain, l'année prochaine ou va savoir quand, parce qu'il la sent venir. Déferler telle une vague. Il est peut-être schizophrène ; en tout cas, c'est sûrement un extatique. On a eu ici une novice originaire de cette région, la vallée de la Red River. Elle est repartie en visite chez ses parents. Olson prêchait dans un boulodrome. Elle est allée le voir avec des amies – presque par jeu. Quand elle est revenue, elle a renoncé à ses vœux et a quitté l'Église pour se mettre à sillonner la vallée de la Red River en prêchant l'Évangile. Je tâche de rester en contact avec elle ; elle m'a confié qu'Olson recevait parfois les stigmates.

La voix d'Ella se fondit en un souffle au moment où elle prononça le mot « stigmates ».

— Tu te f... tu te moques de moi ?

— Non. Pas du tout.

Pour un catholique, Lucas avait de sérieuses lacunes, mais il sentit néanmoins un frisson lui grimper le long de l'échine à la mention des stigmates. Porter les plaies du Christ aux mains, aux pieds, au flanc, et même au front.

— Il se prend pour Dieu ?

— Oh, non. Absolument pas. Il se considérerait plutôt comme un messager, quelqu'un qui prépare la voie.

— Un saint Jean-Baptiste, alors.

— Je doute qu'il voie les choses de cette façon. Tu joues au flic sarcastique alors que c'est un homme profondément sérieux.

— Il est venu au quartier général aujourd'hui. Je l'ai trouvé... exalté.

— Où était-il au moment du meurtre ?

— À Fargo. Dans la nature, quelque part. C'est sa version. Tu crois qu'il pourrait avoir fait le coup ?

— Je n'en sais rien. La sainteté est généralement un mystère, mais elle mobilise des courants affectifs extrêmement profonds, et souvent quelque chose de très sombre. Il se peut qu'il ait éprouvé pour sa sœur des sentiments exacerbés. Et du fait de son état affectif, il pourrait sans doute être très... démonstratif.

— Il l'a été avec le chef.

Ils discutèrent encore quelques minutes, et Lucas donna à son amie des précisions sur le crime. Ella promit d'y réfléchir et de le rappeler si une idée lui venait à l'esprit. Ils se dirent au revoir, et Lucas repartit vers son bureau. À mi-chemin, il s'arrêta net, revint vers le téléphone, rappela le couvent. La même jeune religieuse aux intonations dépressives lui répondit, et il attendit de nouveau deux minutes avant que la voix de son amie s'élève au bout du fil.

— Autre chose, Lucas ?

— Tu te souviens de ce que tu m'as demandé tout à l'heure en prenant le téléphone ?

— Je ne sais pas. Je te taquinais.

— Tu m'as demandé quelque chose comme : « Où en es-tu sur l'affaire Alie'e Maison ? »

— Et ? fit la religieuse, déconcertée.

— Personne ne pose jamais de question sur l'autre fille. Sandy Lansing. Comme si elle n'avait pas plus d'importance qu'un mouchoir en papier qu'on jette après usage.

— Mmm... Pour être franche, je n'ai pas pensé à elle, avoua Ella.

— Tu sais, quand on s'en est pris à toi... on t'a

choisie dans l'intention de *me* distraire. Et ça a fonctionné un temps. Là, tout le monde dit Alie'e, Alie'e, Alie'e... J'espère qu'on ne regarde pas dans la mauvaise direction.

— Tâchons de le garder à l'esprit, fit Ella, qui ajouta après quelques secondes de silence : Je penserai à elle. Je prierai pour elle.

Tard dans la soirée, assis au bord de son lit pour retirer ses chaussettes, Lucas se souvint de Trick Bentoin – Trick le joueur, qui n'était pas mort, qui n'avait absolument pas été buté par un futur pensionnaire à perpète de Stillwater. Lucas avait oublié de prévenir l'attorney du comté, et Del n'y avait apparemment pas pensé plus que lui ; ils s'étaient pourtant vus une demi-douzaine de fois pendant la journée, sans en reparler.

Lucas grommela une obscénité. Certaines personnes risquaient d'avoir du mal à digérer ce retard. Même si, en un sens, c'était une histoire plutôt comique.

Néanmoins, il ne pensait pas à Trick quand il bascula dans le sommeil. Il réfléchissait aux vêtements qu'il mettrait pour le déjeuner du lendemain.

Son déjeuner avec Catrin.

Encore plus tard cette nuit-là, pas très loin de Lucas, mais sur l'autre rive du Mississippi, à Minneapolis, Jael Corbeau entendit un grattement derrière sa porte. Ses paupières s'ouvrirent d'un seul coup, et elle se redressa sur son lit. Malgré son épuisement, elle n'avait pas encore réussi à trouver le sommeil. Elle avait pris un cachet, mais son corps résistait. Alie'e : Amnon avait dit que ce n'était qu'une passade, qu'Alie'e n'était rien d'autre qu'un reflet complaisant du besoin de Jael d'un type de plaisir particulier – de son envie d'une complice langoureuse, perverse, dans le vent. Et belle. Et Jael était terrifiée par l'idée qu'il ait raison, et qu'elle-même ne soit qu'une créature superficielle, dissolue. *Tendance.*

Le grattement derrière la porte l'arracha à son cycle dépressif. Elle reconnut la nature du bruit. Quelqu'un essayait d'entrer.

Jael habitait une petite maison-atelier sur la rive sud du fleuve. Sa chambre était au premier étage ; tout le rez-de-chaussée était occupé par son atelier – une salle de tournage, une salle de vernissage, une salle de cuisson avec deux gros fours électriques, et une salle de dégrossissage où elle entreposait sa glaise et la pétrissait. Ces gestes lui avaient musclé les bras et les épaules. Les policiers l'avaient interrogée là-dessus. L'un d'eux lui avait tendu la main en lui demandant de serrer. Elle avait obéi, et le flic avait fait semblant de grimacer. La charriant. Cherchant à l'intimider. Peine perdue.

Jael ne fut pas plus intimidée par le grattement derrière sa porte qu'elle ne l'avait été par les flics. Au plus noir des années crack, ce grattement se reproduisait à peu près toutes les semaines. Mais le crack était en train de reculer, le crack perdait du terrain : elle n'avait plus été confrontée à ce genre d'emmerdements depuis un an ou plus.

Et pourtant.

Elle se coula hors du lit, s'agenouilla à côté comme pour prier, tâtonna sous le sommier. Ses doigts le sentirent presque aussitôt : l'acier froid du canon. Elle l'attrapa – un vieux Winchester à pompe de calibre douze. Se déplaçant en souplesse dans le noir, elle gagna la salle de bains et se dirigea vers la fenêtre à barreaux percée au-dessus de la baignoire. Une fenêtre à guillotine, en verre dépoli, aux glissières bien huilées. Elle défit le loquet, souleva le panneau mobile.

En bas, une silhouette massive et vêtue de noir était accroupie devant la porte, tentant de forcer la serrure avec des gestes d'amateur. Les deux buissons qui flanquaient la véranda le rendaient invisible de la rue, sauf si quelqu'un s'arrêtait au bout de l'allée et regardait droit devant. D'une voix douce mais ferme, elle lâcha :

— Eh toi, en bas !

La silhouette se figea, se retourna à demi. Elle aperçut un bout de visage dans la pâleur électrique de la rue, ressemblant à un croissant de lune discerné à travers un lambeau de nuage blême et translucide.

— J'ai un fusil de chasse.

Jael actionna la pompe, et l'acier se mit en mouvement en produisant son effet sonore *chic-chic* – entendu dans un millier de films.

— C'est un calibre douze. Et il est pointé sur ta tête.

Le croissant de chair disparut. L'homme fit volteface, vif comme une pensée, sauta à bas du perron, transperça les buissons, contourna le portail et se mit à dévaler la rue, fouettant frénétiquement l'air de ses mains et de ses grosses jambes.

En le suivant des yeux, Jael s'autorisa son premier sourire en vingt-quatre heures. Mais tandis qu'elle refermait la fenêtre puis la verrouillait, une pensée vagabonde lui traversa l'esprit.

Il n'avait pas l'air d'un crackeux. Pas du tout.

Plutôt d'une sorte de péquenot.

11

Dimanche. Deuxième jour de l'affaire Maison.

Lucas ramassa le *Pioneer Press* sur son perron, et la manchette en énormes lettres noires lui sauta immédiatement aux yeux : « ALIE'E MAISON RETROUVÉE MORTE », suivie du sous-titre « ÉTRANGLÉE À MINNEAPOLIS ».

Une manchette plus discrète que celle du premier pas sur la Lune, songea-t-il, et peut-être aussi plus discrète que celle des fac-similés de la presse qu'il avait pu voir au lendemain de l'attaque de Pearl Harbor.

Mais à peine.

Sur ce, il pensa : Trick.

L'attorney du comté, Randall Towson, n'était pas à proprement parler un ami, mais c'était un type régulier. Il prit le coup de fil de Lucas à la table de son petit déjeuner.

— Dites-moi qu'on a tout ce dont on a besoin.

— Pardon ?

— Le meurtrier d'Alie'e Maison – vous appelez pour me dire que vous l'avez ? Qui est-ce ?

— J'ai beaucoup mieux que ça. Devant Dieu, ajouta Lucas, en s'efforçant d'instiller dans sa voix quelques gouttes de sincérité. J'ai trouvé une occasion de servir la justice.

— Vous vous foutez de moi ! s'exclama l'attorney avec une curiosité empreinte de circonspection. Pardon, mon ange.

— Non, non : j'ai découvert qu'il y a un innocent dans notre système carcéral. Vous allez pouvoir le libérer. Tout le mérite sera pour vous, et les contribuables reconnaissants vous reconduiront sûrement dans vos fonctions pour la... vous en êtes à combien, la cinquième fois ?

— Sixième, bougonna Towson. Bordel, qu'est-ce que... Désolé, mon ange – je déjeune avec ma petite fille. Qu'est-ce que vous me chantez ?

— Del Capslock était à la fête de Silly Hanson avant-hier soir. Il n'était pas présent au moment du meurtre, mais il a rencontré là-bas un vieil ami à nous.

Towson, méfiant :

— Qui ça ?

— Trick Bentoin.

Silence. Un silence si long que Lucas finit par ajouter :

— Trick était parti au Panama jouer au gin rummy.

D'une voix douce et inchangée, Towson lâcha :

— Cela pose problème.

Bien qu'il n'y eût personne pour le voir, Lucas hocha la tête.

— Oui.

— J'ai clairement identifié le problème. Demain, dès mon arrivée au bureau, je mettrai mes meilleurs éléments sur ce dossier pour trouver une solution.

— Ce serait chouette, dit Lucas.

Nouveau silence, puis :

— Putain de nom de Dieu, Davenport ! glapit Towson – avant d'ajouter, penaud : Désolé, mon ange.

Catrin.

Comment s'habiller pour un déjeuner dominical ? Elle était mariée à un docteur et avait probablement du fric à ne plus savoir qu'en faire. Elle se sentirait plus à l'aise face à une tenue chic que face à des fringues un peu zone : les bottes et le blouson de cuir étaient à exclure. Lucas fouilla son placard, puis une pile de linge propre arrivé de la blanchisserie, et en ressortit ce qu'il espérait être la tenue idoine : un pantalon denim kaki foncé, une chemise bleue amidonnée et un blouson en daim marron. Il y ajouta une paire de mocassins brun foncé et son arme de ceinture, un P7 neuf millimètres. S'étudia dans le miroir, sourit à deux ou trois reprises.

Non, se dit-il. Mieux vaut laisser le sourire dans sa boîte. Contente-toi de ta sincérité et du plaisir de la revoir...

Le dimanche, le City Hall[1] était en général un désert absolu. Pas ce jour-là. Lucas se rendit droit au bureau du chef Roux ; le poste de la secrétaire était inoccupé, mais Rose Marie, vêtue d'un pantalon et d'un chandail orné de petits moutons blancs crêpelés, recevait deux visiteurs. Dick Milton, le spécialiste des relations avec les médias du département de police, était un ancien journaliste de la presse écrite dont le titre de gloire était d'avoir un jour signé une enquête en huit parties – d'un dimanche à l'autre – sur une maladie des chênes. Angela Harris, une psy contractuelle, était perchée sur l'appui de fenêtre.

— Qu'en pensez-vous ? s'enquit Lucas en apparaissant sur le seuil.

---

1. Édifice regroupant l'hôtel de ville, le tribunal et le quartier général de la police. *(N.d.T.)*

— Pour les médias ? fit Roux, levant la tête. C'est exactement ce à quoi on s'attendait.

— Vous avez été un peu dur avec George Shaw, fit remarquer Milton.

— Vous vous méprenez, riposta Lucas, qui n'avait jamais aimé Milton, même du temps où il était journaliste. Ce qui est dur, c'est de moisir dans une prison du comté en attendant d'être envoyé à Stillwater pour dix ans, et c'est exactement ce qui attend George.

— Votre histoire de connexion entre Shaw et Alie'e ne tiendra pas longtemps, insista Milton en regardant Rose Marie. Quant au truc des lesbiennes... les médias sont restés plutôt délicats là-dessus hier soir aux nouvelles, mais j'ai fait un petit tour sur le Net et j'ai lu la version en ligne du prochain numéro du *Star*. Ils s'apprêtent à sortir une photo sexy pleine page de Jael Corbeau. Et comme elle est encore plus canon qu'Alie'e, croyez-moi, ils ne vont pas faire longtemps dans la dentelle.

— Le *Star* sort quand ? fit Lucas.

— Cet après-midi, je crois. Des histoires circulent sur le Net, et elles révèlent que la direction du *Star* a bloqué un numéro à sa sortie des presses pour le remplacer par un spécial Alie'e. D'après le *Journal*, tous les autres médias attendent la langue pendante.

— Tout va remonter, dit Lucas, tourné vers Rose Marie. Vous travaillez toujours le showbiz au corps ?

— On a une nouvelle conf à dix heures. La famille Olson et ses amis sont censés revenir vers midi. Ils veulent récupérer la dépouille dès que possible. L'enterrement aura lieu dans la semaine à Burnt River. On aura probablement un autre point presse vers trois heures, et s'il en faut un troisième, ça se passera autour de sept heures.

— Rien de nouveau cette nuit ?

— Rien. Sauf ce matin : Randall Towson a téléphoné à propos de Trick Bentoin.

— J'avais oublié de vous en parler, fit Lucas. Le
meurtre d'Alie'e a tout balayé. D'après Del, Trick est
descendu dans un Day's Inn de la route 694. On ira le
chercher demain pour prendre sa déposition. Je pense
que Towson préviendra l'avocat de Rachid Al-Balah
dès qu'on aura la déposition de Trick.

— Il y a peut-être une chance pour que ça passe
inaperçu ?

— On devrait faire l'annonce le jour de l'enterrement, suggéra Milton. Si on arrive à tenir jusque-là.

— Je ne sais pas, dit Lucas. Il vaudrait mieux faire
sortir Al-Balah de Stillwater dès que possible.

— Al-Balah ? fit Rose Marie. Qu'il aille se faire
voir. Pourquoi ne pas rendre visite à Bentoin dès
aujourd'hui ? Juste au cas où ?

— Entendu, opina Lucas en se tournant vers la psy.
Quel est votre sentiment pour Alie'e ? On a affaire à
un détraqué ?

Elle secoua la tête.

— Trop tôt pour le dire. Il me paraît plus réaliste
que détraqué. Tout en étant forcément perturbé
quelque part.

— Il serait encore plus perturbé si je pouvais lui
mettre la main dessus..., grommela Rose Marie.

— Douze personnes présentes à la fête ont un
casier, ajouta la psy, et je recherche des traces éven-
tuelles d'antécédents psychiatriques, mais pour l'instant je n'ai rien trouvé.

— Douze ? répéta Lucas en fixant Rose Marie.

— Voyez ça avec Lester – mais ce ne sont que des
peccadilles. De la fauche à l'étalage, des vols simples,

156

deux cas de violence domestique, une bagarre de rue, quelques affaires de fraude à la contredanse... ce genre de choses.

Autant dire rien.

Un Post-it était collé sur la porte du bureau de Lucas : *Viens me chercher*. Signé *Marcy*. Il descendit à la Criminelle et trouva les locaux grouillants de flics – il y avait là un grand nombre d'inspecteurs, du jamais-vu pour un dimanche. Lester, perché sur une table au fond de la salle, parlait avec l'un d'eux muni d'un calepin. Il repéra Lucas et secoua la tête. Rien de neuf.

Lucas se rabattit sur le bureau de Marcy Sherrill. Elle le vit venir, murmura quelque chose dans le combiné téléphonique qu'elle tenait contre son oreille et raccrocha.

— Alors ? dit-elle. Je passe vraiment chez toi ?

C'était une jolie femme d'une trentaine d'années ; elle aimait en découdre. Elle avait eu avec Lucas une liaison aussi brève qu'intense, que tout le monde autour d'eux avait considérée comme logique et inévitable. Au bout de deux mois, ils y avaient mis un terme par consentement mutuel – et à leur soulagement mutuel.

— Oui, en tout cas provisoirement, répondit Lucas.

— Bien. J'essaie de retrouver les autres invités de la fête – il nous en manque une quarantaine –, mais ça n'avance pas. Je suis prête.

— Tu montes ? Tout de suite ?

— Je pourrais le faire si tu glissais un mot là-dessus au creux de l'oreille en chou-fleur de notre ami Frank.

— Tu te souviens de Trick Bentoin ?

Sherrill ne tenait pas particulièrement à se lancer aux trousses de Bentoin, mais si elle l'amenait à l'attorney de l'État, cela permettrait de libérer Del pour la journée.

— Si je fais ça, je pourrai travailler sur Alie'e ?

— On travaillera tous sur Alie'e, répondit Lucas. Peut-être indéfiniment.

Sherrill se carra dans son fauteuil, noua les mains sur sa nuque et le dévisagea.

— Qu'y a-t-il ?

— Toi, tu as quelque chose sur le feu, fit Sherrill. Tu me parais bien... chic.

— Je retrouve une vieille amie pour déjeuner, répondit Lucas.

À quoi bon nier ? Pendant leur liaison, Sherrill avait appris à lire dans ses pensées.

— Mignonne, je parie, dit-elle en souriant.

— Je ne sais pas. Je ne l'ai pas revue depuis vingt ans.

— Waouh... Qu'est-ce qui se passe ? Elle est de retour dans la région ?

— Non. Elle vit un peu plus au sud, au bord du Mississippi, quelque part de ce côté-là.

Marcy *lisait* dans ses pensées. Elle se pencha en avant, le visage grave.

— Lucas... Elle est mariée ?

Il haussa les épaules.

— Disons qu'elle n'est pas complètement célibataire, si j'ai bien compris. Écoute, on ne fait que déjeuner ensemble.

— Oh, bon Dieu ! Ne joue pas au con avec elle, Lucas.

Il se raidit, outré.

— Je ne jouerai pas au con. Et toi, tu t'occupes de Bentoin, d'accord ? Rappelle-moi quand tu l'auras.

D'un ton encore plus grave :

— Lucas... Bon sang, elle a ton âge, elle est mariée, elle est en alerte rouge. Tu pourrais faire de sérieux dégâts. Je peux le voir à ton attitude.

— Trouve Bentoin.

Il fit demi-tour et s'en fut.

— Et occupe-toi de tes affaires ! lâcha-t-il entre ses dents au moment de déboucher dans le couloir.

Il consulta sa montre. Il lui restait largement le temps de s'acquitter d'une petite corvée.

Carl Knox avait consacré un beau dimanche matin à examiner un tracteur Kubota 2900 volé, muni d'une benne frontale et d'une pelleteuse à l'arrière ; une faucheuse démontable était également posée devant la remorque qui avait servi à le transporter. Pendant que Carl l'inspectait sous toutes les coutures, Roy, le jeune voleur au visage criblé de taches de rousseur et aux cheveux couleur de paille, parlait d'un ton indigné de ses pneus pratiquement neufs – ce fichu engin n'avait roulé que cent quarante-cinq heures, et il l'avait piqué dans un hangar du meilleur parcours de golf du sud du Minnesota. Qu'est-ce que c'était que cette offre minable de deux mille dollars ?

Carl ne l'entendait pas, parce qu'il pensait à Louis Arnot, un mec du Canada qui l'avait contacté parce qu'il cherchait justement ce type de bécane. Arnot était prêt à payer douze mille dollars américains si Carl lui livrait un Kubota dans l'Ontario, ce que Carl était parfaitement capable de faire, mais ses gars devraient d'abord changer les plaques et il devrait se procurer des papiers de Kubota, et il n'avait plus fourgué de tracteur de cette marque depuis deux ans.

Sa fille l'avait accompagné au garage. Elle s'était ensuite repliée dans le bureau, pour s'occuper des comptes. Elle traversa en coup de vent la porte de l'atelier et lança :

— V'là de la flicaille.

— Ho-ho, dit Carl.

Il fit signe à sa fille de retourner dans le bureau et considéra le tracteur.

— Il est vraiment tout frais, ce truc ?

— Personne ne sait que je l'ai volé, répondit Roy, nerveux.

Lucas Davenport déboucha au coin du bâtiment, à une cinquantaine de mètres de distance.

— Le voilà, fit Knox à mi-voix. Ne te retourne pas. Je connais ce mec, et je peux t'affirmer qu'il n'est pas là pour le tracteur.

— Je prends les deux mille, souffla Roy, la pomme d'Adam en folie.

Knox s'éloigna du tracteur pour accueillir le visiteur.

— Joli engin, dit Lucas en s'approchant. Moi-même, j'ai un B20 dans le Nord.

— Sans vouloir vous offenser, ça vaut pratiquement pas mieux qu'une putain de tondeuse à gazon, répliqua Knox, renonçant aussitôt aux préambules. Qu'est-ce qu'il y a ?

Lucas était vexé, mais s'efforça de ne pas le montrer. Il se contenta de regarder le jeune gars aux taches de rousseur.

— Si vous alliez vous chercher un soda ?

— Bonne idée, dit Roy.

Il détela la remorque et la traîna à pied sur le parking, jusqu'à la sortie du garage. À travers le panneau vitré de la porte du bureau, Lucas distingua le visage blême de la fille de Knox qui les observait.

— Pourquoi avez-vous tous l'air aussi nerveux ? Et qu'est-ce que vous avez à travailler un dimanche ?

— Quand on a une petite entreprise, déclara Knox, on bosse sept jours sur sept, on ne passe pas son temps à téter aux mamelles de l'État.

— J'ai un peu de mal à vous croire, fit Lucas en considérant le Kubota. C'est ce péquenot qui l'a volé ?

— Putain, Davenport, ce type est un terrassier en train de mettre la clé sous la porte, il est obligé de vendre son équipement. Qu'est-ce que vous voulez ?

— Une liste. D'un bout à l'autre de la ville, on traque les grossistes, les gangs, les gens qui dealent de la came dans les rues, et on les connaît presque tous. Ceux qu'on ne connaît pas, ceux qu'on n'arrive pas à localiser, ce sont les petits malins qui se contentent de vendre un kilo par semaine à des richards. Pas besoin de faire le poireau sur le trottoir. Voilà le genre de noms qu'il me faut.

— Vous savez que je ne touche pas à la came. Trop dangereux.

— Mais vous faites des prêts. Vous avez cette combine avec les bookmakers. Vous connaissez des tas de gens friqués qui font leur blé de façon bizarre, qui en claquent ensuite une bonne partie pour se poudrer le nez et qui ne se fournissent pas dans le ghetto.

— Vous allez me faire couper les couilles.

Lucas haussa les épaules.

— Qui saura que vous m'en avez parlé ? Et ça nous dissuadera de nous intéresser de trop près à ce que vous faites vraiment pour gagner votre vie. Aux détails sordides, vous voyez.

— Est-ce en rapport avec l'affaire Alie'e Maison ?

— En partie.

— C'est vraiment moche de tuer les jeunes filles, dit Knox. J'ai lu l'article du *Star Tribune* de ce matin, avec l'interview de ses parents. (Il jeta un coup d'œil du côté du bureau : le visage de sa fille flottait toujours dans le rectangle de verre teinté.) Je vais me renseigner. Mais il est très possible que je revienne les mains vides, comme la dernière fois.

— La dernière fois que vous êtes revenu les mains vides, cela nous a aidés quand même. Cela nous a permis d'éliminer certaines possibilités.

— Je vais voir. Et maintenant, si vous vous barriez avant que ma petite fasse une crise d'urticaire géant ?

Lucas s'éloigna. À mi-chemin du portail, il se retourna et lança :

— J'attends votre coup de fil avec impatience, Carl.

Knox secoua la tête et le suivit des yeux jusqu'à ce qu'il eût disparu derrière le coin du mur. Le voleur aux taches de rousseur se coula hors du bureau et demanda :

— Qu'est-ce qu'il voulait ?

— Des conneries, répondit Knox en se retournant. Tu dis que personne ne sait que ce tracteur a été volé ?

— Personne ne s'en apercevra avant demain, quand le proprio rentrera de Vegas.

— Tu peux le ramener là-bas ?

— Le ramener ? Mais... je viens de le faucher.

— Ouais, mais ce type l'a repéré, aussi sûr que deux et deux font quatre. S'il apparaît sur une liste, il reviendra, et il voudra savoir d'où il sort. Je serai obligé de lui dire que j'ai refusé de te l'acheter, et il ira te trouver.

— Vous ne lui diriez pas...

Knox haussa les épaules.

— Tu n'es pas un élément clé de mon système.

— Bon sang, Carl...

— Ramène-le. Quand est-ce que ton mec repart à Vegas ?

— Il y va tous les deux mois.

— Tu le revoleras. Je t'en donnerai trois mille.

— Trois...

— À prendre ou à laisser.

Le voleur considéra le gros tracteur orange et lâcha :

— Je vais en avoir pour cinquante dollars de diesel. De ma poche.

— Hé, Roy ?

— Ouais ?

— Parles-en plutôt à quelqu'un qui ne s'en bat pas les couilles.

Lucas s'arrêta au quartier général et laissa un mot à un collègue de la Brigade des vols, en lui demandant de vérifier les tracteurs Kubota 2900 volés. Pendant dix minutes, il regarda sa montre toutes les trente secondes avant de s'ébranler vers le restaurant The Bell Jar. Aucune trace de Catrin. Il avait beau être en avance de quelques minutes, il commença sur-le-champ à s'inquiéter. Lui aurait-elle posé un lapin ?

Le maître d'hôtel le plaça dans un coin de la salle, où il bénéficiait d'une vue d'ensemble. Une serveuse s'approcha pour lui remettre la carte des apéritifs ; quelques minutes plus tard, à son retour, il commanda un Martini.

— Vous déjeunez seul aujourd'hui ? s'enquit-elle.

— Non, je... (À cet instant, Catrin franchit le seuil.) J'ai rendez-vous avec cette dame, là-bas.

Catrin, pensa-t-il, s'était habillée avec autant de soin que lui, d'une jupe de laine gris clair, d'un chandail en cachemire noir et de souliers à talons plats. Elle portait des petites boucles d'oreilles en diamant. Absolument magnifique. Elle déchiffra son expression

163

et rougit peut-être, un tout petit peu, quand il se leva pour l'accueillir.

— Lucas.

— Comment te sens-tu ? (Il s'emmêlait déjà les pinceaux.) Je veux dire, par rapport à ton amie...

— Les funérailles ont lieu mardi. C'est un soulagement. Vu ce qu'elle a enduré, il était temps. Je ne suis absolument pas triste.

— D'accord...

Elle sourit et demanda :

— Tu as commandé ?

— Un Martini.

— Un Martini ? Tu as laissé tomber la bière ?

— Dans les grandes occasions, répondit-il en jetant sur la salle un regard circulaire. Et si tu t'avises de commander du saucisson ici, le chef tournera sûrement de l'œil.

— Va pour un Martini, alors. Un apéro du bon vieux temps avec un ami du bon vieux temps.

Elle aussi s'emmêlait les pinceaux, songea Lucas.

— La dernière fois que je t'ai vue – pas hier matin, mais à l'époque –, tu étais sacrément en pétard.

— Je m'en souviens. Et toi, quel goujat ! Incroyable. Tu étais sûr et certain d'être un don du ciel pour la gent féminine. Si ma mémoire est bonne.

— Allons donc. Je n'ai jamais été un don du ciel pour qui que ce soit.

— Facile à dire maintenant.

— Toi-même, tu n'étais pas une sinécure.

— Est-ce qu'on va se disputer ?

Une question accompagnée d'un sourire, presque avec gourmandise, comme si quelque chose d'autrefois était resté.

— La dernière fois qu'on s'est vus, reprit-il, baissant

le ton, tu étais entièrement nue. Mon ultime vision : toi debout, les poings sur les hanches, cherchant ta culotte.

— Voilà un détail que tu n'étais pas censé ramener à la surface, dit-elle en rosissant nettement. Même si je me rappelle qu'on passait pas mal de temps nus.

— Oui. Ah, nom d'un chien... Serions-nous déjà vieux ?

— Non, mais à l'époque nous étions indiscutablement jeunes.

Un serveur arriva, distribua les menus, laissa une carafe d'eau, promit de revenir. Catrin ouvrit la carte et poursuivit en parcourant la liste des plats :

— Tu m'as vraiment fait sortir de mes gonds ce jour-là. J'ai eu du mal à m'en remettre. Je n'ai jamais parlé de toi à Jack, c'était un fanatique de hockey, il m'a emmené plusieurs fois aux matchs l'année suivante, celle de son diplôme. Figure-toi qu'il était même fan de *toi*. Je me rappelle à quel point j'enrageais chaque fois que tu étais sur la glace. Toujours à parader, en glissade avant ou arrière, un vrai crétin de macho plein d'arrogance, souriant à toutes les filles...

— Diantre ! fit-il, impressionné.

— Ça m'énerve toujours rien que d'y penser.

Elle baissa les yeux sur la carte.

Le badinage érotique s'arrêta là. Après qu'ils eurent passé commande, la conversation dériva vers leur vie actuelle.

— Donc, ton mari t'emmenait aux matchs de hockey avant son diplôme... Il l'a passé quand ?

— L'année suivante. Nous nous sommes mariés en juin de ma deuxième année, et il a fait son service dans un hôpital militaire en Corée – avec le grade de capitaine. Ensuite, quand il est rentré, il a rejoint le cabinet de son père à Lake City... et nous y sommes restés.

— Et toi ? Tu n'as pas fini tes études ?

— Non... tu sais bien. Je me suis retrouvée enceinte pendant son temps d'armée. Je veux dire, j'ai repris des cours au fil des ans, mais je ne suis jamais retournée à la fac à plein temps. J'envisageais de m'inscrire cet automne à Macalester, seulement je... je ne sais pas. J'ai l'impression d'être un peu grillée.

Elle s'entendit prononcer ce mot et s'arrêta.

— La dernière fois que j'ai dit ça – que j'ai utilisé ce mot, « grillé » –, c'est du temps où on sortait ensemble.

— Ma foi, les bonnes choses finissent toujours par revenir, dit Lucas avec un sourire forcé.

Pendant le repas, Catrin raconta :

— Tout s'est vraiment bien passé. J'ai aimé Jack au premier coup d'œil, je ne renoncerais à notre histoire pour rien au monde. Mais je me retrouve dans une sorte d'enfer féministe. Je ne peux pas m'empêcher de revenir sans cesse à la même question : *Et moi, là-dedans ? Quand est-ce qu'on tourne mon film ?* J'ai toujours cru que je tiendrais la vedette, que vous, les autres, vous seriez les seconds rôles. Au lieu de ça, je suis devenue celle qui change les couches à l'arrière-plan, qui fait les comptes du ménage et qui trime à l'œil au nom du « couple uni ».

» Je trouvais que toi et moi, on était semblables, parce que tu faisais toujours ce que tu projetais ; tu étais toujours la vedette de ton film, et moi je croyais être comme ça aussi. Je croyais que je ferais toujours ce que j'avais envie de faire, et puis les gosses sont arrivés, et il a bien fallu que je m'en occupe. Je n'avais pas le choix, parce qu'ils étaient à moi, que personne d'autre ne s'en occuperait à ma place, et que ça me paraissait logique.

— Ils vont bientôt partir. Fais ce que tu as envie de faire.

— Faire quoi ? J'ai l'impression que si on veut être la vedette, il faut démarrer jeune et travailler dur, et la meilleure façon c'est d'avoir faim tout le temps. Jack a commencé à investir alors qu'il était encore dans l'armée, il a toujours bien gagné sa vie, et tu sais combien on pèse aujourd'hui ? Quelque chose comme dix millions de dollars. Une fortune grotesque... Jack veut acheter une maison en Floride, il parle aussi d'un appartement à Londres – nous aimons Londres, et on peut y être en sept heures par Northwest... Alors, à quoi bon essayer maintenant de devenir vedette ? Pour faire quoi ?

— Peut-être pas pour l'argent. Tu étais peintre, tu aimes la photographie. Alors prends des photos. Ou peins.

— Ahhh... Tout ça, maintenant, me paraît stérile. Ma vie est bien trop confortable.

— Tu pourrais retourner en fac et étudier le droit criminel. Je peux m'arranger pour te faire embaucher par la ville de Minneapolis. Tu t'occuperais de meurtres.

— Vraiment ?

— De quoi as-tu envie, Catrin ?

— Pas de devenir flic.

— De quoi, alors ?

— Je n'en sais rien. Je suis dans une situation tellement confortable, où tout est si parfait que ça me donne envie de hurler.

Il la raccompagna à sa voiture. Elle se hissa sur la pointe des pieds et l'embrassa sur la joue avant de se glisser sur la banquette avant de la Lincoln.

— Au fait, les chances pour qu'on se recroise sont à peu près nulles, mais juste au cas où – on passe en ville toutes les deux ou trois semaines –, je n'ai pas parlé à Jack de ce déjeuner. Cela aurait suscité trop de questions. Donc, si jamais on se...

— Bien sûr. Ne t'en fais pas.

Il rentra à son bureau en sifflotant involontairement, se rappela à l'ordre une fois, puis une seconde. Bon sang, elle était mariée. Et son couple n'avait pas l'air mal. Mais un courant passait entre eux, entre cette femme qu'il ne connaissait presque plus et lui, et ce courant était essentiellement sexuel. Cette pensée aurait dû le déprimer, mais ce ne fut pas le cas. Quand il arriva à son bureau, il trouva un nouveau Post-it collé sur sa porte : *Viens me chercher. Marcy.*

Sherrill était assise à son bureau de la Brigade criminelle. Elle ne l'interrogea pas sur son déjeuner.

— Exit Trick, lâcha-t-elle.

— Quoi ?

— Le gérant du motel dit qu'il est parti ce matin. Au volant d'une Cadillac vert citron d'une dizaine d'années, avec une valise et des clubs de golf dans le coffre. On a le numéro de plaque.

— Une vraie plaque ?

— Ouais. Immatriculée dans l'Illinois. J'ai vérifié, et elle est au nom d'un autre type, un certain Robert Petty, mais c'est bien une Caddy vert citron de dix ans d'âge. J'ai appelé Petty, et il m'a expliqué qu'il l'avait vendue il y a deux semaines et que l'acheteur était censé s'occuper des plaques. Je suppose que Trick n'a pas fait les démarches.

— Bon Dieu..., soupira Lucas. Tu as lancé un avis de recherche ?

— Ouais. Dans la plupart des comtés de cinq États. J'ai aussi prévenu Del, et il bosse dessus. D'après le gérant du motel, Trick n'avait pas l'air spécialement pressé – il est parti dix minutes avant l'heure limite, et ils ont parlé des Vikings pendant un petit moment. Alors...

— Il pourrait être encore dans le coin.

Sloan entra.

— Vous avez vu ça ?

Il brandissait un numéro du *Star*, avec Alie'e en couverture. Elle semblait émerger de la bouche d'un lieu sombre, aux allures de grotte, et des flammèches ou des étincelles tournoyaient derrière elle ; elle était vêtue de ce qui ressemblait à un slip d'homme et d'un tee-shirt court déchiré qui découvrait son nombril. Imprimé en grosses lettres jaunes, le titre disait : « ALIE'E : DERNIER FLASH. »

— Putain de merde ! souffla Marcy.

Elle prit le magazine des mains de Sloan, l'ouvrit à la double page centrale. Alie'e posait dans une robe couleur d'écume en mer des Caraïbes, longeant ce qui semblait être un pare-feu. Il y avait une autre photo d'elle en slip et tee-shirt, mais cette fois avec un sein dénudé au mamelon apparemment rougi, et dans son dos un géant coiffé d'un masque de soudeur.

En vis-à-vis, s'étalait le portrait en gros plan d'une jeune femme que Lucas n'aurait pas reconnue sans ses cicatrices.

— Dis donc, ce ne serait pas..., commença Sloan.

— Jael Corbeau, compléta Lucas.

— Elle est différente, fit Sloan.

— Bien mieux, dit Lucas.

Elle avait été prise de face, en nocturne. Même si l'éclairage au flash rappelait la crudité d'une photo d'actualités, c'était visiblement un travail de studio : tout était parfait, équilibré, juste, élégant. Jael regardait vers l'arrière, par-dessus son épaule nue ; un rang unique de perles sombres lui cerclait le cou et disparaissait sous le cadre. Ses cheveux étaient coupés ras, et on aurait presque cru qu'elle feulait en direction de l'objectif, comme un fauve ; son rouge à lèvres était très sombre, peut-être violet.

— Une bombe, commenta Marcy. Si j'étais tentée par le broute-minou, je prendrais une de ces deux-là.

— C'est quoi ce truc que tu racontes ? demanda Sloan.

— Le genre de truc qui m'excite, intervint Lucas, en gratifiant Sherrill d'un léger coup de coude.

— Tu n'es pas le seul, dit Sherrill en tapotant l'entrejambe du soudeur géant de la photo où Alie'e avait le mamelon rougi.

Lucas se pencha de plus près.

— Est-ce que ça serait...

— À moins que ce soit un canif plus gros que la moyenne, coupa Sherrill. Et même nettement plus gros...

Rien n'avançait. Les enquêteurs revenaient en secouant la tête, cherchant en vain autre chose à faire. Toutes les personnes dont ils savaient avec certitude qu'elles avaient participé à la fête Hanson avaient été interrogées. Personne ne s'était défoncé, personne ne savait d'où venait la came. Personne n'avait vu Alie'e après minuit, et seuls de rares invités se souvenaient de Lansing.

Après une réunion de fin de journée dans le bureau de Rose Marie, Lucas rentra chez lui. Il enfila un sweat-shirt et un short, et courut trois quarts d'heure dans Highland Park, à Saint Paul. Histoire de se racheter un vague sentiment de vertu. De retour chez lui, il décrocha son téléphone et trouva un message du central. *Rappeler Carl Knox.*

— Carl ? Ici Lucas Davenport.

— J'ai deux noms pour vous. Et je n'irai pas plus loin – ça me rend déjà assez nerveux.

— Allez-y.

— Curtis Logan, comme ça se prononce. Il se dit artiste et il a travaillé dans un musée quelconque. Il a commencé par vendre de la coke, de l'ecstasy et du speed à quelques mécènes, et son nom s'est mis à circuler. Dans certaines sphères.

— D'accord, Curtis Logan, fit Lucas en notant le nom sur un carnet.

— Et James Bee. B-E-E.

— Qu'est-ce qu'il fait ?

— Expert-comptable. En contact avec des gens riches par le biais d'une entreprise, RIO Comptabilité. Même topo que Logan, il fourgue surtout des produits en vogue. De l'ecstasy, du speed.

— Vous les situez dans quelle catégorie ? Ils dealent de temps en temps ? Ou ils sont à fond dans le business ?

— Je ne sais pas exactement – je n'ai pas mené d'enquête, je me suis contenté de chercher une corrélation possible. À vue de nez, je dirais qu'ils vendent pas mal. Et ils sont très prudents.

— À charge de revanche, dit Lucas.

— OK. J'espère bien. Et, bon Dieu, ne faites surtout

rien qui puisse leur rappeler mon nom quand vous les cuisinerez.

Aucun des deux noms ne figurait sur la liste des invités de la fête ; sans doute eût-ce été trop beau. Mais, en coinçant ces types, qui sait si on ne réussirait pas à reconstituer un réseau de trafic implanté dans la haute, d'où un nom finirait par émerger...

Del était encore au travail. Lucas l'appela sur son portable et le tira d'un bar.

— J'ai deux noms pour toi, mais tu vas devoir y aller mollo.

— D'acc. Je tâcherai de marcher sur coussin d'air.

Lucas lui communiqua les noms – Del n'avait entendu parler ni de l'un ni de l'autre – et ajouta :

— Appelle-moi si tu découvres quoi que ce soit.

— Ça ne sera sans doute pas avant demain, répondit Del. Je vais commencer par les banques, m'intéresser à leurs finances.

— On ne peut pas se permettre une recherche de longue haleine.

— Je ferai aussi vite que possible, mais je ne peux tout de même pas aller frapper à leur porte.

— Des nouvelles de Trick ?

— Non, mais il est question d'une grosse partie de cartes. Demain ou après-demain soir. Je ne sais pas encore où elle aura lieu, mais c'est une piste intéressante.

— Préviens-moi dès que tu l'auras logé.

Ce soir-là, Lucas travailla sur son jeu. Il n'y eut aucun appel. En revanche, il y en eut un le matin.

— Alors, l'endormi, on se réveille ?

Rose Marie. Sa question, en d'autres circonstances,

aurait pu lui tirer un sourire. Mais pas ce matin-là, à cause de son ton.

— Qu'est-ce qui se passe ? demanda Lucas.

— Amnon Plain est mort.

— Mort ? répéta-t-il stupidement.

— À Saint Paul. Il s'est fait descendre.

12

Lundi. Troisième jour de chasse.

Pas la moindre prémonition. Lucas était sujet aux prémonitions – la plupart fausses et articulées autour d'un scénario de crash aérien, qui se déclenchaient en général dès qu'il passait une réservation sur un vol régulier. Il lui arrivait aussi d'en avoir en matière criminelle. Certaines se révélaient exactes. Un psy lui avait expliqué que son inconscient le poussait sans doute à tisser des corrélations que son moi conscient n'avait pas encore perçues. Il n'était pas tout à fait convaincu du bien-fondé de ce baratin, sans non plus le rejeter en bloc. Il tâchait donc d'être attentif à ses prémonitions, mais, dans cette affaire-ci, il n'en avait eu aucune. Et même après avoir été informé de la mort de Plain, il n'eut pas l'ombre d'un pressentiment pendant le reste de la journée...

Plain avait été abattu dans son appartement-studio du Matrix Building, à Saint Paul Lowertown, un quartier d'affaires tombé en désuétude dont les vieux entrepôts étaient aujourd'hui occupés par des artistes et des start-up. Le Matrix, un des plus vieux immeubles, était aussi un des moins bien rénovés : tous ses ascenseurs, conçus pour le fret, recelaient l'odeur de décennies de fruits écrasés et d'oignons pourris, de peinture, de bière et de carton humide. Les couloirs étaient envahis de poubelles dont la plupart étaient pleines à déborder. On avait vendu de tout au Matrix à un moment ou à un autre : des produits alimentaires, de l'équipement lourd, de la défonce, et même des vêtements de loisir en gros confectionnés par le seul atelier de tricot de Saint Paul.

Ces derniers temps, le produit en vogue était l'œuvre d'art, essentiellement la peinture, avec un peu de sculpture. Sans compter le studio photo de Plain.

Une demi-douzaine de voitures de la police de Saint Paul étaient garées dans la rue quand Lucas arriva. Il casa sa Porsche sur le parking découvert d'un magasin d'ameublement, brandit son insigne à l'intention d'un employé figé derrière sa vitrine. L'employé hocha la tête, et Lucas traversa la rue. Un agent de la police de Saint Paul en faction à la porte du Matrix le reconnut et répondit à son salut en lançant :

— Content de vous voir, commissaire.

Un autre flic en uniforme lui montra l'ascenseur.

— Au septième, à droite.

Un lieutenant de la police de Saint Paul nommé Allport était penché sur le cadavre d'Amnon Plain. Il prenait des notes en sténo avec un crayon jaune. Plain, sans chemise ni chaussures, gisait à plat ventre dans une flaque de sang en train de sécher qui avait fleuri sur le plancher de bois clair. Un sac d'épicerie en papier brun était renversé à quelques pas de sa tête, et son contenu avait roulé au sol : des petits pains, une boîte de céréales, un pack de six bouteilles d'eau minérale. Un peu plus loin, un escalier en colimaçon tout en inox menait à l'étage inférieur.

Lucas prit un moment pour embrasser le décor. Le lieutenant de Saint Paul leva la tête.

— Ah ! grâce au ciel. Quelqu'un de Minneapolis. On s'apprêtait à vous demander un coup de main.

— On a appris que vous aviez un meurtre sur les bras et on a pensé que vous auriez sans doute besoin de conseils, dit Lucas.

— Sûr. Et vous nous conseilleriez quoi ?

— Sortez votre porte-parole de son plumard et conseillez-lui de nous rejoindre. D'ici une heure, vous pataugerez jusqu'au cou dans le CNN, l'ABC, le CBS, le NBC, et tout ce qui se planque derrière des initiales pour causer dans le poste.

— D'accord. (Allport se gratta l'arrière de l'oreille avec la pointe de son crayon puis se retourna vers un agent.) Prévenez le chef.

— Que s'est-il passé ? demanda Lucas.

Allport étendit les deux mains au-dessus du corps.

— Il venait de publier cette photo en double page d'Alie'e dans le *Star*. Vous l'avez vue ?

— Oui. Sexy.

— Vous avez remarqué la trique du soudeur ?

— Oui. Que s'est-il passé ici ?

— Je vais vous dire un truc, si j'avais une queue comme la sienne, je ne serais sûrement pas soudeur... En tout cas, tout le monde s'arrache cette photo. C'est ce que prétend l'assistant de Plain. Ils la transmettaient par téléphone – je ne sais pas trop comment.

— Et ?

— L'assistant est resté jusqu'à quatre heures et demie du matin, et là, ils ont décidé de faire une pause. Il dit que Plain a voulu prendre une douche et qu'ils ont eu envie de bouffer quelque chose. Il était trop tôt pour que les magasins normaux soient ouverts, et, pour éviter de se retrouver dans un restau de nuit du coin, l'assistant est parti en voiture vers White Bear Avenue. Il y a là-bas un supermarché ouvert vingt-quatre heures sur vingt-quatre...

— Où traînent tous les flics.

— Ils y traînaient du temps où le restau restait ouvert la nuit. Bref, il a acheté des petits pains, des fruits, des céréales, une brique de lait et de l'eau en bouteille. (Son crayon se pointa sur le sac brun.) À son retour, il est passé par le studio, en bas, parce qu'il pensait que Plain était peut-être encore sous sa douche, puis il est monté par cet escalier et il a découvert... ça.

— Et il a lâché le sac...

— Exact.

— Un ticket de caisse ?

— Oui. Quatre heures quarante-quatre. J'ai vérifié, ça colle.

— Vous le croyez ?

— Oui.

— Pourquoi ?

— Parce qu'il n'est pas facile de simuler l'état de flip où il se trouve. Parce qu'une collègue qui arrondit ses fins de mois en faisant le vigile au supermarché l'a vu acheter de la bouffe. Il paraît qu'il était assez déchiré pour emmerder à la fois la caissière *et* la vigile.

— Merde.

— C'est à peu près ce que j'ai pensé, jusqu'à ce qu'il me vienne à l'esprit que cette histoire me vaudra probablement un joli petit temps d'antenne.

L'agent qu'Allport avait envoyé passer un coup de fil revint muni d'un téléphone portable.

— C'est le chef.

Allport prit l'appareil.

— J'ai Lucas Davenport à côté de moi. Il dit qu'on va avoir besoin d'un poids lourd de la com sur place, et fissa. Oui... Oui, je vous le passe.

Il tendit l'appareil à Lucas.

— Vous préparez une battue ? demanda Lucas après avoir saisi le téléphone.

— Ma foi, non, pas pour le moment. Pourquoi ?

— Tous les chiens errants ont disparu du voisinage.

— Épargnez-moi vos conneries, Davenport. Alors, ça sent vraiment mauvais ?

— Impossible à dire. Tout dépendra de votre façon de gérer le truc – mais les gens du showbiz se sont abattus comme des mouches sur Minneapolis, et vous pouvez parier votre fauteuil qu'ils seront ici dès que la nouvelle sera connue. Je serais surpris que vous ayez plus d'une heure de tranquillité devant vous. À votre place, je contacterais le maire et je le mettrais tout de suite au parfum pour qu'il ne commette pas de gaffe. Et je parlerais aussi à Rose Marie. Demandez-lui d'envoyer notre porte-parole, il vous informera de l'état de notre enquête... Si vous trouvez le ton juste et si vous répondez bien à toutes les questions, vous avez une chance de vous en tirer. Provisoirement.

— Jusqu'à ce qu'on ait arrêté le meurtrier. Vous avez quelque chose, vous autres ?

— Non.

— Restez donc un moment avec Allport. Si vous n'arrivez à rien là-bas, peut-être que quelque chose attirera votre regard ici.

Lucas revint vers le corps et s'accroupit aussi près que possible sans toucher la flaque de sang. Il ne vit qu'une grosse tache rouge au milieu du dos de Plain. Un orifice de sortie, songea-t-il ; le tissu était trop

178

imbibé pour que le trou soit visible. Lucas promena
son regard sur la pièce.

— Vous avez trouvé un impact quelque part ?

— Oui. Le problème, c'est que ces murs sont en
béton. Il y a une grosse trace dans celui de ce côté-ci.
(Il tendit le bras, et Lucas repéra l'encoche grise.) La
balle a ricoché dessus. Je ne serais pas surpris qu'elle
se soit plus ou moins désintégrée. Elle a frappé le mur
de plein fouet.

— Quand est-ce que vous le retournez ?

— Nous, on est prêts. (Allport désigna un assistant
du légiste en train de lire une BD, assis sur une chaise
de la cuisine.) Mais notre photographe doit d'abord
vérifier ce qu'il a mis en boîte – on ne peut pas se permettre la moindre erreur sur ce coup.

— Alors, dans combien de temps ?

— Il est parti il y a une demi-heure. Il sera là d'une
minute à l'autre.

— Où est l'assistant de Plain ?

— En bas, dans le studio.

— Ça vous dérange si je discute un peu avec lui ?

— Allez-y. Je vous appelle quand on retourne le
macchabée.

Le studio se composait de cinq pièces – d'abord un
vaste volume ouvert, avec des rouleaux de papier
appuyés contre les murs ; puis une pièce plus petite,
encombrée de tables bizarroïdes à plateau incurvé de
plastique laiteux ; une autre petite pièce, avec une batterie de projecteurs et une demi-douzaine de sièges de
différents types, sans doute un studio pour les portraits ; un bureau, un débarras et la porte d'entrée.

Lucas trouva James Graf dans le bureau. Il était
vêtu d'un col roulé et d'un pantalon noirs et arborait
un étroit collier de barbe, noire elle aussi. On aurait dit

un beatnik de la vieille époque. Il était étendu sur le canapé, un coude en travers des yeux. Lucas tira un fauteuil de bureau et s'assit juste à côté du canapé. Graf souleva le bras et l'observa en silence. Il avait pleuré.

— Avez-vous vu ou entendu qui que ce soit à l'extérieur du studio ou de l'appartement au moment où vous êtes parti au supermarché ?

— J'ai déjà répondu.

— Je suis de Minneapolis. Je travaille sur le meurtre d'Alie'e. J'ai seulement deux ou trois questions à vous poser. Avez-vous vu ou entendu quelqu'un ?

— Je n'ai vu personne, mais on a entendu plusieurs fois des gens pendant qu'on bossait. Il y a *toujours* quelqu'un dans le coin. Les gens d'ici travaillent souvent la nuit. Ils passent leur temps à traîner dans les couloirs.

— Donc vous n'avez *vu* personne.

— Non, mais j'ai reconnu une voix. Joyce, je ne connais pas son nom de famille, c'est une artiste, au fond du couloir. Je l'ai entendue crier et courir dans le couloir. En riant. C'était quelques minutes avant que je sorte. Je l'ai dit à la police de Saint Paul.

— Des voitures sur le parking ?

Graf laissa retomber sa tête en arrière, réfléchit en fixant le plafond, secoua la tête.

— Désolé. Je n'ai rien remarqué d'inhabituel. Quelqu'un a fait un faux numéro vers deux heures du mat, ça c'est tout à fait inhabituel ; j'en ai aussi parlé aux flics de Saint Paul, et ils sont en train de vérifier.

— Cette artiste, Joyce, qui traînait dans le couloir. Que faisait-elle ?

— J'en sais rien, répondit Graf en se redressant sur le canapé. De toute façon, vous savez, elle était en bas, à cet étage-ci. Amnon a été tué en haut, et pour monter il faut se diriger vers le centre de l'immeuble pour prendre l'ascenseur ou l'escalier collectif. À moins d'emprunter une issue de secours. Si celui qui a fait le coup attendait là-haut, elle n'a vraisemblablement pas pu le voir.

— Donc, vous ne croyez pas qu'il ait pu entrer par ici, fit Lucas en indiquant du menton la porte du studio.

— Non. Amnon allait à l'étage quand je suis sorti, et tous les verrous se referment automatiquement. Sans compter que ces portes, c'est de l'acier. On a peut-être cent mille dollars de matériel entre la photo et l'informatique, et ce quartier grouille de voleurs – il y a tout le temps des trucs qui disparaissent. Alors, nos portes sont solides. Les serrures aussi. À mon avis, le meurtrier attendait à l'étage supérieur, il a frappé à la porte et a tué Amnon au moment où celui-ci lui a ouvert.

— Plain aurait ouvert la porte sans se méfier si quelqu'un avait frappé en pleine nuit ?

— Bah... peut-être. Je veux dire, tout le monde se connaît dans cet immeuble, alors, quand quelqu'un frappe... (Il eut un geste vers la porte.) Les portes d'en haut sont exactement comme celles-ci : pas de judas. Si on toque, il faut ouvrir pour voir qui c'est. Et peut-être que...

— Quoi ?

— ... peut-être qu'il a cru que c'était moi. Que j'étais revenu parce que j'avais oublié quelque chose.

— Il vous envoyait souvent à l'extérieur ?

— La plupart des nuits de boulot. J'allais chercher à manger et on cassait la croûte là-haut, dans la cuisine. On n'aime pas trop avoir de la bouffe ici, à cause des traces de gras et des miettes, ça attire les insectes et les souris. Il y a trop de matos.

— Il aurait donc pu penser que vous reveniez.

— Oui.

— Il portait encore sa chemise la dernière fois que vous l'avez vu ?

— Oui. Et ses pompes. Il s'apprêtait à prendre une douche.

— Le meurtre a sans doute eu lieu dans les minutes qui ont suivi votre départ.

— Sans doute. Je ne crois pas qu'il ait eu le temps de prendre sa douche. Ses cheveux n'avaient pas l'air mouillé... Il passait son temps à se laver les cheveux ; dès qu'on travaillait un peu longtemps, ils devenaient gras. C'est ce qu'il disait toujours.

— Croyez-vous...

L'appel d'Allport descendit de l'étage supérieur.

— Ça y est, on le retourne !

Lucas remonta l'escalier en colimaçon. Le médecin légiste était en train d'enfiler ses gants en caoutchouc jaune ; un policier et l'assistant du légiste portaient déjà les leurs ; le photographe était accroupi dans un coin, rangeant son matériel dans sa sacoche. Une bâche en plastique longue de deux mètres cinquante avait été étalée sur le plancher, à côté de la flaque de sang.

— On est prêts, dit Allport.

— On va le soulever gentiment, à l'horizontale, et le garder en suspens. Ne le laissez surtout pas barboter dans la flaque. On le retourne au-dessus de la bâche, expliqua le légiste aux deux autres hommes gantés.

— Vous avez parlé à une certaine Joyce ? demanda Lucas à Allport.

— Joyce Woo, fit Allport en hochant la tête.

182

— Il va falloir que vous bougiez de là, interrompit le légiste, vous êtes en plein sur notre chemin.

Lucas et Allport reculèrent.

— Bill, ajouta le légiste, vous allez devoir lui tenir l'épaule en même temps que la main, sans quoi il pourrait nous échapper. Avec tout ce sang, ça risque d'être glissant...

— Une Asiatique, dit Allport à Lucas. Elle était dans le couloir. Il se peut qu'elle ait vu quelqu'un, il se peut même qu'elle ait entendu le coup de feu, mais elle était tellement pétée qu'elle n'en est pas sûre. Enfin, *elle* est sûre, mais pas nous. Vous devriez aller lui parler.

— Et le coup de fil ? Le faux numéro ?

— On cherche encore.

— Prêts ? lança le légiste. On y va...

Quand ils levèrent le corps, Lucas se détourna. Mais il ne put échapper au son. En s'arrachant au sang partiellement coagulé, le cadavre d'Amnon Plain émit le bruit de succion d'une botte qu'on extirpe d'une boue épaisse.

Ils le soulevèrent à l'horizontale, le déplacèrent latéralement jusqu'à la bâche, visage toujours tourné vers le bas, le retournèrent à mi-hauteur et le déposèrent en douceur sur le plastique. Ses yeux étaient ouverts. Lucas grimaça et évita un instant de les regarder.

— Rien de ce côté, commenta Allport. Un coup, *pan !* et le voilà mort.

Lucas s'accroupit, fixa Plain dans les yeux.

— C'est étrange, dit-il.

— Quoi ?

— Les meurtres de l'autre soir ont été improvisés. Qui serait assez fêlé pour se rendre à une fête avec l'idée *préméditée* de zigouiller quelqu'un au milieu d'un couloir, puis d'étrangler un mannequin célèbre dans sa chambre, tout ça alors qu'il y avait cent personnes dans la baraque ? Le meurtrier a forcément improvisé. On dirait presque un accident.

— Pas celui-ci, fit Allport. Peut-être que Plain savait quelque chose et que le meurtrier a été obligé de lui clouer le bec.

Lucas se releva.

— Cette histoire est... joliment compliquée.

Quand Joyce Woo lui ouvrit sa porte, elle tenait à la main une chope de bière à demi remplie de vin blanc. Son appartement empestait l'alcool. Elle était petite, trapue, avec un visage lunaire et des lunettes à verres épais. Elle l'invita à entrer et s'affala sur un canapé à coussins en cachemire. Lucas prit une chaise de cuisine.

— J'ai dit aux autres keufs que j'avais vu quelqu'un, déclara-t-elle, sa chope au bord des lèvres, tout en scrutant Lucas par-dessus la monture de ses lunettes. Dans le corridor. Mais je l'ai pas trop bien vu, rapport que je jouais à cache-cache-baisouille avec un copain.

— Vous jouiez, euh...

— Un mec du coin que je connais, il fait de l'art sur ordinateur. Pas franchement un play-boy, mais après tout, merde, je suis pas non plus une reine de beauté. Et il a ce qu'il faut là où il faut, si vous voyez ce que je veux dire.

— Oui, eh bien...

Entre le cyberartiste et Clark le soudeur, avoir ce qu'il fallait là où il fallait commençait à relever du cliché. Mais Woo n'en avait pas fini avec son idée.

— C'est toujours comme ça avec les informaticiens, vous saviez ? (Elle renversa la tête en arrière et fixa le plafond comme si elle cherchait à résoudre une devinette.) Je ne sais pas pourquoi. On s'imaginerait que ce sont les costauds qui se trimbalent la plus grosse Francfort, eh bien, pas du tout. Ces petits informaticiens rachos sont bien mieux montés.

— Donc, vous jouiez à..., avança Lucas, tentant de la remettre sur les rails.

Joyce Woo ramena la tête vers l'avant, le fixa dans le blanc des yeux.

— Oui. Il me laisse deux minutes d'avance, et s'il arrive à me retrouver dans l'immeuble dans les cinq minutes, il a le droit de me baiser.

— Eh bien, on dirait...

— Des fois, je triche et je me laisse attraper, dit-elle après un rot. Bref, on était en train de cavaler dans l'immeuble. Je remontais le couloir en courant quand j'ai vu ce mec dans la cage d'escalier. Je lui ai crié « Salut », et j'ai continué à courir.

— Il descendait ou il montait ?

— Ch'ais pas. Il était juste là, dans l'escalier.

— Il n'a pas répondu ?

— Non.

— Quelle heure était-il ?

— Ch'ais pas, mais tôt. Ou tard. Comme vous voudrez. J'ai parlé une minute à Jimmy ce matin, après la découverte du corps.

— Jimmy – l'assistant de Plain ?

— Ouais. Il m'a entendue gueuler dans le couloir, et le seul moment où j'ai gueulé assez près du studio pour qu'il puisse m'entendre, c'est vers l'heure où j'ai vu le type. Donc, quand je l'ai vu, Plain était encore vivant.

— Et vous n'avez pas trouvé bizarre que quelqu'un traîne dans l'immeuble en pleine nuit ?

— Ici ? Je trouverais bizarre qu'il y ait personne.

— La police de Saint Paul pense que vous pourriez avoir entendu un coup de feu.

— Peut-être. J'ai entendu un grand *boum*, mais ça pourrait aussi être une porte qui claque. Ici, les portes sont en métal, et ça résonne sur le béton quand on les claque. Je n'y ai pas pensé sur le coup, mais j'ai entendu du bruit.

— Le type dans le couloir ressemblait à... quoi ?

— Dodu. C'est tout ce dont je me rappelle. Ouais, dodu. Il me tournait plus ou moins le dos... (Une ombre de perplexité se répandit sur son visage.) Tiens, vous savez ce qui me vient à l'esprit, d'un seul coup ? C'est idiot. Je me dis que c'était peut-être le gars qui s'occupe de la maintenance des distributeurs automatiques. En tout cas, le gars des distributeurs ressemble à ce type.

— Vous l'avez signalé aux autres policiers ?

— Non, je viens d'y penser.

— Le gars des distributeurs n'aurait pas traîné dans l'immeuble à une heure pareille.

— Non.

— Alors que vous, à cette heure-là, vous jouez à cache-cache-baisouille.

— Bien sûr. Voilà comment fonctionne mon programme. Le matin, je picole jusqu'à la stupeur – comme en ce moment. Ensuite, je dors jusque vers trois ou quatre heures. Je me lève, je me sens mal à crever, je bouffe quelque chose, et après, je bosse. Je bosse jusqu'à minuit, et là... vous savez, ça dépend. Je mange encore, et quelquefois Neil passe, et on joue. Après, quand je commence à avoir sommeil, je me remets à boire.

— Ce Neil, votre ami, est-ce qu'il a vu l'homme dans la cage d'escalier ?

— Vos collègues sont allés le réveiller, et il leur a dit qu'il n'avait vu personne.

— Soit. (Lucas jeta un regard circulaire sur l'appartement, qui était spartiate, pour ne pas dire totalement vide. L'unique ornement mural était un calendrier des chats de Kliban.) Vous êtes dans quel genre d'art ?

— Conceptuel.

Lucas venait juste de tourner au coin du couloir en haut de l'escalier quand il entendit une femme hurler. Le hurlement provenait de l'appartement de Plain, et l'agent en faction à la porte pivota pour regarder à l'intérieur. Une seconde plus tard, une silhouette féminine jaillit du seuil en courant et se rua contre le mur de béton peint en vert de l'autre côté du couloir. Elle le heurta de front, tituba sous la violence du choc, tenta de se remettre à courir, perdit l'équilibre, et Lucas la rattrapa au moment où elle piquait du nez vers le sol. Elle s'accrocha à lui, de profil ; Lucas reconnut les cicatrices.

Jael Corbeau... Elle noua les bras autour de son corps, à l'aveuglette, pour ne pas tomber. Lucas se tourna partiellement vers la porte au moment où Allport franchissait le seuil.

— Bon sang, grommela-t-il en les repérant, je suis navré, mademoiselle, vous n'auriez pas dû... (Il regarda Lucas.) On l'a prévenue qu'il fallait qu'elle attende qu'on ait transporté son frère chez le légiste pour le voir. On l'avait recouvert, mais elle s'est approchée et elle a arraché le drap avant qu'on ait pu faire quoi que ce soit. Bon sang, mademoiselle Corbeau, je suis sincèrement désolé...

— Il faut... que je... rentre chez moi, bégaya-t-elle. Il faut que je rentre.

— Où est votre voiture ? s'enquit Lucas.

Il la lâcha, mais une des mains de Jael resta agrippée à son blouson. Elle n'avait pas encore levé les yeux sur lui ; Lucas n'était pour elle qu'un poteau bienvenu.

— Je n'en ai pas. Un ami m'a déposée.

— Il est encore là ?

— Non, la police n'a pas voulu le laisser monter, et je lui ai dit que je rentrerais en taxi. Je croyais, je croyais, je croyais... je croyais que j'en aurais pour longtemps. Mais... il faut que je rentre. Puisque je ne peux pas le...

Elle se retourna vers la porte de l'appartement de Plain.

— Où habitez-vous ? demanda Lucas.

Elle le dévisagea enfin.

— Au sud de Minneapolis.

— Je vous ramène, proposa Lucas en adressant un coup d'œil à Allport. Vous avez besoin de lui parler ?

Allport haussa les épaules.

— Il le faudra tôt ou tard, mais pas forcément à la minute. On pourra la voir cet après-midi ou demain... à moins que vous n'ayez des informations susceptibles de nous aiguiller, mademoiselle Corbeau.

— Je ne sais pas, je ne sais pas, je ne sais pas...

— Rentrez chez vous. On vous contactera dans l'après-midi. Reposez-vous.

— Cette Woo, signala Lucas. D'après elle, le type qu'elle a vu dans l'escalier ressemblait au type qui s'occupe des distributeurs automatiques.

Le front d'Allport se plissa.

— Elle ne nous a rien dit de ce genre.

— Elle est un peu pompette.

— Le type des distributeurs automatiques ?

— Par ici, fit Lucas en entraînant Jael vers la sortie.

À mi-escalier, elle s'arrêta net :

— Il faut que je prenne certaines dispositions.

— Pas maintenant. Il n'y a rien que vous puissiez faire ici.

— Pour les funérailles.

— Vous le ferez de chez vous. Si vous ne connaissez personne, je pourrai vous procurer le nom d'un spécialiste.

— Mon Dieu...

Ils reprirent leur descente.

— Vous avez prévenu vos parents ?

— Ma mère est morte. Mon père... il va falloir que je lui mette la main dessus. Il est en Australie, quelque part par là.

Au rez-de-chaussée, une dernière brève volée de marches menait à la porte vitrée de l'immeuble, devant laquelle était planté un policier en tenue, le dos tourné à la vitre. Lucas poussa la porte, l'agent se retourna à demi, et Lucas entendit quelqu'un crier :

— C'est elle ! Avec Davenport !

Jael s'immobilisa, et plusieurs silhouettes vêtues de sombre s'élancèrent vers eux ; un peu plus bas dans la rue, deux camions de la télévision étaient stationnés. Un photographe se mit à les mitrailler avec son F5. Un cadreur de la télévision était déjà en train de tourner, pendant qu'un autre, plus loin, s'approchait au pas de course, en remorquant au bout de son câble une journaliste équipée d'un micro. Lucas reconnut en elle une vieille connaissance qui, après un bref passage comme femme-tronc dans les studios, avait retrouvé la rue.

Jael marcha droit sur les caméras, jeta un coup d'œil à Lucas, attendit l'arrivée du deuxième cadreur, sourit et lâcha :

— Je voulais simplement vous dire d'aller vous faire foutre. (Puis, à Lucas :) Où est votre voiture ?

— En face.

Il la prit par le bras. Ils partirent à gauche, suivis par la journaliste qui faisait toujours du ski nautique derrière son cadreur.

— Lucas, demanda celle-ci, est-ce qu'il est mort ?

Lucas tourna la tête :

— On est à Saint Paul. Demande aux gars de Saint Paul.

— Oui, mais...

Ils traversèrent en hâte la rue et rejoignirent le parking du magasin d'ameublement, la journaliste toujours dans leur sillage. Lucas installa Jael sur la banquette avant de sa Porsche. La journaliste le suivit pendant qu'il contournait l'auto par l'arrière et souffla :

— Réponds au moins à une question.

Il se pencha vers elle.

— Range ton micro.

Elle s'exécuta, et il murmura :

— Plain est mort. Tué par balle. Ce n'est pas joli à voir. Tu ne le tiens pas de moi.

Dans la voiture, Jael resta silencieuse, recroquevillée, regardant droit devant elle pendant qu'ils passaient sous l'autoroute, subissaient quelques feux rouges, puis descendaient la bretelle d'accès à la voie express de Minneapolis. Au bout d'un moment, elle lâcha :

— Par le ciel...

— Qu'avez-vous dit ? Je vous demande pardon ?

— Rien. Par le ciel, je n'arrive pas à croire qu'il soit mort. (Elle se tourna vers lui.) Vous êtes un de ceux qui m'ont interrogée. Je me souviens de vous.

— Oui.

— Vous aviez l'air cruel. Je passais mon temps à attendre que vous disiez quelque chose de cruel.

— Merci, j'apprécie beaucoup. Je le ressortirai dans mes Mémoires.

— Désolée si je vous ai offensé.

— Non.

— C'est à cause de vos cicatrices. (Elle tendit le bras et lui effleura le cou, où une balafre blanchâtre s'incurvait comme un point d'interrogation.) D'où vient-elle ?

— Oh, vous savez...

— Non, je ne sais pas.

— Une petite fille m'a tiré dessus. Une amie chirurgienne m'a fait une trachéotomie d'urgence pour que je puisse continuer à respirer.

— Pas très douée pour la chirurgie, si j'en juge par votre cicatrice.

— Elle s'est servi d'un couteau à cran d'arrêt. Au contraire, c'est un excellent chirurgien.

— Et pourquoi une petite fille vous a-t-elle tiré dessus ? C'était vraiment une petite fille ?

— Oui. Vraiment. Parce qu'elle était amoureuse de l'homme qui abusait d'elle, et j'étais sur le point de l'arrêter. Elle a voulu gagner du temps pour lui permettre de s'échapper.

— Il s'est échappé ?

— Non.

— Et la petite fille ?

— Un collègue lui a tiré dessus. Elle est morte.

— Vraiment ? (Jael l'observa un instant, puis demanda :) Et celle de votre visage ? La cicatrice ?

— Un hameçon de pêche. J'ai voulu l'arracher à un tronc d'arbre, et il s'est planté dans ma figure.

— Ça doit faire mal.

— Pas beaucoup, non. Mais ça pique un peu, c'est

vrai. Le problème, c'est que je n'ai rien fait après. Je l'ai rincé au soda, j'ai comprimé la plaie avec ma manche de chemise, et je me suis remis à pêcher. Ça n'avait pas l'air trop moche quand je suis allé me coucher, mais, quand je me suis réveillé le lendemain, l'infection était là.

— J'ai gagné pas mal d'argent grâce à mes cicatrices, dit Jael.

Sa voix avait pris une tonalité distante ; elle semblait être en train de sombrer dans une sorte d'état de choc. Lucas lui jeta un regard de biais, détailla de nouveau ses cicatrices : trois zébrures pâles qui lui barraient le visage à partir de la lisière du cuir chevelu, sur la tempe gauche. Deux d'entre elles traversaient son nez avant de mourir sur sa joue droite. La dernière suivait un angle plus aigu, frôlait l'aile gauche du nez, passait sur les lèvres et s'arrêtait sur le côté droit du menton. Elles conféraient à son visage un aspect discontinu, comme une feuille de papier qui aurait été déchirée puis recollée au moyen d'une bande adhésive avec une quasi-perfection.

— C'est à cause de, euh...

— Elles me donnent un look d'enfer. Des centaines de petits mecs se branlent le soir en y pensant.

— Ah bon ? Vous les avez eues dans un accident de voiture ?

Elle le dévisagea de nouveau.

— Comment le savez-vous ?

— J'ai quelques années d'uniforme derrière moi. J'ai eu mon lot d'accidents de la circulation. On dirait que vous avez percuté le pare-brise...

— Exact.

— C'est là que votre mère...

— Non, non. Elle a avalé des cachets. Elle s'était

192

mise en tête qu'elle avait la maladie d'Alzheimer, et ses somnifères lui ont fourni une porte de sortie.

— Elle ne l'avait pas ?

— Non. Elle a vu une émission de télé là-dessus et elle s'est diagnostiquée toute seule. Quand elle a commencé à avertir les gens de ce qu'elle allait faire, personne ne l'a crue. Et elle l'a fait. Une bonne blague.

— Ah, nom d'un chien !

— Comment un flic peut-il s'offrir une bagnole de ce genre ? Vous touchez des enveloppes ?

— Non, non. Je suis riche.

— Vraiment ? Moi aussi, je suppose. Enfin, c'est ce qu'on me dit. À la banque. Et je serai encore plus riche quand j'aurai hérité d'Amnon.

— Vous êtes son héritière ?

— Ouais. À moins qu'il ait changé d'idée quand on s'est fâchés. À cause d'Alie'e. Mais ça m'étonnerait.

— Ça représente beaucoup ?

— Quelques millions.

— Diantre. Si vous me permettez de poser la question... D'où tenez-vous cette fortune ?

— De nos parents. Quand papa était à la fac, il y a bien longtemps, il a inventé un nouveau système de bille pour déodorants. (Lucas crut un instant qu'elle plaisantait, mais son visage était plus solennel que jamais.) Non, je vous assure. La bille doit avoir en surface un truc spécial, qui permet de ramasser une couche uniforme de déodorant. Enfin, ils avaient déjà des billes, mais elles n'étaient pas assez performantes. Tout le monde en cherchait une plus efficace. Le problème a résisté aux meilleurs cerveaux d'une génération entière, jusqu'à l'arrivée de papa. Il est devenu riche, il a distribué des actions à tout le monde et il s'est mis à fumer des joints du matin au soir. Quand maman est morte, Amnon et moi avons récupéré ce qu'elle avait touché au moment du divorce en plus de nos actions.

Et un peu plus tard :
— Comment êtes-vous devenu riche ?
— L'informatique.
— Ah ! dit-elle. Comme tout le monde.

Jael n'était pas en état de parler beaucoup de son frère. À mi-trajet, elle baissa la tête, masqua ses yeux avec ses paumes et se mit à sangloter. Lucas la laissa faire, continua de conduire en silence. Elle s'arrêta au bout d'un moment, s'essuya les yeux.

— Mon Dieu. Je ne peux pas y croire.

Lucas ralentit en arrivant devant chez elle. Un homme assis sur les marches du perron était en train de réparer une roue de bicyclette.

— Don, fit-elle. Un ami. Il s'entête à croire que je finirai par coucher avec lui, mais il n'a aucune chance.

— Ça me rappelle une chanson country, remarqua Lucas.

Elle le regarda brièvement, faillit sourire.

— Vous m'appellerez s'il se passe quoi que ce soit ? Si quelqu'un est arrêté ?

— Oui.

— Croyez-vous que cette personne... Enfin, si c'est en rapport avec Alie'e, croyez-vous que...

Sa voix mourut. Elle porta une main devant sa bouche et fit entendre un :

— Oh...

Son regard erra un instant sur la rue.

— Quoi ?

— Il y a eu pas mal de crack dans le coin, dit-elle. C'est pour ça que toutes les maisons ont des barreaux aux fenêtres et des portes blindées.

— Ça se calme, répondit Lucas. Le crack s'est consumé tout seul.

— Je sais. Mais du temps où il y en avait beaucoup, des gosses essayaient tout le temps d'entrer chez moi. Je les entendais, j'allais leur crier dessus par une fenêtre du premier étage, et ils décampaient. Quelqu'un a essayé d'entrer avant-hier soir. J'ai cru à une histoire de crack, mais en même temps ça m'a paru bizarre. Ce type n'avait pas l'air d'un gosse accro. Il était trop costaud, il était...

Elle ébaucha un geste vague.

— Dodu ? proposa Lucas.

— Ma foi, je ne sais pas trop s'il était dodu. J'aurais plutôt dit qu'il avait un côté péquenot... ce genre-là. Pourquoi ?

— Blanc ?

— Je crois, mais je ne l'ai pas bien vu. Ses vêtements faisaient... blanc.

À travers le pare-brise, Lucas observa Don, l'ami, qui était en train de se lever, les yeux fixés sur eux pendant qu'ils se garaient le long du trottoir.

— Vous faites confiance à ce type ?

— Don ? Il ne ferait pas de mal à une mouche.

— Vous n'auriez pas plutôt quelqu'un à qui vous pouvez faire confiance et qui ferait du mal à une mouche ?

— Pourquoi ? Expliquez-vous.

— Une femme de l'immeuble de votre frère a vu un homme la nuit dernière. Dodu, d'après elle. Elle l'a sans doute croisé quelques minutes avant le meurtre de votre frère.

— Vous croyez ?

— Je crois que nous ne devons prendre aucun risque. Celui qui a tué votre frère est un fou furieux.

Ne lâchez pas Don d'une semelle. Je vais affecter quelqu'un à votre protection.

— Comment le reconnaîtrai-je ? Il sera en uniforme ?

— Elle. Demandez-lui de vous montrer son insigne. Elle s'appelle Marcy Sherrill. (Il la regarda.) À mon avis, vous allez bien vous entendre.

13

Lucas passa par le bureau de Rose Marie. La secrétaire lui fit signe d'entrer, et il trouva son chef en train de parler à un homme svelte, à barbe rousse, vêtu d'un élégant costume noir.

— Howard Bennett, expliqua Rose Marie. Le conservateur du Walker Art Center.

— J'y suis allé quelquefois, dit Lucas.

— Vous êtes entré ? demanda Rose Marie, sceptique, en haussant un sourcil.

— Pas vraiment, répondit Lucas. Mais quand je portais l'uniforme, les gardiens nous appelaient régulièrement pour déloger les gens qui essayaient de, vous savez...

— Baiser dans la cuiller, compléta Bennett.

— Vous m'ôtez les mots de la bouche.

Il y avait au Walker Center une sculpture de Claes Oldenberg représentant une cuiller avec une cerise. Baiser dans la cuiller était l'équivalent pour les Villes jumelles d'un passage en Cessna 185 sous l'arche de Saint Louis.

— Oui, bon... Howard est expert en photographie.

Il pense que le meurtre d'Amnon Plain va faire encore plus de bruit que celui d'Alie'e.

— Je n'ai pas dit tout à fait ça, corrigea Bennett. Mais il fera plus de bruit auprès d'un autre public. (Il esquissa un petit sourire de marmotte.) Vous allez vous retrouver confrontés à une synergie médiatique. Un type de presse très différent – et nettement plus fouille-merde – va se mêler de votre enquête et exiger de l'action.

— Voilà qui tombe bien, grogna Rose Marie. On ne faisait pas assez attention à nous. (Et, se tournant vers Lucas :) Ça se présente comment ?

— Mal. Je ne sais pas ce que vous ont raconté les flics de Saint Paul, mais je pense qu'on a affaire à un autre meurtrier. Peut-être quelqu'un qui a sauté sur l'occasion en espérant qu'on croirait que l'assassin d'Alie'e et de Lansing s'est aussi occupé de Plain – mais je ne pense pas que ce soit le même homme.

— Il se pourrait donc qu'il n'y ait aucune corrélation.

— Peut-être. D'un autre côté, il se pourrait qu'il y en ait une. Et aussi que deux personnes aient aperçu le meurtrier. Elles l'ont décrit comme un type « dodu », « costaud », avec un « genre péquenot ».

Rose Marie scruta brièvement Lucas, puis Bennett.

— Howard, j'apprécie que vous soyez venu me parler de Plain. Puis-je vous rappeler ?

Bennett sentit qu'il était congédié, réitéra son sourire de marmotte et déclara :

— Dites bonjour de ma part à vos amis du Sénat.

— Vous pouvez y compter.

Rose Marie l'accompagna dans l'antichambre, lui serra la main, revint et referma la porte.

— Vous pensez à Tom Olson ? demanda-t-elle à Lucas.

— L'idée m'a traversé l'esprit. C'est un balèze. On sait qu'il est soupe au lait. On sait qu'il a du chagrin. On sait qu'il est peut-être un tantinet fêlé.

— Pour ne pas dire plus.

— Peut-être que la publication de la photo d'Alie'e lui a fait péter les plombs. C'est vrai, je n'avais jamais rien vu de ce genre.

— Sauf dans les magazines pour hommes.

— Même pas. Elle est beaucoup plus artistique que les trucs habituels. Décadente. Il s'en dégage un petit côté fin des temps qui aurait pu alimenter directement sa paranoïa.

— Alors, qu'est-ce qu'on fait ?

— On mène une petite enquête sur lui. Et je vais charger Marcy Sherrill de la protection rapprochée de Jael Corbeau – quelqu'un a essayé de forcer sa porte avant-hier soir, un mec dodu.

— Soit. Va pour Marcy aussi longtemps qu'elle pourra supporter ça, mais dès qu'elle aura besoin de souffler, je veux voir quelqu'un d'autre à côté de Corbeau. Pas question qu'elle se fasse buter à Minneapolis. Et on ferait bien de protéger aussi Catherine Kinsley.

— Le problème, c'est que personne ne s'occupe de Trick.

— Ne vous inquiétez pas pour Trick.

— Il faut faire sortir Al-Balah. Il va y avoir une plainte, et on doit au moins garder la tête haute de ce côté-là.

— Bien sûr. Si vous tombez sur Trick par hasard, c'est parfait. Mais la priorité reste Alie'e, et le maintien des personnes en vie. Ce qui vient de se passer à Saint Paul est presque une aubaine. On va enfin disposer d'un peu de temps pour travailler sans avoir le souffle de la presse du monde entier sur la nuque.

— Les gens du showbiz seront tous revenus dès demain matin.

— Ce qui nous laisse vingt-quatre heures.

De retour à son bureau, Lucas composa le numéro de portable de Marcy Sherrill, qui était déjà au courant pour Plain. Il lui ordonna de se rendre chez Jael Corbeau.

— Un boulot de garde du corps ? se plaignit-elle. Tu ne peux vraiment pas envoyer quelqu'un d'autre ?

— Écoute, c'est une mission à haut risque. On n'a pas encore de suspect, mais quelqu'un a descendu Plain et pourrait avoir Jael dans le collimateur. Je ne veux surtout pas que tu fasses flic. Je veux que tu te balades avec Corbeau comme pourraient le faire deux copines. Son frangin vient de mourir, et si tu pouvais la sortir un peu, l'aider à s'occuper des funérailles...

— Servir d'appât, tu veux dire ?

— Je n'aurais pas choisi ce mot.

— Hmm... (Elle réfléchissait.) Présenté de cette façon, ça ne sonne pas trop mal. Le meurtrier pourrait tomber dans le panneau.

— Oui. Alors, vas-y. Elle t'attend.

Après avoir raccroché, il passa au bureau de la Criminelle, trouva Frank Lester, lui expliqua que le chef Roux voulait que quelqu'un protège Kinsley.

— C'est aussi bien, fit Lester, vu qu'on n'a strictement rien.

— Que dalle ?

— Que dalle.

Lucas téléphona ensuite à Del.

— J'ai essayé de t'appeler plusieurs fois à ton bureau, dit Del. Je crois que je vais avoir besoin de deux mandats.

— Tu en es où ?

— Curtis Logan est en vacances – peut-être à Vegas. Alors, hier soir, j'ai suivi James Bee, en prenant soin de ne pas me faire remarquer, et à un moment il a retrouvé Larry Outer. Tu te souviens d'Outer ?

— Vaguement. Il fricotait avec une bande de Chicago, non ?

— Oui. Je pensais qu'il avait mis les voiles, mais j'ai suivi Bee jusqu'à un restau à tartes de Grand Avenue, et avec qui il avait rencard ? Outer. Au bout d'un moment, ils ressortent, montent dans la caisse d'Outer, discutent deux minutes, et Bee repart dans la sienne. Celle d'Outer est immatriculée dans l'Illinois – je me suis renseigné –, elle correspond à l'adresse d'un appartement à Evanston. Je suis prêt à parier qu'Outer fait du business avec Bee, et que si on l'interpelle pour une connerie quelconque on trouvera de la coke dans sa caisse. Et si on en trouve, même un tout petit peu, on pourra sans doute obtenir un mandat pour perquisitionner son appart, et si les flics de là-bas découvrent quoi que ce soit sur place, ça lui fera trois condamnations en Illinois. Or, l'Illinois est un État à trois points [1].

— Tu es vraiment un sale petit vicieux.

— Ce n'est pas tout : j'ai ressorti son dossier NCIC [2], et il est recherché pour défaut de paiement d'une pension alimentaire à Cleveland. Il y a plaqué une fille et son gosse.

---

1. Dans certains États américains, la troisième condamnation pour « crime grave ou violent » entraîne automatiquement une peine de prison minimale de vingt-cinq ans. La Californie et l'Illinois en font partie. *(N.d.T.)*

2. Le National Crime Information Center est un fichier central d'information sur les criminels tenu par le FBI. *(N.d.T.)*

— Une vraie ordure. Un chien enragé.

— Aucun doute. Donc, on va pouvoir interpeller Outer sans être obligés de se parjurer pour obtenir un mandat bidon. Et quand on le tiendra, il sera coincé, sauf s'il est d'accord pour que quelqu'un aille forcer la porte de son appart dans l'Illinois. Il balance Bee, on s'en sert pour avoir un mandat, on déboule chez Bee et peut-être aussi à son bureau, et on trouve une liste de clients. Qui nous permettra éventuellement de remonter jusqu'à Alie'e. (Il se frotta les yeux.) Je sais, c'est tiré par les cheveux, mais je ne vois pas d'autre solution.

— Quant à Logan, on devra attendre qu'il soit rentré de Vegas.

— Sauf si Outer nous le donne en même temps que Bee.

— Tout repose donc sur Outer.

— Oui.

— Tu as une idée de l'endroit où il se trouve en ce moment ?

— À Plymouth, dans un motel. Je suis en train de me les geler devant un McDo pour surveiller sa bagnole.

— Tu as passé toute la nuit comme ça ?

— On a beaucoup circulé cette nuit, lui et moi – ça fait à peine dix minutes qu'on est ici. Ce qui me ramène à ma question : Comment se fait-il que tu sois debout à une heure pareille ?

— Amnon Plain.

— Ho-ho. Qu'est-ce qu'il a fait, celui-là ?

— Tu n'as pas écouté la radio ? Il s'est fait descendre.

— Tu te fous de moi ?

— À Saint Paul. Il est gravement mort.

Un instant de silence, puis :

— Bon Dieu !

— Eh oui.

— Voilà qui ajoute à cette affaire une touche de *frisson*[1]*.

— Pardon ?

— Du *frisson**. Un mot français. Écoute, envoie-moi des gars, et...

— Je n'ai personne à t'envoyer, coupa Lucas. Tout le monde cavale déjà dans tous les sens.

— Et toi, là, tu fais quoi ?

Del, assis derrière la vitrine d'un McDo, mangeait un hamburger qu'il tenait dans son sachet tout en surveillant le motel de l'autre côté de la rue.

— C'est la bagnole bleue, murmura-t-il pendant que Lucas se glissait sur la banquette face à lui. Ça marche pour le mandat ?

Lucas hocha la tête.

— Aucun problème. C'est un peu vieux – les flics de Cleveland ne savaient pas de quoi je parlais, et il leur a fallu un bon quart d'heure pour retrouver la plainte.

— Si elle tient toujours, elle tient toujours.

Del avait les yeux rouges et les traits défaits.

— Tu as l'air lessivé, fit remarquer Lucas.

— Je suis défoncé à la caféine. Je suis même tellement défoncé que j'ai tenu le crachoir à la barmaid pendant dix minutes, du style deux mille mots à la minute. Ça lui a foutu une sacrée pétoche.

— Hmm.

La barmaid les tenait à l'œil. Lucas considéra la voiture garée en épi de l'autre côté de la rue, face au

---

1. Les mots en italique suivis d'un astérisque sont en français dans le texte. *(N.d.T.)*

motel. Tout paraissait calme, mais cinquante fois par an, quelque part en Amérique, un flic enfonçait une porte donnant sur un joli parking de ce genre et se faisait flinguer.

— Alors, tu veux qu'on y aille ?

— Oui, fit Del en refermant son sachet. On y va.

Ils sortirent l'un après l'autre et contournèrent le McDonald par l'arrière afin qu'Outer ne les voie pas traverser la rue au cas où il surveillerait par la fenêtre. À la réception, ils montrèrent au gérant du motel leur insigne et leur mandat. Le gérant mourait d'envie d'appeler le siège de la chaîne à Rococco, en Floride, pour avoir des instructions, mais ils raflèrent la clé de la porte d'Outer et lui conseillèrent de se faire tout petit, quoi qu'on en pense à Rococco.

— Je veux bien enfoncer la porte si tu te charges de la clé, glissa Del à Lucas en chemin. J'ai bu tellement de caféine que je serais foutu de louper la serrure.

— Ça marche.

Ils firent halte devant la porte, tendirent l'oreille. La télé était en marche, ce qui était une bonne chose – le cliquetis de la clé serait couvert. Lucas sortit la clé, Del arma sa jambe droite. Quand il fut prêt, Lucas approcha la clé à un demi-centimètre de la serrure. Le plan consistait à l'introduire rapidement, à la tourner et à pousser aussitôt la porte. Si la chaînette était mise, Del la ferait sauter d'un grand coup de pied. Ils n'essaieraient pas d'insérer discrètement la clé pour la simple raison que c'était quasi impossible. Le moindre bruit était capable de réveiller un mort quand le mort en question était un dealer aux aguets. Un enchaînement ouverture/coup de pied permettait en général de se retrouver dans la place avant que la cible ait eu le temps de réagir, qu'elle ait entendu quelque chose ou non.

Del hocha la tête. Lucas se redressa, enfonça la clé et tourna le bouton. Del balança un puissant coup de pied dans le panneau et s'engouffra comme une fusée à l'intérieur de la chambre, avec Lucas sur ses talons, en hurlant :

— Police, police ! Plus un geste !

Outer était assis sur la cuvette des toilettes, un rouleau de papier entre les mains, le pantalon sur les chevilles. La porte de la salle de bains était grande ouverte – il regardait ESPN [1]. En voyant Del – couvert par Lucas – atterrir sur la moquette à l'opposé du lit, son pistolet braqué sur lui, Outer se mit debout, leva les mains et lâcha dans un silence assourdissant :

— Hé, les mecs... Je peux me torcher ?

Avant qu'ils lui aient passé les menottes, Outer lâcha :

— Je ne dirai rien. Je veux un avocat.

— Assieds-toi sur le lit ! ordonna Del.

Outer s'assit, et Lucas entreprit de fouiller son sac marin. À l'intérieur, il trouva un tee-shirt roulé en boule. L'ayant secoué, il en fit tomber un Smith & Wesson 649.

— Un flingue, lança-t-il à Del.

— Ça tombe mal, commenta Del. Surtout pour un criminel condamné.

— Un avocat, hoqueta Outer.

Pas de drogue. Lucas embrassa la chambre du regard. Il inspecta la salle de bains, mais la chasse d'eau était commandée par un bouton, sans réservoir. Il revint dans la chambre.

_____
1. Chaîne sportive. *(N.d.T.)*

— Il n'aurait pas laissé le matos dans sa bagnole, dit Del.

Outer se détendit et se laissa aller en arrière sur le matelas.

— Tout ce que j'ai, c'est ce flingue, qui me sert pour ma défense personnelle et qui n'est même pas à moi.

— Pousse-toi du lit, ordonna Lucas.

— Quoi ? fit Outer d'un air perplexe.

— Pousse-toi de ce putain de lit.

Del le saisit par le bras, et Outer grommela :

— Putains de keufs.

Lucas contourna le lit par le côté le plus proche de la porte, s'accroupit, empoigna le matelas, l'arracha du sommier. Entre les ressorts étaient nichés quatre sachets en plastique bourrés de cocaïne.

— Ces trucs sont pas à moi. C'est vous qui les avez mis.

— Alors, on retrouvera probablement nos empreintes un peu partout sur le plastique, fit Lucas. Et la prise de sang permettra sans doute de déceler des traces de coke.

— Un avocat, répéta Outer.

— Assieds-toi dans le fauteuil, dit Lucas.

Del poussa Outer entre les bras d'un fauteuil ultra-rembourré pendant que Lucas s'asseyait sur le sommier.

— Je vais te faire une offre. Je ne pourrai plus la faire quand tu auras parlé à ton avocat, je ne peux qu'avant. On peut s'arranger pour que tu prennes le minimum pour le matos et le flingue – trois ans. Voilà.

— Un avocat.

— Ou alors, on peut prévenir nos collègues de l'Illinois, leur dire où est ton appart et leur expliquer qu'on vient de t'épingler comme gros dealer. (Il considéra les sachets de plastique et s'adressa à Del :) Je crois qu'on peut parler de gros dealer, hein ?

— Pas de doute, c'est un gros dealer.

— On leur demandera de fouiller ton appartement, reprit Lucas. S'ils trouvent du matos, s'ils trouvent un flingue... (Lucas écarta les bras, haussa les épaules.) Ça te fera un crime de plus. Et tu en as déjà combien en Illinois, Larry ? Deux ? Ah, mais c'est affreux ! L'Illinois est un État à trois points, pas vrai ? Quel dommage... (Il se pencha en avant, et un sourire cruel fendit ses traits.) Tu sais combien de temps tu vas prendre ? Un max, Larry.

— Putain...

— On ne pourra plus te faire cette offre quand tu auras parlé à ton avocat, parce que celui-ci pourrait prévenir un ami à toi dans l'Illinois pour qu'il fasse nettoyer ton appartement, dit Del. Si on ne se met pas d'accord tout de suite, on va devoir passer cet appel. Et tu auras ton avocat, bien sûr.

Outer baissa la tête.

— Bande d'enculés.

— Tu sais, Larry, reprit Del, ce sont les aléas de notre métier. C'est pour ça qu'on propose quelquefois un marché à nos citoyens préférés. Après, on se sent mieux.

— Qu'est-ce que je dois faire ?

— On a deux noms. On sait que tu les connais parce qu'on t'a vu avec ces mecs. On veut une déposition écrite.

— Qui ?

— James Bee. Et Curtis Logan.

— C'est tout ? fit Outer. Je vous donne ces deux mecs et vous me laissez partir ?

— Après un petit stage de deux ans à Stillwater,

précisa Lucas. Mais pour un gars comme toi, deux ans, ça se fait les doigts dans le nez. Et on s'abstiendra de prévenir Evanston. Pour le moment.

Outer parut s'animer.

— Bah, merde, si c'est que ça, je peux le faire.

Lucas et Del échangèrent un coup d'œil, après quoi Del fixa Outer.

— Je savais bien qu'on pouvait être potes, toi et moi.

— Peut-être, mais il faudra me mettre tout ça noir sur blanc avant que je l'ouvre, dit Outer.

Ils appelèrent une patrouille, qui transféra Outer à la prison avec pour consigne de ne pas lui laisser passer le moindre coup de fil sans que Lucas ait été prévenu.

— Si tu appelles ton bavard, menaça-t-il, j'appelle Evanston. Je te parie que les flics d'Evanston seront chez toi avant que tes amis aient eu le temps de faire le ménage.

Del se rendit dans les services de l'attorney du comté pour trouver quelqu'un qui puisse l'aider à coucher sur le papier le marché conclu avec Outer, et obtenir deux mandats d'amener contre James Bee et Curtis Logan. Pendant que Lucas remontait l'escalier en direction de son bureau, il fut intercepté par une secrétaire :

— Ça bouge à Saint Paul. Ils viennent de serrer quelqu'un.

— Quoi ?

— Ça passe à la télé, dit-elle. En ce moment même.

La Criminelle disposait d'un téléviseur, et Lucas s'y arrêta ; une demi-douzaine de flics faisaient cercle autour de l'écran. Le chef de la police de Saint Paul était en pleine déclaration :

— Non, non, non, nous voulons juste lui parler.

208

Rien n'indique qu'il soit impliqué dans le meurtre de
M. Plain...

— Qui est-ce ? demanda Lucas.

— Ils viennent d'interpeller un réparateur de distributeurs automatiques, expliqua un inspecteur.

Tandis que le chef continuait de babiller en fond
sonore, un extrait de reportage envahit l'écran, montrant deux flics de Saint Paul en train de conduire un
homme en bleu de travail à l'intérieur du poste de
police. Un type aux cheveux bruns, au visage taillé à
la serpe, avec la peau sur les os.

— Ce mec n'a rien de dodu, lâcha Lucas. Il était
censé être dodu.

Sur son bureau l'attendaient un *Rappelle-moi* de
Marcy Sherrill et un message de Lane annonçant que
les généalogies de la famille Olson et de son entourage étaient prêtes, qu'il avait enregistré tout ça sur
une disquette au nom de Lucas qu'il laisserait avec le
reste du courrier en partance chez la secrétaire de
Rose Marie.

Lucas composa le numéro de Marcy.

— Je viens de forcer une porte de motel et d'alpaguer un dealer, dit-il. Et toi, tu en es où ?

— On a acheté le cercueil, répondit Marcy Sherrill.
J'en suis encore toute retournée. Tu sais, la dernière
fois que je suis venue ici...

— Ouais. N'y pense plus.

La dernière fois qu'elle avait poussé la porte d'une
entreprise de pompes funèbres, ç'avait été pour
commander le cercueil de son mari.

— Comment va Corbeau ?

— Elle m'attend dans la bagnole. Seule – je viens
de vérifier. Mon petit doigt me dit que tu lui as fait
forte impression ce matin, et pas vraiment dans le

registre paternel, dit Sherrill. Si tu veux mon sentiment personnel, elle est trop jeune pour toi.

— Elle n'est sûrement pas plus jeune que toi.

— J'étais trop jeune pour toi.

— J'étais beaucoup plus jeune quand on a commencé
à sortir ensemble que quand on a rompu.

— Foutaise ! Tu as rajeuni quand on a rompu. Bon,
on va continuer nos courses. Et je garde un œil sur les
détraqués.

— Saint Paul a arrêté quelqu'un, signala Lucas.

Il la mit brièvement au courant avant d'ajouter :

— Je ne crois pas que ça donne grand-chose.

— Qu'est-ce que je fais ? Je reste avec Corbeau ?

— Oui. Je te rappelle si la température monte.

Il était en train de descendre le couloir menant au
bureau du chef Roux pour y récupérer la disquette
quand Lane vint à sa rencontre. Il marchait vite, l'air
concentré.

— Quoi ? demanda Lucas.

— La généalogie... Excuse-moi, je devrais dire la
« putain de généalogie ». J'ai cherché à rassembler
tout ce que je pouvais sur les relations de Sandy Lansing et je suis allé à l'hôtel pour voir qui elle fréquentait là-bas. Figure-toi que tout le monde cherchait
Derrick Deal.

— Deal ? Il est parti ?

— Ils ne l'ont plus revu depuis que tu lui as parlé.
Enfin, à peu près. Ils ont téléphoné chez lui : personne.

— Hmm. Je crois que je vais aller frapper à sa
porte.

14

Derrick Deal habitait Roseville, dans un pavillon situé non loin de la route 36, à treize kilomètres au nord-est de la boucle de Minneapolis. Ce pavillon, une maison à double entrée et garage à porte basculante, faisait partie d'un ensemble de vingt unités identiques construites autour d'un plan d'eau où abondaient les oies du Canada.

Lucas frappa à la porte et reçut la réponse caverneuse que fournissent en général les maisons vides. Le garage était fermé à clé ; il contourna donc le bâtiment. Il y avait une fenêtre sur la façade latérale du garage, et la porte de la cuisine était vitrée ; il jeta un coup d'œil à l'intérieur sans découvrir grand-chose : le coin d'une table de cuisine et, sur cette table, ce qui ressemblait à une pile de factures et un carnet de chèques. Le garage était inoccupé. Lucas revint à l'avant, remarqua que la boîte aux lettres aménagée dans la porte était entrouverte ; il la souleva au maximum et aperçut du courrier éparpillé sur le sol. Plusieurs jours, estima-t-il. Mais pas de journaux.

Il frappa de nouveau. Rien. Il s'approcha de la maison voisine et frappa. Pas de réponse. Quand on vit en pavillon, on travaille. Repasser dans la soirée, peut-être.

En repartant, Lucas sortit son portable, appela le central, demanda que soit retrouvé et divulgué le numéro d'immatriculation de Deal.

— Lucas, dit la standardiste, le chef a essayé plusieurs fois de vous joindre. Il y a une réunion prévue pour... à vrai dire, elle va démarrer d'ici dix minutes, dans son bureau. Elle veut que vous y assistiez.

— Dix minutes ? Je serai un peu en retard. Prévenez-la.

Tout en catapultant sa Porsche sur l'autoroute, il jeta un ultime coup d'œil à la rangée de pavillons dans son rétroviseur. Peut-être, songea-t-il, Deal était-il là où se trouvait Trick Bentoin – quel que soit l'endroit. Mais il n'y croyait pas trop. Une seule chose était sûre : la disparition de Deal jetait une ombre sur la journée.

Un inspecteur nommé Franklin hissait son énorme masse dans l'escalier menant à l'étage principal du City Hall quand Lucas le rattrapa.

— Que se passe-t-il ?

— Je suis juste allé me chercher un soda et une pomme, répondit Franklin. Pourquoi, il devrait se passer quelque chose ?

— Une réunion. J'avais peur qu'un nouveau cadavre ait été retrouvé dans un placard.

— C'est sans doute le cas. Mais pas ici, autant que je sache.

Lucas acheva son ascension. La secrétaire de Rose Marie lui indiqua du menton la porte fermée.

— Il y a foule là-dedans. La famille d'Alie'e, et aussi des amis. Vous êtes attendu, entrez sans frapper.

Rose Marie Roux était barricadée derrière son bureau. Sur sa gauche, Dick Milton, le porte-parole du département, perché à l'extrême bord d'une chaise pliante, les mâchoires crispées. Huit personnes avaient pris place sur des sièges face au bureau : les deux parents d'Alie'e ; Tom Olson, mal rasé, et apparemment vêtu des mêmes fringues qu'à sa première visite ; et trois hommes et deux femmes que Lucas ne reconnut pas.

— Ah ! Lucas, entrez, nous venons de commencer, dit Rose Marie, qui dévisagea un des hommes que Lucas ne connaissait pas avant d'ajouter : Nous sommes confrontés à un petit problème de déontologie. Mesdames et messieurs, voici Lucas Davenport, mon adjoint. Il intervient souvent comme une sorte de... hum, de pivot, dans ce type d'enquête. Lucas, vous connaissez déjà M. et Mme Olson ; je vous présente M. et Mme Benton et M. et Mme Packard, les amis les plus proches des Olson à Burnt River. Ils sont venus nous prêter main-forte ; et voici Lester Moore, le directeur du journal de Burnt River.

Moore était un bonhomme dégingandé, aux cheveux roux et aux yeux liquides. Il portait un pantalon vert délavé trop court de quelques centimètres qui révélait un anneau de peau blême au-dessus de ses chaussettes blanches.

— Je suis le problème de déontologie, déclara-t-il d'un ton affable.

— Le problème, reprit Rose Marie, c'est que M. Moore est aussi un proche ami des Olson. (Les Olson opinèrent du chef, en même temps que les Benton et les Packard.) Ils tiennent à sa présence. Si nous l'autorisons à assister à une réunion confidentielle qui n'est en aucun cas destinée à la presse...

— Avez-vous l'intention de divulguer ce que nous allons dire ici ? interrogea Lucas.

Moore secoua la tête.

— Bien sûr que non. Je suis ici en tant qu'ami, pas en tant que journaliste. Une de mes reporters est ici même en ce moment, elle se chargera de rédiger notre article.

Milton fit entendre sa voix :

— Supposons que vous vous rendiez compte, grâce aux informations privilégiées que vous aurez en votre possession, que votre journaliste donne une interprétation erronée des faits ?

— Je la laisserai publier son article tel quel, répondit Moore. Les gens de Burnt River ont le droit d'être informés – mais pas forcément à cette minute précise.

Rose Marie fixa Lucas, qui haussa les épaules.

— Soit on lui fait confiance, soit non. Je serais tenté de dire : allons-y, faisons-lui confiance pour le moment, et on arrêtera tout à la première fuite.

Après une seconde de réflexion, Rose Marie acquiesça.

— D'accord. M. Moore peut rester... étant entendu que rien de ce qui se révélera dans cette pièce ne doit en sortir.

Pendant que Rose Marie informait son auditoire du travail accompli dans les dernières vingt-quatre heures et donnait quelques précisions sur le meurtre d'Amnon Plain, Lucas observa Tom Olson. Il était assis, solide et costaud sur sa chaise, le menton quasiment posé sur la poitrine, et regardait fixement Rose Marie. Absolument pas dodu, songea Lucas, même si un observateur éloigné aurait pu être enclin à le croire – d'autant que cet aspect dodu était pour ainsi dire la constitution par défaut des hommes de la partie nord du Midwest.

214

Olson avait l'air dur ; il avait beau être taillé comme un tonneau et avoir les traits carrés, on devinait l'ossature de ses joues et de ses poignets. Il faisait penser à un manœuvre – un type habitué à conduire des machines, et peut-être aussi à soulever des balles de foin.

Les Benton et les Packard, à l'opposé, avaient l'onctuosité ronde et pâle des habitants prospères des petites villes du Minnesota. Ils n'étaient ni tout à fait blonds, ni tout à fait bruns. Ils parlaient d'une voix douce, en arrondissant leurs voyelles à la scandinave, avec une syntaxe impeccable et une tendance à finir les phrases des autres. On croirait des biscuits sortis du même moule, sans distinction de sexe, pensa Lucas.

Tom Olson fut le premier à intervenir quand Rose Marie eut terminé.

— Bref, vous venez de dire que vous n'avez rien trouvé. Qu'il n'y a rien de nouveau.

— Pas du tout, se défendit Rose Marie. Nous avons recueilli beaucoup d'informations négatives – ce qui nous a permis d'éliminer de nombreuses possibilités. Permettez-moi de vous dire, monsieur Olson, et le chef Davenport vous le confirmera, que lorsqu'on ne surprend pas le meurtrier penché sur sa victime et qu'on ne l'arrête pas en flagrant délit, l'élimination des possibilités est une de nos tâches essentielles. Nous allons le retrouver. Et cela peut prendre du temps...

— Et merde, lâcha Olson.

Sa mère le toisa :

— Thomas...

Lynn Olson s'éclaircit la gorge :

— Les funérailles d'Alie'e sont prévues pour après-demain, si toutefois vous nous délivrez le permis d'inhumer. D'après le médecin légiste, il y a de bonnes chances.

— Si ce n'est pas encore fait, ce le sera dans les minutes qui viennent, admit Rose Marie.

— Après l'enterrement, reprit Olson, Lil et moi reviendrons en ville, avec Tom, les Benton et les Packard, à un moment où Charlie ne sera pas obligé de travailler, et nous aimerions rester une semaine ou deux en espérant que vous coincerez ce type, histoire de voir de près ce que vous faites.

— Aucun problème. Nous pouvons vous recevoir tous les jours pour une réunion d'information.

— Le meurtre d'Amnon Plain est-il directement lié à celui d'Alie'e ? s'enquit Lester Moore.

— Nous l'ignorons, répondit Rose Marie. Mais nous devons faire comme si c'était le cas.

— Je suis allé chez Plain, intervint Lucas. Il est évident que le coupable a préparé son coup. Il n'y a rien d'impulsif dans ce meurtre-ci. Les autres avaient quelque chose de... différent.

— Deux tueurs distincts, alors ? demanda Tom Olson.

— Possible. Ces meurtres peuvent être liés – ils peuvent même avoir été commis par la même personne –, mais j'estime que Plain a été tué par quelqu'un d'autre.

— Quand vous mentionnez une « personne », c'est pour rester politiquement correct, ou parce que vous n'êtes pas certain du sexe du coupable ? interrogea Lester Moore.

— Je suis politiquement correct, répondit Lucas. Nous avons eu ici l'été dernier une série d'homicides extrêmement froids, presque des exécutions, commis par une femme. Mais c'est très rare. À mon avis, le meurtrier est un homme. Il se peut même qu'il ait été aperçu.

— Eh bien, nous espérons tous que vous le retrouverez, dit Lynn Olson, qui chercha sa femme et son fils du regard avant d'ajouter : Allons chercher Alie'e.

Quand la porte se fut refermée, Lucas, Rose Marie et Milton restèrent assis en silence quelques secondes.

— Vous les avez vus à la télévision ? finit par demander Rose Marie.

— Non.

— Ils me font penser à ces gens qui ont suivi une formation médiatique. Dans ce bureau, Mme Olson se tient aussi immobile sur sa chaise qu'une moule sur son rocher, mais quand on la voit à la télé, c'est la maman modèle. Meilleure que la plupart des pros des séries. Chacun de ses cheveux est parfaitement en place, sauf ceux qui ne doivent pas l'être. Elle est accablée, incarnant exactement ce à quoi une maman accablée devrait toujours ressembler. Quant au fiston...

— Je n'aimerais pas le croiser dans une ruelle déserte s'il avait une dent contre moi, intervint Milton. Il paraît que c'est une espèce de saint, mais je l'ai entendu dire « merde ».

— Même les saints peuvent se retrouver dans la merde..., fit Lucas.

— D'ailleurs, déclara Rose Marie, il a raison. Nous sommes dans la merde. Lester Moore l'a bien compris aussi. Nous n'avons pas de secrets à garder, parce que nous ne savons rien. (Elle ressassa cette idée un moment, et :) Je crois que j'ai déjà entendu ce nom quelque part – Lester Moore. Peut-être quand j'étais au Sénat ?

Milton secoua la tête.

— C'est un nom célèbre.

— Ah oui ? fit Rose Marie, intriguée.

— Un certain Lester Moore s'est fait descendre autrefois dans un bled du Far West, genre Tombstone ou Dodge City, et il a été enterré sur Boot Hill. Son épitaphe dit quelque chose comme « CI-GÎT LESTER MOORE, DEUX BALLES DE 44, NI PLUS, NI MOINS ».

— Vraiment ?

— Vraiment.

Rose Marie se tourna vers Lucas :

— On a eu droit à un petit répit. Maintenant, ils vont nous mettre sur le gril, je veux parler des médias. Après les funérailles, ils vont rappliquer, et on a intérêt à avoir autre chose à leur fourguer.

Trois messages attendaient Lucas : un de Catrin (« *S'il te plaît, rappelle-moi avant trois heures* »), un de Del, et le dernier de Marcy Sherrill. Il joignit d'abord Marcy sur son portable :

— Je te rappelle dans quinze secondes.

Quinze secondes plus tard, le téléphone sonnait.

— Je crois que tu ferais bien de venir discuter avec Jael, suggéra Marcy.

— Pourquoi moi ?

— Tu symbolises peut-être une sorte de figure paternelle, répondit-elle d'un ton sérieux. Ou à cause de ces cicatrices que vous avez, vous autres mecs. Elle veut te parler – en fait, je crois qu'elle aurait quelque chose à t'avouer.

— Quoi, elle...

— Non, non, elle n'a tué personne.

— Alors pourquoi ne te l'avoue-t-elle pas à toi ? Toi aussi, tu as des cicatrices.

— Parce qu'elle ne s'intéresse pas à moi. Par contre, toi... Les femmes préfèrent passer aux aveux devant un type avec qui elles envisagent de coucher parce qu'elles s'imaginent que ça leur permettra peut-être d'avoir un certain contrôle sur lui.

— Ah...

— Alors, tu viens quand ?

— Le plus vite possible, mais j'ai deux coups de fil à passer. Je te retrouve d'ici... vingt minutes.

Lane passa la tête dans l'encadrement de la porte au moment où Lucas raccrochait.

— Je file à Fargo.

— Pourquoi ? interrogea Lucas tout en composant le numéro de Del.

— Je planche sur l'alibi de Tom Olson pour la nuit de la mort d'Alie'e. Il est plutôt flou, et j'ai besoin d'en parler à un type de là-bas. Il y a aussi tout le merdier généalogique que tu m'as demandé.

Pendant que la sonnerie se faisait entendre au bout du fil, Lucas s'enquit :

— Tu reviens quand ?

— Ce soir tard, ou demain en milieu de matinée.

— Allô ? fit la voix de Del.

Lucas adressa un signe de la main à Lane.

— Vas-y.

— Quoi ? s'étonna Del.

— Je parlais à Lane, dit Lucas. Où en sont les mandats ?

— Les mandats de Bee et Logan sont en préparation. Manny Lanscolm est en train de prendre la déposition d'Outer. On pourra passer à l'action d'ici une heure.

— Rappelle-moi, fit Lucas. Et assure-toi que les mandats incluent bien les disquettes et les fichiers informatiques.

Il composa le numéro de Catrin. Elle décrocha après la deuxième sonnerie.

— J'aimerais qu'on se reparle, dit-elle aussitôt d'une voix étouffée, tendue, anxieuse. Je sais que tu es accaparé par cette affaire Alie'e, mais... Pourrait-on se voir à Saint Paul, quelque part, demain ?

— Bien sûr, pourquoi pas ?

Il lui donna le nom d'un restaurant près de l'église Sainte-Anne et des indications pour le trouver.

— Ils ont des box à l'ancienne, avec de hautes banquettes en moleskine, précisa-t-il. On pourra causer tranquillement.

Jael. Il avait hâte de la revoir.

Marcy Sherrill l'accueillit à la porte.

— Elle est dans son atelier. Je vais en profiter pour aller m'acheter un cheeseburger.

— D'accord.

Jael Corbeau, assise sur un tabouret de bois, portait un tablier maculé de glaise sur un jean et une ample chemise en flanelle aux manches retroussées au-dessus des coudes. Entre ses mains, elle tenait distraitement une sorte de petite cruche de couleur crème. Elle leva la tête à l'entrée de Lucas. Ses yeux étaient bordés de rouge, son nez rose et légèrement enflé ; elle était toujours sous le choc.

— Cette cruche a trois mille ans, dit-elle. Regardez comme elle est belle.

Elle lui tendit une cruche de la taille approximative d'une grenade à main, à la surface lisse et poreuse.

— D'où la tenez-vous ?

— Ma mère me l'avait offerte, une allusion à mon prénom. Amnon en a eu une lui aussi. Elles viennent d'Israël, la Galilée, au nord du pays.

— Je ne suis jamais allé en Israël, fit Lucas en lui rendant la cruche. Vous vouliez me parler ?

— Où est Marcy ?

— Elle a profité de ma venue pour sortir casser la croûte.

— D'accord. Si on marchait un peu ? Ça ne me dérangerait pas de prendre l'air. Vous avez votre arme ?

Elle avait posé sa dernière question avec une étincelle d'humour dans le regard. Lucas acquiesça.

— Oui. Et j'ai la gâchette facile.

— Voilà qui me rassure. Vous croyez vraiment que quelqu'un pourrait me vouloir du mal ?

— Je n'en sais rien, mais je ne vois pas l'intérêt de courir le risque.

— Je ne manquerais pas à grand-monde...

— Peut-être, mais si vous étiez assassinée, les médias nous mettraient en pièces. C'est ce qu'on essaie d'éviter.

Elle sourit.

— Cette fois, je me sens vraiment en sécurité. Vous avez un motif égoïste pour me maintenir en vie.

— Vous avez fichtrement raison.

Ils déambulèrent en silence quelques instants dans l'air froid, puis Jael demanda :

— Où en êtes-vous sur Sandy Lansing ?

— Ma foi, ça reste une sorte de mystère. Elle n'occupait pas un poste à responsabilité à son hôtel, sa famille n'avait pas d'argent, et pourtant elle portait des fringues ultrachics, elle vivait dans un très bel appartement, elle roulait en Porsche, et elle sniffait, semble-t-il, des montagnes de cocaïne, ce qui ne va pas sans frais. On essaie de découvrir d'où venait son fric. On a d'abord pensé à une histoire de prostitution, ou qu'elle faisait des gâteries à certains riches clients du Brown, mais ça paraît assez peu probable.

Jael fit halte et leva les yeux sur lui, le visage grave.

— C'est étrange, vous ne trouvez pas, tous ces gens à la fête...

— Quoi ?

— Oh, simplement cette façon qu'ils ont tous eue de fournir les mêmes réponses : il n'y avait pas de came, ils n'ont rien vu, ils n'ont entendu parler de rien. Tous tellement soucieux de leur réputation, et moi la première. Et pourtant, dans notre milieu, franchement, sniffer un peu de coke n'est pas un problème.

— Peut-être que dans un recoin sombre de leur esprit, ils ont peur de quelque chose d'un peu plus concret – comme la prison. Les gens riches n'aiment pas la taule. Ils ne fonctionnent pas bien dans cet environnement.

— Mais ils ne vous ont rien dit sur Sandy. Et je ne vous ai rien dit non plus. Tout le monde a préféré parler d'Alie'e, de son destin tragique, en restant bouche cousue sur la drogue...

— Qu'y aurait-il à dire sur Sandy ?

Il connaissait déjà la réponse.

— C'était notre dealer, lâcha Jael. La moitié des invités de la fête lui ont acheté de la défonce – tout ce que vous vouliez, elle pouvait vous l'avoir. Sandy était discrète, elle tenait à vous connaître avant de vendre, il fallait une recommandation... mais elle pouvait vous vendre n'importe quoi.

— Vous lui avez déjà acheté quelque chose ?

— Un peu d'héroïne, une fois ou deux.

— Bon Dieu ! Jael, cette saloperie est un poison.

— Mais tellement agréable. Ça vous apaise complètement.

222

Lucas agita rageusement la main et s'éloigna à grands pas sur le trottoir. Jael le regarda partir, puis se dépêcha de le rattraper.

— Qu'est-ce qu'il y a ?

— C'est tellement con, ce que vous venez de dire ! Ça me fait mal au cœur. (Il stoppa et lui fit face.) Êtes-vous prête à modifier votre déposition et à déclarer que Sandy Lansing vendait de la drogue ?

— J'irai en prison ?

— Non. Il n'y a rien d'illégal à savoir que quelqu'un fait du trafic. Vous n'aurez qu'à venir avec votre avocat pour trouver les mots justes. Que ce soit couché noir sur blanc nous permettra de soutirer des informations à d'autres personnes. Je me doutais qu'il se passait quelque chose du côté de Lansing, mais il n'était pas facile de s'intéresser de près à son cas alors que tout le monde s'époumonait sur Alie'e. C'est à elle qu'Alie'e a acheté sa blanche ?

— Oui. En fait, je n'étais pas là, mais je pense que Sandy avait tout ce qu'il fallait dans son sac et que c'est elle qui a fait le fixe d'Alie'e. Vous n'avez pas retrouvé la shooteuse, si ?

— Non. Rien. On a seulement relevé les marques de piqûre.

— Vous n'avez pas retrouvé non plus le sac de Sandy ?

— Non.

— Elle en avait un. Assez gros – et pas très classe. Sa came était dedans.

— D'accord.

— Je vais venir faire une nouvelle déposition, mais ne comptez pas sur moi pour dénoncer mes amis. Ni personne d'autre.

— Bon sang, Jael...

— Pas question.

— Vous risquez de couvrir un meurtrier, objecta Lucas avec impatience.

— Il est plus important pour moi de protéger mes amis que de faire prendre le meurtrier. Son arrestation ne nous rendra ni Alie'e ni Sandy. Si je dénonce mes amis... de toute façon, je ne le ferai pas.

— Et si je vous soumettais un nom, est-ce que vous pourriez me dire... Écoutez, voilà ce que je veux savoir. Nous sommes sûrs à quatre-vingt-dix-neuf pour cent que Sallance Hanson savait que des drogues circulaient chez elle.

— Je ne...

— Cela n'a rien d'officiel. C'est entre vous et moi. Mais je ne tiens pas à mettre la pression sur Hanson si elle est vraiment naïve. Sauf qu'elle ne peut pas être naïve à ce point, si ?

Jael n'ouvrit pas la bouche.

— Dites-moi juste si elle peut être naïve à ce point. Je ne vous demande pas de l'accuser de quoi que ce soit, juste de répondre à ceci : Sallance Hanson est-elle naïve ?

— Vous me forcez la main.

— Elle l'est ?

Jael se retourna et repartit vers sa maison, les bras noués autour du corps, comme si l'air froid la glaçait soudain. Par-dessus son épaule, elle jeta un seul mot :

— Non.

Lucas lui emboîta le pas.

— Dites-moi une dernière chose – quelque chose qui ne fera de mal à personne. Votre frère était-il client de Sandy Lansing ? Est-ce qu'il la connaissait ?

Jael ralentit, se laissa rattraper.

— Je ne sais pas s'il la connaissait, ni s'il savait ce qu'elle faisait. Peut-être. Il est possible que quelqu'un lui en ait parlé. Mais Plain n'aimait pas la drogue. Ça l'énervait que j'en prenne.

— Il nous a avoué qu'il en avait pris dans sa jeunesse.

— Oui. Il était précoce. Il a tout essayé quand il était jeune. Ensuite, il est parti à New York, il a rencontré Mapplethorpe peu de temps avant sa mort, et cette rencontre a eu un gros impact sur lui.

— Mapplethorpe... Le photographe ?

— Oui. Totalement décadent. Plain se lançait souvent dans des tirades enflammées sur la façon dont Mapplethorpe avait sabordé son immense talent en se tuant.

— Il s'est suicidé ?

— Non, il est mort du sida, mais il était connu pour s'envoyer tout et n'importe quoi dans l'organisme, et aussi dans l'organisme des autres. Plain a assisté à la triste fin de cette orgie, et il a cessé de se camer. (Elle fit claquer ses doigts.) Comme ça. Il voulait vivre.

— Donc... Il ne connaissait pas Lansing.

— Peut-être que si, mais il n'était pas son client.

— D'accord.

C'était ce que Plain leur avait dit.

— Est-ce que ça peut vous aider ? demanda Jael.

— Oui. Jusqu'ici, on n'avait pas le moindre fil conducteur. On n'arrivait pas à comprendre pourquoi quelqu'un aurait pu vouloir tuer l'une ou l'autre de ces femmes, et encore moins votre frère. La drogue a toujours fait partie des pistes possibles... En revanche, si Sandy Lansing dealait, ça devient une piste solide.

Tandis qu'ils revenaient côte à côte vers la maison, Lucas demanda d'un ton détaché :

— Vous en prenez toujours ?

— Oh, vous savez, juste un petit shoot de temps en temps.

— Ces trucs vous tueront, Jael.

Il aimait son prénom ; il roulait comme un bonbon sur sa langue.

— Vous devez absolument arrêter.

— Par moments, j'ai besoin de paix.

— Fumez un peu d'herbe. Laissez tomber la poudre.

— Pas pareil, dit-elle, une lueur d'amusement dans le regard. J'aurais dû enregistrer ça : un flic en train de me conseiller de fumer de l'herbe.

— L'herbe vous tuera aussi, mais pas avant votre quatre-vingtième anniversaire.

Devant la maison, ils s'assirent sur le perron et continuèrent de parler, Lucas cherchant à ramener la conversation sur la soirée dans l'espoir de glaner un autre nom, un nouvel indice.

— Écoutez, je ne vais plus vous donner aucun nom, finit par dire Jael. Si je pensais que ça pouvait vraiment aider, je le ferais – mais je ne le pense pas.

Une voiture banalisée se gara le long du trottoir, et Marcy Sherrill en sortit.

— Marcy vous aime beaucoup, fit observer Jael.

Il sentit son regard errer sur ses traits.

— Je l'aime beaucoup aussi, reconnut Lucas en se tournant à demi. Marcy et moi avons eu une petite liaison. C'est fini. Nous n'étions pas faits l'un pour l'autre.

— Elle parle comme une dure à cuire.

— C'est une dure à cuire.

— Aussi dure que vous ?

Marcy marchait vers eux.

— Peut-être, répondit Lucas.

— Comment ça va ? s'enquit Marcy.

Son regard glissa de Lucas à Jael. Jael se leva :

— Très bien. Bon, je vais appeler mon avocat.

— Quoi, il vous a frappée ?

— Nous ne sommes pas encore proches *à ce point*, fit Jael.

Elle rentra dans la maison, et dès qu'elle fut hors de portée de voix Marcy demanda à Lucas :

— Alors ?

— Elle m'a dit que Sandy Lansing dealait. Que Lansing pouvait fournir de tout – rien à voir avec ces vendeurs à la petite semaine qui ont un plan dans le quartier.

— Tu crois que quelqu'un l'a tuée pour sa came ?

— Mmm... Je n'en sais rien. Mais je parierais qu'il y a un lien. Peut-être que quelqu'un lui devait trop de thune et qu'il a eu peur des conséquences. Ou un chantage. Peut-être qu'elle a essayé de pressurer un de ses clients et qu'il n'a pas apprécié. Ou peut-être qu'elle avait un concurrent dans la place, va savoir.

— Intéressant, commenta Marcy. Mais on ne peut pas cesser de penser à Alie'e pour autant. Si Lansing a été tuée à cause de quelque chose qui concernait Alie'e, il se pourrait qu'un truc totalement différent soit en jeu, un truc qu'on n'a pas encore pigé.

— Je sais. Ça me turlupine. Mais je ne vois aucune corrélation entre Lansing et Amnon Plain, ni entre Lansing et Jael. Plain doit donc être relié à Alie'e – ou alors, on est complètement dans les choux.

— Si c'est Olson... ce serait une affaire de vengeance ? À cause de ce qui est arrivé à sa sœur ? Pour éliminer les pécheurs qui l'ont entraînée sur le sentier de la perdition ?

— On dirait une émission de télé.

227

— Tout dans ce dossier ressemble à une émission de télé.

— Tu crois qu'on devrait commencer à le pister ? Olson ?

— On devrait y penser, dit Marcy. On a quinze mecs sur cette affaire, et la plupart ne font que tourner en rond.

— Je vais en toucher un mot à Lester, promit Lucas en se retournant vers la maison. Tu te charges d'emmener Jael au QG pour sa déposition ?

— Ouais. Mais je raccroche à cinq heures. Tom Black prendra le relais.

— D'accord. Protège-la bien.

— Plutôt intéressante, hein ?

Lucas se pencha en avant, baissa le ton.

— Tu sais ce qui me botterait ? D'en allonger trois ou quatre comme elle, tu vois le genre, dans un grand lit. Quelques blondes ultracanon blotties tout autour de moi, un énorme sandwich de Lesbos au Davenport...

Elle lui plaqua une main sur le torse et le poussa en arrière.

— Les fantasmes des types vieillissants sont vraiment navrants. Trois bombes platinées au lit avec Lucas, tant de beauté pour un seul pauvre petit bout de chou...

Ils riaient encore quand Jael ressortit.

— Mon avocat ne peut pas se libérer avant trois heures, annonça-t-elle. Je dois le retrouver à son cabinet, et de là on ira à pied au City Hall. (Elle regarda Lucas.) Il m'a conseillé de ne pas le faire. Je lui ai dit que j'y tenais.

Après les avoir quittées, Lucas repartit dans le centre. Del l'attendait au quartier général, apparemment prêt à balancer des coups de pied dans toutes les portes.

— On a la déposition d'Outer, mais son avocat a failli se payer une hernie. Il déclare que cet accord viole tout ce qu'il y a de plus sacré dans la législation.

— Qu'a dit Outer ?

— Pas grand-chose. Mais on le tient pour la came, et ça suffit. J'ai deux mandats au nom de Bee – domicile et bureau – et un pour le domicile de Logan.

— Où habite Bee ?

— À North Oaks. Il est chez lui.

Del lut l'adresse à haute voix.

— Je t'y retrouve dans vingt minutes, fit Lucas.

Ils avaient toujours besoin des informations susceptibles de leur être fournies par Bee et Logan. Lansing avait peut-être vendu de l'héroïne à Alie'e, mais c'était aussi une victime du meurtrier.

James Bee vivait dans une maison de style ranch à façade en pierre assez semblable à celle de Lucas, avec vue sur un petit étang d'eau noirâtre. Lucas arriva au moment où la banalisée de Del, une voiture de patrouille de Minneapolis, et le véhicule du shérif du comté de Ramsey tournaient en haut de la longue allée revêtue de bitume noir. Lucas suivit le cortège à travers une chênaie clairsemée dont les feuilles moribondes étaient brunes et cassantes.

Un inspecteur des Stups nommé Larry Cohen sortit du côté passager de la voiture de Del, son mandat en main. Les policiers de Minneapolis rejoignirent les adjoints du shérif et marchèrent vers la porte d'entrée pendant que Del restait en retrait, attendant Lucas.

— C'est vraiment tiré par les cheveux, dit-il.

— Sans doute, répondit Lucas, mais si on arrive à l'épingler... je te parie qu'il connaît sa concurrence.

La porte fut ouverte par une mince femme blonde en collant de coton noir et tee-shirt à la gloire du marathon des Villes jumelles. Lucas l'entendit piailler face aux policiers. Soudain, un des adjoints du shérif s'élança et entreprit de contourner la maison à fond de train, suivi à deux mètres de distance par un policier de Minneapolis.

L'autre agent de Minneapolis entra, le pistolet au poing, pendant que le second adjoint du shérif sortait le sien et jetait un coup d'œil à l'intérieur de la maison à travers une baie vitrée. Par-dessus son épaule, il cria :

— Il se barre !

Lucas et Del trottèrent vers la maison en dégainant leur arme. À l'intérieur, l'agent de Minneapolis avait fait coucher la blonde au sol, à plat ventre. Elle hurlait.

— Il n'y a personne d'autre, pour l'amour du ciel, il n'y a personne d'autre !

Ils inspectèrent soigneusement la maison – cinq bonnes minutes pour en faire le tour. Quand Lucas remonta de l'escalier de la cave, le pistolet remis dans son étui, il trouva la femme assise sur le canapé, une paire de menottes dans le dos. Le second adjoint du shérif était planté devant elle.

— On l'a eu, annonça l'adjoint. Contre Rick, il n'avait aucune chance.

— Il court le marathon, dit la blonde.

— Rick aussi, répondit l'adjoint.

Del revint de l'arrière de la maison et s'adressa à Lucas :

— C'est bon. Le bureau est au fond.

Lucas le suivit. Un agenda était posé sur la table, et Del entreprit de le feuilleter pendant que Lucas allumait l'ordinateur. Le téléphone sonna. Lucas décrocha.

— Allô ?

— Hé... c'est Jim ?

— Il est sorti, répondit Lucas. Il peut vous rappeler ?

— Ouais. Dites-lui de rappeler Lonnie. C'est Steve ?

— Non. C'est Lucas.

— D'accord. J'ai besoin de lui parler vite fait.

— Vous avez un numéro ?

— Il l'a déjà.

— On ne sait jamais.

— Ouais, d'accord...

Lucas nota le numéro et :

— On vous rappellera.

— Merci.

— Excellent, jubila Del, consultant l'agenda. Il y a au moins deux cents noms là-dedans.

— Mais aucun invité de la fête.

— Pas jusqu'ici. Mais tu sais quoi ? Je te parie un dollar qu'on en trouvera au moins un. S'il fait dans le haut de gamme. Il y avait là-bas une flopée de toxicos haut de gamme.

Le téléphone sonna de nouveau, et une voix de femme dit :

— Lucas ?

La mention de son prénom le fit sursauter ; il ne percuta pas immédiatement.

— Oui ?

— Ici Rose Marie.

— Bon Dieu ! Rose Marie, j'ai cru un instant que j'avais affaire à une voyante ou à quelqu'un de ce...

— Écoutez, coupa-t-elle, ça me navre de devoir vous l'annoncer, mais Marcy s'est fait tirer dessus.

Lucas mit un temps considérable à comprendre.

— Quoi ? Quoi ?

Del se redressa en le regardant fixement.

— Marcy Sherrill s'est fait tirer dessus. Elle est en route vers l'hôpital de Hennepin.

— Aah... Nom d'un chien, comment va-t-elle ?

— Mal. Elle va mal.

— J'y vais.

Il plaqua le combiné sur son socle et partit en courant. Del s'écria :

— Hé ! Qu'est-ce qu'il y a ?

— Marcy s'est fait tirer dessus ! cria Lucas sans s'arrêter. Reste ici, occupe-toi de tout.

— Bordel, Larry peut s'en occuper !

Del rattrapa Lucas. Ensemble, ils retraversèrent coudes au corps le salon, et Lucas lança à Cohen, qui interrogeait toujours la blonde :

— Larry, tu prends les commandes ! Marcy s'est fait tirer dessus, on file, tu sais ce qu'il y a à faire...

Sur le trottoir, l'adjoint du shérif, trempé jusqu'à la ceinture, traînait un homme menotté à travers la pelouse, un type de petite taille, mince, coiffé comme un gommeux, à la bouche pincée. Le gommeux dégoulinait des pieds à la tête.

— Il s'est jeté dans cet étang, expliqua l'adjoint.

Lucas et Del passèrent à sa hauteur sans ralentir, s'engouffrèrent dans la Porsche de Lucas et, démarrant en trombe, filèrent tel l'éclair dans les rues tranquilles de North Oaks, contournèrent un terrain de football et mirent le cap au sud, vers Minneapolis.

15

Lucas, concentré sur son pilotage, enfilait les dépassements pendant que Del lui donnait des indications sur les brèches dans le trafic :

— À gauche derrière la rouge, encore à gauche, vas-y, fonce...

Ils avalèrent la bretelle d'accès et s'élancèrent sur la I-35W entre une vieille Bronco et une camionnette.

— On a déjà vécu tout ça, lâcha Lucas à mi-trajet.

— Cette conne de Sherrill, il faut toujours qu'elle mette le nez dedans. La dernière fois, elle s'est pratiquement vidée de son sang.

— Rose Marie a dit qu'elle allait mal, bougonna Lucas. Elle a dit qu'elle allait mal...

Livide et le visage éclaboussé de sang, Jael Corbeau attendait debout dans le couloir juste derrière l'entrée du service des urgences, flanquée de deux agents en uniforme, quand Lucas et Del déboulèrent au pas de course.

— Où est-elle ? demanda Lucas.

— Sur le billard, répondit Jael en faisant un pas dans sa direction. Ils l'ont opérée tout de suite.

Lucas courut vers le couloir menant aux salles d'opération. Rose Marie y faisait le pied de grue, en compagnie de Lester, qui intercepta Lucas en lui attrapant le bras.

— Du calme, mec.

— Il n'y a rien à voir, dit Rose Marie. Elle est dans les vapes. Ils l'ont déjà endormie.

Lucas se calma – et s'aperçut que Del l'avait suivi.

— Comment va-t-elle ? s'enquit Del.

— Elle va s'en tirer ? renchérit Lucas.

— Elle a pris deux dragées, expliqua Lester. Une dans le bras gauche et une dans la poitrine, côté gauche. Un poumon perforé. Normalement, elle aurait dû y passer, sauf qu'elle a roulé sur le flanc gauche... D'après les toubibs, elle serait morte si elle n'avait pas eu ce réflexe.

— Elle va s'en tirer ? répéta Lucas.

— Marcy est mal en point, dit Lester, mais vivante. Et quand on arrive ici vivant...

— Bon Dieu, gémit Lucas.

Il s'adossa au mur, ferma les paupières. Jael... Il s'écarta du mur et repartit vers l'entrée des urgences. Elle y était toujours.

— Que s'est-il passé ?

Les mots jaillirent.

— On sortait de chez moi pour aller dans le centre et une voiture passait dans la rue, la vitre baissée, et Marcy m'a crié quelque chose, elle a sorti son arme, et un homme s'est mis à nous tirer dessus. Marcy m'a poussée au sol, et elle est tombée, et la voiture a continué à rouler, et quand j'ai regardé Marcy elle avait du sang partout, j'ai couru, j'ai appelé le 911, et ensuite je suis retournée vers elle et j'ai essayé d'arrêter le sang, et quand l'ambulance est arrivée je suis montée dedans et je suis venue jusqu'ici avec elle...

— Elle s'est pris deux balles, ajouta un des flics en uniforme.

Jael hocha la tête, s'approcha de Lucas, saisit sa chemise à deux mains.

— Elle m'a dit de vous dire, c'est tout ce qu'elle a dit, elle m'a dit de vous dire qu'elle l'avait touchée. La voiture. Elle m'a dit : « Dites à Lucas que j'ai touché la voiture. »

— Quel genre de voiture ? Vous n'avez pas relevé le numéro de...

— Non, non, je l'ai à peine vue, parce que Marcy m'a plaquée au sol. Je suis tombée.

— Vous n'avez rien vu ?

Elle ferma les yeux, toujours pendue à sa chemise.

— Une voiture sombre. Longue et sombre.

— Longue et sombre. Longue comment ? Genre Mercedes ou Cadillac ?

— Non, je ne crois pas. Elle m'a juste donné l'impression d'être longue et sombre.

— Américaine ?

— Je n'en sais rien. Comme ces grosses berlines d'il y a vingt ans. Mais je ne peux pas vous dire, je ne sais pas, mon Dieu...

Lucas la prit par les épaules et l'attira contre lui.

— C'est déjà bien, fit-il. Je suis surpris que vous ayez vu quelque chose.

D'autres policiers arrivèrent par vagues successives. Tous savaient ce qu'ils avaient à faire : repérage des voitures longues et sombres, recherche des impacts de balle, bouclage du quartier. Sauf que Jael habitait à portée de sifflet d'une demi-douzaine de bretelles autoroutières. Tout le monde se démenait, mais sans grand espoir.

Un autre médecin arriva, marcha droit vers les profondeurs du service.

— Un chirurgien vasculaire, déclara une infirmière.

— Ça signifie quoi ? questionna Lucas. Le cœur ?

— Aucune idée.

Une autre infirmière, en tenue stérile, émergea de la salle d'opération. Les policiers l'interceptèrent.

— Je ne peux rien vous dire, répondit-elle. Elle est vivante. Sous assistance respiratoire.

Au bout d'une heure, Del n'y tint plus.

— On n'a rien à faire ici, dit-il. À part être prévenus de sa mort si elle doit y rester.

— Tu suggères quoi ? gronda Lucas, furieux et angoissé.

— Qu'on retrouve Olson et qu'on jette un coup d'œil sur sa bagnole.

Marcy Sherrill avait déjà été blessée, et elle avait failli mourir. Del l'avait accompagnée à l'hôpital en hélicoptère, en comprimant si fort l'artère sectionnée qu'ensuite, pendant des semaines, Sherrill s'était plainte de l'hématome.

« La blessure n'est rien, disait-elle. Mais ce foutu bleu que m'a laissé Del... voilà ce qui me tue. »

— Tu sais quelle voiture il a ? demanda Lucas.

— Une grosse Volvo 1986 bleu nuit. Les Olson nous ont informés qu'ils étaient descendus au Four Winds. On pourrait commencer par là.

— Je t'emmène, dit Lucas.

Le Four Winds se dressait à trois blocs du Mall of America, un énorme combiné de parc à thème et de centre commercial situé au bord du nœud autoroutier reliant la I-494 au périphérique. Ils repérèrent la Volvo sur le parking en plein air, s'arrêtèrent derrière, descendirent jeter un coup d'œil. Une vieille voiture, longue et sombre, avec quelques taches d'apprêt grisâtre sur l'aile avant gauche. Aucun impact de balle.

— Merde. Ç'aurait été trop beau, grommela Del.

Sur ces entrefaites, Tom Olson déboucha au coin du motel, un sachet de chips et une boîte de soda à la main. Il les aperçut, stoppa net, puis vint vers eux à grands pas.

— Qu'est-ce que vous fabriquez ?

— On inspecte votre voiture, répondit Lucas.

— Pourquoi ?

Olson s'arrêta un demi-pas trop près de Lucas, dressé de toute sa hauteur.

Lucas se rapprocha encore de quelques centimètres tandis que Del s'écartait légèrement sur la droite.

— Parce qu'un type au volant d'une longue voiture de couleur sombre vient de blesser par balle l'inspectrice qui assurait la protection de Jael Corbeau.

Olson prit une mine éberluée, et une partie de son agressivité s'évapora de ses traits. Il recula d'un pas.

— Vous avez cru que c'était moi ? Je n'aurais jamais... Elle est morte ?

— Non. Elle est en salle d'opération, répondit Lucas. Étant donné que l'auteur des coups de feu a pu vouloir venger la mort de votre sœur, et puisque vous possédez une voiture assez longue et de couleur sombre... on s'est dit qu'il pouvait être intéressant de jeter un coup d'œil.

— Je n'y suis pour rien. Si j'étais vous, je m'intéresserais de plus près aux chiens de l'enfer qui rôdaient autour d'Alie'e. Ce sont eux les fous. Pas moi.

— Vous avez l'air un peu cramé vous-même, dit Del.

Il s'était rapproché de quelques centimètres, à une

distance pouvant lui permettre d'atteindre Olson au plexus solaire d'un coup de pied.

— Uniquement aux yeux des pêcheurs comme vous, rétorqua Olson.

Del se crispa.

— Doucement, fit Lucas.

— Où étiez-vous à seize heures vingt ? interrogea Del.

Olson consulta sa montre.

— Voyons, laissez-moi réfléchir. Je devais encore être au centre commercial.

— Le Mall of America ?

— Oui. (Tous trois se tournèrent vers le centre. On aurait dit le bunker de l'Oncle Picsou, le charme en moins.) J'ai passé deux heures à le visiter.

— Vous avez acheté quelque chose ? pressa Del. Vous avez des tickets de caisse ?

— Non, je n'ai rien acheté. Sauf un roulé à la cannelle. Je me suis juste promené.

— Vous avez parlé à quelqu'un ?

— Non, pas vraiment.

— En d'autres termes, vous ne seriez pas en mesure de nous présenter qui que ce soit pour confirmer votre version s'il le fallait.

Olson haussa les épaules.

— Je ne crois pas. Je n'ai fait que marcher. Je n'étais jamais entré dans ce lieu. C'est hallucinant. Vous savez, je suppose, que notre culture est en train de mourir. Des créatures nouvelles sont en train d'éclore dans cette sorte de lieux. Des serpents.

Del haussa les épaules.

— Ouais, bon... Qu'est-ce que vous voulez y faire ?

— Prier.

Il n'y avait pas grand-chose à ajouter, et le besoin

238

de savoir ce qui se passait à l'hôpital commençait à se faire pressant.

— Allons-y, proposa Lucas.

Del hocha la tête.

— Désolé, dit-il à Olson.

Lucas s'était garé juste derrière la Volvo. Olson les regarda remonter dans la Porsche avant de franchir la double porte vitrée donnant sur la cage d'escalier du motel. Lucas manœuvra vers la sortie du parking. Une invisible main noire lui étreignait le cœur.

— J'ai un sale pressentiment pour Marcy, dit-il.

— Ils l'ont maintenue en vie...

— J'ai une mauvaise vibration.

Au bout de l'allée, il ralentit pour laisser passer une voiture, s'engagea sur la droite, roula au pas sur une trentaine de mètres, s'arrêta au feu suivant.

— C'est la deuxième fois qu'elle est gravement touchée.

— Tu as été touché aussi gravement.

— Je n'ai jamais pris une balle dans le...

Del l'interrompit brutalement.

— Hé ! Qu'est-ce que c'est que ce bordel ?

Il regardait par la vitre, côté passager, et Lucas se pencha en avant pour voir à son tour ce qui se passait. Tom Olson galopait vers eux sur le parking du motel en moulinant des bras. On voyait qu'il criait, mais ils étaient trop loin pour l'entendre. Il y avait une sorte de folie dans sa façon de courir – une course violente, chaotique et désarticulée, comme s'il slalomait à travers une meute de plaqueurs invisibles.

Lucas tira le frein à main. Del et lui descendirent de voiture. Le feu passa au vert ; le chauffeur de la Lexus, à l'arrêt derrière eux, donna un coup de Klaxon. Lucas lui fit un signe négatif de la tête et se faufila à pied entre la Lexus et la Porsche. Olson était à une cinquantaine de mètres d'eux quand il stoppa brutalement, se plia vers l'avant et se mit les mains sur les genoux, tel un homme à bout de souffle. Le propriétaire de la Lexus ouvrit sa portière et mit un pied sur la chaussée. La Lexus était coincée derrière la Porsche, suivie par d'autres voitures.

— Bouge-toi de là, trouduc ! brailla-t-il en klaxonnant de plus belle.

— Police ! cria Lucas. Vous n'avez qu'à manœuvrer.

L'homme pesa de tout son poids sur son avertisseur en vomissant des imprécations inintelligibles ; un deuxième chauffeur, derrière la Lexus, se mit à klaxonner à son tour. Aussi soudainement qu'il avait fait halte, Olson se redressa, reprit sa course folle, quitta l'asphalte du parking et s'élança sur la bande de gazon qui le bordait au moment où Lucas et Del atteignaient l'autre extrémité de la pelouse.

Tandis que les coups de Klaxon se multipliaient dans leur dos, Olson courut encore quelques pas puis s'arrêta net, les yeux exorbités et fous d'angoisse, fit le geste de s'arracher les cheveux des deux côtés du crâne, au-dessus des oreilles, ouvrit la bouche sans proférer un son, claqua des mâchoires – et s'effondra face contre terre.

— Bon Dieu ! lâcha Del.

La plupart des Klaxon se turent, mais deux ou trois continuèrent de hurler. Ils pouvaient encore entendre la voix du chauffeur de la Lexus.

— Hé, trouduc, trouduc !

Ils s'accroupirent de part et d'autre d'Olson. Lucas tourna de son côté la tête de l'homme inanimé, souleva une paupière avec son pouce. Les yeux d'Olson étaient révulsés, et Lucas ne vit qu'un croissant de blanc laiteux.

— Il respire, mais il est dans les pommes. Appelle le 911.

Del sortit son téléphone portable, et tous deux se relevèrent au-dessus de la masse recroquevillée d'Olson. Une demi-douzaine d'automobilistes s'étaient remis à klaxonner, mais leur concert fut soudain troublé par le mugissement d'une sirène de police. Une voiture de patrouille s'immobilisa devant la Porsche, et les Klaxon se turent.

Lucas sortit son insigne et se dirigea vers la voiture pie tandis qu'un agent de la police de Bloomington descendait côté trottoir, avec son collègue à l'opposé. Ils passèrent chacun de part et d'autre de la Porsche. Lucas agita son insigne au-dessus de sa tête et cria :

— Police de Minneapolis ! Il nous faut une ambulance et de l'aide, tout de suite !

L'agent positionné derrière la Porsche se retourna pour dire quelque chose à l'autre, et Lucas s'approcha en montrant toujours son insigne. L'autre agent, le plus grand, un sergent, lui dit :

— Commissaire Davenport... Que se passe-t-il ?

— On n'en sait trop rien. On venait de parler à ce type devant le motel et on était en train de s'en aller. Tout à coup, il s'est mis à courir sur le parking en hurlant, et il vient d'avoir une sorte de crise. On a besoin d'ambulanciers, et aussi que vous restiez un moment dans le coin, les gars. Vous avez une minute ?

— Sûr.

Il s'approcha de la Lexus ; le chauffeur s'était rassis derrière son volant. Lucas saisit la poignée et ouvrit la portière. L'homme, âgé d'une cinquantaine d'années, était rougeaud et goitreux.

— Je suis officier de police, dit Lucas. Nous venons d'avoir un problème grave. J'ai assez envie d'arracher votre graisse de cette bagnole, de vous passer les bracelets et de vous envoyer au poste pour outrage à policier. Une fouille au corps bien poussée devrait vous apprendre le sens exact de l'expression « trouduc ».

— Je veux seulement repartir, riposta l'homme, furieux, sans l'ombre d'un remords. Vous m'avez bloqué. Faut que je bouge, je suis sacrément pressé, et vous ne trouvez rien de mieux à faire que de me casser les pieds avec vos histoires !

— Mettez-vous au point mort.

— J'y suis déjà.

Lucas tendit le bras, tourna la clé, coupa le moteur.

— Restez assis ici jusqu'à ce que je vous autorise à circuler. Si vous faites un tour de roue, je vous coffre.

— Je suis pressé, merde ! hurla l'homme.

Lucas rejoignit les policiers de Bloomington et leur expliqua ce qui s'était passé avec Olson. La plainte d'une sirène d'ambulance grossissait dans le lointain. L'embouteillage s'aggravait à mesure que les consommateurs qui quittaient le centre commercial ralentissaient pour contempler la Porsche, la voiture de patrouille et l'homme inerte sur le gazon.

— Il allait très bien quand on lui a parlé sur le parking, dit Lucas. Ensuite, il est reparti vers l'hôtel, et une minute plus tard, il a rappliqué en nous courant après. Et pour finir, cette crise.

À l'arrière d'une voiture qui passait sur la file de gauche, un gamin cria :

— Hé, vous l'avez descendu ?

— Ou peut-être une attaque, suggéra le sergent.

— Il est juste évanoui, dit Del. Comme si quelqu'un l'avait mis K-O.

— Je crois qu'on ferait bien d'aller jeter un œil au

motel, fit Lucas. Vous pouvez rester un moment pour vous occuper de l'ambulance et de la circulation, les gars ? Et aussi demander qu'une autre voiture soit envoyée au motel ?

— Ça marche. Elle sera là dans une minute. (Il indiqua la Lexus d'un coup de menton.) Et ça, c'est quoi ?

Lucas résuma le problème, et le sergent hocha la tête.

— Une tête de lard. On va vous le garder un moment.

— Ça lui fera du bien. Au moins jusqu'à ce qu'il soit calmé.

Lucas et Del quittèrent le gazon, traversèrent l'asphalte du parking et arrivèrent à l'hôtel. Le réceptionniste s'était approché de la fenêtre pour suivre des yeux l'agitation régnant le long du trottoir. Lucas lui montra son insigne.

— Il nous faut le numéro de chambre et la clé d'un client, un certain Olson.

L'employé repassa derrière le comptoir, pianota sur son clavier d'ordinateur.

— Nous avons deux Olson. Un Tom et un Lynn.

— Passez-nous les deux clés.

Le réceptionniste n'hésita pas une seconde. Il ouvrit un tiroir, en sortit deux clés et les fit glisser sur le comptoir.

— Autre chose ?

— Des agents de police de Bloomington vont arriver incessamment, dit Lucas. Faites-les monter.

Les deux chambres réservées par les Olson étaient contiguës, situées en haut d'un escalier intérieur et au bout d'un long couloir dont la moquette sentait discrètement le désinfectant et aussi quelque chose d'autre, peut-être le vin ou la bière.

— Est-ce qu'il a pété les plombs à cause d'un truc qu'il a vu dans sa chambre ? s'interrogea Del pendant qu'ils remontaient le couloir.

— Je me demande. Voyons d'abord celle de ses vieux.

La porte des parents Olson était la première. Lucas frappa. Pas de réponse. Il frappa un peu plus fort. Ils tendirent l'oreille, et Del secoua la tête. Lucas inséra la clé dans la serrure, la tourna, poussa.

Pas de chaîne. La porte pivota lentement sur ses gonds. Lucas entra, sentit aussitôt l'odeur de sang et d'urine.

Lynn Olson était couché en diagonale sur le lit double le plus proche de la porte, à plat ventre, vêtu de pied en cap, la tête bizarrement tournée à l'opposé, côté droit. Un de ses bras était tendu ; un revolver chromé reposait au sol sous sa main. Sa femme gisait sur l'autre lit, dans une pose très raide, au centre du matelas, déchaussée mais habillée. Elle était sur le dos, la tête sur l'oreiller, la tempe marquée par le cercle rouge d'une blessure par balle.

— Putain..., lâcha Del dans le dos de Lucas.

Ils s'avancèrent avec prudence dans la pièce, en dégainant tous deux leur arme d'un geste mécanique. La chambre était en fait une minisuite, avec un coin séjour et une salle de bains au fond. Lucas l'inspecta rapidement, constata qu'elle était vide, revint dans la pièce principale.

— Flingue à côté du lit, fit observer Del, resté en arrière.

Lucas s'approcha de Lynn Olson, lui toucha la joue : froide. Il était mort, et depuis un moment.

Aucun doute en ce qui concernait Lil : on voyait nettement l'éclaboussure provoquée par la sortie de la balle de l'autre côté de sa tête. Lucas s'agenouilla près du revolver, approcha son visage à trois centimètres : un neuf millimètres.

— Je ne crois pas que ce soit le même flingue qui a tué Plain, dit-il. L'encoche dans le béton était importante. Je doute qu'un neuf ait pu la faire.

— Et je ne vois pas où serait le lien. Alie'e meurt, et quelqu'un bute Plain. Je peux comprendre ça : une vengeance, surtout après la diffusion de la photo. Plain se fait du beurre sur la mort d'Alie'e, et peut-être qu'un déséquilibré le prend mal. Même chose pour Corbeau : elle fait partie des pécheurs de l'entourage d'Alie'e, elle était de la partie de broute-minou. Mais les parents... Je ne vois pas.

Lucas secoua la tête. Dans le couloir, une voix s'éleva.

— Ohé ?

Del alla à la porte, passa la tête dans l'embrasure.

— Par ici.

Deux policiers de Bloomington entrèrent un instant plus tard, l'un de vingt et quelques années, l'autre grisonnant, plus épais.

— Deux morts, annonça Lucas. On va avoir besoin de la police scientifique. La totale, et pas plus tard que tout de suite.

— Je vous ai vu à la télé, dit l'agent grisonnant. Sur l'affaire Alie'e. Y a un rapport ?

Lucas hocha la tête.

— Ce sont les parents d'Alie'e.

Le flic soupira, inséra les pouces sous sa ceinture et promena sur le décor un interminable regard, comme pour mémoriser la scène.

— Y a pas à dire, lâcha-t-il, comme si la tuerie était l'œuvre de Lucas. C'est un fameux merdier. (Il se tourna vers son jeune équipier.) Préviens les collègues.

— Je viens de penser à une chose, dit Lucas. Il va me falloir... j'ai besoin du portefeuille de Lynn Olson.

— Ah, ça, je ne sais pas, fit le flic grisonnant. On est censé ne toucher à rien sur les lieux d'un crime.

— Je sais, mais j'en ai besoin.

Lucas revint dans la chambre, regarda tout autour de lui, repéra un sac en plastique dans un seau à glace, le prit et s'approcha du corps d'Olson. Ayant aperçu la bosse de son portefeuille dans la poche arrière de son pantalon, il souleva délicatement le rabat, attrapa le portefeuille à travers le plastique, le retira. Une fois le portefeuille dans le sac, il l'ouvrit, trouva le permis de conduire dans une encoche de carte de crédit et le sortit.

— Ça vous ennuierait de divulguer ce numéro ? demanda-t-il au flic grisonnant. Lancez une recherche sur Lynn Olson, né le 23 février 1944. Résidant à Burnt River, Minnesota. Il nous faut la liste de tous les véhicules enregistrés à son nom.

Bloomington leur donna la réponse trente secondes plus tard. Olson possédait officiellement trois véhicules : une Volvo bleu nuit neuve, un Ford Explorer de deux ans d'âge et une Pontiac GTO verte de 1968.

— On vous laisse, les gars, dit Lucas aux agents de Bloomington. Il faut qu'on trouve leur voiture sur le parking. Del, tu me suis ?

— Marcy va s'en tirer, annonça Del en descendant l'escalier.

Lucas se tourna vers lui.

— Tu n'as eu personne au bout du fil, si ?

— Non. Tu m'as foutu les glandes avec ta mauvaise vibration. C'était *ça*. Cette vibration, c'est à cause de ce qui s'est passé ici.

— Tu devrais fumer moins de shit pendant ton service.

— Ouais, eh bien, tu vas voir. Elle va bien.

Del semblait imperceptiblement plus gai.

Ils retrouvèrent la voiture des Olson en un clin d'œil : une Volvo bleue semblable à celle de Tom Olson, mais moins vieille d'une décennie. Lucas s'approcha du côté passager en se faufilant entre la Volvo et une Chevrolet Camaro rouge. Il vit l'impact de balle avant même d'avoir atteint la portière, se pencha pour l'effleurer du bout des doigts. Aucune erreur possible, que ce soit à l'œil ou au toucher.

— Un tir de niveau olympique, commenta Del.

Il s'agenouilla dans l'espace exigu pour observer l'orifice pendant que Lucas se retournait vers le parking. Trois voitures de patrouille de Bloomington étaient en train de contourner le coin de l'hôtel, gyrophares en folie.

— Je ferais mieux d'appeler Rose Marie, marmonna-t-il. J'ai laissé mon portable dans la Porsche.

Del lui tendit le sien, et il composa le numéro de Rose Marie.

— Ici Lucas. Comment va-t-elle ?

Lucas écouta la réponse sous le regard fixe de Del. Il écarta un instant l'appareil de son oreille.

— Toujours sur le billard.

— Elle s'en tirera, fit Del, déjà moins sûr de lui.

— D'accord, dit Lucas à Rose Marie. Bon, de notre côté, on a un fait nouveau.

16

Pendant que Del attendait près de la voiture, Lucas conduisit les policiers de Bloomington qui venaient d'arriver à la chambre des Olson, où il viola une nouvelle fois la règle d'or des lieux de crimes : malgré les protestations des agents, il récupéra les clés de la Volvo dans une penderie.

— Elles ne font pas partie du lieu du crime, expliqua-t-il. Ces clés ne vous apprendront rien... Et nous, on a besoin de savoir ce qu'il y a dans leur coffre.

Le sergent hésita, mal à l'aise. Cela allait à l'encontre de tout ce qu'on lui avait appris en formation.

— Peut-être, mais...

— C'est bon, coupa Lucas, j'en prends la responsabilité. Cela dit, j'apprécierais que vous descendiez avec moi pour nous voir ouvrir le coffre.

Le sergent accepta de l'accompagner. Lucas ouvrit la malle arrière, n'y trouva que des bagages hétéroclites – une sacoche d'appareil photo, un sac de linge sale à moitié plein, deux clubs de golf et quelques balles, une boîte en plastique de sacs-poubelle, une glacière vide et, sous un blouson violet des Minnesota Vikings, une caisse à outils gris métallisé.

— Tu cherches un gros calibre ? demanda Del.

— Si c'est ce que ça paraît être, si c'est un meurtre-suicide... ça nous facilitera sacrément la vie.

Il plongea la main dans la boîte de sacs-poubelle, en sortit un, le déchira en deux, s'en fit une paire de moufles et ouvrit la caisse à outils. Le couvercle était un plateau amovible avec un jeu de clés tubulaires. Il le retira. Des outils.

— Que dalle.

Del avait récupéré la clé dans la serrure du coffre pour ouvrir la portière côté passager.

— Je ne vois rien.

Il se releva.

— Mais il y a l'impact dans la portière... Ça pourrait expliquer Marcy, et aussi Plain. Une vengeance. Soit ça, soit...

— Quoi ?

— Suppose que Lynn Olson ait essayé de baiser sa fille et que quelque chose ait mal tourné ? Il était pété à la fête... Peut-être que Lansing... je ne sais pas.

Lucas réfléchit.

— Que viendrait faire Plain là-dedans ?

— Et s'il avait vu quelque chose ?

— Il a expliqué qu'il n'aimait pas beaucoup les gens qui gravitaient autour d'Alie'e. Pourquoi nous aurait-il caché la vérité ?

— Je n'en sais rien, fit Del.

Ils restèrent au motel une heure, assistèrent au travail de l'équipe des premières constatations, laissèrent une déclaration aux policiers de Bloomington.

— Il faudra vous occuper du flingue tout de suite, dit Lucas à un technicien de la police qui était à quatre pattes dans la chambre. Il se peut que ce soit celui qui a blessé Marcy Sherrill.

— On aura les résultats dans deux heures maxi,

répondit le technicien. Est-ce que les toubibs ont extrait une de ses balles ?

— Je n'en sais rien.

Lucas téléphona pour poser la question et apprit que les deux projectiles qui avaient atteint Sherrill étaient aussitôt ressortis. Une autre équipe de la police scientifique se trouvait en ce moment même devant l'atelier de Jael Corbeau pour en récupérer un au fond de ce qui avait tout l'air d'être un impact de balle dans une balustrade en bois. Jael était toujours à l'hôpital.

Un essaim de camionnettes de la télévision avait pris position devant un restaurant au bout de la rue. La police de Bloomington les maintenait à distance du motel, et un policier avait garé la Porsche de Lucas sur le parking. En quittant le motel, Lucas perçut une soudaine agitation chez les cadreurs, qui mirent à l'unisson leur caméra à l'épaule.

— On dirait qu'on va passer à la télé, dit-il.

Del rentra la tête dans les épaules et passa derrière lui. Ayant rejoint la voiture, il garda la tête basse et une main levée devant le visage. Tandis qu'ils sortaient du parking, une des camionnettes se lança à leurs trousses. Lucas s'en débarrassa sur l'autoroute en zigzaguant comme un requin à travers les inévitables bancs de véhicules de l'heure de pointe.

Ils avaient passé quelques coups de fil de vérification : Sherrill était toujours en salle d'op. Elle avait perdu beaucoup de sang, mais le pronostic s'était amélioré. Tom Olson dormait. En état de choc, il avait montré des signes de désordre mental à l'hôpital. On lui avait administré un sédatif.

Au nord de la ville, chez James Bee, la police avait saisi les ordinateurs et l'agenda. Un des noms de celui-ci figurait également sur la liste des invités de

Silly Hanson, et Loring, un inspecteur de Minneapolis chevronné, enquêtait sur cette piste. Les policiers avaient aussi retrouvé quatre-vingt-dix grammes de cocaïne dans une chambre. Bee avait déclaré qu'ils appartenaient à sa femme – la blonde en collant –, laquelle niait. Tous deux avaient été transférés à la prison du comté.

Il leur restait un second mandat à exploiter, mais Del secoua la tête.

— Ce serait trop pour un seul jour. Si on en a besoin, on s'en occupera demain. Allons plutôt parler à Bee – peut-être nous donnera-t-il ce qu'on cherche.

— Passons d'abord à l'hôpital.

— Ouais. Ça, je m'en doutais.

On ne les laissa pas approcher de la salle d'opération. Marcy était toujours sur le billard.

— Nom d'un chien, ça fait combien de temps ? demanda Lucas à Rose Marie.

Son chef avait réquisitionné une chambre vide et deux lignes de téléphone normalement réservées aux patients. Elle consulta sa montre.

— Quatre heures.

— Ça peut durer encore longtemps ?

— Je ne sais pas où ils en sont, Lucas. Écoutez... Allez-vous-en. Faites autre chose.

— Quoi ?

— Je m'en fiche, mais cet endroit ne vous vaut rien. (Elle regarda Del.) Ni à vous.

— Allons voir Bee, proposa Del.

Bee était en conciliabule avec son avocat. Lucas frappa à la porte de la cellule, passa la tête dans l'entrebâillement.

251

— On voulait vous dire... On cherche certaines informations, et on aimerait vous en parler.

— J'en doute, riposta l'avocat. Votre mandat est un torche-cul.

— *Au contraire**, dit Del. C'est de l'or en barre. Votre client ici présent est bon pour aller direct en zonzon – et sans passer par la case départ.

Bee parut troublé.

— Je ne vois pas où est le problème. Ce n'était pas ma coke, mais celle de Connie. Mais bon, supposons que je veuille l'aider... Qu'est-ce que vous avez besoin de savoir ?

— On essaie de découvrir qui fournissait Sandy Lansing, la fille qui a été tuée le même soir qu'Alie'e Maison. Elle dealait, mais au détail. On recherche son grossiste.

Bee haussa les épaules.

— Laissez-moi en parler à Ralph. Même si je voulais, je ne suis pas sûr de pouvoir vous aider. Mais laissez-moi en toucher deux mots à Ralph.

— Allez-y, parlez à Ralph. (Et, à Ralph :) J'ai cru comprendre que vous aviez encore dégommé des castors.

— Chut, fit Ralph en souriant.

— Quoi ? demanda Bee.

— J'ai un petit problème de castors en amont de mon chalet, expliqua Ralph.

— Larry Connell m'a raconté qu'il entendait une détonation de carabine à haute puissance à peu près toutes les heures.

— La saison des cerfs approche, dit l'avocat. Il faut bien que je m'entraîne. Et ces foutus castors, s'ils font un barrage sur le torrent, ça va inonder ma propriété. Sales rongeurs... Je les hais presque autant que le ministère de l'Environnement.

— Des castors ? s'étonna Bee.

— Il vous expliquera plus tard, dit Lucas.

— Vous savez ce que vous avez fait, bande de cons ? fit Bee. Vous avez fait tomber *le* mec qui aurait pu vous rencarder à tous les coups, vous l'avez fait tomber, et vous l'avez mis au placard. Il ne peut pas vous blairer. Il ne parlera jamais.

— Qui ? fit Del.

Lucas et lui échangèrent un regard, et le même nom sortit de leur bouche simultanément :

— Rachid Al-Balah.

— Il faut absolument qu'on loge cette partie de poker, dit Lucas une fois ressorti de la cellule. Si Trick est quelque part, ce sera là.

— Laisse-moi deux heures, dit Del. Tu retournes à l'hosto ?

— Oui.

— Branche ton portable.

— D'accord.

— Non. Je veux te voir faire.

Lucas sortit son portable de sa poche et le mit en position de marche. Del sortit le sien, composa un code abrégé, et le téléphone de Lucas fit entendre sa trille.

— Satisfait ?

— Laisse-le branché, recommanda Del. Je n'ai pas envie de descendre seul au milieu d'une partie de cartes ultrachaude.

Lucas emprunta le tunnel qui menait au centre administratif et monta en ascenseur au bureau de l'attorney du comté. Randall Towson était en réunion. Lucas réussit à le faire sortir et l'entraîna dans un couloir.

— Qu'est-ce qui se passe ? s'enquit Towson, qui tenait à la main un feuillet imprimé, un genre de tableau de comptabilité.

— Vous avez déjà appris à l'avocat d'Al-Balah que Del s'était retrouvé nez à nez avec Trick Bentoin ?

— Pas encore, mais je ne vais pas pouvoir garder ça pour moi longtemps.

— Pourriez-vous l'appeler tout de suite ? Lui raconter qu'on a perdu la trace de Trick, qu'on ne peut pas faire grand-chose pour l'instant, mais qu'on le recherche activement ? Et qu'on pourrait avoir besoin de parler à Al-Balah dès demain ?

— On va passer pour des demeurés. Il rameutera la presse trente secondes après avoir raccroché.

— On a vraiment besoin de parler à Al-Balah. Ça concerne l'affaire Maison.

Lucas servit à Towson une rapide explication.

— D'accord, finit par dire l'attorney. De toute façon, il faut que je l'appelle. Je m'en occupe maintenant. Vous êtes sûr de pouvoir retrouver Bentoin ?

— Non. Mais Del a entendu parler d'une grosse partie de poker en préparation, et normalement ça devrait l'attirer comme un aimant. Et même si on ne le retrouve pas sur place, quelqu'un devrait savoir où il est.

— Comment va Marcy ?

— J'y retourne. Elle était toujours en salle d'op la dernière fois que j'ai eu de ses nouvelles.

— Elle s'en sortira, affirma Towson, qui savait que Lucas et Marcy avaient eu une liaison. Elle est costaude, et à partir du moment où on arrive vivant sur le billard...

— Oui, bon. J'espère.

— Elle s'en sortira, je vous dis.

254

À l'hôpital, Lucas salua du menton deux inspecteurs qui faisaient les cent pas et se rendit directement au bureau des infirmières. En le voyant arriver, une infirmière secoua la tête :

— Elle n'est toujours pas sortie. Le Dr Gunderson vient d'aller prendre une boisson au distributeur, il m'a dit qu'ils avaient presque fini. Il ne devrait plus y en avoir pour longtemps.

— Elle va comment ?

— Aussi bien que possible, éluda l'infimière. J'ai cru comprendre...

Elle regarda à droite, puis à gauche, comme si elle craignait de divulguer une information confidentielle.

— Oui, quoi ?

— J'ai cru comprendre que la balle l'avait touchée juste sous le sein, à cinq centimètres du plexus, ce qui fait qu'il y a une atteinte pulmonaire et qu'ils ont eu des problèmes avec les éclats de côte, mais la colonne n'est pas touchée. À mon avis, s'ils ont contrôlé l'hémorragie et si elle est assez solide, elle devrait s'en tirer. C'est *mon* avis, mais je ne suis pas sur place.

— Dieu vous entende, lâcha Lucas. Marcy est très solide.

Il se dirigea vers la chambre réquisitionnée par Rose Marie, qu'il trouva en conciliabule avec Frank Lester.

— Du nouveau ? s'enquit Lester.

— Peut-être un petit début de quelque chose, dit Lucas. Et de votre côté ? Où est Jael ?

— Vous d'abord.

Lucas ébaucha un rapide compte rendu de la descente chez Bee, de la façon dont celui-ci avait laissé entendre qu'Al-Balah pourrait savoir quelque chose et des efforts de Del pour retrouver Trick Bentoin.

— Ce qui nous laisse encore à trois bonnes longueurs

de l'assassin, commenta Rose Marie quand il eut terminé.

— Pour ne pas dire quatre ou cinq, fit Lucas. Où est Jael ?

— On a demandé à Franklin de la ramener chez elle pour qu'elle puisse se changer. On envisage de la mettre en lieu sûr, peut-être à Hudson, toujours sous protection. Elle souhaiterait de nouveau vous parler. Elle se reproche ce qui est arrivé à Marcy, à mon avis.

— Bon. Qu'elle reste à distance, répliqua Lucas. Qu'est-ce que vous avez trouvé ?

La psy de la police, Angela Harris, était venue s'entretenir avec Lester une heure plus tôt, juste après avoir été informée de la mort des parents d'Alie'e.

— Elle ne croit pas à la thèse du meurtre-suicide, dit Lester.

— Tu lui as parlé de l'impact de balle dans la portière de la voiture d'Olson ?

— Oui, mais elle prédit qu'on finira par découvrir que ce n'était pas un meurtre-suicide. Elle pense que les Olson ont été liquidés pour venger le meurtre d'Alie'e. Comme Plain, et comme Corbeau, si c'est bien elle que l'assassin visait. Elle pense qu'on devrait s'intéresser de plus près à Tom Olson. Elle a parlé à des gens qui le connaissent, et il a apparemment connu dans le passé des épisodes psychologiques bizarres qui suggèrent une possibilité de personnalité multiple. Harris pense qu'une de ses personnalités pourrait être celle d'un psychopathe.

— Diable, grommela Lucas. C'est glauque !

— Peut-être, mais ça expliquerait ce qui s'est passé avec ses parents. Olson passe en mode psychopathe, il se met à zigouiller ceux qu'il accuse du meurtre d'Alie'e – ceux qui l'ont entraînée vers la vie de débauche qu'elle menait, avec défonce et parties fines.

La photo publiée par les journaux à scandales l'a fait disjoncter : le mamelon au rouge à lèvres et tout le reste, une sorte de trip sexuel pathologique avec sa petite sœur.

» Bref, il s'en prend à Plain, puis à Corbeau à cause de l'histoire des lesbiennes – il touche Marcy, mais c'est Corbeau qu'il visait. Ensuite, il bute ses propres parents, qui sont les premiers responsables de la vie que menait Alie'e... et on *sait* qu'il le leur reproche. Après les avoir descendus, il erre dans le centre commercial jusqu'à l'épuisement, et là, il change de nouveau de personnalité. Cette personnalité-ci n'a aucune idée du crime que l'autre vient de commettre... Ensuite, toujours sous l'influence de cette personnalité, il retourne au motel, vous tombe dessus, monte chez ses parents et découvre les corps. Il vous court après, mais à cause du choc, il se met à dissocier.

— Dissocier ?

— Je sais pas, moi, rétorqua Lester. C'est ce qu'elle a dit.

— Il se désagrège, dit Rose Marie. Quelque part, celui qu'il est habituellement sait ce qu'il a fait, mais il ne peut pas le regarder en face. Alors la totalité de sa personnalité, structurée de bric et de broc, commence à tomber en miettes. Et il est victime de ce que vous avez vu – une sorte de crise.

Lucas réfléchit, puis :

— Il faudrait qu'il ait eu accès à la bagnole de son père. Si ce n'est pas un meurtre-suicide...

— On y a pensé. Pour le moment, on attend que la police scientifique et le médecin légiste aient fini leur boulot sur place. S'ils affirment que c'est un meurtre-suicide, on lève le pied ; s'ils disent que ce n'est pas possible, on s'occupe d'Olson. De toute façon, il n'ira

nulle part pour le moment ; il est à l'hôpital, et il dort.
D'après les ambulanciers, le choc l'a vraiment sonné.

— Bien, dit Lucas. Ça a l'air de s'arranger un peu
pour Marcy, non ?

Rose Marie acquiesça.

— Elle va s'en sortir, Lucas.

Ils méditèrent tous un moment sur cette prédiction,
et Lucas eut une sensation sinistre – sa première prémonition de la journée. Il la garda pour lui.

— Les as de l'informatique avec qui j'ai travaillé
dans le temps m'ont appris une vérité scientifique,
déclara-t-il.

— Ouais ? fit Lester.

— Quand on dispose d'une quantité suffisante d'informations pour se risquer à une prédiction, c'est
qu'on a probablement une certaine prise sur la situation. Donc, si Harris prédit malgré les apparences que
ce n'est pas un meurtre-suicide, c'est peut-être qu'elle
a mis le doigt sur quelque chose.

— Vous devriez en parler à votre copine, la religieuse, suggéra Rose Marie.

— Je vais l'appeler.

Il s'attarda encore un peu, regardant Rose Marie
jongler avec les téléphones. Lester alla prendre des
boîtes de soda au distributeur et en rapporta une à
Lucas. Ils discutaient de tout et de rien, histoire de
tuer le temps, lorsque son portable sonna.

— C'est sûrement Del, fit Lucas en sortant son
téléphone de sa poche.

Ce n'était pas Del. Une standardiste tout étonnée
lui demanda :

— Lucas ?

— C'est moi. C'est mon téléphone, non ?

— Comment se fait-il que vous répondiez ?

— C'est comme ça. Qu'est-ce qu'il y a ?

— Je relaie un message de la police de Maple-wood. Ils ont retrouvé la voiture que vous cherchiez.

— Quelle voiture ?

— Eh bien, celle de... euh, j'ai noté le nom... Derrick Deal ?

— Ah, oui.

Il y avait au moins dix ans de cela. Lucas jeta un coup d'œil à sa montre : six heures, deux cadavres de plus et une inspectrice blessée dans l'intervalle.

— Elle était où ?

— Sur une place du parking réservé aux cadres de l'usine 3M.

— L'usine 3M ?

— Oui. C'est ce qu'ils ont dit. Ils ont besoin de savoir ce que vous voulez en faire.

— Vous pouvez me mettre en contact direct avec eux ?

— Euh, un instant... (Quelques secondes plus tard, elle revint en ligne.) Je leur ai parlé, et le cadre de 3M qui s'est fait piquer sa place de parking a un portable dans sa poche. Vous pouvez l'appeler. Il est avec eux.

Le cadre s'appelait Marx. Il paraissait intrigué.

— Cette voiture est ici depuis hier. J'ai fini par avertir la police pour la faire enlever, parce que ça commençait à m'énerver. Il paraît qu'elle figure sur une liste de véhicules recherchés ?

— Oui... Passez-moi l'agent responsable.

L'agent prit l'appareil et, après que Lucas se fut identifié :

— Alors, commissaire, que se passe-t-il avec cette bagnole ?

Lucas donna une rapide explication avant de demander :

— Vous avez remarqué quelque chose d'inhabituel ?

— Juste un truc – les clés sont sur le tapis de sol, sous le volant. Elles sont peut-être tombées au moment où le chauffeur est descendu, et il s'est retrouvé enfermé à l'extérieur.

— Rien d'autre ?

— Non. Tout est nickel. On ne voit rien à l'intérieur, à part des cartes et un *Wall Street Journal* par terre à l'arrière.

— Écoutez, cela concerne l'affaire Maison... et il se peut que cette voiture ait une importance considérable. J'ai presque envie de vous demander de forcer la portière et de récupérer les clés pour ouvrir le coffre.

— Bon Dieu ! je ne sais pas trop. Ça fait un bail qu'on n'a plus le matos pour ouvrir les portières.

— Et si vous cassiez une vitre ? C'est important.

— Ah, ça... il faudrait que je me renseigne. Je peux vous rappeler ?

— Je préfère rester en ligne.

— Sûr. J'en ai pour une seconde.

Pendant que le flic passait son appel, Lucas dit à Lester :

— Si je commence à me servir de ce téléphone, les gens vont m'appeler dessus sans arrêt, et très vite je deviendrai aussi dingo que vous tous.

— C'est très agréable au bout d'un moment, répliqua Lester. Les gens t'appellent, tu te sens important. Très vite, tu commenceras à envisager l'achat d'un bip.

— Tu parles...

— Tu ne connais pas encore le grand frisson de celui qui est joignable.

Franklin parut sur le seuil, et Lucas et Lester se retournèrent en même temps.

— Je croyais que tu étais avec Jael Corbeau, fit Lucas.

— Elle est juste à côté, répondit Franklin, tendant le bras sur sa gauche. En train de causer avec une infirmière. Si tu veux, je peux descendre l'infirmière.

— Ça va, intervint Rose Marie.

Franklin s'enquit de Marcy, et Rose Marie le renseigna.

Sur ces entrefaites, l'agent de Maplewood revint à Lucas.

— Commissaire ? Mon chef veut vous parler. Vous avez un numéro où il peut vous joindre ?

— Ne quittez pas. (Il tendit son téléphone à Lester et lui dit :) Refile-lui ton numéro de portable.

Lester donna son numéro, puis rendit le téléphone à Lucas. Lucas entendit l'agent de Maplewood répéter le numéro à un tiers et, deux secondes plus tard, le téléphone de Lester sonna. Il le passa à Lucas.

— Allô ?

— Si on abîme cette voiture, demanda le chef de la police de Maplewood, est-ce qu'on aura des poursuites ?

— Il se peut qu'il s'agisse d'une affaire criminelle, dit Lucas en levant les yeux au ciel. C'est la raison pour laquelle on ne veut pas la déplacer, on ne sait jamais. J'assume la responsabilité. Si la ville se débine, je paierai la vitre de ma poche.

— Soit, dit le chef de la police de Maplewood.

Lucas l'entendit ordonner quelque chose en fond sonore. Il colla son propre téléphone contre son oreille gauche au moment où l'agent du parking de la 3M disait :

— D'accord, on pète la vitre.

261

— En ramassant les clés, rappela Lucas, n'oubliez pas de mettre des gants. Juste au cas où.

À son oreille droite, le chef de Maplewood conseilla :

— Allez-y mollo.

— Oui, dit Lucas. Merci.

Et il rendit son téléphone à Lester, pendant que l'agent du parking lui déclarait :

— On n'aura pas besoin de la clé. Il y a une commande d'ouverture du coffre.

Côté 3M, Lucas entendit un fracas étouffé, puis le cliquetis d'une portière ouverte, et enfin la voix du policier de Mapplewood :

— J'ouvre le coffre.

Et, une seconde plus tard :

— Ah, merde...

— Quoi ? fit Lester, les yeux rivés sur Lucas.

Franklin et Rose Marie, entendant le ton de Lucas, cessèrent de parler et le fixèrent. L'agent de Maplewood revint en ligne :

— J'espère que ce type n'était pas un ami à vous.

— Nom d'un chien..., grommela Lucas en se levant. Ça ressemble à quoi ?

— On dirait que quelqu'un lui a défoncé le crâne d'un coup de pelle. Plus mort que ça tu meurs.

— Un petit bonhomme ? La soixantaine ? Les cheveux longs pour son âge ?

— Oui. C'est ça. Que fait-on ?

Lucas scruta Rose Marie :

— Ça nous en fait un de plus. Je ne crois pas que celui-là soit lié à Alie'e. Plutôt à Sandy Lansing.

— C'est en rapport avec l'affaire Maison ? s'enquit l'agent au bout du fil.

— Et la famille d'Alie'e, où est-ce qu'on la case ? demanda Rose Marie.

— Peut-être que Tom Olson est barré dans un

262

délire de vengeance – mais les premiers meurtres, ceux qui ont tout déclenché, sont liés à Lansing.

— Vous parlez à qui, là ? questionna le policier de Maplewood, perplexe.

— Un instant, dit Lucas à Rose Marie. (Puis, dans l'appareil :) Je me mets en route dans quelques minutes. Vous êtes où exactement ?

Il enregistra mentalement l'adresse et coupa le téléphone.

— Est-ce qu'on va pouvoir éviter de parler de Deal ? demanda Lester. Aux médias, je veux dire.

— Peu probable. Les flics de Maplewood savent que c'est en rapport avec Alie'e, alors... la nouvelle va filtrer.

— Ça nous fait un flic blessé et quatre meurtres en un jour, dit Rose Marie en considérant tour à tour Lester, Franklin et Lucas. Qu'allons-nous devenir ?

Lucas quitta la chambre, retrouva Jael tassée sur une chaise à côté du poste des infirmières, pendant que Franklin rejoignait la porte extérieure du service. Jael le vit et se leva.

— Comment vous sentez-v..., commença Lucas.

Jael noua les bras autour de sa nuque, posa le front sur son épaule et se pendit à lui.

— À ramasser à la petite cuiller, murmura-t-elle au bout d'un moment. Je n'en peux plus.

17

Derrick Deal était aussi mort qu'on puisse l'être ; le policier de Maplewood n'avait pas menti en disant qu'il semblait avoir reçu un coup de pelle sur le crâne. Le faisceau de la torche de Lucas se promena un instant sur le visage du cadavre. Le côté gauche du front et l'orbite gauche étaient enfoncés, et une autre marque de coup suivait la ligne de l'arcade sourcilière droite. Par conséquent, alors que son sourcil gauche avait totalement disparu, le droit ressemblait à un mille-pattes écrasé.

— Sauf que ce n'est pas une pelle qui a fait ça, estima Lucas en observant le corps. À mon avis, on l'a frappé avec une chaise.

— Vous croyez ?

— Oui. Dans le temps, j'ai travaillé sur une affaire où un mec avait agressé sa mère avec une chaise de cuisine. Il nous a dit qu'il croyait qu'elle allait se briser comme dans les films. Il aurait aussi bien pu la frapper avec un tuyau en plomb. Le visage de la vieille avait tout à fait cet aspect-là. (Il désigna la marque qui barrait le profil droit de Deal.) Je parierais sur une vieille chaise en bois. Le meurtrier l'a

264

empoignée par le dossier, comme dans les films, et il l'a frappé en pleine figure avec la tranche du siège. C'est un des pieds qui lui a fracassé l'arcade. Vous allez vraisemblablement retrouver une trace de l'autre pied sur son cou ou sur son torse.

— J'en parlerai au légiste, dit l'agent. C'est mon premier meurtre à la chaise...

Lucas, d'humeur mélancolique, s'attarda sur les lieux jusqu'à l'arrivée du médecin légiste. Il réussit à convaincre un technicien de la police scientifique de fouiller sans tarder les poches de Deal. Elles renfermaient un portefeuille contenant huit dollars en billets, deux dollars et onze *cents* en monnaie, un ticket de retrait de vingt-cinq dollars au distributeur et un porte-cartes de cuir noir. Dans le porte-cartes, une douzaine de cartes de visite de l'hôtel Brown.

— Pas de carnet d'adresses ? s'enquit Lucas.

— Je n'en vois pas, répondit le technicien.

Lucas jeta un regard pensif sur le visage écrabouillé du mort avant de remonter dans sa voiture et de partir vers le pavillon de Deal.

Deal savait quelque chose. Lucas l'avait lu sur ses traits quand il était allé le trouver, mais il n'avait pas réussi à déceler sur quel point précis il mentait. Après son départ, Deal était sans doute sorti dans l'idée de se faire un peu d'argent de poche. Quelques dollars de rab pour joindre les deux bouts – ou ce qui avait besoin de l'être. Mais faire chanter un meurtrier n'était pas forcément judicieux, surtout quand celui-ci n'avait rien à perdre... Maintenant, en tout cas, ils disposaient d'un début de piste. Deal connaissait le meurtrier – ou du moins un moyen de se mettre en rapport avec lui. Ils n'étaient plus qu'à trois longueurs de distance. Un bon coup de reins, et ils l'auraient.

Les policiers de Maplewood avaient déjà ouvert le pavillon de Deal. Une triste enfilade de pièces exiguës, un espace rationnel et totalement dénué de fantaisie pour dormir, manger, regarder la télévision. Deal ne possédait pas d'ordinateur ; ils ne trouvèrent pas davantage son carnet d'adresses. Il devait pourtant en avoir un, mais le meurtrier l'avait peut-être embarqué.

Lucas resta sur place jusqu'à ce qu'il soit sûr qu'il n'y avait plus rien à trouver puis mit le cap sur l'hôtel Brown. En chemin, il téléphona à l'hôpital. Les médecins avaient fini d'opérer Marcy, lui annonça Rose Marie, mais elle n'était pas encore sortie de la salle d'op. Ils s'apprêtaient à la transférer aux soins intensifs.

— Le chirurgien pense qu'elle s'en tirera, dit Rose Marie. Mais ils vont la garder encore un moment sous anesthésie. Pour éviter qu'elle s'arrache un tuyau.

Le nœud qui encombrait la gorge de Lucas se desserra d'un cran.

— Bon. Tant que le cœur tient le coup...

— Elle a été touchée plus bas que ce qu'on nous avait dit. La balle est entrée en diagonale sous le sein, donc elle est ressortie quasiment de côté. Elle devait être en train de pivoter au moment de l'impact.

— Et la balle dans la balustrade ? Elle a été identifiée ?

— On l'a récupérée, mais elle est écrasée. Il ne va pas être possible d'identifier l'arme. Le labo peut juste signaler que c'est une balle de 44 Magnum à pointe creuse.

— Ce n'est donc pas le même flingue qu'à Bloomington. Et si c'était un meurtre-suicide, pourquoi Olson se serait-il donné la peine de planquer l'arme ?

Au Brown, la jolie Noire était assise derrière le comptoir de la réception. En voyant entrer Lucas, elle glissa un mot à sa collègue et quitta son poste de travail. Lucas jeta un coup d'œil à son badge et son prénom lui revint : India.

— Nous avons appris ce qui était arrivé à Derrick, dit-elle. C'est parce que vous êtes venu lui parler ?

— Je n'en sais rien, répondit Lucas. Mais j'ai besoin de voir son bureau. Soit je demande un mandat de perquisition, soit je jette simplement un coup d'œil.

— Vous me permettez de poser la question au directeur ?

— S'il le faut. Mais je tiens à être en vue du box de Derrick au moment où vous lui poserez la question.

— Je vais le prévenir. Je suis désolée, mais mon travail...

— Bien sûr.

Lucas rejoignit la salle où travaillait Deal. Un autre employé, installé à trois box de celui de Deal, était penché sur une vieille calculatrice mécanique. Il décocha un regard à Lucas.

— Je peux vous aider ?

— J'attends le directeur.

— Z'êtes de la police ?

— Oui.

L'homme se redressa sur sa chaise. Il avait l'âge de Deal et, comme lui, il était un peu lourd, un peu dégarni, avec des avant-bras couverts de poils noirs et drus. Il noua les mains sur sa nuque et dit :

— Je ne sais pas exactement ce qu'il magouillait, mais c'était un type louche. Il avait toujours un plan mirifique à proposer pour s'enrichir rapidement.

— Vous connaissez quelqu'un qui a mordu à l'hameçon ?

267

— Non, pas chez nous. Il n'inspirait pas franchement confiance.

— Ce n'était pas un si mauvais bougre.

— Hé, certains de mes meilleurs potes vendent des bagnoles d'occase. Ils ont tous une affaire en or sur le feu quelque part. Je les aime bien, mais pour rien au monde je ne leur confierais mon fric.

La porte de la salle s'ouvrit, et un grand type en costume bleu nuit entra, talonné par India. Il avait un nez crochu, des yeux très rapprochés d'un vert liquide et une pointe de cheveux noirs – trop noirs – au sommet du front. Il ressemblait vaguement au prince Philip et devait s'en être rendu compte parce qu'un mouchoir de soie rouge émergeait de sa poche pectorale. Il examina Lucas de la tête aux pieds et, avant même qu'il ait eu le temps d'ouvrir la bouche, Lucas le jugea antipathique.

— Vous êtes policier ? interrogea-t-il, l'air d'en douter. Pourriez-vous vous identifier ?

Il avait une voix parfaitement ronde de baryton anglais.

— Oui, mais en général on évite de débarquer avec ce bon vieux gyrophare dans des endroits aussi classes..., répondit Lucas en promenant sur la salle un regard enveloppant, comme si le plafond lui-même était susceptible de lui témoigner de l'hostilité.

India l'observa à la dérobée, et les coins de sa bouche se relevèrent. Lucas ouvrit son portefeuille, mit son insigne sous les yeux du directeur.

— On peut vous fournir de la paperasse si vous le voulez. Sinon, je me contenterai de jeter un rapide coup d'œil aux affaires de Deal.

— Ma foi, je ne pense pas que vous ayez besoin d'un mandat de perquisition pour ça. Nous sommes tous désireux de vous aider à découvrir ce qui est arrivé à Derrick. (Le directeur rejeta la tête en arrière, la meilleure position pour regarder quelqu'un de haut.) Il s'était amendé, vous savez. Il faisait du très bon travail.

— Alors, fit Lucas en haussant les épaules, peut-être que ce n'est qu'un accident.

Le directeur haussa un sourcil – un seul.

— Nous avons entendu dire qu'il avait été retrouvé dans le coffre d'une voiture, le visage fracassé.

Lucas hocha la tête.

— Vous avez raison. Ce n'est sans doute pas un accident. Moi-même, je n'y ai jamais cru. (Ce petit jeu commençait à le lasser.) Bon, je peux regarder ?

— Oui, mais j'aimerais qu'un membre du personnel reste avec vous, dit le prince Philip en inclinant la tête vers India.

— Bien sûr... Aucun problème.

Dès qu'il fut reparti, India pouffa.

— D'où sortez-vous cet accent ? demanda-t-elle.

— Et lui, d'où sort-il le sien ? répliqua Lucas tandis qu'ils s'approchaient du box de Deal.

— Du même endroit que Cary Grant.

— Vraiment ? Cary Grant ?

— Ils sont nés l'un et l'autre à Bristol, en Angleterre.

— Ah oui ? (Il venait de repérer un répertoire d'adresses sur le bureau de Deal.) Voilà ce que je cherchais.

Il fit défiler les fiches et, aux deux tiers de sa lecture, s'arrêta sur un nom. Il le relut deux fois : Terrance Bloom. Il parcourut la liste des invités de la fête de Silly Hanson, puis téléphona à Lester à la Criminelle.

— J'ai sous les yeux le répertoire de Derrick Deal,

et je viens d'y trouver le nom de Terrance Bloom. Il figurait aussi sur la liste des invités.

— Donne-moi son adresse et son téléphone, dit Lester.

Lucas lut les coordonnées de Bloom, et Lester se mit à pianoter sur son clavier d'ordinateur.

— Ne quitte pas une seconde. Je suis en train d'ouvrir le fichier... Ouais, c'est bien lui.

— Il faut l'alpaguer, fit Lucas. Ça pourrait donner quelque chose.

— Attends un peu, ne quitte pas... (Lucas attendit un moment supplémentaire, dans un silence ponctué par le cliquetis des touches de l'ordinateur. Enfin, la voix de Lester revint en ligne :) Il n'est pas sur la liste téléphonique de Lansing.

— Merde.

— Bah... si c'est son fournisseur, ça s'explique. Elle le connaît sûrement par cœur, et lui ne tient pas à ce qu'on puisse remonter jusqu'à lui.

— Oui, mais écoute, tâche de mettre quelqu'un de bon là-dessus. C'est notre premier indice sérieux.

— Absolument. Tu es au courant pour Marcy ? Je veux dire, tu sais qu'elle va être transférée aux soins intensifs ?

— Oui, on me l'a appris tout à l'heure.

— Pareil pour moi... Elle va s'en tirer.

— Oui, s'il existe un minimum de justice dans ce monde de merde. On se rappelle plus tard.

Lucas passa encore un quart d'heure avec India à visiter l'ordinateur de Deal, mais, apparemment, Deal n'utilisait pas le courrier électronique, et Lucas ne trouva aucun fichier de données. Il devait pourtant y en avoir, mais peut-être avaient-ils été stockés sur disquette. Il éteignit l'ordinateur, colla sur l'écran un mot manuscrit disant *Ne pas toucher – Police de Minneapolis* et dit à la réceptionniste :

— Je vais demander à un informaticien de venir jeter un coup d'œil sur cette bécane. Ne laissez personne l'approcher, d'accord ?

— Je vais prévenir Philip.

— Philip ? Qui est-ce ?

— Le directeur.

— Juré, devant Dieu ? Philip ?

Del rappela Lucas sur le chemin de l'hôpital.

— J'ai localisé la partie de cartes. Elle a commencé dans la soirée et doit se prolonger jusqu'à demain matin cinq heures. Une mise de vingt-cinq mille dollars par tête.

Bonne nouvelle. Ils avaient le nom de Bloom, mais rien ne garantissait que Bloom soit leur homme. Ils avaient donc toujours besoin de Trick – et d'Al-Balah.

— Ça se passe où ?

— Chez Pat Kelly. Tu te souviens de lui ?

— Oui... Où est-ce qu'il crèche maintenant ?

— Il s'est acheté une bicoque au sud de la ville, du côté de Minnehaha Creek. Il y a fait construire un triple garage sur deux niveaux, chauffé et tout, au fond de son jardin. Apparemment, la partie se joue au-dessus du garage.

— Ils y sont en ce moment ?

— Oui. Tu veux qu'on se retrouve ?

— Absolument. On va demander un coup de main à... voyons, que fait Franklin ?

— Toujours avec Corbeau, répondit Del.

— Et Loring ?

— Je l'ai croisé de bonne heure ce matin, il a donc sans doute fini son service – mais Loring est toujours partant pour faire un peu de rab.

— Passe-lui un coup de fil. Je te retrouve au Pasties dans une heure.

Rose Marie était rentrée chez elle, mais une infirmière de nuit laissa Lucas accéder à la salle des soins intensifs où reposait Marcy. Elle était à moitié assise sur son lit, avec un tube d'assistance respiratoire dans le nez et des perfusions aux deux bras. Un écheveau de câbles emberlificotés autour de la tête du lit la reliait à divers appareils de contrôle. Il émanait d'elle une odeur de désinfectant et aussi de quelque chose d'autre : de pourriture, ou de chair à vif. Lucas connaissait cette odeur, mais jamais il n'avait réussi à mettre un nom dessus.

Il s'assit sur une chaise à côté du lit, regarda Marcy respirer cinq minutes avant de dire :

— On a deux ou trois choses sur le feu, deux ou trois pistes. Tu vas t'en sortir. On en a parlé aux toubibs. En attendant, tu dois continuer à dormir.

Peut-être l'avait-elle entendu, quelque part dans un recoin de son cerveau. Il sortit à reculons de la chambre, pivota sur lui-même et manqua heurter une femme immobile devant la porte.

— Lucas, souffla-t-elle avec un imperceptible sourire.

— Weather...

Son cœur fit un bond dans sa poitrine. Ce qui ne lui arrivait pratiquement plus jamais ; et malgré tout, c'était la troisième fois en trois jours, après Catrin et Jael Corbeau.

— Je voulais juste... Marcy... tu sais.

— On m'a prévenue. Je venais voir comment elle allait, dit Weather.

C'était une petite femme aux épaules larges d'athlète. Elle avait un nez légèrement recourbé et peut-être un tout petit peu trop long. Ses yeux étaient d'un bleu intense, ses cheveux courts imperceptiblement striés de blanc. Elle devait avoir trente-huit ans, estima Lucas. Et nom d'un chien, elle ne manquait pas d'allure.

— J'en ai parlé à Hirschfeld – c'est lui qui l'a opérée –, et d'après lui, elle a de bonnes chances. Elle était mal en point à son arrivée, et il était inquiet, mais ils ont réussi à la remettre sur les rails.

— Elle a été salement touchée.

— Encore un dément, Lucas. Il en arrive toujours un nouveau. À peu près quatre fois par an. La criminalité baisse. Les cambriolages, les viols, les braquages, même les meurtres sont en baisse, mais pas les crimes de déments.

Elle était chirurgienne. Elle avait affaire aux victimes – surtout aux enfants.

— Les autres commencent à être trop vieux pour le crime.

— Ils ont du boulot, dit Lucas. Le boulot guérit tout. Et le crack est en chute libre.

Elle leva les yeux sur lui – un petit bout de femme aux épaules un peu trop larges, des épaules d'acrobate – et demanda :

— De quoi est-ce qu'on parle ?

— Je ne sais pas.

— Tu veux un café ?

— Il faut que je file. Dans le sud. Une porte à enfoncer.

Elle esquissa un vrai sourire.

— Lucas... On se revoit un de ces quatre ?

Il laissa passer quelques secondes en silence, puis :

— Tu crois ?

— Si tu as le temps... un jour prochain.

— Quand tu voudras. Quand tu voudras, sauf maintenant. Il faut que je... Il faut que je...

Il la quitta à reculons quasiment jusqu'à la porte du service, de la même façon qu'il avait quitté la chambre, se retourna et sortit.

Dans son dos, le sourire de Weather s'estompa ; elle l'avait entendu parler à Marcy. Durant ces quelques secondes, songea-t-elle, quelque chose avait changé. Peut-être.

Lucas traversa la ville vers le sud en se repassant mentalement son dialogue avec Weather. Une fois, puis une seconde. Son aspect, ses propos. Elle avait autrefois acheté une robe qu'elle projetait de porter le jour de son mariage avec Lucas, qui n'avait jamais eu lieu. Leur relation s'était dissoute dans le sang à l'intérieur de ce même hôpital où ils venaient de se reparler, où Marcy venait de se faire charcuter ; encore une histoire de démence qui avait tourné au vinaigre malgré tous les efforts de Lucas. Weather Karkinnen. Elle aurait voulu des enfants, deux ou trois...

Le Pasties était une gargote du côté de Lyndale Avenue. Au début, on y avait servi des tartes à la viande immangeables, mais maintenant les clients n'avaient plus le choix qu'entre du bacon frit, des saucisses frites et des hamburgers frits, accompagnés de frites maison ou de pommes de terre sautées au ketchup et d'une tarte aux pécans plus que douteuse. La feuille de laitue n'était pas obligatoire ; et le café avait un goût de lavasse. En revanche, le Pasties était ouvert toute la nuit, il disposait d'un présentoir de journaux gratuits près de l'entrée, et personne ne râlait si un client mettait une heure à siroter sa tasse.

Del était en grande conversation avec le barman

quand Lucas arriva. Tandis que Lucas s'installait à une table, Del abrégea son discours et le rejoignit, suivi par le barman qui apportait une cafetière en plastique et deux tasses. Maigre comme un tubard, il arborait des lunettes rondes à la John Lennon et une tignasse hirsute ; un bout de cigarette éteinte et sans filtre roulait entre ses lèvres gercées.

— En tout cas, c'est ce qui m'est arrivé, dit le serveur à Del en secouant la tête. J'aurais dû faire gaffe. Il m'a raconté qu'il voulait juste rester deux jours.

— Je vais vous confier un truc – ces accordéonistes sont plus vicelards qu'il n'y paraît, fit Del. L'essentiel de leur musique est fichtrement romantique. *Blue Skirt Waltz*, vous connaissez ce morceau ? Et vous savez comme moi que les gonzesses adorent danser.

— Je ne me suis pas plus méfié que si ç'avait été un... un... un joueur de banjo ou ce genre-là.

— Ç'aurait pu être pire, fit Del.

— Ah ouais ? Comment ça ?

— Elle aurait pu partir avec un membre des Eagles.

Le barman ne rit pas. Il se contenta de secouer la tête et de se replier vers son comptoir. Del regarda Lucas et soupira :

— Ah, les peines de cœur...

Lucas n'avait aucune envie d'entendre parler de ce genre de chose.

— Tu as joint Loring ?

— Il devrait être ici d'une minute à l'autre. Et toi, tu es passé à l'hosto ?

— Elle a vraiment une sale gueule, Del. Sa peau a la couleur d'une feuille de papier.

— Elle va s'en tirer.

— Ils lui ont transfusé un million d'unités de sang.

Qu'elle a pissé aussi vite qu'ils le lui injectaient dans les veines.

— Écoute... Ils ont stoppé l'hémorragie, non ? C'est l'essentiel avec ce genre de blessure. Stopper l'hémorragie.

— OK, fit Lucas.

Il était fatigué. Il n'avait guère dormi depuis son départ du chalet, trois jours plus tôt. Et il se sentait poisseux. Littéralement poisseux, au point qu'il mourait d'envie de se doucher, là, tout de suite. Il but une gorgée de café. Il était à l'image de son prix : médiocre.

— Ça n'est plus drôle, reprit Lucas.

— Ça l'a été ?

— Bien sûr que oui. Quand on n'avait qu'Alie'e et Lansing – et tous les médias sur le dos, toute cette attention, tout ce joli monde en train de cavaler dans tous les sens –, d'une certaine façon, c'était drôle.

— J'aurais choisi un mot différent.

— Chipote pas – c'était drôle. Tu t'éclatais, Del. Moi aussi. Et le maire, et Rose Marie. Jusqu'au moment où Marcy s'est fait descendre.

— Ouais, bon...

Ils parlaient dans le vide, pour rien, quand Loring les rejoignit. Loring était un type immense, que la nature avait doté de mâchoires carrées et d'une expression naturellement féroce. Il portait un imper noir sur un jean et une paire de mocassins bruns bon marché. Il prit une tasse au comptoir, vint s'asseoir à côté de Del, remplit sa tasse, y versa une montagne de sucre.

— Chez Pat Kelly, dit Lucas.

— Oui, fit Loring. Il s'est payé un garage à trois places. Il y organise une partie ou deux par mois. Il s'imagine que c'est une bonne façade.

276

— Tu es déjà entré dedans ?

— Non, mais on me l'a décrit. Une porte à l'arrière, et un escalier, avec une autre porte en haut de l'escalier. Des chiottes, un frigo et un distributeur de boissons fraîches. Une grande table. Kelly donne les cartes.

— Des gorilles ?

— C'est à voir. J'ai demandé, et le type à qui j'ai posé la question n'en avait jamais vu aucun. Mais il s'agissait de petites parties, deux ou trois mille de mise. Si les infos de Del sont bonnes, et s'il y a sept joueurs, ça fait cent soixante-quinze mille dollars sur la table. Alors, probable qu'il y aura des gorilles.

— Je ne tiens pas à me retrouver nez à nez avec un connard au doigt crispé sur la détente d'un AK, grommela Del.

Il bâilla, versa dans sa tasse le reste de café.

— Kelly est trop futé pour ça, déclara Loring. Il prendrait des bons.

— Je déteste les mauvais gorilles, dit Del. Ces fiottes qui se la jouent caïd avec une batte de base-ball et un calibre.

— C'est bien pour ça que je tenais à avoir Loring, intervint Lucas. On pourra toujours se planquer derrière lui.

— Et moi qui croyais que c'était pour mon intelligence, lâcha Loring. Depuis le début, vous ne pensez qu'à mon corps !

La maison de Pat Kelly donnait sur une rue étroite et bordée d'arbres où le moindre appentis se négociait à un demi-million de dollars. La façade était revêtue de lattes de cèdre que la patine avait assombries au fil des ans. Une lumière pâle filtrait entre les rideaux du séjour, distillée par une lampe couverte d'un abat-jour blanc à franges. Une double allée menait vers le fond du terrain, où un garage imposant dépassait de l'arrière de la maison principale. Ce garage avait été construit dans le même style, mais les lattes de cèdre étaient plus claires et plus rouges. Neuves. La seule lumière à proximité provenait de la véranda bordant l'arrière de la maison – une lampe jaune, censée décourager les insectes.

Les policiers se garèrent dans la rue, se réunirent et s'avancèrent dans l'allée.

— Pas de lumière dans le garage, dit Lucas.

— C'est fait exprès, expliqua Loring. Aucune fenêtre. Tu as beau passer juste à côté, ça ressemble à tout sauf à un casino.

— Plutôt rupin comme endroit, murmura Del.

Ils entreprirent de remonter l'allée, d'abord épaule contre épaule, puis commencèrent inconsciemment à se déployer en tenaille. Chacun approcha la main de sa hanche, en quête du contact froid et réconfortant de son arme. Ils étaient en train de passer à la hauteur de la maison quand une voix dans l'obscurité les interpella :

— On peut vous aider, messieurs ?

— Police, répondit Lucas.

Combien de personnes y avait-il derrière ce « on » ? C'était rigoureusement impossible à dire.

— Nous cherchons un joueur.

— Pourriez-vous vous identifier ?

Lucas n'avait toujours pas repéré l'origine de la voix. Il sentit Del s'écarter un peu plus de lui sur la gauche pendant que Loring faisait de même sur la droite, centimètre par centimètre, pour ne pas risquer d'être tous trois fauchés par la même rafale. Une pointe de stress... Il sourit et brandit son insigne.

— Lucas Davenport, dit-il. Et deux camarades.

La voix parla tout bas – dans un téléphone portable, supposa Lucas – et, une ou deux minutes plus tard, une porte s'ouvrit dans la façade latérale du garage. Pat Kelly en émergea. Un homme svelte, aux cheveux blancs, vêtu d'une chemise blanche à col ouvert. Il promena un regard circonspect sur l'allée et :

— Davenport ?

— Oui, c'est moi, avec Loring et Del.

— Ça alors ! Comme au bon vieux temps ! Qu'est-ce qui se passe ?

— Trick Bentoin est là-haut ?

— Qu'est-ce qu'il a fait ?

— Il est là ?

— Eh bien...

— On va monter le chercher.

— Vous allez faire peur à mes invités, dit Kelly. Ce ne sont que des amis.

— Ouais, ouais, lâcha Lucas, impatient. Vous avez entendu parler de l'inspectrice qui s'est fait flinguer cet après-midi ?

— Oui. Qu'est-ce qu'elle a à voir avec Trick ?

— Quelque chose. On va monter.

— Si je lui demandais plutôt de descendre ?

— Non. Il pourrait décamper. Il va falloir qu'on monte, Pat. Par contre, la manière dont ça va se passer dépend de vous.

Kelly secoua la tête.

— Hé, si vous voulez monter, allez-y, c'est vous les flics.

Ils trouvèrent sept types assis autour d'une table à tapis vert dressée sur une moquette beige. Il n'y avait pas d'argent en vue, ni de jetons ni de cartes – rien qu'un air général d'innocence quelque peu voilé par la fumée des cigares. Dans un coin de la pièce, un

279

téléviseur diffusait des images d'ESPN ; la chaise de Trick Bentoin faisait face à l'écran. À l'exception de Trick, tous les autres étaient bien en chair, et vêtus d'une chemise de soirée. Les vestes reposaient sur les dossiers des chaises en bois rustiques. Trick était mince et ressemblait vaguement à un cow-boy de pub pour cigarettes.

— Trick, annonça Lucas, tu vas devoir solder ton compte. On a besoin de toi.

— Moi ?

Il parut surpris. Les six autres joueurs le regardèrent.

— Ouais, à propos de cette affaire avec Rachid Al-Balah...

— Hé, on est en plein milieu de *Sports*...

— *Sports* quoi ? interrogea Del.

— *Sports Talk* !

— Désolé, mais *Sports Talk*, c'est de la radio. Et le seul endroit où tu te sois jamais intéressé au sport, c'est chez ce bookmaker de Vegas. Suis-nous.

— Et si je vous disais que je suis en veine ?

— Suggère à tes copains de t'attendre jusqu'à ton retour, dit Loring.

Un des joueurs émit un grognement, deux autres sourirent.

— Désolé. On a besoin de toi, reprit Lucas.

Il promena les yeux sur les joueurs – mis à part le grogneur, aucun ne proféra le moindre mot, ni n'osa affronter son regard.

— On t'attend au pied de l'escalier, ajouta-t-il.

Pat Kelly suivit les trois policiers au rez-de-chaussée.

— Vous avez fait preuve d'une relative civilité, commenta-t-il.

— Plutôt mignon comme endroit, fit Lucas. Mais...
tâchez de ne pas pousser le bouchon trop loin.

— Je ne le pousse jamais trop loin, répondit Kelly
d'un air affable. Jamais, au grand jamais.

Trick Bentoin les rejoignit une minute plus tard tout
en enfilant son blouson fripé.

— Me voilà refait de quatre mille, ronchonna-t-il
en secouant la tête.

— Je croyais que tu étais en veine, fit Lucas.

— C'est vrai. J'avais perdu neuf mille. Deux
heures de mieux et je les aurais plumés jusqu'à l'os,
tous autant qu'ils sont. (Il dévisagea les trois policiers.) Hé, les gars, je ne vais pas me tirer. Bon,
qu'est-ce qu'on fait ?

— Il faut qu'on t'emmène à Stillwater demain,
pour une petite discussion avec Rachid Al-Balah.

— Vous auriez pu m'appeler. Je serais venu.

— On ne savait pas où te joindre. On n'était même
pas sûrs que tu serais ici. Et puis, suppose qu'on ait
appelé et que tu aies estimé qu'on te dérangeait...

Lucas laissa mourir sa voix.

— Quoi, vous allez me mettre en taule ?

— Disons, répondit Lucas, qu'on ne veut prendre
aucun risque.

— C'est trop chiant ! Je vais encore me taper un de
ces cinglés qui hurlent toute la nuit. J'ai besoin de dormir, moi.

— J'ai une chambre libre chez moi, dit Loring. Si
tu es sûr de ne pas avoir l'intention de filer.

— Je ne filerai pas. Enfin, les gars, vous me
connaissez, non ?

Lucas réfléchit un instant, puis :

— D'accord. Comme ça, on n'aura pas à perdre
notre temps avec la paperasserie.

— Tu veux que je te l'amène chez toi demain matin ? proposa Loring. Je démarre de bonne heure.

— Je serai au bureau vers huit heures, dit Lucas. Retrouvons-nous plutôt là-bas. Je vais passer quelques coups de fil dès ce soir pour préparer la confrontation.

— J'irai avec toi, intervint Del. À Stillwater.

— Marcy va s'en tirer, fit Loring.

— Ouais. La seule chose que je vous demande, c'est de ne pas m'appeler à l'aube, grommela Lucas. Aucun coup de fil à l'aube, d'accord ?

18

Mardi. Quatrième jour de l'affaire.

Malgré son épuisement, Lucas n'avait pas réussi à dormir. Incapable de chasser de son esprit Marcy, Weather. Pas plus que Catrin. Jael Corbeau était là aussi, tapie dans un coin. Sans compter qu'il s'était revu dans l'étable avec Mme Clay, le soir où il avait rapporté le bateau à son ami, et qu'il avait pensé à ce qui aurait pu advenir en d'autres circonstances.

Il repensa aux Olson, morts ensemble à l'hôtel, et à leur fils en train de courir sur le parking, s'arrachant les cheveux comme pour extirper un démon de son crâne.

Il n'avait pas réussi à dormir, mais devait s'être assoupi tout de même, au moins par moments. Il faut que je dorme, songeait-il quand la sonnerie du réveil l'avait arraché à son lit – sans doute venait-il de traverser une de ces nuits où il lui était impossible de dire s'il était éveillé ou s'il se rêvait éveillé, des rêves balisés de loin en loin par le halo glauque du réveil quand il l'avait regardé à deux, trois, quatre, cinq heures. Il ne se rappelait pas l'avoir vu à six heures, et la sonnerie s'était déclenchée à sept...

Marcy. Il téléphona à l'hôpital, s'identifia. Toujours aux soins intensifs, dans un état jugé critique. Toujours vivante, toujours dans le coaltar. Il resta debout une dizaine de minutes sous la douche, reprenant progressivement ses esprits. Monta en voiture et s'arrêta prendre un café dans une station Super America. S'engagea sur la rampe d'accès au parking couvert du City Hall quelques minutes après huit heures.

Loring l'attendait à la Criminelle, avec Trick Bentoin.

— Del vient d'appeler. Il est en route, expliqua Loring. Il te demande de brancher ton portable.

— Oui, oui.

À son arrivée, Del, qui semblait aussi lessivé que Lucas, se fendit d'un large sourire.

— Ma parole, tu as la tête dans le cul.

— On est deux, répondit Lucas.

— Tu es passé à l'hôpital ?

— Non. J'ai appelé. Elle dort encore.

— Si on y allait ? On se rend toujours mieux compte par soi-même.

Ils ressortirent à pied dans le matin froid, exhalant un filet de buée. Les rues étaient noires de gens apparemment contents de se rendre au travail. La dernière ligne droite avant Thanksgiving et Noël, songea Lucas.

— Noël approche, lâcha Del, interceptant sa pensée au vol.

À l'hôpital, ils n'obtinrent presque rien des infirmières, vu que celles-ci ne savaient presque rien.

— Allons voir si Weather est de garde, suggéra Lucas.

— Ah bon ? fit Del en le dévisageant avec curiosité.

Weather ne pouvait plus voir Lucas en peinture.

284

Jusqu'à l'année passée, en tout cas. Y avait-il du nouveau ?

— Oui. Ramène-toi.

Weather était en train de se changer dans le vestiaire des femmes. Une infirmière alla l'y chercher, et elle sortit peu après en tenue de chirurgien.

— Salut, Del, dit-elle. Tu as l'air... crevé.

— Merci, lâcha sèchement Del.

— Tu as parlé de Marcy à tes collègues ? demanda Lucas. En bas, on n'a rien pu leur soutirer.

— Sa pression artérielle est un peu foireuse, répondit Weather. C'est peut-être le choc, mais Hirschfeld suspecte une fuite. Ils la surveillent.

Lucas paniqua.

— Une fuite ? Ce qui veut dire ?

Weather lui effleura la main.

— Lucas, ce sont des choses qui arrivent. Dans l'état où elle nous est arrivée, ce serait un miracle que tout se soit déroulé à la perfection. S'il y a une fuite, elle n'est pas massive. C'est juste un petit foirage.

— Nom d'un chien, Weather...

— Tu vas devoir surveiller ton pote, interrompit Weather en se tournant vers Del. Il ne peut rien y faire, mais il est quand même en train de basculer en mode Lucas pur jus.

Lucas était toujours aussi secoué quand ils ressortirent de l'hôpital.

— Vous vous reparlez, Weather et toi ? demanda Del, plus curieux que jamais.

— Je l'ai croisée hier soir. C'était la première fois qu'on s'adressait la parole... depuis une éternité.

— Elle a l'air différente, risqua Del.

Il ne formula pas la fin de sa pensée : *Comme si elle ne te détestait plus.*

— Le temps passe, dit Lucas.

Sur le chemin de la prison, ils discutèrent tactique avec Trick.

— Donc, d'après votre plan génial, récapitula Trick, je reste sagement à faire le poireau dans le couloir jusqu'à ce que vous me disiez de me ramener. Et là, j'entre.

— Oui. Mais quand tu entreras, on veut te voir rayonner comme un putain de soleil, dit Del.

— Rayonner comme un putain de soleil pour Al-Balah..., répéta Trick, écœuré. Si cette pédale crevait dans l'après-midi, je courrais à la cathédrale allumer un cierge pour louer le Seigneur.

— Tu es catholique ? s'enquit Lucas.

— Sûrement pas ! Ces connards passent leur temps à enfiler des perles et à faire des génuflexions.

— Lucas et moi, on est catholiques, dit Del. Et vu que tu as un nom plus ou moins français...

— Vous vous êtes fourré le doigt dans l'œil.

— Tu es quoi, alors ?

Bentoin regarda défiler un champ de maïs et répondit d'un ton amer :

— Je suis un ex-catholique.

Lucas éclata de rire, bientôt imité par Del, pour la première fois depuis la blessure de Marcy.

La salle d'interrogatoire était d'une couleur indéfinie, comme si les peintres avaient disposé d'une gamme de pastels dont aucun n'était disponible en quantité suffisante, ce qui les avait forcés à concocter une tambouille crème-vert-rose-bleu layette dont le résultat avait l'aspect d'une boue pastel. L'avocat d'Al-Balah, un honnête joueur de billard à trois bandes nommé Laziard, assis sur un banc avec son attaché-case à côté du pied gauche, attendait seul en compulsant rêveusement la liste des objets interdits aux détenus. Il leva les yeux quand Lucas et Del entrèrent.

— Diable ! fit-il, un chef adjoint de la police... À croire que vous êtes inquiets. Salut, Del.

— On a peur que vous nous réclamiez un milliard de dommages et intérêts, dit Lucas.

— C'est le bon ordre de grandeur, déclara Laziard d'un ton enjoué pendant que Lucas et Del s'installaient à leur tour sur un banc.

— Du coup, on a pensé qu'il valait mieux vous témoigner un minimum d'intérêt, au cas où on retrouverait Trick.

— Au cas où ? (Un sillon plissa le front de Laziard.) Comment ça, au cas où ? Je croyais que Del l'avait retrouvé.

Del haussa les épaules.

— Je lui ai parlé, mais je ne l'ai pas *arrêté*. Je n'avais rien pour. Il m'a dit qu'il était descendu au Day's Inn, j'y suis passé pour vérifier, et il y était. Mais le lendemain, quand on est retournés le chercher, il s'était envolé. On l'a loupé de peu.

— Le problème, ajouta Lucas, c'est qu'il pourrait être reparti au Panama. Et les services de l'attorney ne veulent pas entendre parler du témoignage de Del. Ils tiennent à voir Trick de leurs propres yeux.

— Qu'est-ce que vous me chantez ? fit Laziard. Qu'est-ce...

La seconde porte s'ouvrit, et les trois hommes se retournèrent à l'unisson. Rachid Al-Balah entra, suivi comme son ombre par un maton. Al-Balah était un Noir au crâne rasé et aux traits rudes, accentués par une barbe de deux jours. Il foudroya Lucas du regard, offrit à Del quelques secondes de haine pure. Le maton lui indiqua son banc. Al-Balah s'assit et demanda à Laziard :

— Ça va durer encore combien de temps ?

— C'est ce qu'on essaie de voir, répondit Laziard.

— Quoi ? Vous essayez de voir quoi ? tonna Al-Balah, élevant la voix au fil des syllabes. Vous allez me sortir de cette putain de taule, oui ou merde ?

— Il y a un os, intervint Lucas. Trick s'est envolé, et les services de l'attorney ne veulent rien savoir. Ils exigent de le voir en personne avant d'entreprendre quoi que ce soit. Je suis sûr qu'on le retrouvera tôt ou tard.

— Tôt ou tard ? beugla Al-Balah. Putain de merde ! J'ai fait ma valise, moi ! Je veux sortir. Tout de suite, fils de pute !

— Ça dégénère, glissa Del à Lucas.

— Quoi ? Qu'est-ce que tu baves, toi ? cria Al-Balah, de plus en plus énervé.

— On se calme, intervint le gardien.

Al-Balah se tourna vers lui. Le maton fit un pas en avant.

— On se calme. Restez assis.

Al-Balah se ratatina sur son banc.

— J'ai fait ma valise, répéta-t-il à Lucas. Vous êtes censé me faire sortir de cette taule. J'ai fait ma putain de valise, mec.

— On fait de notre mieux, dit Del. N'oubliez pas que c'est moi qui ai sorti la nouvelle.

Lucas sauta sur l'occasion.

— À vrai dire, si je me suis déplacé personnellement, ce n'est pas pour discuter de votre libération. Je suis venu parce que j'ai une question à vous poser. (Il se tourna vers Laziard.) J'ai une question pour votre client.

— Une question ?

— Vous avez sûrement entendu parler de l'affaire

Alie'e Maison, expliqua Lucas. Une autre fille a été tuée le même soir, au même endroit.

— Ouais, ouais, j'ai vu ça à la télé.

— Cette fille – Sandy Lansing –, elle dealait. Mais seulement au détail. On aimerait savoir qui est son fournisseur, et on s'est dit que vous deviez être au courant. Ce genre de crapule, ça vous connaît.

Al-Balah secoua la tête.

— Allez vous faire foutre.

— Soit, soupira Lucas en se levant. Je me doutais bien que nos chances étaient minces.

— Quand est-ce que vous me faites sortir ? demanda Al-Balah.

— Dès qu'on aura retrouvé Trick. L'affaire Alie'e nous pose un gros problème d'effectif, mais on dénichera probablement quand même quelqu'un à mettre dessus. Au moins à temps partiel. Dès que le dossier Alie'e sera bouclé. Et si Trick n'est pas reparti au Panama, ou un truc de ce genre, vous devriez être sorti au printemps. L'été prochain au plus tard.

Al-Balah faillit se lever, et le gardien s'éloigna du mur.

— Au printemps ? Au printemps, bordel de merde ?

Lucas haussa les épaules.

— C'est cette saleté d'affaire Alie'e. On n'a pas le temps de souffler. Tout le monde bosse dessus.

— Richie Rodriguez, lâcha Al-Balah.

— Stop ! cria l'avocat.

Mais Al-Balah continua :

— Cette salope se fournissait chez Richie Rodriguez, il a un bureau à Woodbury. Une agence de location d'apparts, ou une connerie de ce genre.

Del se tourna vers Lucas :

— Il y a un Richard Rodriguez sur la liste des invités.

— Ouais, c'est lui. *Richard*. Si vous voulez le faire chier, appelez-le « Dick [1] ».

— Bon sang, grommela Laziard.

Lucas dévisagea Al-Balah :

— Merci. On va faire le maximum pour Bentoin. On vous doit bien ça.

— Tu parles, et vous avez intérêt à me faire sortir d'ici ! Je suis *innocent*, putain de merde !

— Oui, enfin... façon de parler, dit Lucas.

Il suivit Del vers la sortie.

— Vous m'appelez cet après-midi ? demanda Laziard.

Avant que Lucas ait eu le temps de lui répondre, Del ouvrit la porte.

— Ça alors ! s'écria-t-il.

La seconde suivante, il tirait Trick Bentoin par la manche et le faisait entrer dans la salle d'interrogatoire.

— Salut, tout le monde ! lança Bentoin, rayonnant comme un soleil.

— Fumiers, grogna Laziard.

Al-Balah resta pantois mais, après avoir contemplé Bentoin pendant une interminable seconde, il éclata de rire, et l'instant suivant il riait si fort qu'il dut prendre appui sur son avocat. Si fort que Lucas, Del, Laziard et Bentoin se joignirent à son rire et, pour finir, le surveillant aussi.

Sur le chemin du retour, dans la Porsche, le téléphone de Del sonna. Il répondit, écouta un instant puis déclara :

_____

1. Dick, diminutif de Richard, signifie également « bite » en argot. *(N.d.T.)*

— Oui, il est à côté de moi. C'est juste qu'il n'a pas branché son foutu portable. (Il tend l'appareil à Lucas.) C'est Frank.

Lester avait trois nouvelles à annoncer.

— On est sur la piste de la personnalité multiple. Les Olson ont été assassinés. La psy avait vu juste. On a retrouvé un peu de sang de son mari sur le visage de Mme Olson, et vu la façon dont ce sang l'a éclaboussée, elle lui faisait face quand il s'est fait buter. Or, quand on a retrouvé les corps, elle regardait le plafond.

— Donc, il a été tué en premier, déduisit Lucas.

— Absolument. Pourtant, le flingue était à côté de lui.

— D'accord. Et en ce qui concerne ce mec, Bloom, qu'on devait tenir à l'œil ?

— Black s'est penché sur son cas, mais il n'arrive à rien. Il semble vraiment clean.

— On a un meilleur nom à te proposer : Richard Rodriguez. Il est sur la liste.

— Vraiment meilleur ?

— Du caviar. Au fait, tu as vu Lane ? Il devrait être rentré de Fargo.

— Oui. Il est ici.

— Lâche-le sur Rodriguez. La bio complète. On sera là d'ici une demi-heure.

— À tout à l'heure.

— Comment va Marcy ?

— Toujours pareil, je suppose. J'ai pris des nouvelles ce matin à mon arrivée, et personne ne m'a rien dit depuis.

— Dans une demi-heure, répéta Lucas.

Les choses commençaient à bouger, un peu comme quand on regarde fondre la glace d'une rivière au printemps. Il ne se passe rien, rien du tout même, et d'un seul coup, *crac*.

À leur retour, ils conduisirent Trick dans les services de l'attorney du comté, l'y laissèrent, revinrent au City Hall. Lane faisait le pied de grue devant le bureau de Lucas, une liasse de papier sous le bras. Il les vit approcher et s'avança dans le couloir en agitant ses feuilles.

— C'est lui. En tout cas, c'est un dealer. Il est arrivé de Detroit il y a onze ans, il s'est fait interpeller deux fois pour vagabondage. Il possède aujourd'hui plusieurs petits immeubles de rapport ici, à Saint Paul, et dans le comté de Washington, par l'intermédiaire d'une société de placement immobilier de Miami. (Lane parlait à deux cents à l'heure, et les trois hommes s'étaient mis à tourner les uns autour des autres dans le couloir, les yeux fixés sur les papiers.) Il se présente comme gérant immobilier sur sa déclaration fiscale. J'ai examiné ses revenus sur la période. Il a déclaré vingt-deux mille dollars il y a neuf ans, et il en est aujourd'hui à quatre-vingt-dix mille, mais il n'a jamais déclaré ses propriétés. Il n'en a pas besoin.

— Ça se présente pas mal, fit Lucas.

Del hocha la tête.

— Il planque son fric. Mais pourquoi il continue de fourguer de la came s'il possède tous ces apparts ?

— Il a dû les acheter en pyramide, suggéra Lane. Il ne peut pas s'arrêter, pas encore. Peut-être a-t-il un pote à la banque qui sait qu'il a des revenus occultes, parce qu'on dirait qu'il a payé son premier appart en liquide – et personne ne lui a posé de questions. Ensuite, il s'est servi de l'hypothèque pour financer le deuxième, il a payé ses traites pendant un certain temps, puis il a utilisé l'hypothèque des deux apparts pour en acheter un troisième, et ainsi de suite jusqu'à aujourd'hui. La valeur estimée de ses douze apparts est de neuf millions cinq, et peut-être bien qu'ils en valent en réalité douze ou treize. Sauf que, de sa poche, il n'a pas dû injecter plus d'un million dedans.

— Les loyers ne couvrent pas les traites ?

— Si, à condition qu'aucun appart ne soit vacant, répondit Lane. Mais on ne fait jamais du cent pour cent dans la location résidentielle – ou en tout cas pas tout le temps. Ce qu'il fait, chaque fois qu'un locataire déménage, c'est qu'il continue à régler le loyer avec l'argent de la came jusqu'au jour où il en retrouve un autre. Je parierais que l'essentiel de l'entretien se fait au black. Du coup, l'argent de la came reste invisible.

— Et comme il touche son salaire à Miami, personne ne s'intéresse à ce qui se passe ici, ajouta Del.

— Exact, fit Lane. Il paie ses impôts rubis sur l'ongle, il est entièrement réglo. Encore quelques années à ce train-là, et il pourra revendre le tout. Il encaissera la plus-value et se retrouvera multimillionnaire.

— Que se passe-t-il s'il arrête de dealer ? demanda Lucas.

— Impossible, répondit Lane. Il a besoin d'un taux d'occupation de cent pour cent pour équilibrer ses comptes, et le seul moyen d'y arriver est de payer lui-même le loyer des apparts vides.

— Bizarre que personne n'ait rien remarqué, fit observer Lucas.

— Comment veux-tu qu'on le remarque ?

Lucas et Del échangèrent un regard.

— Je n'en sais rien, reconnut Lucas.

— J'en ai parlé à un inspecteur du fisc, déclara Lane. Il ne connaît aucun moyen.

— Ça me rappelle l'affaire des salles de Namiami Entertainment, dit Del.

Namiami Entertainment, une compagnie liée à la mafia de Naples, en Floride, avait racheté trois cinémas pornographiques dans la région des Villes jumelles. Les Villes avaient accueilli favorablement la transaction parce que Namiami avait accepté des conditions plus restrictives que les précédents propriétaires. Namiami avait liquidé les cabines de peep-show individuelles, mis un terme à la vente de produits pour adultes et retiré toutes les enseignes extérieures ; les salles projetaient toujours des films porno, mais elles s'étaient fondues dans le décor. Le nouveau système avait fonctionné pendant des années, jusqu'au jour où les inspecteurs du fisc se demandèrent enfin comment il réussissait à générer un taux de remplissage de soixante-dix ou quatre-vingts pour cent par séance ; une rapide enquête révéla que le taux effectif était plus proche de dix pour cent. Ces cinémas, avait-on découvert, fournissaient à la mafia un moyen rêvé pour blanchir de grandes quantités d'argent en petites coupures.

— Donc, résuma Lucas, on a une morte qui dealait pour la jet-set. Elle se fait assassiner pendant une fête où son fournisseur se trouvait aussi, bien qu'il ait déclaré qu'il ne l'avait jamais vue. Personne d'autre ne semble avoir de mobile – la plupart des gens la connaissaient à peine. Par contre, un autre type qui la connaissait bien, Derrick Deal, ne met pas longtemps à deviner qui l'a tuée. Lui aussi devait connaître Rodriguez.

— D'autant qu'il l'a deviné sans même savoir que Rodriguez était à la fête, dit Del. Il n'avait pas notre liste.

— Exact. Derrick Deal n'est pas à une petite tentative de chantage près. Il tente sa chance et se fait trucider.

— C'est sûrement lui, fit Lane. Rien d'autre ne colle.

— Qu'a dit Rodriguez quand on l'a interrogé ?

— Qu'il est arrivé tard à la fête, qu'il n'a pas vu Alie'e, qu'il ne connaissait pas Lansing, récita Lane. Il s'est ennuyé et il est reparti vers deux heures.

— Il reconnaît donc s'être trouvé sur place assez tard.

— Oui.

— Il va falloir parler de tout ça à Sallance Hanson, proposa Lucas en se tournant vers Del. On passe voir Marcy, puis Hanson. On verra bien ce qu'elle sait sur Rodriguez.

— D'accord.

Et, à Lane :

— Retrouve ce Rodriguez. Sans l'approcher. Contente-toi de le repérer. Reste sur lui. Et ne le lâche pas.

À l'hôpital, une infirmière vit arriver Lucas et Del et vint à leur rencontre.

— Il y a eu un problème. L'officier Sherrill a été ramené en salle d'opération.

— *Quoi ?*

Elle consulta sa montre.

— Il y a un quart d'heure environ. Les médecins ont décidé qu'elle devait y retourner.

— Bon sang ! s'exclama Lucas. C'est grave ?

L'infirmière secoua la tête.

— Je l'ignore. Ils étaient un peu inquiets de sa pression artérielle. Le Dr Hirschfeld a pris sa décision il y a une demi-heure. Cela dit, elle semblait plutôt bien lors de son transfert.

— Elle était consciente ?

— Non.

— Ils en ont pour combien de temps ?

Le regard de Lucas s'échappa vers le couloir menant au bloc opératoire d'urgence.

— Impossible de savoir. Jusqu'à ce que ça soit arrangé.

— Je te l'avais dit, déclara Lucas en s'adressant à Del. J'ai une mauvaise vibration.

— Le Dr Weather Karkinnen est là ? demanda Del.

— Oui. Elle est venue prendre des nouvelles de l'officier Sherrill il y a quelques minutes. Elle doit être en train de faire sa visite du matin.

— Allons-y, dit Lucas.

Ils dénichèrent Weather dans le service de chirurgie, occupée à parler aux parents d'un enfant qui venait de subir une intervention réparatrice à la suite d'un accident de voiture. Lucas passa la tête dans le cadre de la porte. Weather le vit.

— J'arrive dans une minute, dit-elle.

Ils firent les cent pas dans le couloir, en écoutant le murmure indistinct des voix, jusqu'à la sortie de Weather.

— Je ne pense pas que ce soit trop grave, leur dit-elle. C'est effectivement une fuite.

— L'infirmière dit qu'elle avait l'air bien, répliqua Del.

— Ma foi... (Les yeux de Weather se détournèrent de ceux de Lucas.) Elle est en meilleure forme physique que la moyenne des gens.

— Tu es en train de dire qu'elle n'était pas si bien que ça ?

— Il fallait intervenir, Lucas. S'ils avaient attendu, ç'aurait été pire. Hirschfeld a estimé qu'il devait agir sans tarder.

— Elle va s'en tirer ?

Weather hocha brièvement la tête, une seule fois.

— Oui.

Cette fois, son regard soutint celui de Lucas.

Sallance Hanson ne connaissait que vaguement Rodriguez.

— C'est un investisseur immobilier respecté, mais il ne fait pas partie de notre... tribu habituelle. Celle qui fréquente mes soirées. Vous croyez que c'est lui qui a tué Alie'e ?

— On se contente d'effectuer une deuxième vérification sur tout le monde, mentit Lucas. Cette histoire d'investisseur m'intrigue. Notre enquête préliminaire le montre plutôt comme un employé... un gérant d'immeubles, pas un investisseur.

— Ma foi, je ne le connais pas assez, pourtant, c'est vrai qu'il y a quelque chose dans sa façon de parler, dans sa façon de s'habiller... C'est un homme dur, mais il a du goût en matière vestimentaire. Un peu comme vous, en fait. (Elle tendit le bras, souleva le col de la veste de Lucas, lut l'étiquette.) Où avez-vous trouvé ceci ?

— Chez Barneys.

— Vraiment ? Très jolie matière. Vous allez souvent à New York ?

— J'ai quelques amis là-bas. Je leur rends parfois visite. (Il ramena la conversation à Rodriguez.) Qu'est-ce qui vous fait croire que c'est un homme dur ?

— C'est juste que... de temps en temps, un mot lui échappe. Il dit « pouffe », ce genre de truc. Beaucoup d'hommes disent « pouffe », vous savez, quand ils recherchent un effet, ou bien quand ils essaient de vous choquer ou de vous énerver. J'en ai même connu un qui essayait de me faire avaler que c'était un dérivé de « touffe ».

Lucas sourit largement.

— Sûrement un demeuré.

— Oui, eh bien... oui. Mais Richie... j'ai entendu Richard – de loin – utiliser ce mot, en passant. Comme si c'était le mot qu'il utilisait en temps normal – comme si, quand il disait « femme », c'était pour s'efforcer d'être poli. Un homme dur, avec un vernis de politesse qu'il a acquis quelque part. Peut-être dans un livre, ce genre-là.

— Vous savez quelque chose de ses affaires ?

— Non, non. Rien. Même si, chaque fois que je lui ai adressé la parole, c'est de cela qu'il voulait me parler. Il se plaignait tout le temps de ses locataires – les loyers impayés, les déménagements à la cloche de bois, allez savoir.

— Vous ne l'avez jamais vu avec Sandy Lansing ? intervint Del.

— Je n'en ai aucun souvenir.

— Saviez-vous que Lansing dealait ?

Hanson scruta un moment Del, puis Lucas, puis de nouveau Del.

— Écoutez, oui, je suis au courant... j'en ai parlé à mon avocat, et, d'après lui, le reconnaître ne constitue pas un crime. Certaines personnes ont consommé de la drogue pendant la fête, je le sais. Et j'ai entendu dire qu'on pouvait quelquefois s'en procurer auprès de Sandy. Mais je ne voulais pas accuser une morte.

Del se laissa aller en arrière sur le canapé. Il portait un blouson en cuir noir, un jean et un tee-shirt de campagne présidentielle vieux de trente ans sur lequel le slogan était à peine déchiffrable. Il sourit largement, révélant une rangée de dents jaunes.

— Vous auriez dû l'expliquer à Derrick Deal.

Elle parut déconcertée.

— Derrick... ?

— Un type qu'on connaît, fit Del. Il se les gèle dans un tiroir de la morgue.

— Jusqu'à ton intervention, j'essayais d'être gentil avec elle, dit Lucas quand ils furent sur le trottoir.

— Foutue garce. Elle fait partie de ces gens qui vous pousseraient vers le communisme, grommela Del en se grattant la joue (il ne s'était pas rasé depuis deux jours). Quand on aura pris des nouvelles de Marcy, tu devrais peut-être aller souffler deux mots à ton pote Bone.

— Bonne idée. Mais d'abord...

Lucas sortit son portable, l'alluma, composa un numéro.

— Ouais ? répondit Lane.

— Ici Lucas. Tu l'as trouvé ?

— Je l'ai *vu*. J'y suis allé avec Hendrix. C'est Hendrix qui l'avait interrogé après la fête. Il a un bureau à Saint Paul, au rez-de-chaussée d'un immeuble, on le peut mater de la passerelle [1] la plus proche.

— Tu le vois en ce moment ?

— Non, mais je surveille la porte par laquelle il sortira. Je ne le lâche pas.

— Prends quelques photos – on pourrait avoir besoin de montrer sa bouille ici et là.

— D'accord.

— Et dès qu'il se rapproche de Minneapolis, appelle-moi. Je vais laisser mon portable branché. J'aurai probablement besoin de jeter un coup d'œil sur lui dans l'après-midi, où qu'il soit.

---

1. Dans le centre de Saint Paul, un réseau de passerelles couvertes relie entre eux bon nombre de buildings. *(N.d.T.)*

Marcy était ressortie du bloc opératoire et se trouvait de nouveau en salle de réveil. Tom Black était debout dans le couloir d'accès au bloc avec une infirmière ; quand Lucas et Del arrivèrent, il vint à leur rencontre.

— Elle s'en est bien sortie. Il y avait effectivement une jolie fuite, mais ils l'ont stoppée, et tout le reste a l'air d'aller.

— Mais elle n'est toujours pas réveillée.

— Ils préfèrent la garder dans les vapes. Ils veulent que tout soit bien en place quand elle se réveillera et commencera à bouger.

Ils passèrent une minute à discuter : de la façon dont Lucas avait été immobilisé sur son lit après s'être pris une balle dans la gorge, au point de ne pas pouvoir remuer la tête pendant trois jours ; et aussi de l'épisode des ciseaux à cranter, à la suite duquel Del s'était retrouvé deux jours avec les hanches bloquées.

— Je vais aller rendre une visite à une copine au BCA [1], décida Del. Histoire de voir si l'État a quelque chose sur Rodriguez. Tu fais quoi, toi ?

Lucas regarda sa montre.

— Désolé, j'ai un rencard !

Catrin était assise dans un box au fond de la salle du restaurant, face à la porte d'entrée. Lucas sourit en l'apercevant. Elle lui fit un signe de tête et concentra ensuite toute son attention à lever sa tasse et à boire une gorgée de café.

— Salut.

Lucas se glissa sur la banquette face à elle et fit signe à la serveuse.

---

1. Bureau of Criminal Apprehension, chargé de former les policiers aux techniques d'enquête sur les crimes sexuels. (N.d.T.)

— J'espère que je ne te fiche pas ta journée en l'air, dit-elle.

Elle était vêtue de façon plus décontractée, d'un jean et d'un chemisier bleu vif subtilement translucide et sans boutons visibles.

— J'entends beaucoup parler de l'affaire Alie'e, à la télévision. On dirait que les gens sont en train de devenir fous.

Lucas acquiesça en tâchant de soutenir son regard.

— Je n'avais jamais vu ça. On a déjà eu des dossiers difficiles, mais cette fois, c'est carrément délirant.

— Vous avancez ? Mais peut-être que tu ne peux pas m'en parler...

— Si on avançait, il se pourrait que je ne puisse pas t'en parler, mais là, ça ne me pose aucun problème : non, on n'avance pas.

La serveuse arriva, et tous deux commandèrent une salade et un café. Ils passèrent ensuite deux interminables minutes à deviser de tout et de rien, jusqu'à ce que Catrin lâche :

— Si je t'ai appelé, c'est parce que tu es la seule personne à qui je puisse parler. Je suis dans un état lamentable.

— Tu as pourtant l'air... superbe. Heureuse même.

— Plutôt anesthésiée, corrigea-t-elle en secouant la tête. Je ne devrais pas être ici.

— Pourquoi ?

— Je ne peux même pas te le dire. Ou plutôt, pour que je te le dise, il faudrait que je le sache.

— Tu as du mal à dormir ? Tu ne peux pas empêcher tes nuits d'être traversées de rêves noirs qui te réveillent sans cesse ?

Elle inclina la tête et le dévisagea avec curiosité.

— Je ne suis pas en dépression, si tel est le sens de

ta question. Mais toi, tu es passé par là ? Je reconnais la description.

— Oui.

— Une de mes amies a eu ce problème. On s'est fait beaucoup de souci pour elle. Elle a fini par s'en remettre.

— Par la chimie ?

— Évidemment. Et toi, qu'as-tu fait ?

— J'avais cette réticence à l'égard de la chimie, et du coup j'ai simplement... attendu que ça se tasse. Je savais ce qui était en train de se jouer, j'ai lu des choses dessus, et dans la plupart des cas, les choses finissent par passer. Alors j'ai attendu. Mais je prie Dieu pour que ça ne recommence pas, et si ça m'arrivait, j'opterais pour la chimie. Pas question d'endurer ça une deuxième fois.

— Tu as raison. Mon problème, en fait... c'est cette bonne vieille crise de milieu de vie.

— Je n'ai pas encore traversé la mienne.

— Te connaissant, tu ne la traverseras sans doute pas. Pas avant tes soixante-cinq ans, quand tu t'apercevras que tu n'es pas marié et que tu n'as pas de petits-enfants. À ce moment-là, peut-être, tu te demanderas ce qui t'est arrivé.

— Je pourrais avoir des petits-enfants, se défendit Lucas d'un ton sec. J'ai une fille.

— Que tu ne vois pas beaucoup.

— De quoi me parles-tu, là ? s'impatienta-t-il, irrité.

— Peut-être suis-je en train de t'entraîner dans ta crise de milieu de vie.

La serveuse revint avec leurs salades, et personne ne desserra les dents avant qu'elle soit repartie. Catrin fut la première à reprendre la parole.

— À l'époque, quand je t'ai plaqué et que tu t'es abstenu de me courir après...

— Je t'ai appelée.

— Deux fois. Si tu avais rappelé deux fois de plus, je serais revenue. Quand je t'ai revu, tu te pavanais au bras d'une blonde super bien roulée en pantalon à pattes d'eph. Vous vous êtes arrêtés au coin d'une rue et elle t'a fourré sa langue dans la bouche jusqu'aux amygdales.

— Je n'en ai aucun souvenir, dit Lucas en rougissant.

Catrin introduisit une feuille de laitue entre ses lèvres et se mit à mâcher en l'observant. Lucas repoussa son assiette et attendit.

— Deux jours après cet épisode avec la blonde, reprit-elle, j'ai rencontré Jack et on a commencé à se voir. Il m'a plu, ses parents m'ont plu et je leur ai plu ; les miens étaient aux anges, Jack n'était plus qu'à un an de son diplôme. Bref, on... s'est mariés, il a fait son service, on s'est installés à Lake City, on a acheté une maison, on a eu des enfants, des animaux, un voilier, et nom d'un chien – elle savoura ces mots, *nom d'un chien* –, voilà où j'en suis, vingt-cinq ans plus tard. Qu'est-ce que *je* suis devenue ? Je croyais que j'aurais droit à mon film à moi, or tout ce que j'ai réussi à être, c'est la bonne femme qu'on aperçoit à l'arrière-plan du film de quelqu'un d'autre.

Elle réfléchit, pointa sa fourchette sur Lucas, ajouta :

— Voilà de quoi je te parle. D'une métaphore. L'autre jour, quand on s'est revus, cette métaphore du film m'est venue à l'esprit. Elle s'est imposée à moi. Je n'arrête pas d'y repenser. Quand est-ce qu'on tourne *mon* film ?

Lucas resta à la dévisager un long moment.

303

— Dis quelque chose, insista Catrin.

Lucas soupira.

— Si seulement je pouvais trouver un moyen de prendre mes jambes à mon cou sans semer la panique dans ce restaurant...

Elle se ramassa sur sa banquette.

— Tu as envie de prendre tes jambes à ton cou ?

Sa question était presque un feulement.

— Catrin... je connais des femmes qui dirigent une affaire, gagnent des milliards et roulent en Mercedes et qui, chaque soir en rentrant chez elles, se demandent ce qui leur est arrivé, comment elles ont pu oublier d'avoir des enfants. Elles ont quarante-cinq balais, elles ont tout sauf des enfants, et elles ne pensent qu'à ça : je n'ai pas d'enfants. Et puis je rencontre des filles comme toi qui ont des gosses fantastiques et qui se mettent dans tous leurs états parce qu'elles ne sont pas à la tête d'une multinationale.

Catrin, qui venait de s'essuyer la bouche avec sa serviette, la jeta sur sa salade inachevée. En voyant ses yeux brillants et un peu trop ouverts, il se remémora son mauvais caractère. Ho-ho, se dit-il.

— Donc, riposta-t-elle, haussant le ton, d'après toi, je suis simplement sous le coup d'un banal petit caprice de ménagère qui finira par se tasser.

Il secoua la tête.

— Non. On voit des femmes adopter cette ligne de conduite, et la moitié du temps ça se termine en désastre. Elles plaquent leur mec et leurs gosses pour récupérer leur liberté, elles échouent dans un appartement miteux et se retrouvent à servir des madeleines dans un salon de thé. Si tu leur demandes si elles ont envie de revenir, elles réfléchissent longuement, et la plupart te disent qu'il n'y a plus moyen. Pourtant, si elles pouvaient le faire dans des conditions acceptables, elles le feraient.

— Et l'autre moitié, celles qui ne plaquent personne ?

— Elles finissent par arriver à une sorte de compromis, mais... je ne suis pas sûr de savoir si elles sont heureuses, vu que je n'en ai pas essayé.

— Ce que tu m'expliques, en gros, c'est que je suis grillée.

— Disons que tu as un problème. Je te conseille d'y réfléchir soigneusement.

Catrin détourna le regard.

— J'envisage de m'en aller. Je ne t'en ai pas parlé l'autre jour. Je voulais t'impressionner en te faisant sentir à quel point j'étais merveilleuse, même après tant d'années.

— Ton mari est au courant ?

— À un certain niveau, peut-être – mais il ne voudra même pas s'arrêter là-dessus. Disons qu'il semble plutôt heureux. Il a le prestige, ses patients l'aiment bien, il a mis au monde la moitié des enfants de la ville, nous faisons partie du club de voile, et il a une cabane de chasse de l'autre côté du fleuve, dans le Wisconsin, sans parler de ses amis.

— Tu en as aussi, non ?

— Des femmes au foyer. En attente de la mort. Trois ou quatre ont fait leurs valises.

— Que sont-elles devenues ?

— Elles vendent des madeleines dans un salon de thé, sourit Catrin.

— Vraiment ?

— L'une d'elles travaille dans l'immobilier et s'en sort assez mal. Une autre est dans la décoration et ne gagne pas grand-chose. Une troisième a repris ses études, est devenue assistante sociale et a trouvé un poste à Saint Paul, et celle-là va bien. Une autre est serveuse et essaie de peindre.

— Et toi, tu ferais de la photo.

— Peut-être. Tu m'en crois incapable ?

— Je ne sais même pas comment on s'y prend.

— Ce n'est pas comme si j'étais sur la paille. Nous avons de l'argent.

— Alors pourquoi ne te contentes-tu pas de foncer et de faire ce que tu as envie de faire sans tout plaquer pour autant ? Tu n'as qu'à dire à ton mari : « Écoute, je vais être très, très occupée pendant les deux ans à venir. Rappelle-moi de passer te voir une fois de temps en temps. »

— Parce qu'il sera toujours là. Quoi que je fasse, ce ne sera pour lui qu'un passe-temps. Il faudra continuer d'aller à Londres voir tel spectacle et ailleurs pour tel congrès médical, je devrai préparer le repas de Thanksgiving et de Noël pour les gosses, il faudra maintenir le contact avec nos amis... Je ne pourrai pas *penser*. Et moi, j'ai besoin de *penser*.

— Et que devient Jack là-dedans ?

— Tu sais ce que je crois ? demanda-t-elle en le regardant dans le blanc des yeux. Je crois que si on divorçait en janvier, il serait remarié en décembre.

— Tu as de la concurrence ? s'enquit Lucas.

— Non. Jack n'est pas un cavaleur. Mais il a besoin d'une femme pour le soutenir, et si je m'en allais, les candidates à mon remplacement feraient la queue pour s'inscrire.

Lucas secoua la tête.

— Tu sais quoi ? Je suis sûr qu'il serait anéanti. Je parie qu'il ne se remarierait pas avant cinq ans. Tu serais sûrement... dure à oublier.

Elle sourit – un sourire triste.

— Merci.

— Il faut que tu y réfléchisses. C'est probablement la réflexion la plus importante que tu aies eu à mener depuis ton mariage ou ta première grossesse.

— Je n'ai pas réfléchi à tout ça. Je me suis contentée de le faire.

— Eh bien, cette fois, réfléchis.

Elle hocha la tête.

— Sortons.

Sur le trottoir, Catrin dit :

— Cette conversation a pris un tour inattendu. On aurait cru une thérapie plus qu'autre chose... Je ne m'attendais pas que tu sois aussi raisonnable.

— J'ai connu une femme que je voulais épouser, et ça ne s'est pas fait. Elle n'a pas voulu. Je ne m'en suis pas encore remis. Quand je promène mon regard sur le City Hall ou sur le tribunal du comté, je vois partout des gens blessés. Je ne comprends pas ce qui a pu se passer. Je n'ai pas le souvenir que la génération de nos parents ait connu le même phénomène.

— C'était probablement pareil, mais ils ne nous l'ont jamais dit.

— Oui, fit Lucas en reculant d'un pas. Tâche de bien réfléchir.

— Une des choses que j'envisage de faire, c'est de coucher avec toi. Mais il faut que je décide si je le fais avant de partir, juste pour essayer, pour voir s'il me reste quelque chose... ou si je dois d'abord partir et coucher avec toi plus tard.

Lucas était offensé.

— Comme si je n'avais pas mon mot à dire.

Elle l'observa un moment, puis secoua la tête.

— Pas tellement. Tu as déjà envie de coucher avec moi. Si je voulais vraiment forcer les choses, je me frotterais contre toi, tu serais assailli de culpabilité catholique, tu ferais un moment les cent pas avec de grands moulinets des bras, et ensuite on coucherait ensemble.

— Bon sang, je ne suis qu'un morceau de viande !

— Ce n'est pas ça, dit-elle en lui vrillant l'index dans le plexus. Tu es simplement un de ces mecs qui aiment coucher avec une femme. Tu as besoin de réconfort. Et tu n'as personne en ce moment. Donc, si je voulais, je pourrais... il faut juste que j'y réfléchisse.

Il recula d'un pas supplémentaire.

— Eh bien... tiens-moi au courant.

Elle rit et, l'espace d'un instant, elle sembla avoir de nouveau dix-neuf ans.

— Je n'y manquerai pas.

Dans sa voiture, Lucas se servit de son portable pour appeler son ami Bone ; un quart d'heure plus tard, la secrétaire de Bone le fit passer devant la brochette de cadres moyens en attente dans l'antichambre du banquier.

Bone était penché sur deux écrans d'ordinateur en même temps. Il s'en détourna à l'entrée de Lucas entra et dit :

— Par moments, j'ai l'impression d'avoir le crâne tellement saturé de radiations qu'on pourrait obtenir des radios en faisant défiler un rouleau de film derrière ma tête.

— Comment va ta cheville ?

— Je déguste. Mais ça devrait être bon d'ici huit jours.

Ils jouaient ensemble au basket deux fois par semaine. Bone avait naguère été suspect dans une affaire sur laquelle avait enquêté Lucas. Depuis, non seulement il était devenu son ami, mais de plus les relations de Bone dans le milieu bancaire lui apportaient parfois de précieuses informations financières.

— J'ai les infos que tu m'as demandées sur ce mec.

— À titre strictement confidentiel.

— Bien sûr. Mais il n'y a pas grand-chose.

— Tu lui prêterais de l'argent ?

Bone se pencha en arrière.

— Deux choses doivent être examinées avant de prêter de l'argent à quelqu'un ; son historique et les garanties qu'il offre. Cet homme n'a jamais eu beaucoup de garanties, mais son historique est fichtrement bon.

— Trop bon ?

— Trop bon, ça n'existe pas. Ce qu'il ne faut surtout pas, c'est que ça soit trop mauvais.

— Et quand quelqu'un dépend d'un taux d'occupation de cent pour cent de ses immeubles pour rester dans le vert ? C'est assez bon ?

— Ce n'est sûrement pas le cas, dit Bone.

Il se pencha sur ses documents, les feuilleta, composa quelques chiffres sur le pavé numérique d'un de ses ordinateurs, tapa sur la touche d'envoi.

— Effectivement. Tu as raison, c'est assez serré.

— Il se donne un peu d'air avec de l'argent sale, révéla Lucas. Il vend de la came.

— Ah.

— J'ai besoin de savoir – ça restera strictement entre nous – si le mec qui lui a consenti ses prêts est au courant. Pour la came.

Bone fit pivoter son fauteuil de manière à tourner le dos à Lucas. Il se retrouva face à une bibliothèque de noyer garnie de manuels financiers, de quelques guides informatiques, des œuvres complètes de Joseph Conrad et d'une édition usée en plusieurs volumes d'*À la recherche du temps perdu*, de Marcel Proust.

Un exemplaire de la Bible d'Oxford était adossé de guingois contre *Le Temps retrouvé*. Au bout d'une minute, sans se retourner, Bone répondit :

— Il sait forcément quelque chose.

— Mais peut-être pas *forcément* que le fric vient de la came ?

Bone pivota de nouveau sur son fauteuil. Son visage émacié rappelait la gueule d'un loup. Il sourit, révélant ses canines.

— Peut-être pas. Il y a une autre possibilité dont les banquiers n'aiment pas beaucoup parler : c'est qu'il se soit trouvé un complice à la banque, soit en le soudoyant pour obtenir son prêt, soit en lui reversant une part du montant du prêt proprement dit.

— Et là, dans un cas comme dans l'autre, le type de la banque serait forcément au parfum.

— Je ne vois pas comment il pourrait l'éviter – à moins d'avoir un QI inférieur à vingt-huit. J'espère n'avoir foutu personne dans la merde.

— Tu en entendras peut-être reparler. Ce Rodriguez...

Bone était malin. Il savait que Lucas ne travaillait pas sur une simple question de routine.

— C'est l'affaire Alie'e ?

— Tu en entendras peut-être reparler, répéta Lucas.

Del l'appela pour proposer qu'ils se retrouvent à Saint Paul. Lucas prit des nouvelles de Marcy, puis récupéra sa voiture et se dirigea vers la rive opposée du fleuve. Le bureau de Rodriguez était installé dans le Windshuttle Building, relié par une passerelle au Galtier Plaza. Lucas laissa sa Porsche au parking du Galtier et retrouva Lane et Del en train de faire le pied de grue sur la passerelle.

— Il est en bas, en train de parler à sa secrétaire.

Tu vois cette enseigne, là ? La première fenêtre à gauche, le mec en chemise rose... C'est lui.

Lane tendit à Lucas une paire de minijumelles Pentax, et à travers la vitre de la passerelle Lucas observa l'homme à la chemise rose.

Rodriguez était quelconque. Un mètre quatre-vingt-cinq environ, des cheveux bruns clairsemés, une bonne bedaine. Il n'avait pas le type latino ; il ressemblait plutôt à un petit Blanc moyen du Minnesota. Il était penché sur l'écran de l'ordinateur de sa secrétaire. Il lui dit quelque chose, se tourna vers l'imprimante, regarda de nouveau l'écran, le tapota et se tourna vers l'imprimante au moment où elle vomissait une feuille de papier.

Ces volte-face permirent à Lucas de se faire une idée assez précise de sa physionomie.

— Vous êtes sûrs que c'est notre homme ?

— Oui, fit Lane.

— Il a l'air d'un conseiller municipal, s'étonna Lucas avant de se tourner vers Del. Qu'est-ce qu'ils t'ont dit au BCA ?

— Il a un casier de mineur assez lourd à Detroit – essentiellement des cambriolages. Il aurait commencé à fourguer de la came de bonne heure, d'abord en effectuant de simples livraisons à bicyclette, et il a fini par tomber dedans. Il ne se faisait pas grand-chose en termes de chiffre d'affaires... Là-dessus, il a tout bonnement disparu. Ils n'ont jamais cherché à savoir où il était passé – ils étaient trop heureux de s'en débarrasser. Ils ont fait quelques évaluations du temps où il était en foyer. Selon eux, il est intelligent, mais autant qu'ils sachent, il n'a plus fichu les pieds à l'école après la primaire.

— D'accord, fit Lucas, qui rendit ses jumelles à Lane avant d'ajouter : Rentre à la maison, détends-toi,

311

siffle-toi quelques bières, va voir ta petite amie, ce que tu voudras. Mais je veux que tu sois de nouveau sur ce mec demain matin à neuf heures, où qu'il se trouve, et tu peux prévoir d'y passer la journée, et tous les jours suivants jusqu'à ce qu'on l'ait serré.

— Bien, acquiesça Lane. Et vous, les gars, vous allez où ?

Lucas chercha le regard de Del.

— On ferait mieux d'aller parler à Rose Marie.

Rose Marie venait de s'échapper d'une conférence de presse quand Lucas et Del arrivèrent. Ils la virent d'abord à travers le panneau vitré de l'antichambre de son bureau, agitant les bras pendant que la secrétaire secouait la tête d'un air compatissant. Lucas franchit le seuil. Rose Marie les salua d'un coup de tête, se retourna vers la secrétaire pour achever sa phrase, puis leur demanda :

— Qu'est-ce qu'il y a ?

— Il faut qu'on vous parle.

Dans son bureau, une fois la porte close, Lucas annonça :

— Je crois qu'on tient le meurtrier d'Alie'e. À quatre-vingt-cinq pour cent.

Rose Marie considéra Lucas, Del, puis de nouveau Lucas.

— Qui est-ce ?

— Un certain Rodriguez.

Ils lui expliquèrent ce qu'ils savaient.

— Donc, dit-elle ensuite, on sait qui c'est, mais on n'a pas de quoi le faire condamner.

— Exactement admit Lucas. En comblant les brèches, on devrait pouvoir arriver à se convaincre que c'est notre homme... mais un jury, je ne crois pas.

Pour commencer, il ne ressemble pas à un dealer. On croirait plutôt un vendeur de machines à laver.

— Et si ce n'est pas lui ?

— Il faut qu'on bétonne notre dossier. Si on arrive à réunir assez d'éléments solides pour nous convaincre nous-mêmes, on aura une chance. Ou peut-être qu'on trouvera autre chose. Je veux dire, on a bien fait condamner Rachid Al-Balah pour un crime qu'il n'avait pas commis...

— Donc... on met la pression sur le type de la banque.

— Dès qu'on sera passés le voir, objecta Del, il ressortira par la porte de service, passera un coup de fil, et Rodriguez saura qu'on le colle de près.

— Bonne idée. Mettons Rodriguez sur écoute, dit Lucas. Si on peut le pousser à parler de cette histoire...

— On a de quoi demander une mise sur écoute ? s'enquit Rose Marie.

— Sans doute, dit Lucas. On devrait pouvoir mettre ça en route dès cet après-midi. La meilleure chose qui pourrait arriver aux services de l'attorney du comté, c'est d'avoir de quoi détourner l'attention des médias de l'affaire Al-Balah quand elle éclatera au grand jour. Si on arrive à accuser Rodriguez du meurtre d'Alie'e, Al-Balah passera automatiquement en page neuf de tous les journaux.

— L'affaire Al-Balah a déjà éclaté, répliqua Rose Marie. Les gars de l'attorney ont décidé qu'il valait mieux balancer eux-mêmes la nouvelle en choisissant leur effet.

— Même...

— Je vais faire une demande d'écoute, dit Rose Marie en hochant la tête.

Après quoi, elle leur exposa la situation en ce qui concernait Tom Olson. Il avait quitté l'hôpital, mais

313

était filé alternativement par des agents de la Crim et des Renseignements, et ce vingt-quatre heures sur vingt-quatre. Les funérailles d'Alie'e avaient été différées jusqu'au jour où les corps de ses parents seraient libérés, de manière qu'ils soient tous enterrés ensemble – ce qui risquait encore d'exiger un certain temps, vu la complexité de la situation découverte dans la chambre du motel de Bloomington.

— Si Olson est le coupable – s'il s'en est pris à toutes ces personnes pour venger la mort de sa sœur –, nous pensons qu'il pourrait s'en prendre encore une fois à Jael Corbeau, ou bien à cette autre femme, Catherine Kinsley.

— Voire à Jax.

— Jax a dégagé la piste, dit Rose Marie. Il est parti à New York, mais il paraît qu'il compte revenir pour l'enterrement. Sans doute est-il en train de chercher le meilleur costard à porter au moment de se jeter dans la tombe de sa belle.

— Alors quoi, on se contente d'observer ? demanda Lucas.

— Non. On a eu jusqu'ici des réunions avec la famille tous les jours, et on va continuer. En fait, Olson arrive dans... (Rose Marie jeta un coup d'œil à sa montre)... vingt-cinq minutes à peu près. On va tâcher de l'aiguiller sur Kinsley en évoquant ses relations avec Alie'e. Kinsley et son mari repartent dans le Nord, ils ont un chalet perdu au fin fond des bois. Impossible de les y retrouver, même avec une carte d'état-major. On mettra une équipe de surveillance autour de chez eux, au cas où Olson mordrait à l'hameçon.

— Et pour Jael ? s'enquit Lucas.

— En fin de compte, il me semble peu probable qu'il s'en prenne de nouveau à elle, parce qu'il a essayé une fois et qu'elle l'a fait détaler. Mais nous placerons aussi une équipe chez elle. J'apprécierais que vous alliez lui dire un mot. Elle a peur, et ça la rassure de vous savoir dans les parages.

— D'accord, fit Lucas. Écoutez, je sais qu'Angela Harris est une bonne psy, mais j'ai vu la gueule d'Olson quand il a déboulé en courant pour nous prévenir de ce qui était arrivé à ses parents. Je ne connais rien à ces histoires de personnalité multiple, mais c'était... vrai. C'était même tellement fort que si sa personnalité avait dû se dissocier, ou je ne sais quoi, ça se serait passé à ce moment-là. Je veux dire... je n'avais jamais rien vu d'approchant. Jamais.

— On tâchera de s'en souvenir, bien sûr, dit Rose Marie. Mais c'est tout ce qu'on a pour l'instant.

— Bon, on y va ? s'impatienta Del en se dirigeant vers la porte.

— Si tout se passe exactement comme je le souhaite – je dis bien *exactement* –, on pourrait avoir coincé ces deux types dans les vingt-quatre heures, ajouta Rose Marie. Si le gars de la banque appelle Rodriguez, si Olson cherche à attaquer Kinsley...

— Il faut bien qu'il y ait un moment dans la vie où tout se passe bien, dit Del. Au moins un.

— Tu parles, lâcha Lucas.

Dans le couloir, quand ils furent suffisamment éloignés de Rose Marie, il ajouta :

— Elle dit qu'ils vont essayer de se souvenir que ça pourrait être quelqu'un d'autre. Mais en attendant, ils misent toutes leurs billes sur Olson.

— Et nous, on mise toutes les nôtres sur Rodriguez.

— Oui, mais il y a une différence majeure.

— Laquelle ?

— On a raison. Et il se peut qu'ils aient tort.

19

Del rejoignit les bureaux de l'attorney du comté pour obtenir la mise sur écoute de Rodriguez et l'autorisation judiciaire d'accès à son dossier bancaire. Quant à Lucas, il descendit à la Criminelle, passa une bonne heure à relire la transcription du témoignage de Rodriguez, et discuta avec Frank Lester et Sloan de la thèse de la personnalité multiple.

— Tout ce que j'en sais, dit Sloan, je l'ai appris à la télé. Mais il faut bien admettre qu'Olson est un bon client. Il a un mobile, il aurait pu avoir facilement accès à la voiture d'où ont été tirées les balles qui ont touché Marcy, il était suffisamment proche de ses parents pour pouvoir les liquider...

— Quand il nous a couru aux fesses après avoir trouvé les corps... on aurait cru que sa tête était sur le point d'exploser, déclara Lucas. Il s'arrachait les cheveux ; je n'ai jamais rien vu de ce genre. Et d'un seul coup, il est tombé raide.

— Peut-être sous la pression psychologique de sa deuxième personnalité ? hasarda Lester. Et s'il jouait la comédie ?

— Ce n'était pas du chiqué. Il ne faisait pas semblant.

Si c'est son autre personnalité qui a tué ses parents, celle qu'on a vue à ce moment-là n'en savait rien.

Lucas quitta le City Hall à l'heure où les réverbères s'allumaient. Une quinzaine de minutes plus tard, il se gara le long du trottoir devant la maison-atelier de Jael Corbeau et longea l'allée à pied. Les pièces semblaient éclairées ; dehors, tout était noir, y compris la véranda. Alors que Lucas tendait le bras vers la sonnette, une voix jaillie de l'ombre au coin de la véranda chuchota :

— Vous pouvez entrer directement, commissaire.

— Qui êtes-vous ? demanda Lucas sans tourner la tête.

— Jimmy Smith. Des Stups.

— Vous n'avez pas froid ?

— Non. J'ai mis ma tenue de chasse.

— Excellent.

Lucas poussa la porte et entra dans le séjour, où il tomba sur un autre inspecteur des Stups, Alex Hutton, debout contre un mur avec un 357 à chien caché dans la main droite. Hutton rangea son calibre en reconnaissant Lucas.

— Franklin et Jael sont en haut. Ils font la cuisine.

— Franklin sait cuisiner ?

Voilà qui paraissait improbable.

— Il essaie de lui apprendre à préparer un plat-minute, vous savez, comme pendant les pages de pub des matchs de tennis.

— Quel talent, fit Lucas.

Hutton s'approcha d'un pas, baissa le ton, ajouta :

— Je sais pas où cette poule est restée planquée pendant toute la première partie de ma vie, mais c'est une bombe.

— Je croyais que vous étiez marié et que vous aviez neuf gosses, répondit Lucas à mi-voix. Sans compter qu'elle est plutôt attirée par les filles.

— Je n'ai que trois gosses... et à mon avis, Jael aime un peu tout, dit Hutton en jetant un coup d'œil à la porte qui ouvrait sur l'arrière de la maison. D'ailleurs, si elle voulait amener une copine, je pourrais m'en accommoder – théoriquement, en tout cas.

— Sauf que votre femme vous poignarderait à mort.

— Qu'elle aille se faire foutre ! Elle fait partie du passé. Je la quitte. Je me dis que si j'abandonne une femme et trois gosses, les journaux me ficheront la paix. Ils ne l'ouvrent qu'à partir de cinq ou plus.

— J'avais complètement oublié ce qui se passe quand on est au piquet, fit observer Lucas. Les fantasmes sexuels, tous ces machins qui vous traversent le crâne lorsqu'on se tourne les pouces.

Tout en montant l'escalier, Lucas perçut la voix rocailleuse de Franklin.

— Bon, éloignez les mains du comptoir. Éloignez-les...

Puis Jael :

— Il faut bien que j'ouvre les sachets de fromage râpé.

— Non. Ce n'est pas bon, il faut que ce soit comme si vous les preniez dans le frigo...

Lucas s'arrêta sur le seuil de la cuisine, et une seconde plus tard, Hutton arriva sur ses talons. Franklin et Jael leur tournaient le dos. Jael était en train de refermer la porte du réfrigérateur. Franklin jeta un coup d'œil à sa montre et demanda :

— Prête ?

— Prête.

— Cinq, quatre, trois, deux, un, TOP !

Jael ouvrit le réfrigérateur, en sortit deux sachets de fromage râpé, les jeta sur le plan de travail, prit une assiette dans le placard, ouvrit un sac de chips, en répandit le contenu dans l'assiette.

— Trop de chips, trop de chips, avertit Franklin.

Elle en retira une poignée, la remit dans le sac, étala en hâte les autres sur l'assiette.

— Quinze secondes, annonça Franklin.

Frénétique, Jael ouvrit les deux sachets de fromage râpé, versa tout le contenu de l'un d'eux sur l'assiette de chips, puis une partie du contenu de l'autre et demanda :

— C'est bon, là ?

— Ça se présente bien, mais vous avez quelques secondes de retard, dit Franklin. Il faut accélérer.

Elle attrapa l'assiette, la fourra dans le micro-ondes.

— Une minute.

Elle pressa une succession de boutons, et le micro-ondes se mit à ronronner. Elle revint au réfrigérateur, y prit un bocal de petits oignons, dévissa le bouchon, attrapa une cuiller et versa trois généreuses cuillerées d'oignons dans un petit bol à dessert, jeta un coup d'œil à l'horloge du micro-ondes, revissa le bouchon du bocal de petits oignons, le rangea dans le réfrigérateur, roula le haut d'un sachet de fromage tout en surveillant l'horloge. Ensuite, elle tendit le bras...

— Pas trop tôt, dit Franklin. Pas trop tôt.

Jael appuya sur un bouton, déclencha l'ouverture de la porte du micro-ondes, mit dedans le bol de petits oignons, claqua la porte, appuya sur le bouton « Reprendre ».

— Vous auriez pu attendre encore un peu, estima Franklin.

— Non, je crois qu'on est dans les temps.

En une série de gestes rapides, elle roula le haut du second sachet de fromage, rangea les deux sachets dans le réfrigérateur, sortit deux bières, revint vers le micro-ondes, annonça :

— Trois secondes.

Un bruit sec se fit entendre, puis un autre.

— Merde ! s'exclama Franklin. Je vous l'avais dit. Les oignons sont foutus.

Le micro-ondes sonna. Jael ouvrit la porte et regarda à l'intérieur. Les parois étaient maculées d'éclaboussures d'oignon.

— Je m'en occuperai plus tard.

— Réplique classique, commenta Franklin.

Elle sortit l'assiette de chips et le bol de petits oignons, se tourna vers les plaques chauffantes, aperçut Lucas, posa les chips sur la planche à découper et dit :

— Top !

Franklin regarda sa montre.

— Une minute vingt-neuf. Si on ajoute dix secondes pour l'aller-retour, il se peut que vous ayez loupé un échange.

— Je doute de pouvoir faire beaucoup mieux.

— Votre enchaînement n'est pas encore parfait, fit Franklin. Vous avez perdu du temps avec les chips et en sortant les oignons. En plus, vous allez devoir nettoyer le micro-ondes.

Jael regarda Lucas et lui demanda :

— Vous saviez, vous, que si on réchauffe trop les petits oignons ils éclatent comme du popcorn ?

— Tout le monde le sait, répondit Lucas en même temps que Franklin se retournait vers lui, l'air vaguement embarrassé.

— J'ai passé la moitié de ma vie à faire de la vraie

cuisine, dit-elle, et je n'en savais rien. L'idée même de les réchauffer me paraît un peu brutale.

— Ça doit être fait à température moyenne, à peine plus que la température ambiante.

Hutton en rajouta une couche :

— Il faut du fromage brûlant sur les chips, des petits oignons tièdes et de la bière bien glacée. Il faut tout ça à la fois.

— Et tous les hommes savent le faire ? demanda-t-elle.

— Bien sûr, répondirent-ils à l'unisson en hochant la tête.

À l'origine, la maison avait quatre chambres et une salle de bains à l'étage. Jael avait transformé le rez-de-chaussée en atelier et fait refaire une cuisine à l'étage dans ce qui était autrefois la chambre principale ; quant aux trois autres pièces, elles étaient devenues un petit séjour-salle à manger, un petit bureau-bibliothèque et la chambre de Jael. Lucas se sentit aussitôt à son aise dans cet espace savamment agencé.

Ils bavardèrent avec Franklin et Hutton en grignotant des chips au fromage fondu.

— Je sens mes artères se boucher, dit Jael. Ce truc est infâme.

Puis elle se tourna vers Lucas :

— Il faut que je vous parle.

En passant devant lui, elle lui prit le poignet et l'entraîna hors de la cuisine ; Hutton haussa un sourcil. Dans le séjour, Lucas s'affala sur le canapé tandis que Jael prenait place dans un fauteuil surdimensionné.

— Beau fauteuil.

— Ce n'est pas vrai que tous les hommes connaissent le truc des chips au fromage...

— Vous avez raison. On doit bien pouvoir encore

trouver deux ou trois cow-boys au cul tanné quelque part dans les profondeurs du Dakota du Nord qui n'ont ni la télé ni le micro-ondes.

— En fait, ce n'était pas si... mauvais.

— Si vous bouffez ce truc trois jours d'affilée, vous risquez de vous retrouver avec les mensurations de Franklin. (Franklin obstruait totalement un cadre de porte standard.) D'ailleurs, dans le temps, il avait à peu près votre gabarit.

Elle hocha la tête, évacua le sujet.

— Je suis allée voir Marcy il y a deux heures. On a dû se rater de peu.

— Elle s'accroche, fit Lucas, le visage sombre. C'est une vraie teigne. Si quelqu'un est capable de tenir le coup, c'est elle.

— Je me sens... vous savez. Coupable, j'imagine.

— Ça n'a rien à voir avec vous. C'est la faute à un cinglé, et aussi au fumier qui a tué Alie'e et Sandy Lansing.

— Je n'arrive toujours pas à récupérer le corps de Plain, mais j'ai fini par joindre papa. Il est sur l'île Saint-Paul, c'est-à-dire à peu près aussi loin d'ici qu'on puisse l'être sans quitter la planète Terre. Il va lui falloir quelques jours pour rentrer.

— Comment est-il ?

— Anéanti. J'aimerais que tout soit... réglé le plus vite possible.

— Je vais voir ce que je peux faire, promit Lucas. Votre histoire avec Plain... elle s'est terminée quand ?

— Il y a un an.

— Un an ? J'aurais cru que c'était plus récent... vu sa réaction.

— Le temps n'a jamais beaucoup compté pour lui. Tout faisait partie du présent. Il était parfaitement capable de s'énerver contre l'Empire romain en lisant l'histoire de Rome.

— Parlez-moi d'Alie'e. Elle n'a jamais fait allusion à qui que ce soit ? Quelqu'un qui aurait pu lui en vouloir ?

— C'est un interrogatoire ?

Elle sourit, et son visage de papier déchiré parut splendide à Lucas, dur et vulnérable à la fois.

— Non, non. Bien sûr que non. Et si vous voulez parler d'autre chose, OK. Mais j'ai tendance à ressasser ce type de questions. Vous savez : *Pourquoi ?* La plupart des gens flippent à la seule idée de faucher dans un magasin. Pour que quelqu'un tue plusieurs personnes, il faut qu'il soit complètement psychotique, halluciné, maboul, dans un autre monde, en prise directe avec le Seigneur... ou alors qu'il soit persuadé d'avoir une bonne raison d'agir. Le mec qu'on cherche croit avoir une raison. Il doit donc y avoir un lien entre Alie'e et lui. Un lien, quelque part.

— Son père... ce n'était pas un type très net. Il m'a draguée deux ou trois fois. J'ai souvent pensé que c'était quelqu'un d'un peu... vicieux. Pas un tueur, mais il... Je crois... Je ne sais pas. (Elle porta les mains à ses tempes.) Dans ses relations avec Alie'e et les autres filles, il s'efforçait d'avoir l'air paternel, mais il les matait tout le temps... vous comprenez ?

— Oui. Ça l'excitait.

— Oui. Et la mère d'Alie'e ne valait pas tellement mieux. Ma mère à moi s'est toujours fichue de ce que je faisais pour gagner ma vie ; elle estimait que le monde me devait bien ça, alors, ainsi soit-il. Mais Lil vivait sa vie par procuration grâce à Alie'e... et je crois qu'elle était consciente de l'attirance sexuelle de Lynn.

— Vous pensez que Lynn pourrait avoir abusé d'Alie'e ?

— Non, sûrement pas. Alie'e m'en aurait parlé, et je crois que je l'aurais senti à la façon dont elle se comportait en présence de son père. Peut-être est-ce juste ma façon de voir. Quand on a un père, on ne s'attend pas à le voir vous tourner autour en lorgnant le cul de vos copines.

— Ça arrive tout le temps, dit Lucas. Je ferais pareil. C'est sûr.

— Mais il avait vraiment un côté vicelard.

— La belle affaire !

— Je vous l'ai déjà dit, je crois vraiment que vous devriez vous intéresser à ces mecs sur Internet. Ils...

— On a demandé à quelqu'un de vérifier ça – Anderson, un spécialiste de l'informatique. Si vous vous souvenez de quelque chose de précis dans ce domaine, passez-lui un coup de fil. Ce qu'il y a, c'est que quand on lance « Alie'e » sur Google, on obtient environ cent vingt-deux mille réponses. On est en train d'essayer de réduire l'éventail.

— C'est quoi, Google ?

— Un moteur de recherche, qui permet de trouver des noms, ce genre de choses.

— Bon. J'y penserai. Vous savez tout sur son frère, Tom ?

— On se renseigne.

— C'est un type incroyable. D'après ce qu'elle en disait...

— Il est marteau ?

— Elle ne le pensait pas. Elle le voyait plutôt comme un saint.

— Elle était intelligente ?

— Hmm... Disons qu'il faut être plus intelligente que la moyenne pour réussir comme modèle, mais pas énormément. Alie'e n'était pas d'une intelligence éblouissante.

— Alors que faisiez-vous avec elle ?

Elle sourit.

— Je croyais que tout le monde le savait.

— Les gens savent pourquoi vous couchiez avec elle, mais je me disais qu'il devait y avoir une meilleure raison.

— Il n'y en avait pas. Alie'e se préoccupait avant tout d'elle-même. De ses... *sensations*. C'était son point fort, et elle savait le faire partager. Elle vous faisait oublier tout le reste, et vous vous *sentiez bien*. Le sexe, avec elle, était merveilleux. Très intime, très ludique, très chaud. Je ne peux pas vous l'expliquer, parce que vous ne savez pas de quoi je veux parler et que vous n'êtes pas en position de le découvrir.

— Sa beauté avait-elle quelque chose à voir là-dedans ? Ou sa célébrité ?

— Sans doute. C'était un ensemble. Quand on était avec elle, on se sentait sexy, importante, coquine, rigolote. À son contact, vous oubliiez le reste, vous ne faisiez plus que sentir. C'est aussi pour ça qu'elle se faisait ces minifixes. Pour elle, c'était un autre aspect de la sensation.

— Et son mec, Jax ? Qu'est-ce qu'il pensait de ça ? Du fait qu'elle couchait avec d'autres filles ?

Elle haussa les épaules.

— Jax portait ses valises. Et il couchait avec elle de temps en temps. Fondamentalement, c'est un parasite. Il est sans doute en ce moment à New York en train de se chercher quelqu'un d'autre.

— En effet, il est là-bas. Vous ne l'aimiez pas ?

— Ce n'est pas ça. Je ne faisais pas attention à lui. Je ne pensais même pas à lui quand il était debout devant moi. Il est devenu ce qu'il cherchait à être. Ce n'est pas ma faute. Il aime porter les valises et s'afficher avec de jolies filles ; il le fait, voilà.

— C'est pathétique.

— Il ne le pense pas. (Après quelques secondes de silence, Jael ajouta :) Marcy et vous avez eu une liaison ?

— Pendant six semaines environ. C'était un peu trop intense.

Elle pencha la tête.

— Pourquoi fuir l'intensité ? La plupart des gens passent leur vie entière à lui courir après. Ils en rêvent.

— Comme je viens de vous le dire, il y en avait un petit peu trop. Nous allions droit au désastre.

— Quoi, ça se serait terminé en crime passionnel, ce genre de drame ?

— Non. Mais quelque chose allait arriver, et nous aurions fini par nous détester. Nous ne le voulions pas. Nous n'avons pas voulu prendre ce risque.

— Elle a encore un faible pour vous. Vous savez ce qui serait amusant ? Qu'on sorte ensemble, tous les trois. Vous, Marcy et moi.

Elle l'avait lâché d'un ton tellement détaché que Lucas ne fut ni embarrassé, ni même surpris.

— Je suis un peu trop catholique pour ça, répondit-il. Et Marcy serait du même avis si elle était catholique.

— Je ne crois pas. Pas Marcy, en tout cas. Je crois que l'idée pourrait l'intéresser.

— Vraiment ?

Elle avait parlé avec une telle assurance que, cette fois, Lucas fut surpris. Il la questionna du regard.

— Non, non, il ne s'est rien passé. Nous avons à peine eu le temps de parler. Mais je suis capable de repérer les gens qui aiment *sentir*. Marcy est des nôtres.

— Un peu homo, vous voulez dire ?

— Non, ce n'est pas ce que je veux dire. Vous aussi, vous êtes des nôtres. Je le sens rien qu'à discuter avec vous, et aussi à la façon dont vous regardez les femmes.

— Il vaudrait mieux qu'on arrête de parler de ça.

— Bien sûr.

— Ça me rend vraiment nerveux.

— C'est votre côté catholique. Vous l'avez sans doute affronté toute votre vie.

— Peut-être.

— Vous savez, reprit-elle un peu plus tard, je suis inquiète.

— Je m'en doute. Il y a de quoi.

— La façon dont mon frère a été tué. Il n'a peut-être pas eu le temps d'ouvrir la bouche.

— Ce mec est fou mais ce n'est pas une entité invincible. Simplement, on n'a pas encore réussi à le trouver. Ça viendra.

— Bientôt, j'espère. Je n'aime pas rester enfermée. J'envisage de partir à New York dès que je me serai occupée de Plain.

— Vous pourriez laissez ce soin à votre père ?

Elle secoua la tête.

— Papa... n'y arriverait pas.

— New York, fit Lucas. C'est une idée. Mais là-bas, vous n'auriez pas de protection.

— J'irai à l'hôtel. Comment pourrait-il me retrouver ?

— Il faudra y penser.

Au rez-de-chaussée, au moment où Lucas repartait, Hutton lui demanda :

— Alors ? Vous avez appris quelque chose ?

Il n'y avait pas de sous-entendu dans sa question, mais Lucas en perçut un tout de même.

— Un peu plus que je n'aurais voulu, reconnut-il.

En rentrant chez lui, il appela le collège Sainte-Anne, demanda Ella.

— Je sais qu'il fait froid, dit-il, mais j'aurais pu t'emmener manger une glace.

— Il ne fait jamais trop froid pour une glace, répondit-elle. J'y vais à pied, on se retrouve là-bas.

Le marchand de glaces, situé en face de la résidence Sainte-Anne, était le repaire traditionnel des religieuses. Son amie était assise dans un box avec trois autres sœurs près de la vitrine quand Lucas entra. Ella pouffa, dit quelque chose à une de ses amies, se leva et le précéda vers le fond de la salle – une scène, songea Lucas, virtuellement identique à des milliers d'autres survenues dans des milliers de bars cette nuit-là si l'on faisait abstraction de l'odeur du lait chaud et, bien sûr, des bonnes sœurs.

— Tu as dix minutes ? demanda Ella. J'ai demandé à Jim de te préparer un chocolat malté.

— Parfait. On travaille sur deux pistes. Je crois qu'on a le meurtrier d'Alie'e dans le collimateur, et on a posé des filets autour des victimes potentielles du deuxième homme.

— Tu es sûr qu'il y a un deuxième homme ?

— Oui. C'est lui qui me tracasse. Mes collègues de la Criminelle ont un candidat. Tom Olson.

— Ohhh... non.

— Le fait est qu'ils ont une théorie. La tension psychologique qui a fait de lui un extatique, comme tu dis, aurait aussi provoqué l'émergence d'une personnalité multiple, et une de ces personnalités l'aurait poussé au passage à l'acte. C'est sous son influence qu'il s'en serait pris une première fois à Jael Corbeau, qu'il aurait assassiné Plain avant de revenir agresser Corbeau. À la place, il blesse Marcy, et pour finir il tue ses parents.

— Tu dis « théorie »...

Le chocolat malté arriva. Lucas en aspira une gorgée à l'aide de sa paille avant d'expliquer à son amie le point de départ des policiers : la psy de la police, l'exactitude de sa prédiction sur ce qui était en apparence un double suicide. À la fin de son exposé, elle secoua la tête.

— J'aimerais parler à cet homme. Si tu réussis à le faire condamner et interner dans un hôpital de l'État, j'irai le voir. Les personnalités multiples sont tellement rares... Plus rares que les supernovae.

La comparaison fit sourire Lucas.

— Encore faudrait-il que j'aie une notion du degré de rareté des supernovae.

— Sur la base du pur hasard, on pourrait dire que les chances pour que Tom Olson ait une personnalité de ce type sont nulles. Exactement comme tes chances de gagner le gros lot. Et pourtant, quelqu'un le gagne à peu près à chaque tirage.

— Donc, c'est possible.

— J'aimerais vraiment lui parler.

— S'il... dissociait, qu'est-ce qui se passerait ?

— Un effondrement. Qui pourrait aller jusqu'à la régression à un stade purement végétatif... à quelque chose d'irréversible. Il ne s'en remettrait vraisemblablement pas. Il mourrait au fond d'une cellule d'hosto.

— C'est moche.

— Très.

Ils parlèrent de tout et de rien pendant quelques minutes : de ses cours de théologie, de l'intérêt récent de certains de ses étudiants pour l'Ancien Testament.

— Amnon et Jael. Ils connaissent leur histoire, dit-elle.

— Bravo. Tiens, j'ai revu deux fois Weather à l'hôpital.

Son amie détourna les yeux, vite, presque furtivement, avant de le regarder de nouveau. Ella savait ce qu'était la dissimulation, mais n'avait aucun talent pratique dans ce domaine. Elle était obligée de planifier ses tentatives.

— Quoi ? demanda-t-il.

— Rien.

— Ella, bon Dieu – pardon –, qu'est-ce qu'il y a ?

— Bon Dieu pardon ?

— Qu'est-ce qu'il y a ?

— Je ne peux pas. Je ne veux pas te parler de Weather.

— Elle t'a appelée, devina Lucas. Elle t'a appelée et elle t'a posé des questions sur moi.

Ella esquiva de nouveau son regard.

— Je ne peux rien te dire. Quand... quelqu'un m'appelle, c'est en confidence.

— Allons bon. Nous voilà face à un problème.

Ella se raidit sur sa banquette.

— Pourquoi ? Tu ne vois personne d'autre.

— Les choses bougent ces derniers temps.

— Lucas... si tu as la moindre chance de te réconcilier avec Weather, tu serais vraiment idiot de ne pas le faire.

— Ah, nom d'un chien, grommela-t-il.

Après avoir quitté Ella, Lucas rentra chez lui, éteignit toutes les lumières et s'assit dans son séjour obscur. Tâcha de démêler l'écheveau de l'affaire Alie'e. Tâcha de démêler l'écheveau de sa relation avec Weather.

Weather s'était retrouvée plongée au cœur d'une des enquêtes de Lucas. Elle avait été prise en otage par un tueur fou avide de vengeance. Elle avait réussi à le convaincre de se rendre, mais Lucas l'ignorait. Il avait organisé une embuscade avec un tireur d'élite de la police qui, d'une balle à haute puissance tirée depuis le fond d'un couloir d'hôpital, avait fait éclater la tête du tueur comme un potiron. Le plan consistait à l'attirer à découvert, à l'obliger à braquer un instant son arme dans une autre direction que celle de la tempe de Weather, et à l'abattre. Il avait fonctionné à la perfection.

À un détail près : Weather avait fini par éprouver une curieuse bienveillance envers son ravisseur – qu'elle jugeait n'être pas un homme entièrement mauvais – et tout à coup la cervelle de cet homme lui avait littéralement giclé en pleine figure, dans une pluie d'éclats d'os et de cartilages.

Weather était chirurgienne ; elle ne craignait ni le sang ni la mort ; elle ne péchait pas davantage par excès de sentimentalisme. Mais là, c'était autre chose, et après cet événement, elle n'avait plus été capable d'approcher Lucas. Elle savait que ce trouble était une sorte de réaction psychologique, de phobie, de tic mental, mais le fait de le savoir n'avait rien résolu. Elle resta donc à distance... et même plus. Elle se mit à le fuir. Prit ses jambes à son cou. Elle ne haïssait pas Lucas, non, rien de tel – elle ne pouvait simplement plus supporter sa présence, ni l'écho constant des atroces sensations visuelles, auditives et tactiles provoquées par l'impact de la balle qui avait perforé le cerveau d'un homme à huit centimètres du sien.

Cela dit, songea Lucas, le temps passe.

Le temps passe. Il ferma les yeux dans le noir. Vit apparaître le visage balafré, les yeux malicieux de Jael

Corbeau ; les traits réguliers et légèrement poupins de Catrin ; les épaules, le nez un peu trop grand, la *présence* de Weather.

Le temps passe, mais parfois, au passage, il vous flanque une belle rouste.

20

Mercredi. Cinquième jour de l'affaire Alie'e Maison.

Lucas passa prendre des nouvelles de Marcy. Black, avachi sur une banquette du couloir, se leva en le voyant arriver. Il n'était pas rasé et titubait légèrement.

— Rien de nouveau, dit-il. Elle a repiqué du nez, mais ils pensent qu'elle est tout près de la surface. Elle devrait reprendre connaissance aujourd'hui.

Lucas jeta un coup d'œil à l'intérieur de la salle des soins intensifs. Au bureau, Marcy se distinguait par son dynamisme : elle avait toujours un projet en cours ou quelque chose à faire. Assise dans ce lit, elle n'avait pas l'air à sa place. Elle était amaigrie, hâve, exsangue.

Il tapota l'épaule de Black :

— Ne tire pas trop sur la corde.

Le siège de l'Atheneum State Bank, qui occupait un édifice de briques rouges dont le fronton était soutenu par quatre colonnes de bois blanc, donnait sur University Avenue, à trois blocs du capitole de l'État. Cette partie de Saint Paul avait commencé à se valoriser lorsque les cinémas porno avaient déménagé et que les tapineuses avaient été repoussées plus à l'ouest, loin des représentants du pouvoir législatif. Mais cette tendance positive s'était vite essoufflée, et le quartier donnait à présent une impression de décadence et d'abandon, un peu comme un gobelet de carton écrasé devant une station-service.

Quatre lignes de Rodriguez – une chez lui, deux à son bureau et celle de son mobile – avaient été mises sur écoute, de même que le numéro personnel et le portable de Bill Spooner, le vice-président adjoint, responsable du service des prêts commerciaux de la banque.

Lucas et Del se rendirent à l'Atheneum State Bank dans une vieille voiture banalisée, suivis par Tim Long, un adjoint de l'attorney du comté. Du parking, Lucas contacta Rose Marie. Celle-ci, qui attendait son coup de fil, téléphona illico au président de la banque et le pria de recevoir brièvement ses collaborateurs. Après quoi elle rappela Lucas.

— Il vous attend. Faites attention à lui. C'est un de ces faux derches qui sont toujours prêts à rendre service à un élu et qui n'oublient jamais de le lui rappeler ensuite.

Lucas se tourna vers Del :

— Tâche de localiser la bagnole de Spooner.

— OK, et toi, secoue-le bien.

Lucas et Long entrèrent dans la banque, s'adressèrent à la secrétaire du président. Elle disparut dans le bureau de son patron et en ressortit une minute plus tard, suivie par le président soi-même.

— Déjà ? Rose Marie m'a appelé il n'y a pas deux minutes.

— Le trafic était fluide, répliqua Lucas.

Le président de la banque s'appelait Reed. Cet homme affable, replet, évoquait une icône patriotique ambulante : visage rouge, cheveux blancs, yeux bleus ; cravate rouge, chemise blanche, complet bleu ; Lucas repéra une bannière étoilée dans un angle de la pièce, avec un aigle en plastique doré en haut de la hampe.

Quand Lucas eut exposé la nature générale de sa démarche, Reed se carra dans son fauteuil de cuir.

— Je connais Bill depuis l'enfance, dit-il. Il était six classes en dessous de moi à Cretin. Ses parents – Dieu les bénisse, ils sont tous les deux morts – jouaient à la canasta avec les miens. Nous n'avons jamais eu de problème sur aucun des comptes dont il s'occupe ; en fait, c'est un de nos meilleurs prêteurs. Je suis le parrain de son fils aîné.

— Je suis sûr qu'il n'y a aucun problème en ce moment, fit Lucas. Nous aimerions simplement lui parler de M. Rodriguez. De leurs relations personnelles. Nous sommes demandeurs de toute information susceptible de nous aider dans notre enquête.

— Je doute que nous puissions vous être très utiles. Nos informations financières sont confidentielles et...

— Monsieur Reed, coupa Long, nous sommes conscients de votre souci de confidentialité, et nous souhaitons résoudre cette question aussi discrètement que possible. Si vous le souhaitez, nous pouvons demander un mandat judiciaire pour avoir accès à ces informations. Nous pouvons aussi appeler une voiture de patrouille et emmener M. Spooner à Minneapolis afin de l'interroger. Mais nous pensions que ce serait mieux ainsi. Le chef Roux pense la même chose.

— Croyez que j'apprécie, dit Reed. Le sénateur Roux a toujours été une amie proche. (Après un instant de silence passé à observer Lucas d'un air pensif, il ajouta :) Allons parler à Billy, et voyons ce qu'il pourra vous apprendre.

Billy Spooner était un pur WASP du Minnesota, blond, mince à l'origine, mais dorénavant encombré de quelques kilos superflus. Il portait un costume gris sans un faux pli et des chaussures montantes noires à lacets. Et il avait quelque chose à se reprocher, estima Lucas : ses yeux s'éteignirent au moment des présentations et, lorsque tout le monde fut assis dans son fauteuil et que Lucas eut expliqué ce que voulait la police, il déclara :

— Autant que je sache, Richard Rodriguez ne s'est jamais écarté de la légalité. Son dossier est irréprochable.

— C'est notre problème, dit Lucas. Tout ça est un peu trop irréprochable. Renseignements pris, il semblerait qu'il ait besoin d'un taux d'occupation de cent pour cent pour rembourser ses traites. On se demande comment il se fait que vous lui ayez accordé un prêt dans ces conditions.

— Il y a à cela toute une série de raisons mineures – et une grosse, répondit Spooner. La grosse, c'est qu'il a contribué à élever notre niveau de prêts aux minorités. Dans notre quartier, nous devons rester sensibles aux questions de discrimination, et dans la mesure où Rodriguez est un représentant des minorités responsable, travailleur et intelligent, nous avons décidé de collaborer avec lui aussi longtemps que le risque ne serait pas trop élevé. Le premier immeuble qu'il a acheté était mis en vente à un prix tellement intéressant que nous serions allés jusqu'à lui avancer la totalité de la somme même s'il n'avait pas eu d'apport personnel. Or, il en avait un. Pas énorme, certes, mais comme cela représentait la totalité de ses économies, nous étions sûrs qu'il gérerait son affaire avec le plus grand soin. Et, bien entendu, il avait le statut de minorité. Ça a fait la différence. Ensuite, vu qu'il a travaillé dur et qu'il a toujours tenu ses comptes à la perfection, nous avons accepté de l'aider chaque fois qu'il a voulu étendre ses horizons.

— Donc, résuma Long, il a eu son premier immeuble à un prix intéressant. Quels sont les risques pour qu'il ait réglé sous la table une partie du prix d'achat originel de manière à faire baisser le montant officiel de la transaction ?

— Je n'en ai aucune idée, répondit Spooner en se raidissant.

— Quelles sont les chances pour qu'il ait utilisé de l'argent gagné en trafiquant de la drogue pour payer les loyers non versés par ses locataires ? ajouta Lucas.

— De la drogue ? Richard Rodriguez ? Je ne crois pas, non.

Lucas se pencha sur le bureau du vice-président adjoint.

— Si nous avions un mandat judiciaire pour examiner ses comptes et si nous demandions à un inspecteur d'y jeter un coup d'œil, vous croyez qu'il les déclarerait conformes aux critères de prêts fixés par l'État ?

— Sans aucun doute. Son statut de minorité à lui seul nous vaudrait les applaudissements de la commission bancaire.

Spooner se laissa aller en arrière et se détendit imperceptiblement, à la façon d'un receleur quand il sent que la police n'a rien de sérieux contre lui.

Lucas se tourna vers Long et haussa les épaules. Long plongea une main dans sa serviette, en retira une feuille de papier, la tendit à Reed.

— Ce mandat nous autorise à examiner ses comptes.

Reed s'empourpra légèrement.

— Je croyais que nous devions traiter cette question à l'amiable.

— C'est ce que nous voulions, déclara Lucas. Mais votre ami Bill ici présent se moque de nous, et nous allons donc devoir nous pencher sur les comptes de M. Rodriguez.

— Je ne me moque pas de vous ! protesta Spooner.

— Si, monsieur. Et je vais vous dire une bonne chose : cela concerne l'enquête sur le meurtre d'Alie'e Maison. S'il s'avère que Rodriguez est impliqué du fait de ses activités de trafiquant, et si vous cherchez à le couvrir... eh bien, vous serez compromis aussi. Il s'agit d'un assassinat. Et un assassinat, dans le Minnesota, c'est un minimum de trente ans dans une cellule à peine plus grande que cette table. Et vous m'avez l'air d'être assez jeune pour pouvoir vous colleter ces trente ans dans leur intégralité.

— Attendez, attendez, fit Spooner. Je n'ai strictement rien à voir là-dedans. Je demande un avocat. Tout de suite.

— C'est la formule magique, glissa Long à Lucas. Plus une question, lisez-lui ses droits.

Quand Lucas en eut fini avec la lecture des droits, Reed accepta de faire imprimer un relevé des comptes de Rodriguez. Long ressortit ensuite sur le parking avec Lucas.

— La lecture de leurs droits les fait tous chier dans leur froc, dit-il.

Lucas hocha la tête.

— La question est : Spooner va-t-il passer son coup de fil ?

Il le passa.

Pendant que Long regagnait la banque, Lucas s'installa côté passager à l'intérieur de la voiture banalisée.

338

— C'est la Lexus grise, là, au coin, désigna Del.

Lucas considéra la luxueuse berline métallisée stationnée à côté d'un transformateur électrique.

— Dis donc, ce n'est pas donné, ce genre de caisse.

— C'est un banquier. Il faut bien qu'il ait une belle bagnole pour en mettre plein la vue aux voisins.

Del roula jusqu'au coin du pâté d'immeubles et trouva une place d'où ils pouvaient surveiller la voiture de Spooner. Vingt minutes plus tard, le téléphone portable de Del sonna. C'était Long, qui fit mine de s'adresser à sa femme : Reed devait être à portée de voix.

— Allô ? Je ne vais pas pouvoir rentrer pour le déjeuner. J'ai encore du travail à la banque.

— Il vient de partir ? demanda Del.

— Absolument, ma chérie, dit Long.

Del se tourna vers Lucas :

— Il arrive.

Une minute plus tard, ils avisèrent Spooner en train de sortir de la banque, serviette à la main, en même temps qu'il enfilait un pardessus noir. Il rejoignit la Lexus, jeta sa serviette sur le siège avant du côté passager et quitta le parking au ralenti. Les policiers prirent son sillage à un bloc de distance, en s'appliquant à laisser entre eux une demi-douzaine de véhicules. Ils dépassèrent le Capitole et descendirent la colline menant au centre de Saint Paul. Del se rapprocha peu à peu pendant que Lucas se ratatinait sur son siège.

Au cœur du centre-ville, la Lexus de Spooner s'engagea sur une rampe de parking. Del se gara à côté de l'entrée et mit le levier de vitesses au point mort.

— Je vais le récupérer sur la passerelle, dit-il en ouvrant sa portière. Branche ton téléphone.

Il descendit. Dès que le pare-chocs arrière de Spooner

eut disparu en haut de la rampe, Lucas sortit de la banalisée et se mit en quête d'un parcmètre.

Del l'appela dix minutes plus tard.

— Je l'ai. Il vient d'entrer chez un avocat.

— Nom d'un chien.

— Qu'est-ce qu'on fait ?

— Je te rappelle dans deux minutes.

Lucas interrompit la communication et composa le numéro de portable de Lane.

— Où est Rodriguez ? lui demanda Lucas.

— À son bureau. Je vois sa manche de chemise.

— Rien de spécial ?

— Des bricoles. Mes arpions me font un mal de chien. J'ai récupéré la main courante de la Criminelle sur l'affaire Alie'e, et je suis en train de relire toutes les dépositions. Un gamin de neuf ans a essayé de me fourguer des fausses cartes de base-ball. Et des flics de Saint Paul me sont tombés dessus. C'est à peu près tout.

— Pas d'emmerdes avec les gars de Saint Paul ?

— Non. Ils se demandaient juste ce que je foutais à lire un cahier au milieu d'une passerelle depuis deux heures.

— D'accord. Notre homme est chez son avocat. À deux blocs de toi environ. Préviens-moi s'il se passe quoi que ce soit.

— Une carte de Mickey Mantle pour sa première année chez les pros, ça vaut largement plus de vingt dollars, non ?

— Abruti.

Lucas refit le numéro de Del.

— Rodriguez est à son bureau.

— Et ?

— On attend un peu. Disons une heure.

Vingt-cinq minutes plus tard, Del rappela.

— Il sort.

— Où ?

— On dirait qu'il revient vers le parking.

— Nom de Dieu. Ne le lâche pas. S'il remonte en voiture, je te reprends à l'endroit où tu es descendu.

Cinq minutes plus tard, Del était de retour dans la banalisée. Lucas se dirigea vers la sortie du parking, et au moment où ils se glissaient de nouveau dans le sillage de Spooner, le téléphone de Del sonna. Il le sortit, écouta une seconde.

— Son téléphone est branché, grommela-t-il avant de tendre l'appareil à Lucas. À croire qu'ils me prennent pour une putain de secrétaire.

— Ton mec a passé son appel, annonça Lester à Lucas.

— Quand ?

— Il y a six ou sept minutes. Depuis le cabinet d'un avocat.

— Je sais, on l'a suivi. Il vient d'en ressortir, et on est sur lui. Qu'est-ce qu'il a dit ?

— Il avait l'air de lire un communiqué. Voici texto ce qu'il a dit : « Monsieur Rodriguez, des allégations vous concernant viennent d'être faites par la police de Minneapolis. Je ne serai plus autorisé à être en relation directe avec vous pour ce qui est des hypothèques de vos immeubles, et je tenais à vous informer qu'à l'avenir vos comptes seront gérés par Mme Ellen Feldman. » Rodriguez a répondu : « Qu'est-ce que vous me chantez ? La police ? » Et Spooner : « Je ne suis pas libre d'en discuter, mais vous pourrez vous procurer de plus amples informations auprès du chef adjoint de la police de Minneapolis, M. Lucas Davenport, ou de M. Tim Long, adjoint de l'attorney du comté de Hennepin. » Rodriguez : « Il y a un rapport avec la fête ? » Spooner : « Je ne suis vraiment pas

341

libre d'en discuter. Je vous suggère de contacter le chef Davenport ou M. Long. Je suis navré que ceci soit arrivé. J'avais le sentiment d'entretenir avec vous d'excellentes relations de travail. Je dois vous quitter. J'espère que le problème se résoudra au mieux. » Rodriguez : « D'accord. Merci pour tout. » Point final.

— Merci pour tout, répéta Lucas. Il parlait du coup de fil.

— C'est de la belle ouvrage, ce coup de fil. Il le met en garde sans se mouiller. Ni mouiller Rodriguez.

Lucas raccrocha, et ils suivirent Spooner jusqu'à son retour à la banque. Il roulait lentement, bien au-dessous de la limite de vitesse. Quand il fut rentré dans l'immeuble, Lucas dit :

— Au diable Spooner. Allons voir Marcy.

Weather discutait avec Tom Black devant l'entrée du service des soins intensifs. En voyant arriver Lucas et Del, elle sourit.

— J'ai de bonnes nouvelles, annonça-t-elle.

— Quoi ? demanda Lucas en la rejoignant.

— Marcy est plus ou moins réveillée. Tout est quasiment stabilisé. Son état est toujours considéré comme critique, mais ça se présente bien. Pour la première fois.

Lucas s'approcha de la vitre et jeta un coup d'œil à l'intérieur de la salle.

— On peut la voir ?

— Je vais chercher l'infirmière. Ils viennent d'admettre quelqu'un d'autre.

L'infirmière arriva peu après et lâcha d'un air sévère :

— Une minute seulement. Vous lui dites bonjour, et dehors.

Elle leur remit à chacun un masque et les précéda dans la salle de soins.

Les paupières de Marcy étaient en berne. Quand Lucas, Del et Black se faufilèrent à son chevet, elle les souleva partiellement ; au bout d'un moment, les coins de sa bouche s'ourlèrent.

— Elle dort pendant son service, commenta Black.

— Ne compte pas sur moi pour te payer tes heures sup, ajouta Lucas. Tu émarges toujours à la Criminelle.

— Si tu clamses, interrogea Del, je pourrai avoir ton calibre ?

Marcy essaya de dire quelque chose que Lucas n'entendit pas. Il se pencha sur elle. Ses lèvres étaient parcheminées, presque brûlées.

— Qu'est-ce qu'il y a ?

— Allez vous faire foutre, souffla-t-elle en bougeant la tête d'un demi-centimètre.

— Elle va mieux, déclara Lucas, ravi.

— Vous autres, les flics, vous êtes hallucinants, fit Weather en souriant. Je n'arriverai jamais à vous comprendre. Vous poussez le bouchon de la connerie tellement loin...

Lucas s'accroupit à côté du lit, et, à travers son masque bleu, dit à Marcy :

— Tu en baves en ce moment, mais tu vas t'en tirer. On est sur la piste du mec qui t'a fumée.

Elle détourna la tête, et ses paupières se refermèrent.

— Allez, tout le monde dehors, ordonna l'infirmière.

— Elle a l'air plutôt bien, non ? demanda Lucas dans le couloir. Elle m'a paru plutôt bien.

— Plutôt bien, répéta Black.

— Je n'en reviens pas, fit Del. Quand on pense

qu'elle s'est pris deux balles de 44. Elle est beaucoup mieux.

Pendant qu'il remontait son jean sur ses hanches, les trois policiers échangèrent des hochements de tête.

— Elle n'est pas encore sortie d'affaire, dit Weather. Tâchez de garder ça en tête. Elle a encore un bout de chemin à parcourir.

Lucas se dirigea vers la sortie du service avec Del et, tout à coup, s'arrêta net.

— Attends-moi une minute.

Il revint dans le service. Weather était en train de s'éloigner vers les profondeurs de l'hôpital.

— Hé, Weather !

Elle s'arrêta pour l'attendre. Il la rattrapa, sortit une carte de visite de son portefeuille, griffonna au verso son numéro de portable et dit :

— Tâche de garder un œil sur elle tout au long de ton service, d'accord ? Tu connais les médecins mieux que nous. S'il se passe quelque chose...

— Je t'appelle, compléta-t-elle en prenant la carte.

Lucas repartit. Quand ils furent arrivés sur le trottoir, Del se tourna vers lui.

— Alors ?

— Je lui ai donné mon numéro au cas où il arriverait quelque chose à Marcy.

C'était un mensonge. Weather aurait pu facilement le joindre en passant par le central de la police, dont elle connaissait le numéro. En réalité, si Lucas était revenu sur ses pas, c'était sous l'influence d'une petite démangeaison inconsciente : pour lorgner ses oreilles. Un saphir d'un carat scintillait sur chaque lobe de Weather. Il les lui avait offerts.

Il garda le sourire tout au long de son trajet de retour vers le City Hall.

— Elle va s'en sortir, dit Del.

— Peut-être.

De son bureau, Lucas passa un appel à Louis Mallard, du FBI de Washington. Mallard avait assez de talent pour soutirer n'importe quelle information à n'importe quel ordinateur du gouvernement quelle que soit sa localisation. Il accepta de chercher et de lui transmettre au plus tôt tout ce qui était officiellement disponible sur la société de Rodriguez à Miami. Après avoir raccroché, Lucas descendit au bureau de Rose Marie.

— J'ai besoin d'une réunion, dit-il. Tout de suite.

— Marcy s'est réveillée.

— Je sais. Elle va s'en sortir.

Rose Marie mit un doigt devant ses lèvres.

— Chut. Ne lui portez pas malheur.

Pendant qu'ils attendaient l'arrivée des participants de la réunion, Lane téléphona à Lucas.

— Comme je m'emmerdais, je suis passé devant la fenêtre du bureau de Rodriguez. Il bossait sur son ordinateur.

— Combien de personnes t'ont vu ? La secrétaire ?

— Peut-être. Mais j'étais sapé en mec très classe, ce qui d'ailleurs ne me demande aucun effort, et je l'ai un peu matée à travers la vitre.

— Lane, t'es un sacré...

— Je peux te dire que Rodriguez était connecté sur E-Trade [1].

— E-Trade.

— Ouais. Je te parie qu'il a la trouille et qu'il est en train de vendre ses actions en Bourse.

_____

1. Un des plus importants opérateurs boursiers sur Internet. *(N.d.T.)*

— T'es vraiment un petit génie !

Lucas rappela aussitôt Mallard.

— Tu peux accéder aux données du site d'E-Trade ?

— Les doigts dans le nez, répondit Mallard.

Del arriva dans la salle de réunion, bientôt rejoint par Frank Lester, par Towson, l'attorney du comté, et par Long, son adjoint, qui revenait à peine de l'Atheneum Bank avec une pile de documents. Aucun représentant du service de communication de la police.

— Je tiens à m'assurer que tout le monde sait où on en est, commença Lucas. On surveille Rodriguez, et je vais vous dire un truc, fondé sur mon intuition, mon expérience et les deux ou trois petites choses qu'on sait à son sujet : c'est lui qui a tué Alie'e et Sandy Lansing.

— Vous avez l'air sûr de vous, dit Towson.

— Je le suis. Lansing vendait toutes sortes de défonce à ses copains de la haute pour le compte de Rodriguez. Rodriguez est présent à la soirée. Ils ont un différend quelconque, et Rodriguez la tue dans le couloir. Peut-être n'est-ce qu'un accident – d'après le légiste, la tête de Lansing pourrait avoir heurté un cadre de porte. Rodriguez essaie ensuite de la planquer dans une penderie, et il se fait surprendre par Alie'e, qui était dans une chambre. Peut-être qu'Alie'e a entendu le choc – ou peut-être qu'elle s'est simplement réveillée au mauvais moment. En tout cas, elle voit quelque chose, et Rodriguez lui fait son affaire. Ensuite, il met les bouts, peut-être en passant par la fenêtre de la chambre voisine. Ou peut-être qu'il retraverse tranquillement la foule et rentre chez lui.

— Qu'avons-nous de sûr ? demanda Towson.

— Que Rodriguez a été voyou à Detroit, qu'il est

arrivé ici sans un rond et qu'il s'est enrichi très vite. Nous avons un truand qui le désigne comme un grossiste du trafic de came et qui affirme que Sandy Lansing revendait pour lui au détail. Je suis certain que, dès qu'on commencera à affiner cette piste, on trouvera d'autres liens entre eux. Nous savons que Rodriguez était à la fête. On a aussi un mec – Derrick Deal – qui connaissait bien Lansing et qui la soupçonnait de vendre de la came ; et c'est le genre de mec qui n'hésite pas à se lancer dans un petit chantage si ça lui paraît lucratif. Il est presque certain qu'il savait pour qui elle dealait, parce que le lendemain du jour où je suis allé lui parler il s'est fait tuer d'une manière qui rappelle tout à fait celle dont Alie'e et Lansing l'ont été : sans passion, mais avec une efficacité brutale.

— Je ne vois pas comment vous faites pour relier Deal à Rodriguez, fit remarquer Rose Marie.

— Je ne les relie pas directement. Je dis juste que Deal ne connaissait pas Alie'e. Donc, s'il a voulu faire chanter le meurtrier, c'est forcément en rapport avec Lansing. Or, la seule personne présente à la soirée qui ait été liée à Lansing, autant qu'on sache, c'est Rodriguez.

Long chercha le regard de Towson.

— Il va nous falloir des graphiques en couleurs et peut-être même une plaquette de présentation sur papier glacé pour vendre ça à un jury, fit-il.

Towson secoua la tête.

— On n'en est pas encore là. Il nous faut davantage d'éléments.

— On vient à peine de commencer à bosser sur Rodriguez, dit Del.

— J'ai la doc de l'Atheneum Bank, déclara Long. Le patron de Spooner a passé tout son temps à regarder par-dessus mon épaule, et vous savez quoi ? Si on pousse un peu Spooner, il nous dira que ces prêts n'auraient pas dû être consentis. Cette histoire pue à plein nez. Rodriguez lui reversait du fric sous la table.

— On peut le faire craquer ? demanda Towson.

— Je n'en sais rien. Il me fait l'effet d'un péteux, mais s'il continue de la boucler... je veux dire, il a un avocat. S'il maintient que ces prêts étaient réguliers, s'il s'accroche à son histoire de minorité et si Rodriguez ne parle pas, je ne vois pas trop sur quoi on va pouvoir le coincer.

— On va l'emmerder, dit Lucas. S'il a été payé sous la table par Rodriguez, il se pourrait qu'il ait un problème de déclaration de revenus.

Towson se tourna vers Long.

— Voyez ça avec le fisc.

Lester résuma ensuite les éléments à charge contre Tom Olson.

— Il a un mobile, il a la possibilité matérielle, il a pu accéder à la voiture dont on sait maintenant avec certitude qu'elle a été utilisée pour blesser Marcy Sherrill...

— Comment le savez-vous ? s'enquit Long.

— On a extrait la balle de la portière. Elle n'a pas pénétré dans l'habitacle – elle a fini sa course dans une poignée en plastique. Elle provient du revolver de Marcy.

— D'accord, fit Long.

— Par contre, dit Lucas, on n'a pas retrouvé le 44 qui a blessé Marcy.

— Non.

— Plutôt embêtant, remarqua Del.

— Oui, reconnut Lester. Surtout que, depuis la fusillade, Olson est resté ici, sans remettre les pieds à Fargo. On a fouillé sa chambre de motel et sa voiture après la mort de ses vieux. Pas d'arme. Celle qui a servi à tuer ses parents appartenait à son père. Il la gardait dans sa voiture.

— Comment le sais-tu ? demanda Lucas.

— Olson nous l'a dit, répondit Lester. Son vieux la planquait sous le siège avant. On a relevé le numéro de série et on a remonté sa trace jusqu'à une armurerie de Burnt River. Lynn Olson l'a achetée il y a six ans.

— Vous croyez qu'il a buté ses parents ? interrogea Towson.

— Il y a cette théorie...

Lester résuma à l'attorney le concept de personnalité multiple, puis décrivit le piège mis en place contre Tom Olson.

— Il y a intérêt à ce que ce piège marche, maugréa Towson. Parce que votre théorie de la personnalité multiple me paraît sacrément tirée par les cheveux.

Une secrétaire passa la tête dans l'embrasure et annonça :

— Lucas, vous avez un appel de la Maison-Blanche.

Tous les regards convergèrent sur Lucas.

— Quoi ?

— Un type qui se prétend de la Maison-Blanche. Il n'avait pas l'air de plaisanter.

— Vous feriez mieux de le prendre, suggéra Rose Marie.

Lucas prit l'appel sur le bureau de la secrétaire.

— Je parie que ça leur en a bouché un coin à tous, hein ? rigola Mallard. La standardiste m'a dit que tu étais en réunion avec ton chef.

— En tout cas, ça m'en a bouché un à moi, répondit Lucas. Que se passe-t-il ?

— Ton mec, Rodriguez, a commencé à vendre ses

titres lundi matin. Il va lui falloir deux jours pour toucher les chèques, mais en gros il attend un quart de million de dollars par retour du courrier.

— Nom d'un chien !

— Je n'ai obtenu qu'une info de Miami. Rodriguez a monté sa société il y a neuf ans. Son avocat d'affaires s'appelle Haynes et, pour ce qu'en savent nos collègues de Miami, il est réglo – un cabinet privé, spécialisé dans le droit des affaires. Il fait pas mal d'immobilier, ce genre de choses.

— Mallard, Mallard, tu es un bon petit canard, fit Lucas.

— Ha ! ha ! très drôle. Au fait, tu te souviens de Malone ?

— Bien sûr. Comment va-t-elle ?

— Elle danse le fox-trot avec quelqu'un d'autre.

— Diantre. Le futur numéro cinq ?

— Ça se pourrait. Bon, je vais continuer à me rencarder sur Rodriguez, mais je me suis dit que tu aurais envie de savoir qu'il était en train de récupérer ses billes.

Lucas rejoignit les autres et résuma la teneur de l'appel de Mallard.

— C'est un élément nouveau, commenta Towson, et même un bon. Il va falloir ralentir Rodriguez.

— Par quel moyen ? s'enquit Rose Marie.

— Une finasserie de juriste, intervint Del, regardant Towson.

— Le fisc, suggéra Towson. Parlez-leur de la came – peut-être qu'ils pourront faire quelque chose en ce qui concerne les sommes qu'il s'apprête à encaisser.

— Donc, conclut Rose Marie, on met la pression sur Rodriguez et on continue d'appâter Olson. Tout le monde est d'accord ?

Tout le monde acquiesça.

— On n'a rien de mieux, conclut Lester.

21

Del reçut un appel des Stups et se rendit sur place. Lucas réquisitionna un agent en tenue à la division des patrouilles, l'habilla en civil et le chargea d'aller relever Lane.

Sur ce, il téléphona à Lane :

— Dès qu'il arrivera, je veux que tu le briefes. Ensuite, va chez l'attorney, parle à Tim Long, et plonge-toi dans la doc de la banque. Spooner est un élément clé : s'il sait quoi que ce soit sur Rodriguez, il sait probablement tout. Si on réussit à le faire craquer, ça pourrait suffire.

— Quelle quantité de doc ?

— À peu près une tonne.

— Bon Dieu, Lucas ! Pourquoi faut-il que ce soit toujours moi qui me retrouve englué dans la paperasse ?

— Parce que tu sais lire. Alors magne-toi. Ah ! il y a aussi un fichier informatique du FBI qui vient d'arriver sur Rodriguez et son argent. Je vais l'imprimer et le laisser à Lester. Jette un coup d'œil dessus et tâche d'y trouver quelque chose qui pourrait, enfin, tu sais...

— Quoi ?

— Merde, je ne sais pas, moi. Nous aider à trouver le joint, un truc de ce genre.

Après en avoir fini avec Lane, il attrapa l'annuaire, composa le numéro de l'hôtel Brown, demanda India. Elle arriva au bout du fil une minute plus tard. Lucas se présenta.

— Vous êtes encore en service pour un moment ?

— Jusqu'à six heures.

— Je vais passer.

Il raccrocha, descendit à la Criminelle avec le fichier du FBI, le remit à Lester.

— Les photos de Rodriguez sont prêtes ? demanda-t-il.

— Euh, ouais... Elles sont à l'identité, je crois.

Lucas se rendit au service de l'identité. Le photographe s'appelait Harold McNeil – un ancien agent en tenue qui, un jour, en avait eu marre de se les cailler en voiture de patrouille et avait décroché le poste en baratinant. Il avait prétendu que la photo était son dada depuis longtemps alors qu'il n'aurait pas su faire la différence entre un yack et un appareil petit format. Il s'acheta un bouquin intitulé *Apprenez la photographie en un week-end*, s'amusa avec les appareils du département, et au bout d'une semaine il était meilleur que son prédécesseur, ce qui lui avait permis de garder le poste.

Il avait deux bonnes images de Rodriguez : un gros plan pleine face et un profil.

— Tu as quelques autres bouilles à me prêter ?

— Bien sûr.

McNeil se retourna, ouvrit le tiroir du bas de son meuble de rangement et en sortit une brassée de photos. Ils choisirent les portraits – face et profil – d'une demi-douzaine de types. Lucas les fourra dans sa poche.

— Je te les rapporte, promit-il.

— C'est ce qu'ils disent tous. Et on n'en revoit jamais la couleur.

Lucas mit son manteau et se rendit à pied au Brown ; la morsure de l'air froid lui parut agréable ; la marche aussi. India, derrière son comptoir, sourit en le voyant approcher.

— Avez-vous déjà vu un de ces mecs avec Sandy Lansing ? demanda-t-il en lui tendant sa liasse de photos. Il y en a deux de chaque.

India prit tout son temps pour les examiner. Une autre femme s'approcha.

— Qu'est-ce qui se passe ? s'enquit-elle.

— Police, dit Lucas. On essaie de retrouver quelqu'un que Sandy Lansing aurait pu connaître.

— Je l'ai vue plusieurs fois avec un homme, déclara la femme.

Elle se pencha par-dessus l'épaule d'India, et elles passèrent ensemble les photos en revue.

— Je ne crois pas, dit enfin India en secouant doucement la tête. Celui-là, peut-être... mais je ne crois pas que ce soit lui.

— Moi non plus, renchérit sa collègue. C'est un peu le même genre, remarque. Avec un costume.

— Ce n'est pas lui. Celui-ci a l'air dur, fit India.

— Tu as raison, approuva l'autre femme, regardant Lucas. Je crois que je n'en ai jamais vu aucun.

Lucas regarda l'unique photo qui avait retenu leur attention. Un Blanc aux cheveux de miel, au visage rond, mais sans le côté massif de Rodriguez. Pas la moindre ressemblance.

Un coup d'épée dans l'eau.

De retour au bureau, Lucas trouva un message le priant de rappeler Tim Long chez l'attorney du comté. Ce qu'il fit.

— Il ne faudra pas compter sur le fisc, lui apprit Long. J'ai parlé à un de leurs inspecteurs, et il m'a dit que si on trouvait n'importe quoi qui ait l'air d'un revenu illicite, on n'avait qu'à leur faire signe. Mais ils ont trop de boulot avec les réclamations des contribuables pour s'intéresser à un type qui ne leur a jamais posé le moindre problème. Rodriguez a fait l'objet d'un contrôle aléatoire il y a deux ans, et ses comptes se tenaient au centime près.

— Ce qui est logique s'il bidouille sa trésorerie avec de l'argent sale.

— Ouais. En tout cas, le gars du fisc m'a dit : « Vous les serrez, et nous, on les passe à la casserole. » Mais ils ne vont pas s'amuser à immobiliser de l'argent investi et risquer de s'attirer les foudres d'un député quelconque. Pas quand ils ont un dossier complet stipulant que le mec en question est réglo.

Encore un coup d'épée dans l'eau.

— Olson ne bouge pas, dit Rose Marie. Il ne fait rien.

— Vous le voyez toujours, n'est-ce pas ? Dans le cadre des réunions avec la famille ?

— Oui. (Elle jeta un coup d'œil à la pendule de son bureau.) On remet ça dans un quart d'heure.

— Pourquoi ne lui soufflez-vous pas, sur le ton de la confidence, qu'on a un candidat sérieux pour le meurtre de sa sœur ? S'il est timbré, et si quelque chose est susceptible de le remuer, ça devrait être ça.

— Lucas...

— Ne lui donnez pas de nom. Dites que vous n'en avez pas le droit, mais qu'il y a une possibilité pour que nous ayons du nouveau dans les deux jours. L'idée, c'est de le déstabiliser et de le remettre dans la configuration adéquate au cas où il serait bien l'auteur des meurtres.

— Je ne sais pas.

— Autre avantage, ça le dissuaderait temporairement de se plaindre de nous en présence des médias.

Après avoir quitté Rose Marie, Lucas se dirigea vers l'hôpital pour voir Marcy. Tom Black était assis à son chevet. Elle avait la tête tournée vers lui. Quand Lucas entra, Black murmura :

— Ça va, ça vient. En ce moment, elle pionce.

Lucas prit une chaise et l'approcha. À deux lits de distance, un vieil homme à crinière blanche, visage sec et nez de faucon, se battait pour respirer ; de toutes ses forces.

— Que penses-tu d'Olson ? souffla Black.

— Il est peut-être cinglé, répondit Lucas.

— Tu crois, euh, qu'il pourrait débouler comme ça, en plein hosto ?

— Difficile à dire. Il est assez tentant de tenir pour cinglé un mec capable d'exécuter ses parents.

— Ouais, eh bien...

Black déglutit bruyamment, baissa les yeux sur le carrelage.

— Quoi ?

— Ça me débecterait vraiment de voir cet empaffé s'en tirer après ce qu'il a fait à Marcy. Y a aucune justice dans ce foutu monde si on peut descendre Marcy comme ça sans passer à la caisse.

Lucas le dévisagea longuement. Dans la police, Black était le meilleur ami de Marcy. Et étant donné qu'il était homo, le problème de désir qui avait une

355

tendance récurrente à surgir autour d'elle – qui avait surgi avec Lucas – ne se posait pas entre eux.

— Écoute... Thomas, mon ami, si tu penses ce que je pense que tu penses, arrête d'y penser.

— Tu n'y as peut-être pas pensé, toi ?

— Non. S'il s'agissait d'un mec qu'on ne peut pas arrêter, d'un pédophile ou d'un violeur en série impossible à atteindre... je pourrais y penser, mais une chose est sûre, je n'en parlerais jamais à personne. À *personne*. Et je ne vais pas descendre quelqu'un parce qu'il a tiré sur un flic. Tu piges ? Les flics se font tirer dessus. Ça fait partie du métier. Marcy savait que ça pouvait lui arriver – ça lui est déjà arrivé une fois. Ce n'est pas comme si c'était un petit agneau innocent.

— Mais s'il s'en tire...

— Bon Dieu, Tom, laisse-nous un peu de temps. On l'aura. Je vais te confier un truc : je penche pour Olson à cinquante pour cent, et à cinquante pour cent pour quelqu'un d'autre. On ne descend pas un demi-suspect.

— Ça me fout en l'air, grommela Black.

— Je sais.

Marcy se réveilla quelques minutes plus tard, reconnut les deux hommes.

— Je prendrais bien une bière, croassa-t-elle.

— J'en ai une, mais elle est déjà ouverte, lui dit Black. Si on pouvait te trouver une bouteille quelque part...

Elle sourit. Elle avait l'air presque bien, songea Lucas.

— Comment te sens-tu ?

— J'ai l'impression d'avoir été salement touchée.

— C'est le cas, idiote, dit Lucas. Tu n'es pas dans les services secrets, et Jael n'est pas le président.

Elle referma les paupières un moment, fit mine de somnoler, rouvrit les yeux.

— Comment va Jael ?

— Elle est sous protection rapprochée vingt-quatre heures sur vingt-quatre, répondit Lucas. Franklin lui a appris à préparer les chips au fromage.

— Je me sens vide, murmura-t-elle en humectant ses lèvres sèches. Je n'ai même pas mal.

Black se leva.

— Tu veux que j'aille chercher l'infirmière ?

— Non, non... c'est juste que je me sens... vide.

Del entra sur la pointe des pieds, s'accroupit à côté du lit et observa Marcy. Au bout d'une minute, il émit un grognement.

— Tu vas bien, dit-il. Je vais enfin pouvoir arrêter de passer te voir toutes les cinq minutes. Tu veux des magazines ?

— Pas avant quelques jours, répondit Marcy d'une voix faiblissante.

Elle se détourna vers le plafond, ferma les yeux, respira lentement à plusieurs reprises. Lucas crut qu'elle s'était rendormie. Puis elle tourna de nouveau la tête et lui fit face, le regard vague.

— Tu as revu... ta vieille amie ?

— Oui, admit-il en hochant la tête.

— Tu ne fais pas le con ?

— On en reparlera la semaine prochaine.

— Tu rigoles...

— Elle fait sa crise de milieu de vie. Je ne sais pas si quelqu'un peut l'aider.

— Mmm..., fit Marcy.

— De mieux en mieux, dit Black. Des petits potins aux soins intensifs.

— Quoi d'autre ? souffla Marcy.

Elle referma les yeux. Cette fois, elle s'endormit. Au bout de deux ou trois minutes, Del se leva, chercha le regard de Lucas, se mit un doigt en travers des lèvres en indiquant la porte du menton.

— On y va, murmura Lucas. (Et, à Black :) Vas-y mollo.

Il suivit Del jusqu'à la porte.

— Tu te souviens de Logan ? demanda Del dans le couloir. Le deuxième dealer balancé d'abord par Carl Knox puis par Outer – en même temps que Bee ?

— Ouais, on n'a pas eu le temps de...

— Les Stups l'ont agrafé il y a trois heures – c'est l'appel que j'ai reçu. Avec près d'un kilo de coke et deux sachets d'amphés. On lui a proposé un petit jeu. On lui a présenté une pile de photos et on lui a dit que s'il pouvait en associer deux, il aurait peut-être de quoi négocier quelque chose. Il a choisi Rodriguez et Lansing.

— Tu en as parlé à Tim Long ?

— Pas encore.

— Va le voir, fais-lui rédiger une offre de transaction, et envoyez-la à l'avocat de Logan. Il faut qu'on ait sa déposition dès que possible. Aujourd'hui.

— Ça fait un peu juste pour un avocat.

— Je sais. Tu vas devoir lui faire comprendre que c'est une offre à court terme. Là, tout de suite, son client est en mesure de nous fournir quelque chose de neuf. Dès qu'on aura trouvé ailleurs une autre corrélation, on n'aura plus besoin de lui. Si ça se produit, Logan déménage à Stillwater et il est bon pour se taper la tortilla jusqu'à la dernière bouchée.

— J'y cours, j'y vole.

Lucas consulta sa montre, revint vers le bureau, s'arrêta de nouveau pour parler à Rose Marie.

— Qu'est-ce que ça a donné avec Olson ? Vous lui avez dit ?

— Qu'on a un candidat ? Oui.

— De mon côté, je vais mettre la pression sur Rodriguez, voir si on peut le faire paniquer.

— Pourquoi ?

— Parce qu'on n'a contre lui que des éléments indirects. Si on réussit à le pousser à commettre un acte irrationnel, genre effectuer un gros transfert de fonds et faire ses valises, ou si on arrive à le serrer avec un billet d'avion pour le Venezuela par exemple... ça fera bon effet aux yeux d'un jury.

— Soit. De toute façon, on a besoin d'une initiative publique pour les gens du showbiz. Depuis le report des funérailles d'Alie'e, ils rongent leur frein. Qu'allez-vous faire ?

— Ça dépendra de Rodriguez. Il sait qu'il nous a sur le dos. On va le surveiller jusqu'à la fin de la journée. Demain... je ne sais pas encore. Peut-être que j'irai lui parler. Ou peut-être l'alpaguer sous l'œil des caméras, le traîner jusqu'ici et le relâcher ensuite avec un bon coup de pied au cul. Le secouer un peu, quoi.

— Tenez-moi au courant.

De retour à son bureau, Lucas s'installa dans son fauteuil, posa ses pieds en équilibre sur un tiroir, réfléchit et, dix minutes plus tard, descendit à la Criminelle où il retrouva Lester.

— Quand tes gars ont passé au peigne fin l'appartement de Sandy Lansing, ils ont trouvé des photos ? Des albums, ce genre de trucs ?

— Quelques dizaines de photos – rien de très récent. Des photos de famille, répondit Lester. On n'a pas retrouvé d'appareil. Enfin... il y avait un Polaroïd dans le placard de la chambre, mais si vieux que je doute qu'il existe encore dans le commerce les films qui vont avec.

— De la vidéo ?

— Un scope et quelques cassettes – uniquement des films, dont un porno bas de gamme. Pas de caméra vidéo.

— Qu'est-ce que cette fille faisait dans la vie ? On a tous une caméra, non ?

— Elle faisait la fête, répliqua Lester. Et elle allait dans les bars. Autant que je sache, c'est tout. Elle sortait tous les soirs et fréquentait un club de gym trois fois par semaine. Elle avait six ou sept CD, une chaîne compacte qui n'a pas dû lui coûter plus de deux cents dollars, un téléviseur Sony de taille moyenne et un décodeur basique pour le câble. C'est à peu près tout.

— Il faut qu'on la relie plus étroitement à Rodriguez.

— On va devoir chercher de l'autre côté. Cette fille était assez bizarre. Rien ne semblait l'intéresser, à part sortir. Un million de robes, cinquante paires de godasses, une grosse collection de bijoux fantaisie. Martin s'est renseigné au club de gym, ils se servent de ces cartes magnétiques à l'entrée. Elle y allait le lundi, le mercredi et le vendredi, et le seul truc qu'elle suivait, c'était un cours de quarante-cinq minutes pour garder le popotin bien ferme. Elle ne s'intéressait pas non plus au sport. Ni à la musique, ni à la télé, ni aux livres – elle n'en avait pas plus de six.

— Et pas de photos non plus.

— Pas beaucoup.

— Tu as visionné la cassette porno ?

— Non, mais Larry s'en est chargé. Elle ne joue

pas dedans. Une de ces merdes californiennes standard. Bains chauds, piscines et pipes à volonté.

— Hmm... Il t'est déjà arrivé de te demander pour quelle raison on vivait dans le Minnesota ?

— On n'est pas du genre à se contenter de ce genre de conneries.

— Quel pisse-froid ! lâcha Lucas.

Il se leva, s'étira.

— Prêt à gratter dans tous les coins, pas vrai ? fit Lester.

— Au point où on en est...

Peu après le crépuscule, tandis que la rumeur de l'heure de pointe enflait derrière la porte, Lucas commença à songer à son dîner ; sur ces entrefaites, il reçut un coup de fil de l'agent affecté à la surveillance de Rodriguez.

— C'est le pied, dit le flic. Je rêve d'être en civil et de passer mes journées à glander dans une passerelle.

— Vous appelez pour me remercier, ou quoi ?

— Un type est entré dans le bureau de Rodriguez avec une énorme serviette. Ils s'asseyent et se mettent à mater des papiers. Le type n'arrête pas de pousser des papiers en travers de la table. Je ne peux rien vous en dire, parce que je ne vois que leurs manches de chemise. En tout cas, au bout d'une heure, le type remballe tous ses papiers et sort. Rodriguez s'assied devant son ordi. Du coup, je me dis qu'il n'est pas près de partir, et que je ferais peut-être mieux de suivre l'autre...

— Vous êtes parti sur les traces de l'autre et Rodriguez vous a semé.

— Pas du tout. Je le vois en ce moment. Rodriguez. Bref, je suis l'autre type jusqu'au parking, et je le vois monter dans une bagnole avec un de ces logos publicitaires magnétiques sur la portière : « COFFEY IMMO-BILIER ». Je relève le numéro de téléphone et celui de la plaque, et ensuite je reviens fissa m'assurer que Rodriguez ne s'est pas barré... Il est toujours là. Apparemment, il est en pleines tractations avec un agent immobilier.

— D'accord. C'est du bon boulot. Je vous dois un beignet ou quelque chose de ce genre.

— *Deux* beignets. Avec des éclats d'amande. Vous notez les numéros ?

Lucas communiqua au service des immatriculations le numéro de plaque et obtint en échange un nom et une adresse. Puis il appela l'agence Coffey Immobilier et demanda Kirk Smalley, qui arriva au bout du fil.

— Il faut que je vous parle, lui dit Lucas après s'être identifié. Je peux être chez vous juste avant cinq heures.

L'agence Coffey Immobilier était installée sur University Avenue, à deux pas du capitole de l'État et à un bloc de l'Atheneum Bank. En garant sa Porsche dans la pénombre grandissante, Lucas se promit mentalement de vérifier l'existence de liens éventuels entre l'agence immobilière et la banque, puis il remonta le trottoir et tenta de pousser la porte de l'agence. Fermée à clé. Il y avait de la lumière à l'intérieur, et il frappa. Un moment plus tard, un homme dégarni aux manches retroussées sur les coudes arriva à la porte, dévisagea Lucas et ouvrit.

— Commissaire Davenport ?

— Oui.

— Entrez. Je suis Kirk Smalley.

Smalley remit le verrou et précéda Lucas vers un bureau.

— Grosse boîte, remarqua Lucas en marchant.

— C'est une agence de taille respectable. Nous sommes spécialisés dans les immeubles commerciaux, ce qui explique que nous ne fassions pas beaucoup de publicité dans les grands médias. Mais les affaires tournent bien.

Il se laissa tomber dans un fauteuil pivotant derrière son bureau, indiqua à Lucas une chaise en face de lui et demanda :

— Eh bien ? Que puis-je faire pour vous ?

— Vous occupez-vous actuellement d'une transaction immobilière pour le compte de Richard Rodriguez ?

Smalley se balança d'avant en arrière dans son fauteuil, réfléchissant à la question.

— Vous pouvez me dire pourquoi vous souhaitez le savoir ?

— Je pourrai vous dire certaines choses... si vous vous occupez effectivement d'une transaction immobilière pour lui.

— Tout ça restera confidentiel ?

— Si nous avons besoin de votre témoignage officiel, nous vous assignerons à comparaître – et vous n'aurez pas le choix, si vous voyez ce que je veux dire.

— Hé ! Richard Rodriguez roule pour la mafia ou quoi ? fit Smalley avec un large sourire.

— C'est très sérieux.

Smalley se pencha en avant.

— Il faudrait que ça reste confidentiel – ou que vous m'envoyiez une assignation.

— Bien sûr.

Smalley ne semblait toujours pas satisfait.

— Nous le ferons, ajouta Lucas.

Smalley haussa les épaules et dit :

— Il m'a téléphoné aujourd'hui. Richard, je veux dire, pour savoir s'il serait difficile de liquider son patrimoine immobilier, en combien de temps et à quel prix. Je lui ai répondu que le prix dépendait du délai, mais que s'il était pressé, on pouvait faire acheter ses immeubles par un fonds commun de placement immobilier dans un délai de deux semaines environ. Avec ce bémol que, à moins d'un gros coup de chance, il y aurait un sérieux manque à gagner.

— Quel genre de manque à gagner ?

— Difficile à évaluer. Il pourrait se chiffrer à deux cent mille dollars. Au moment où je vous parle, après remboursement de ses hypothèques, Richard peut envisager de récupérer deux millions. Si vous retirez deux cent mille, ça laisse un million huit. Ensuite, il faut soustraire la taxe sur la plus-value et les impôts d'État, plus notre commission. Il se retrouverait avec quelque chose comme un million trois. Net.

— Un paquet de fric.

— Bien sûr. Sauf que deux cent mille dollars passent purement et simplement à la trappe – une petite partie s'en irait en taxes et en commissions, etc. –, mais fondamentalement, il aurait un manque à gagner de quinze pour cent en essayant de vendre vite. Deux cent mille dollars, sur un gâteau d'un million trois, ça fait tout de même une grosse part.

— Qu'est-ce qu'il a dit ?

Smalley lui renvoya une question.

— Pourquoi enquêtez-vous sur lui ?

— Il se peut qu'il utilise de grosses sommes d'argent amassées grâce au trafic de drogue pour combler la différence entre les loyers qu'il perçoit et le remboursement de ses traites et de ses frais de maintenance.

Smalley médita un moment sur la nouvelle.

— Vous insinuez qu'il aurait maquillé ses comptes ? À la hausse ? C'est la première fois que j'entends parler d'un truc de ce genre.

— C'est ce que nous pensons. Il s'agirait d'une forme de blanchiment. Cette recherche s'inscrit dans le contexte général de l'enquête sur le meurtre d'Alie'e Maison.

— Putain de merde !

Smalley parut impressionné, mais il avait l'esprit vif.

— Vous le soupçonnez d'avoir fait le coup ? D'avoir étranglé Alie'e ?

— Je n'ai pas le droit de vous le dire – l'enquête est en cours. Répondez à ma question. Quelle a été sa réponse quand vous lui avez parlé de ce manque à gagner ?

— Il m'a dit : « Vendez. » J'ai répondu : « Écoutez, Richard... » – il n'aime pas, mais pas du tout, qu'on l'appelle Dick. « Écoutez, Richard, si vous nous laissez deux mois... » Là, il m'a coupé la parole et il a répété : « Vendez. »

Ce fut au tour de Lucas de réfléchir.

— Si vous étiez officieusement informé de cette enquête, demanda-t-il enfin, que feriez-vous ?

— Ce que je ferais ? Je laisserais tomber l'affaire comme une patate brûlante. Nous n'avons aucune envie de mettre les pieds dans un merdier tel que l'affaire Alie'e Maison. Nous n'avons pas non plus envie de fourguer pour deux millions de dollars de biens immeubles à un fonds de placement dont les avocats ne tarderaient pas à nous accuser de leur avoir vendu une affaire bidon. Dans notre métier, ce n'est pas le genre de réputation qu'on a envie de se tailler.

— Alors, faites ce que vous avez envie de faire.

— Le laisser tomber ? Vous voulez qu'on le laisse tomber ?

— Je me fiche de ce que vous faites. Laissez-le tomber si c'est l'intérêt de votre agence. Ceci est une visite officielle – vous serez assigné à comparaître dès demain ou après-demain. Mais si vous l'appelez entre-temps pour le laisser tomber, nous ne vous en tien-drons sûrement pas rigueur.

Smalley se gratta le menton, regarda le téléphone, puis leva les yeux sur Lucas.

— Vous essayez de vous servir de moi pour le baiser.

— J'essaie simplement de faire respecter la loi, monsieur Smalley.

— Exact. J'avais presque oublié.

Ils restèrent assis face à face pendant de longues secondes, méditant chacun de son côté sur la loi, puis Smalley lâcha :

— Je l'appellerai demain matin.

Lucas emprunta Dale Street jusqu'à la I-94 et s'élança sur l'autoroute vers l'ouest. Il s'engagea sur la file menant à sa sortie habituelle, à Cretin, puis, à la dernière seconde, se rabattit sur la gauche, franchit le pont qui enjambait le Mississippi, entra dans Minnea-polis et prit au sud jusqu'à la maison-atelier de Jael Corbeau. Il appuya sur la sonnette. À cinq mètres de lui, une voix masculine s'éleva :

— Vous pouvez entrer, commissaire.

Lucas sursauta, se retourna.

— Bon sang, je vous ai pris pour un buisson !

— C'est à peu près ce que j'ai l'impression d'être : un putain de buisson. (Puis, à mi-voix, sans doute dans un talkie-walkie :) Davenport va entrer.

Au moment où Lucas franchissait le seuil, le buis-son ajouta :

— Et dites à Poil-de-Bite que c'est son tour de venir dehors.

Deux inspecteurs qui paraissaient s'ennuyer ferme

étaient assis dans l'atelier, face à un téléviseur portable installé à même le sol et relié à un lecteur de DVD. À l'arrivée de Lucas, un des flics appuya sur le bouton de pause ; ils regardaient *La Momie.*

— Je ne sais pas lequel de vous deux est Poil-de-Bite, mais je suis censé le prévenir que c'est son tour d'être dehors.

Un des inspecteurs regarda sa montre.

— Tu parles. Il me reste un quart d'heure. Vous voulez voir Jael ?

— Oui.

— Elle est en haut. Elle bouquine.

— En tenue décente ?

— Hé, chef, me parlez pas comme ça.

— Je peux vous inscrire en stage de maîtrise de l'émotivité. Les cours ont lieu tous les samedis matin à six heures.

— J'irai. Vous pouvez y compter.

Le flic remit *La Momie* au beau milieu d'une scène de panique dans la rue qui évoqua à Lucas la cohue des médias devant le City Hall.

À mi-escalier, il appela :

— Jael ?

Elle apparut sur le palier de l'étage.

— Tiens... Davenport. Qu'est-ce qui se passe ?

— Vous faites quoi ?

— J'en suis réduite à lire un bouquin qui s'appelle *L'Émaillage naturel.* Vous avez autre chose en tête ?

— Je ne sais pas. L'idée m'est venue de vous sortir un peu. On pourrait faire un tour en voiture.

Le visage de Jael s'illumina.

— C'est la meilleure proposition qu'on m'ait faite depuis des semaines. Si on me force à rester assise ici une heure de plus, je sens que je vais hurler.

Lucas annonça à ses collègues qu'ils sortaient un moment. L'un d'eux répondit :

— Une minute.

Et il enfila une combinaison de chasseur.

— Je vais sortir par le garage. Laissez-moi deux minutes. Histoire qu'on ait la chance de voir si quelqu'un bouge après votre départ.

Ils restèrent donc deux minutes à regarder les images de *La Momie*, puis Lucas dit :

— Allons-y.

Dehors, Jael lui prit le bras.

— Je vous envie, murmura le buisson.

Jael sursauta. Lucas éclata de rire.

— Ça m'a fait le même effet quand je suis arrivé.

Sur le trottoir, elle demanda :

— Vous voyez quelque chose ?

— Non. Ne vous retournez pas.

— Et si ce type nous suit ?

— On le suivra aussi.

— Mais supposez qu'il nous observe de loin, qu'on ne le voie pas, mais qu'il nous suive quand même ?

— Impossible, dit Lucas en l'embarquant dans sa Porsche.

Ils s'éloignèrent du trottoir, Lucas regardant à la fois devant lui et dans ses rétroviseurs. Jael se tordit le cou à gauche, puis à droite, guettant les phares.

— Beaucoup de voitures, fit-elle, mais je ne vois personne s'approcher.

— Il n'est probablement pas là.

— Mais s'il...

— Derrière votre siège, il y a un sac en plastique noir. Attrapez-le.

Elle récupéra le sac, l'ouvrit, en sortit un petit gyrophare à ventouse, le retourna entre ses mains.

— Donnez-le-moi, dit Lucas.

368

Il prit le gyrophare, humecta la ventouse et la colla sur la planche de bord, puis brancha l'embout du cordon dans l'orifice de l'allume-cigare. Une minute plus tard, après avoir descendu la rampe d'accès à la I-35W, il écrasa le champignon.

La Porsche se mit à foncer à travers une circulation modérée. Huit cents mètres plus loin, il déclencha le gyrophare. Jael éclata de rire, la vitesse fit un bond, elle agrippa à deux mains la planche de bord et, au moment où ils dépassaient cent soixante kilomètres à l'heure :

— Là, vous essayez de m'épater.

Ils volaient sur l'asphalte, poussant les véhicules à s'égailler comme des poules affolées. Dans une ligne droite, Lucas coupa le gyrophare.

— Pas la peine de se faire de la mauvaise publicité.

Il réduisit sa vitesse d'un cran, descendit à cent cinquante.

Une minute plus tard, ils dépassèrent en trombe une voiture de la police routière masquée par un camion.

— Merde, grommela Lucas.

— La police routière.

— Je sais. On s'arrête, ou on fonce ?

— On fonce.

Il accéléra, et l'aiguille dépassa de nouveau les cent soixante jusqu'à atteindre cent soixante-quinze.

— Ils ont mis leur gyrophare, dit Jael. Je crois qu'ils nous suivent... Ils nous suivent, mais vous continuez de gagner du terrain.

Sortie en vue : Diamond Lake Road. Une seule voiture au sommet de la rampe. Lucas accéléra jusqu'à l'ultime seconde, bascula sur la droite, enfila la rampe. La voiture en haut était en train de tourner à gauche, et Lucas prit à droite, contourna le coin, longea un bloc, tourna à gauche. Il accéléra jusqu'au bout du bloc, bifurqua de nouveau à gauche et baissa sa vitre. Il entendit la complainte dc la sirène, d'abord au nord, puis à l'ouest : elle allait dans le mauvais sens.

— Quand ils perdent quelqu'un, en général, ils tournent à droite. Il faut qu'on aille au sud.

Ils zigzaguèrent vers le sud et l'ouest, passèrent à hauteur du cimetière d'Oak Hill, puis sous une route à accès règlementé. Jael taquina Lucas pour sa façon de zigzaguer à travers les quartiers résidentiels en esquivant soigneusement les phares.

— La ferme, dit-il.

— Alors, monsieur le chauffard ?

Ils rejoignirent la I-694. Lucas dépassa deux sorties, prit la troisième et se gara sur le parking d'une librairie attenante à un centre commercial.

— Et maintenant ? demanda Jael.

— On passe une heure dans la librairie, ensuite on fait un tour et on se trouve quelque chose à manger, et peut-être qu'on fait quelques courses. Il faut rester à l'écart de la route pendant deux heures. Il n'y a pas tellement de Porsche noires dans le coin.

— Et s'ils nous arrêtent quand même ?

— Je mentirai comme un arracheur de dents.

— Je croyais que les flics ne payaient pas leurs amendes.

— Sauf quand ils friment pour épater une fille. J'espère que vous aimez les livres.

Elle aimait les livres – et disparut dans les profondeurs du rayon Arts. Lucas traversa le rayon Littérature avant de s'arrêter en Poésie, où il trouva un recueil de textes de Philip Larkin qu'il était en train de feuilleter quand elle le rejoignit par-derrière.

— *Armes à feu et munitions*, je parie, lança-t-elle en lui prenant le livre des mains.

Il se laissa déposséder. Elle retourna le volume avant de lever les yeux sur lui.

— Vous frimez encore pour m'épater, c'est ça ?

Il haussa les épaules.

— Pas vraiment. Je ne lis pas beaucoup de fictions, mais j'aime la poésie.

Elle ferma un œil et le scruta.

— Vous mentez comme un arracheur de dents.

— Pas du tout.

— Un des inspecteurs m'a raconté que vous possédiez autrefois une société informatique.

— Oui, mais en fait c'était quelqu'un d'autre qui travaillait sur les ordinateurs. Je me suis contenté d'avoir quelques bonnes idées au bon moment.

— Ça suffit ? D'avoir les bonnes idées au bon moment ? (Elle retourna encore une fois le livre.) Vous croyez qu'il me plairait ?

Il réfléchit un instant.

— Sûrement pas. Son style est un peu trop *mec* pour vous.

— Qui, alors ?

— Emily Dickinson, peut-être. C'est ma préférée. Sans doute le meilleur poète américain de tous les temps.

— D'accord, je vais essayer. Sinon, voilà tout ce que j'ai trouvé. (Elle lui montra un livre avec un pot sur la couverture dont le titre était : *Émaux japonais.*)

— Moi-même, je m'intéresse profondément aux émaux, dit Lucas.

Après la librairie, ils poussèrent la porte d'un traiteur et commandèrent de copieux bagels. Pendant qu'ils mangeaient, et tout en feuilletant son recueil de Dickinson, Jael suggéra qu'ils retournent à la librairie acheter quelques polars.

— Quand je vais dans les librairies, je finis toujours par choisir des livres pour mon travail, ou des choses très sérieuses, mais si je dois continuer à rester enfermée chez moi, il va me falloir autre chose. Je ne peux plus voir la télé en peinture.

— Si vous voulez des polars, je connais un endroit sur le chemin du retour où on pourrait s'arrêter. Il n'y a que des polars.

— Bonne idée.

Elle lécha une gouttelette de jus de tomate sur son pouce.

— Il nous reste un peu de temps à tuer.

De retour dans la voiture, elle se tourna vers lui.

— Vous avez une baignoire chez vous ? Ou vous êtes un mec à douche ?

— J'ai les deux.

— Puisqu'on a du temps à tuer, si on allait chez vous prendre un bon bain ? Il y a un moment que personne ne m'a frotté le dos.

Ils étaient à l'arrêt devant un stop au sommet d'une colline. Lucas, un pied sur l'embrayage, laissa sa voiture faire quelques tours de roue en arrière, accéléra, se laissa redescendre. Il réfléchissait.

— J'ai peut-être besoin de flirter un peu plus longtemps, répondit-il enfin. Et puis...

— Vous avez quelqu'un d'autre ?

— Pas exactement. Disons que je suis... entre deux eaux.

— Je peux affirmer que vous n'êtes pas pédé rien qu'à la façon dont vous me regardez.

— Ce n'est pas la question.

Mais le temps passait. Il se revit debout devant son chalet, les yeux perdus dans l'immense traîne de la Voie lactée, un soir où il s'était senti non tant insignifiant que solitaire. Très seul.

— Rien que pour le plaisir, Lucas. Du sexe thérapeutique.

— Peut-être suis-je un peu trop catholique pour ça. Et que faites-vous des vendeurs de la librairie ? Ces gens-là ont besoin de vendre. Que vont manger leurs gosses si nous n'achetons pas de livres ?

— Vous vous souvenez de ce que ça fait ? D'être assis dans votre baignoire avec une fille entre les jambes, bien luisante et bien lisse, alors que vous, vous tenez le savon dans la main...

Elle le provoquait de nouveau.

Lucas laissa redescendre sa voiture, remonta, redescendit, accéléra.

— D'accord, dit-il.

— Bonne pioche. Les vendeurs de la librairie n'ont qu'à aller se faire foutre !

Elle riait. Mais plus tard dans la soirée, elle lui confia :

— Pendant trois heures, j'ai presque oublié Plain.

22

Jeudi. Sixième jour.

Frank Lester était en train de gravir le perron du City Hall avec un sandwich emballé de papier brun quand Lucas le rattrapa au petit trot dans l'aurore froide, suivi d'une longue écharpe de buée.

— Un faux sandwich ?

— Beurre de cacahuète et confiture, répondit Lester en brandissant le sandwich qu'il serrait dans son gant de ski. J'ai cru comprendre que tu étais sorti faire un tour avec Jael Corbeau et que vous étiez rentrés tard.

— Un peu, oui, on a roulé à travers la ville, éluda Lucas. Elle en avait sa claque de rester enfermée.

— Il n'y a strictement rien de neuf. Ni du côté de Corbeau, ni du côté de Kinsley. Peut-être qu'on se plante. Et qu'Olson n'y est pour rien. Il prêche tous les soirs, en faisant la tournée des églises. D'après mes gars qui le surveillent, il est complètement azimuté, mais les fidèles l'adorent. Hier soir, il s'est même mis à saigner...

— Ah, nom d'un chien, je ne veux pas entendre ça !

— Pas moyen de savoir comment il s'y est pris. J'ai pensé qu'il devait avoir fixé une petite lame de rasoir à sa ceinture, ce genre de truc, mais il paraît qu'il est entré en transe, qu'il a tendu les bras au-dessus de sa tête en braillant, et que d'un seul coup le sang s'est mis à dégouliner de ses paumes, en même temps qu'une tache rouge apparaissait sur sa chemise, là où... enfin, tu sais bien. Là où la lance est entrée.

— Doux Jésus !

— Tu l'as dit. Et avec Rodriguez, qu'est-ce que ça donne ?

— J'ai abaissé une manette hier soir. Peut-être que ça va déclencher quelque chose aujourd'hui.

— Je l'espère.

Le regard de Lester fila au-dessus de l'épaule de Lucas, qui se retourna. Un camion de la télévision était à l'arrêt dans la rue, moteur en marche.

— Je me demande s'ils n'ont pas un micro-canon sur nous.

— J'espère que non, fit Lucas. Sinon, je te les cofferai vite fait. En en touchant un mot au juge, je pourrai sans doute leur en faire prendre pour trois ans.

— Oui.

Ils scrutèrent tous deux le camion quelques secondes – aucun signe de vie, sinon la fumée de l'échappement ; après quoi ils pénétrèrent dans l'édifice.

Lane rejoignit Lucas à son bureau dix minutes plus tard.

— Il va me falloir un comptable pour examiner certains documents de la banque, dit-il. J'ai ramené notre recherche à quelques questions clés, mais je ne peux pas y répondre sans l'aide d'un spécialiste.

— Quelles sont ces questions ?

— D'abord, savoir comment Spooner a pu consentir ces prêts à Rodriguez. C'est la question de base.

Putain, si j'avais pu obtenir un prêt aux mêmes conditions, j'aurais aujourd'hui une bicoque en bordure de lac. Ces prêts puent à plein nez.

Lucas se carra dans son fauteuil.

— Tu vois ? C'est pour ça que je te charge de lire les papiers.

— Je préférerais n'importe quoi d'autre. Trouve-moi un comptable, et ensuite je filerai à la banque.

— Voyons ça avec Rose Marie.

Rose Marie eut une meilleure idée : elle connaissait depuis longtemps le président de la commission bancaire, lui téléphona et mit Lane en contact avec un de ses contrôleurs. Elle venait de raccrocher quand sa secrétaire l'appela sur l'Interphone. Rose Marie prit l'appel, tendit l'oreille.

— C'est Rodriguez, dit-elle avant d'appuyer sur un bouton. Allô, oui ? Ici Rose Marie Roux... Oui, c'est bien ça... (Elle écouta une longue minute, puis :) Je n'en suis pas informée. C'est le chef adjoint Davenport qui supervise cet aspect de l'enquête, et nous ne nous sommes pas encore vus ce matin... Non, je ne peux rien vous apprendre. S'il l'a fait dans le cadre de l'enquête, je suppose qu'il avait de bonnes raisons. J'apprécie, monsieur Rodriguez, mais il n'y a vraiment rien d'autre que je puisse vous dire. Je vais demander au chef Davenport de vous rappeler à son arrivée... Si, je suis certaine qu'il le fera. Oui, j'en suis sûre...

Encore une minute de ping-pong, puis elle prit courtoisement congé, raccrocha et s'adressa à Lucas :

— Ce n'est pas le bonheur parfait. Sa transaction immobilière vient de capoter... Vous aviez une bonne raison, j'espère ?

— Sûr. On essaie de le faire paniquer. On l'a mis

sur écoute. (Il s'interrompit, se gratta le cuir chevelu, et :) Au fait, comment se fait-il que le flic chargé de le surveiller m'ait appelé pour me parler d'un rendez-vous avec son agent immobilier sans que les écoutes nous aient averti de rien ? Pourtant, il a bien fallu qu'il lui ait téléphoné.

— C'est un dealer, abruti, dit Lane. Il a sûrement une ligne clandestine.

Lucas se leva comme un ressort.

— Merde ! Comment avons-nous pu louper ça ? Il passe tous ses appels clés sur une autre ligne.

Rose Marie intervint :

— Mais comment fait-on pour repérer une ligne clandestine si...

Lucas brandit un doigt dans sa direction.

— On doit demander à la compagnie téléphonique la liste de ses appels entrants d'hier après-midi. Attendez une minute... Qui surveille les lignes ?

— Un inspecteur des Stups, je crois, répondit Rose Marie.

— Appelez-le, j'ai besoin de son numéro.

Deux minutes plus tard, Lucas avait au bout du fil le flic des Stups chargé de l'écoute des lignes de Rodriguez.

— Est-ce qu'il vient de recevoir un appel d'un agent immobilier ?

— Nan. Le gardien d'un de ses immeubles lui a téléphoné deux fois. Il y a eu une coupure de courant hier soir. Il a appelé plusieurs autres gardiens, et aussi une société de maintenance. Et il vient de parler au chef. Mais je suppose que ça, vous le savez.

— Sur quelle ligne ?

L'inspecteur donna un numéro à Lucas.

— Pas trace d'agent immobilier ?

— Nan.

Lucas raccrocha, pria Rose Marie de lui passer l'annuaire de Saint Paul, composa le numéro de Coffey Immobilier et demanda Smalley.

— On vient de recevoir un appel de M. Rodriguez, lui dit Lucas. Il semblait passablement énervé. Je suppose que vous l'avez eu au bout du fil ?

— Oui, il y a quelques minutes. Il n'était pas fou de joie.

— Vous pouvez me donner son numéro ?

— Eh bien, euh, oui, je suppose.

— Je ne l'ai pas ici, expliqua Lucas. Je voudrais le rappeler.

— Une petite seconde, je l'ai noté sur un bout de papier. Où est-ce que... ah ! le voilà.

Lucas nota le numéro.

— Merci, dit-il. À votre place, je garderais un moment mes distances vis-à-vis de M. Rodriguez. Le temps qu'il se calme.

— Je compte rester à distance de ce type jusqu'à la fin de mes jours.

Quand Lucas eut raccroché, Rose Marie lui demanda :

— Un autre numéro ?

— Oui.

Lucas rappela ensuite l'inspecteur chargé des écoutes.

— Nous pensons que Rodriguez a une ligne clandestine que nous ne connaissons pas. Je veux que vous lui téléphoniez et que vous fassiez semblant de vous être trompé... histoire de voir si c'est lui. Si la voix correspond.

— Filez-moi le numéro, dit l'inspecteur.

— Il a peut-être un lecteur d'appel.

— Mon numéro de ligne n'apparaîtra pas.

— Rappelez-moi après, dit Lucas.

— Bon sang ! dit Rose Marie quand il eut raccroché, on aurait dû s'en douter. Une ligne clandestine, pour un trafiquant, c'est le b.a.-ba.

— La fuite était sous le tapis, répondit Lucas en se tournant vers Lane. Va voir le contrôleur. Si c'est comme tu crois, préviens-moi. On ira serrer les couilles de Spooner.

— D'accord. Je devrais être rentré avant midi.

— Vous allez appeler Rodriguez ? interrogea Rose Marie.

— Juste lui rendre une petite visite avec Sloan. Histoire de voir comment il se tient.

Le téléphone de Rose Marie bourdonna. Elle décrocha, écouta un instant, pressa un bouton.

— Rose Marie, j'écoute... (Elle se tourna vers Lucas :) C'est bien le numéro de Rodriguez. C'était sa voix.

— Excellent. On va peut-être avancer. Mais il faut qu'il continue à être bavard.

Lucas joignit Sloan sur son portable et lui demanda de venir le chercher en voiture à l'hôpital.

— Il faut qu'on aille dire deux mots à Rodriguez.

Marcy était assise dans son lit, toujours aussi pâle qu'une feuille de papier. Elle paraissait cinq ans de plus que la semaine précédente, et le coin de ses yeux était creusé de sillons de douleur. En revanche, son regard était clair.

— Ils vont la transférer dans une chambre normale, annonça Black, assis au bord d'une chaise à côté du lit.

— C'est un progrès, constata Lucas en se penchant pour déposer un baiser sur le front de Marcy. Hé, je ne suis pas mécontent de te voir comme ça. J'avais de sales vibrations.

Elle le considéra un moment avant de demander :

— Qu'est-ce que tu fricotes ?

— Pourquoi ?

— Tu as ce petit air innocent et ce rasage impeccable qu'on ne te voit que quand tu es vraiment content de toi. Qu'est-ce que tu as derrière la tête ?

Lucas sourit à belles dents.

— Je n'ai pas encore le salopard qui t'a flinguée, mais je crois qu'on tient le meurtrier d'Alie'e. Sloan et moi, on va lui rentrer dans le chou.

— Ah oui ? fit Marcy, un rien soupçonneuse. Qui est-ce ?

Lucas lui parla de Rodriguez et sentit l'attention de Marcy vaciller à une ou deux reprises. Elle n'était pas encore remise. Presque, mais pas tout à fait. Ayant fini de décrire Rodriguez, il demanda :

— Les toubibs t'ont parlé de ton temps de convalescence ? Tu crois pouvoir être de retour au boulot mercredi prochain ?

— Peut-être pas. Ils disent que, même si tout se passe bien, je vais devoir me taper un peu de rééducation. Peut-être vers le mois de mai.

— Mai ? Bon Dieu... tu as été salement touchée.

— Ils vont peut-être devoir la rouvrir, expliqua Black. Il reste là-dedans quelques éclats d'os qui ne devraient pas y être. Mais c'est pas pour tout de suite.

— Tu as mal ? s'enquit Lucas.

— Oui. Ça a commencé ce matin. Je doute que ça passe tout de suite.

— Les médocs, fit Lucas.

Sloan arriva et parla quelques instants à Marcy, puis ressortit de la chambre avec Lucas pour aller voir Rodriguez à Saint Paul.

— Avant, dit Lucas dans le couloir, j'étais inquiet

pour elle. Maintenant, j'ai la haine. Elle souffre, et on n'y peut strictement rien.

— À part coincer le fumier qui l'a mise dans cet état, répliqua Sloan.

— Ce mec doit se prendre pour un messie.

— Il y a une différence entre ce qu'il croit être et ce qu'il est. Pour moi, c'est juste un type qui a déjà sa place réservée dans une cellule de Stillwater.

— Arrêtons-nous pour voir si Spooner est à son bureau, suggéra Lucas sur la route de Saint Paul. Histoire de le titiller un peu.

— Tu veux que je fasse le gentil flic ? demanda Sloan.

— Pas besoin de gentil flic. Il s'agit de lui foutre la trouille.

Mais Spooner n'y était pas. Reed, le président de la banque, sortit de son bureau pour les accueillir.

— Je l'ai mis en congé, annonça-t-il. Payé. Je le crois innocent, mais nous tenons à éviter les questions. Je prie le ciel pour qu'Alicia et lui le comprennent.

— Alicia ?

— Sa femme.

— Il faut vraiment qu'on le voie... Vous croyez qu'il est chez lui ?

— Il est reparti de bonne heure aujourd'hui.

— Vous avez son adresse ?

Reed fronça les sourcils et se tourna vers sa secrétaire :

— Donnez-leur l'adresse de Billy. (Puis, avec une pointe de suspicion :) Et passez-lui un coup de fil pour le prévenir que ces messieurs sont en route.

Spooner vivait à un jet de pierre de Highland Park, un riche quartier résidentiel à dix minutes de la banque. Une maison sur deux niveaux, façade lisse et volets blancs, bâtie en retrait de la rue, avec un jardin planté de chênes. Sloan se gara dans l'allée, et ils descendirent de voiture ; au même moment, la silhouette de Spooner se profila derrière la baie vitrée ; l'espace d'une seconde, Lucas eut l'étrange sensation d'avoir affaire à quelqu'un d'autre – mais qui ? il était incapable de le dire. Spooner le vit et se dirigea vers la porte. Une blonde oxygénée prit sa relève derrière la vitre. Elle portait un corsage rose et une montre en or.

Spooner sortit en enfilant son manteau alors que les policiers gravissaient les marches du perron. Il referma la porte derrière lui.

— Je viens d'avoir mon avocat au téléphone, et il me conseille de ne pas vous parler hors de sa présence.

— Ma foi... tant pis, dit Lucas en s'adressant à Sloan. On dirait qu'on a fait le voyage pour rien.

— Et que penserait votre avocat si *nous*, on vous parlait ? demanda Sloan. Sans vous obliger à répondre ?

— Je suis censé me taire.

— Dans ce cas, prévenez votre avocat qu'on est là et qu'on veut vous entendre. Les contrats de prêt que nous avons saisis sont examinés en ce moment même par un contrôleur et un comptable, et nous avons besoin d'en parler avec vous.

— Et dites-lui aussi, ajouta Lucas, qu'on a Rodriguez dans le collimateur – pour trafic de stupéfiants et meurtre – et que plus on s'intéresse à lui, plus on découvre des choses. Que les soupçons qui pèsent sur lui sont sacrément plus graves que vos petites magouilles sur les prêts, et que vous êtes bon pour écoper d'une part de sa peine de prison si on ne commence pas très vite à sentir un début de coopération de votre côté.

Spooner, qui avait les mains dans les poches, agita les pans de son manteau telles des ailes.

— Bon sang, bon sang, les gars, il n'est pas question de ça. Mais vous débarquez chez moi comme si j'étais bon pour la prison. Que voulez-vous que je fasse à part appeler mon avocat ? Pourquoi ne prenez-vous pas contact avec lui ? Je viendrai vous répondre. Je vous dirai tout ce que je sais sur Richard, mais j'ai droit à une protection juridique.

— Quand ? demanda Lucas. Quand comptez-vous venir ?

— Quand vous voudrez. Sapristi... Quand voulez-vous que je vienne ? Cet après-midi ? À quelle heure ? Je veux seulement que mon avocat soit là.

La blonde les fixait toujours, debout derrière la vitre, les bras croisés.

— Votre femme ? s'enquit Sloan.

— Oui, dit Spooner en se retournant, et elle est dans tous ses états. Seigneur, mon travail...

Lucas réfléchissait. Lane venait à peine de partir voir le contrôleur de la commission bancaire, et il leur fallait son avis avant l'interrogatoire de Spooner.

— Venez plutôt demain, proposa-t-il. Demain matin. Appelez votre avocat et dites-lui de prendre rendez-vous avec la secrétaire du chef Roux. Je me libérerai pour l'heure de votre choix.

— Entendu. (Spooner se balança d'un pied sur l'autre, mal à l'aise, rouvrit la porte pour rentrer chez lui et ajouta, au moment où Lucas et Sloan faisaient demi-tour :) Vous savez, je ne vous ai pas menti l'autre jour. Je refuse toujours de croire que Richard soit impliqué dans cette histoire.

— Vous vous trompez.

— Vous le surveillez. Vous savez qu'il est coupable ?

— Il est cerné, répondit Lucas, et il n'y a presque plus de doute. La question est de savoir ce que vous savez, *vous*. Si vous en savez suffisamment long...

— Je vous expliquerai tout, mais je ne sais pas grand-chose. Je veux dire, ses emprunts comportaient peut-être une part de risque, mais son dossier... Franchement, l'idée qu'il puisse trafiquer de la drogue... (Sa bouche s'ouvrit et se referma plusieurs fois, comme s'il n'en revenait pas.) Je ne peux pas y croire. C'est un type charmant.

— Racontez-moi ce qu'il a de si charmant, suggéra Lucas.

— Eh bien... (Spooner hésita un moment.) Je ne trouve rien de précis, mais il est venu ici, chez nous, et il a été charmant avec ma femme, avec tout le monde... C'est vraiment un homme agréable pour boire un verre.

— Ma foi, conclut Lucas, voilà un élément à méditer.

— Un type charmant, répéta Sloan dans la voiture.

— Un dealer. Les gars du milieu le connaissent ; ils sont capables de le sélectionner parmi une pile de photos. Et si tu réfléchis à ces prêts... ce mec est un escroc.

— Même s'il est charmant.

— Tu te souviens de Dan Marks ?

— Oui. Un type charmant.

— Tout le monde était unanime jusqu'à ce que les embrouilles commencent et qu'on se mette à fouiller dans ses ordures.

— Je n'aurais jamais cru que des ongles puissent faire autant de dégâts, dit Sloan.

Ils regagnèrent Saint Paul avec des idées d'ongles plein la tête.

Rodriguez était à son bureau. Un autre policier en tenue avait été affublé d'un anorak et chargé de sa surveillance. Ils le trouvèrent en train de danser sur place à l'intérieur de la passerelle, piochant de-ci de-là des pop-corns dans un gobelet géant.

— Salut, lança-t-il quand Lucas et Sloan arrivèrent au bout de la passerelle, puis il baissa le yeux sur son gobelet de pop-corn. Un cadeau des gars de Saint Paul. Leur poste est à deux pas.

— Qu'est-ce qu'il fait ? s'enquit Lucas.

— Il bosse sur son ordi. Il est sorti un moment, et je l'ai perdu, mais il est revenu.

— En voiture ?

— Non, il s'est rendu quelque part à l'intérieur de l'immeuble. Vous voyez l'entrée ? Son bureau donne dans ce couloir. En le voyant enfiler son manteau, je suis descendu fissa, mais trop tard. Il avait disparu à mon arrivée en bas, alors je suis revenu vers le parking couvert et j'ai attendu pour voir s'il en sortait... Mais non, et quand je suis revenu ici, il était de retour.

— Donc, il n'a pas quitté l'immeuble.

— Sauf qu'il y a des passerelles partout, il pourrait donc être allé à peu près n'importe où. Il s'est absenté une vingtaine de minutes.

— En mettant son manteau.

— Oui.

Lucas et Sloan réfléchirent une minute, mais rien ne leur vint à l'esprit, sinon que Rodriguez ne s'était vraisemblablement pas contenté d'aller faire un tour aux toilettes.

— Il faudrait peut-être un ou deux hommes de plus, finit par dire Lucas.

— Si votre piste est sérieuse, oui, opina le flic. J'ai garé ma bagnole dans la rue, mais s'il part dans le mauvais sens à sa sortie du parking, je serai forcément repéré en faisant demi-tour quinze mètres derrière lui.

Lucas consulta Sloan du regard et lâcha :

— Deux hommes de plus.

— Et vite, ajouta le flic. Mes arpions me font un mal de chien.

Rodriguez ne correspondait pas à ce à quoi Lucas s'attendait. Il n'était pas latino : il n'en avait ni l'air ni l'accent. Il ne parlait pas non plus comme un dealer. La plupart des dealers ont un côté macho, ou tout au moins une tendance aux grandes claques dans le dos.

Rodriguez avait l'air et l'accent d'un petit homme d'affaires blanc qui aurait réussi à s'extraire de la plèbe en s'appliquant à fond sur tous les détails de son métier d'origine, quel qu'il soit. C'était un homme massif, au cou épais, aux épaules voûtées. Peut-être buvait-il un peu trop, et si c'était le cas, c'était de la bière, ou sinon, quelque chose de plus corsé – vodka-Martini avec oignon perle, par exemple. Lucas avait déjà vu le même type de physique chez des vendeurs de voitures, des patrons d'atelier mécanique, des barmen et des syndicalistes. Il le voyait parfois aussi chez des avocats issus des classes laborieuses.

Rodriguez était en pétard.

— Qu'est-ce que c'est que ce bordel ? Qu'est-ce qui vous prend, merde, de foutre en l'air ma réputation et mes ventes ? Je vais vous dire un truc : je vais faire venir mon avocat aussi sec (il arracha le combiné téléphonique de sa base), histoire qu'il ajoute ce petit épisode de harcèlement à la plainte que je prépare. Je n'aurai bientôt plus besoin de mes putains d'immeubles de rapport parce que je vais m'enrichir en réclamant à la ville de Minneapolis un milliard de dollars de dommages-intérêts. Ce ne sera pas la première fois que vous autres, les flics de Minneapolis, vous vous faites épingler pour une tentative de harcèlement à la con, et...

— Vous vendez de la dope, Richard, coupa Lucas. On peut le prouver. On peut prouver que Sandy Lansing roulait pour vous : on a des témoins qui sont prêts à le jurer devant le tribunal. On peut aussi prouver que vous avez obtenu des prêts bidon que vous avez remboursés avec l'argent du trafic, et vous allez bientôt avoir le fisc au cul. On a tout ça. Reste à savoir si on peut vous coincer pour le meurtre d'Alie'e. On sait que c'est vous, il faut juste qu'on taille le costard à vos mesures.

— Connerie pure ! Je n'ai jamais levé la main sur cette pétasse. (Après avoir composé un numéro, Rodriguez aboya dans le combiné.) Allô ?... Passez-moi Sam. Les flics sont ici, ils me harcèlent. Davenport et un autre. (Il attendit quelques secondes, tendit brutalement l'appareil à Lucas.) Parlez-lui.

— Non, dit Lucas, on s'en va. Je voulais juste jeter un petit coup d'œil à votre tronche. On vous aura, Rodriguez.

— Allez vous faire foutre. (Puis, au téléphone :) Il ne veut pas vous parler. Ils s'en vont... Oui, oui.

En ressortant dans le couloir, Lucas et Sloan entendirent le claquement de l'appareil reposé sur son socle. L'instant suivant, Rodriguez jaillit de son bureau à quelques mètres derrière eux.

— Laissez-moi vous dire un truc, bande de connards ! Laissez-moi vous dire quelque chose. De vous à moi ! Ma mère, à Detroit, ne valait pas mieux qu'une pute. Je ne sais même pas qui est mon vieux. Même mon nom de famille est un genre de vanne ! Probable que mon vieux était polaque, lituanien ou d'un autre pays à la con d'Europe de l'Est. (Il écumait, et les mots semblaient lui gicler de la bouche.) Je suis sorti de Detroit en me traînant sur les ongles, et depuis je me suis crevé le cul chaque jour de ma putain d'existence pour arriver là où je suis. Et voilà que deux flicards à la mords-moi-le-nœud viennent m'accuser d'avoir tué quelqu'un... Je vais vous dire un truc, les mecs, j'ai jamais tué personne ! Jamais ! J'ai même jamais collé une mandale à qui que ce soit. Je voulais seulement quitter Detroit, cette ville de merde, devenir quelqu'un, et maintenant que c'est fait, voilà qu'une bande de connards...

— Arrêtez de nous servir du connard ! coupa Lucas.

— T'es un connard, mec ! Tous les deux, vous êtes des connards. Pourquoi vous ne venez pas me dérouiller, hein ? (Il se rapprocha de Lucas.) Allez, mec, cogne-moi, je ne me défendrai pas. Mais ça me donnera un petit quelque chose en plus pour te poursuivre, fils de pute. Tu me niques mes offres de vente...

Soudain, son visage se craquela, et il glapit :

— Mon offre de vente... Vous m'avez niqué mon offre de vente !

Il fit demi-tour et regagna en hâte son bureau.

— Nom de Dieu ! lâcha Sloan, impressionné. Ce mec était... Je veux dire, c'étaient de vraies larmes.

— Oui, répondit Lucas en se grattant le cuir chevelu le temps d'un haussement d'épaules. Allons-y.

— On est sûrs qu'il deale de la came, au moins ?

— À moins qu'il ait un jumeau maléfique.

L'altercation avec Rodriguez avait jeté une sorte de froid, et ils rentrèrent en voiture à Minneapolis sans échanger un mot.

— Je te dépose à l'hosto ? finit par demander Sloan.

— Non... Je vais... Je ne sais pas ce que je vais faire.

— Et si on s'était plantés sur Rodriguez ?

— Ça fait un moment que j'y pense, répondit Lucas. Mais on ne se plante pas. Tu sais ce qui se passe ? On en est rendus au point où on considère automatiquement les dealers comme des gens inhumains... Alors que toi et moi, on pourrait citer des gars qui fourguent un peu de came et qui ne sont pas de si mauvais bougres. Qui aiment leur femme.

— Ils ne sont pas nombreux. La plupart sont de vrais fumiers.

— Ils ne sont pas nombreux, mais il y en a. Certains sont des êtres humains. Tu sais à quoi ça me fait penser ? Tu te rappelles quand on a interrogé le père Lansing et qu'il a embrayé sur les « négros » et tout le tintouin ?

— Oui.

— Ce type est la face B de Rodriguez. Voilà un mec qui a une bouille à jouer le gentil vendeur de confiseries à la télé, mais dès qu'il ouvre son clapet, un flot d'immondices en sort. Rodriguez est dealer, et *son* histoire à lui, c'est ce combat pathétique pour sortir de la zone. Merde, je ne sais pas. (Il réfléchit un instant avant d'ajouter :) Ce que je sais, par contre, c'est que Rodriguez trafique de la came, que Sandy Lansing roulait pour lui, qu'il était à la fête où elle a été tuée, qu'il nie en bloc et que c'est la seule piste qu'on ait.

Del téléphona. Sloan tendit son portable à Lucas et maugréa, irrité :

— Pourquoi t'obstines-tu à ne pas brancher ton foutu téléphone ?

— Qu'est-ce qu'il y a ? s'enquit Lucas.

— Je suis chez Boo McDonald et j'ai une mauvaise nouvelle, répondit Del.

McDonald était le paraplégique expert en radio et en informatique.

— Vas-y. Crache le morceau !

— Tu te rappelles la face de rat qui édite *Spittle* sur le Net ? Il vient de balancer en ligne un nouvel article. Rodriguez est cité dedans.

— Quoi ?

— Ouais. Ce sale petit branleur. Je vais aller le trouver pour l'engueuler et passer un savon à ses parents. Mais en attendant, le nom de Rodriguez est dans la nature.

Rose Marie était livide.

— Il va falloir que vous me disiez la vérité, Lucas. Ce ne serait pas le résultat de la petite pression dont vous m'avez parlé hier ?

— Non. Personne n'a pu avoir son nom par moi ou par un de mes hommes.

— Ni par moi, renchérit Lester, ni à ma connaissance par qui que ce soit. Mais il doit bien y avoir cinquante ou soixante personnes au courant dans le département.

— J'ai reçu huit ou neuf appels dans la dernière demi-heure, se lamenta Rose Marie, et que voulez-vous que je réponde ? Je ne peux pas dire que non, ce n'est pas Rodriguez, puisque c'est lui. Alors, je déclare que je ne suis pas en mesure de faire des commentaires sur une enquête en cours. Et vous savez ce que ça signifie ? Ça signifie oui. Tout le monde le sait.

— Le gosse de *Spittle* a forcément une source chez nous, dit Lucas. Ce satané département fuit de partout, on le sait bien.

— Si je trouve l'origine de la fuite, gronda Rose Marie, son responsable aura des ennuis, et je consacrerai le reste de mon mandat à essayer de lui sucrer sa retraite. Faites passer le mot : je veux le coupable, et j'ai son poste et sa retraite dans le collimateur.

— Vous n'y allez pas de main morte, remarqua Lester. Je ne suis pas sûr que ça soit crédible.

— Je vais leur donner matière à réfléchir, dit-elle. Bon Dieu, ils vont voir ce qu'ils vont voir. Je vais leur secouer les puces. Pas question de laisser passer une saloperie pareille. Pas question !

— Je peux vous dire une chose, dit Lucas. Ce matin, je vous ai demandé d'affecter deux agents supplémentaires à la surveillance de Rodriguez. On a intérêt à tendre un filet costaud autour de lui, et pas plus tard que tout de suite. Croyez-moi, vous pouvez oublier Jael Corbeau et Catherine Kinsley – Rodriguez vient fatalement de se hisser en tête de la liste des gens à abattre du détraqué.

Lucas regagna son bureau, trouva deux messages : *Rappeler Jael* et *Rappeler Catrin*.

Il rappela Jael.

— La douzaine de roses que vous m'avez promise n'est pas encore arrivée, annonça-t-elle.

— Je suis navré, je croyais... enfin, je veux dire, je croyais que *vous* étiez censée m'en envoyer. Je les attendais.

— Dieu, quel esprit ! fit Jael. J'ai besoin d'un

homme d'esprit... peut-être. Alors ? Quoi de neuf ? Ça y est, je peux sortir de chez moi ?

— Pas encore. (Il l'informa brièvement de la fuite concernant le nom de Rodriguez.) Ça passera aux infos.

— Que faites-vous ce soir ? N'y voyez pas une proposition indécente. J'adorerais voir couler le sang de l'agneau.

— Pardon ?

— Ce mec qui essaie de me tuer : il prêche dans une église ce soir. J'aimerais le voir. Un de vos collègues ici l'a vu officier, et il paraît que c'est un autre homme.

— Je ne sais pas. Il se peut que ce ne soit pas une bonne idée.

— Allons, ne soyez pas si coincé. Vous n'avez qu'à prendre votre flingue. Je deviens folle. Sautons dans votre voiture de sport et allons le voir.

— Je vous rappellerai. Il se passe pas mal de choses ici. Si j'arrive à m'échapper... peut-être.

Il rappela Catrin. La joignit sur son portable. Elle était en voiture.

— Laisse-moi le temps de me garer.

Sa voix était empreinte de tension. L'idée effleura Lucas qu'elle venait peut-être de pleurer.

— Qu'est-ce qui se passe ?

Mais Catrin avait déjà posé le téléphone.

Un moment plus tard, elle revint en ligne.

— Quand je lui ai dit que je pensais qu'on avait un problème, que j'envisageais de partir, que j'avais envie de me retrouver seule un moment... Tu sais ce qu'il a répondu ?

— Je ne...

— Il a répondu : « Eh bien, fais ce que tu crois

devoir faire. Et tiens-moi au courant. » À peu près comme si je lui avais annoncé que je n'étais pas sûre de pouvoir rentrer déjeuner.

— Catrin, je n'ai aucun conseil à te donner. Je ne sais pas...

— Et il s'en est allé. J'en suis à me demander s'il n'a pas une liaison. On aurait presque dit qu'il s'attendait que je lui fasse ce genre de révélation.

— Si ton mari a le moindre soupçon de sensibilité – s'il te connaît un tant soit peu –, il devait déjà savoir que quelque chose se tramait. C'est comme quand on attend que le couperet tombe. Quand ça arrive, il n'y a plus grand-chose à faire. On sait déjà à peu près comment n'importe qui réagirait en de telles circonstances...

— Qu'est-ce que tu racontes ? Nous sommes mariés depuis plus de vingt ans.

— Quand on en a discuté pendant notre déjeuner... quand tu m'as demandé si tu n'avais pas raté ta vie... je veux dire, regarde ton mari. S'il s'oppose à tes projets, il cherche à te dominer et ne te laisse pas mener ta vie. S'il ne s'y oppose pas, s'il est absolument d'accord, s'il te propose de faire ce que tu as envie de faire, c'est de la condescendance, et tu as l'impression de vivre ta vie comme un hobby, parce qu'il gagne tout cet argent et que tu vas voir des pièces à Londres, etc. Et s'il te laisse partir, c'est qu'il se fiche de toi. Alors... quand tu me parles de vie ratée, la sienne l'est autant qu'une vie puisse l'être. Quelle que soit sa réaction, il a tout faux.

— On dirait que tu es de son côté, fit-elle observer avec une touche d'incrédulité.

— Absolument pas. Tu sais, la moitié de mes amis sont divorcés, et la plupart des autres mènent une vie de merde. Moi le premier. J'ai connu tout ça... Bon sang, Catrin, je suis de ton côté parce qu'on est de vieux amis ! Si j'étais copain avec ton mari, je serais du tien, parce que, dans ces histoires-là, personne n'a vraiment tort ou raison. Ce qu'il faut, c'est compter sur ses amis.

— Eh bien, justement j'en ai parlé à une de mes amies – et même avec trois d'entre elles, ma meilleure amie et deux autres avec qui je me suis toujours bien entendue – et j'ai senti, à la façon dont une réagissait, qu'elle était dans le camp de Jack.

— Ça va arriver. Et certains vieux amis de Jack passeront dans le tien. Ça aussi, ça te surprendra. Tu dis que tu fais partie d'un club de golf ?

— Oui.

— Ce qui risque de t'étonner, c'est que quelques-uns de ses amis vont te draguer.

— La femme volage...

— Pas seulement pour coucher avec toi – enfin, certains y penseront –, mais tu t'apercevras que certains t'avaient dans le collimateur depuis longtemps, qu'ils t'appréciaient.

— Lucas...

— Hé, ça va arriver ! Si tu t'en vas...

— Je crois n'avoir plus le choix.

— Écoute, ce que tu m'expliques, là... as-tu pensé à le dire à Jack ? À faire un peu de scandale ? À casser de la vaisselle ? Je veux dire, est-ce que tu l'aimes encore ?

Après un long silence :

— Je ne crois pas.

— Ah, nom d'un chien...

— Ce qu'il y a, c'est que sa réaction m'a mise en colère, poursuivit-elle. Très en colère. Mais je me sens... je ne sais pas. Je ressens une excitation un peu perverse. Comme si je venais de m'évader de prison.

— Ah, nom d'un chien...

— Tu n'arrêtes pas de dire : « Ah, nom d'un chien... » C'est censé signifier quoi ?

— Que tu souffres bien plus que tu ne t'en rends compte, mais tu vas t'en apercevoir bientôt. Jack aussi. J'ose à peine y penser.

— Bah. Peut-être. Mais je m'en vais.

Lucas ne trouva rien à répondre. Il se l'imagina, arrêtée au bord d'une route, parlant au téléphone de la fin de son mariage à un type qu'elle n'avait pas vu pendant vingt-cinq ans.

— Tu peux me féliciter, dit-elle.

Et elle fondit en larmes.

— Ah... nom d'un chien.

Rose Marie descendit.

— Les médias font le siège de Rodriguez. Son avocat vient d'appeler le comté... qu'est-ce qui vous arrive ?

— Je parlais à une vieille amie. Son mariage est en train de partir en torche.

— Et vous avez une part de responsabilité ?

— Non. Pas directement. Je n'ai pas fait le con avec elle. Peut-être aurais-je pu trouver des mots plus à même de changer le cours des choses... Je ne sais pas. C'est une vieille amie.

— Hmm, fit Rose Marie, un brin sceptique. On ne peut pas s'occuper de tout le monde à la fois, Lucas. Les gens ne vous le demandent même pas.

— Elle a quand même besoin d'un petit coup de main.

— Je n'ai pas de conseil à vous donner. Et maintenant, Rodriguez : il va nous attaquer, ça tombe sous le sens. Tom Olson vient d'appeler deux fois en une demi-heure pour poser des questions sur lui, mais je n'y suis pas. Il faut que je trouve une bonne histoire à lui servir.

— Il vient quand ? Vous avez une réunion prévue ?

— Dans une demi-heure. J'aimerais que vous soyez présent.

— Bien sûr. Mais je ne sais pas trop ce que je vais pouvoir dire.

— S'il essaie de m'étrangler, vous pourrez toujours lui mettre un coup sur la tête.

Ils discutaient encore quand l'inspecteur chargé des écoutes téléphona :

— On a du nouveau sur la ligne clandestine de Rodriguez. Trois appels sortants.

— Où ça ?

— Le premier à Miami, vers un numéro en liste rouge. On a le numéro, mais quand on a essayé de vérifier à qui il appartenait, la responsable des abonnements nous a précisé qu'elle avait besoin d'une demande officielle pour nous donner le nom correspondant.

— Encore une ligne clandestine, je parie.

— Il y a des chances. En tout cas, Rodriguez a dit à son interlocuteur de ne pas lui envoyer Jerry parce qu'il avait un problème. Ça ressemble à une livraison. Bon Dieu, je sais bien que c'est ça. J'ai entendu ce baratin deux cents fois, pratiquement dans les mêmes termes. Rien de précis n'est mentionné, comme ce serait le cas s'il s'agissait d'une affaire légale. Juste ceci : « Tu sais, la commande dont on a parlé l'autre jour avec Jerry ? Il vaut mieux la suspendre, j'ai quelques problèmes. »

— Bien, fit Lucas. Donnez-moi ce numéro de Miami. (Il le nota sur un carnet.) Je connais un gars du FBI qui pourra peut-être nous aider.

— Impeccable. Ensuite, il a passé un autre appel, à

un agent immobilier. Il lui a demandé de s'occuper de la vente de ses appartements en suggérant de les proposer à un fonds commun de placement.

— Ça peut être un moyen de les écouler en vitesse, estima Lucas.

— En tout cas, l'agent à qui il en a parlé... meurt d'envie de prendre l'affaire. Vous voulez son nom ?

— Oui.

Lucas nota le nom.

— Et troisièmement, il a appelé un autre trafiquant, à qui il a dit : « Je dois fermer boutique pour un temps. Informez tout le monde que je le regrette. » L'autre a fait : « Quel est le problème ? » Rodriguez : « Un problème, c'est tout. Les flics croient que j'ai quelque chose à voir dans l'affaire Alie'e. Ils me font chier. » L'autre : « Vous appelez d'où ? » Rodriguez : « J'ai une ligne propre. » L'autre : « À votre place, je balancerais ce téléphone dans le fleuve. S'ils vous croient impliqué dans l'affaire Alie'e, ils vont vous écouter par tous les trous. » Rodriguez : « Bon, prévenez les autres. Je vous rappellerai quand ce sera réglé. » C'est tout.

— Il me faut le numéro, l'heure de ces appels et leur transcription.

Lucas nota le numéro et, après avoir raccroché, chercha le regard de Rose Marie :

— Ça s'accumule.

Dès que Rose Marie fut repartie, il téléphona à Mallard et lui communiqua le numéro de Miami, puis il téléphona à Del et lui communiqua le numéro local. Del rappela un quart d'heure plus tard.

— Ce numéro correspond aussi à une ligne clandestine, mais les Stups le connaissent. Ils l'ont relevé grâce à un lecteur d'appel il y a deux mois. C'est celui d'un certain Herb Scott. Ils ont le numéro et un nom dans leur ordinateur. Tu veux qu'ils regardent de plus près ?

— Absolument. Mets ce type sur notre liste. S'il ne se passe rien d'ici demain soir, on ira voir tous ces gens, et on verra si on arrive à faire tomber quelque chose de l'arbre en les secouant un peu.

Mallard le rappela quelques minutes après Del.

— Ce numéro correspond à un mec qui habite Gables-By-The-Sea. Un quartier bourge, je parie. J'ai demandé à un de nos gars sur place de vérifier.

— Merci.

Ça s'accumulait.

L'espace d'un instant, Lucas envisagea de débouler chez le nouvel agent immobilier de Rodriguez, mais choisit finalement de s'abstenir : Rodriguez comprendrait sur-le-champ que sa ligne clandestine était écoutée. Or ce canal de communication pouvait encore rendre de précieux services.

Sloan lui téléphona.

— Descends à la Crim. Il y a quelque chose qu'il faut que tu voies.

Lucas descendit, trouva une demi-douzaine d'inspecteurs en train de s'esclaffer autour d'un téléviseur miniature.

— Quoi ?

— C'est l'appartement de Rodriguez, dit Sloan.

— Un duplex, précisa quelqu'un.

Une image vacillante montrait une fenêtre cernée de béton rougeâtre. Puis, évoluant au ralenti, Rodriguez se profila derrière la vitre et tira le rideau. Dès qu'il eut disparu, la séquence fut reprise en boucle : la fenêtre, Rodriguez, le rideau.

— Coupable, coupable, coupable, marmonna un des flics.

Et un autre, avec une pointe de sarcasme :

— S'il n'était pas coupable, pourquoi est-ce qu'il tirerait les rideaux ?

Et un troisième :

— À sa place, je prendrais mon fusil et j'allumerais les journaleux par la fenêtre.

— Ils adoreraient.

— Ouais, jusqu'au moment où un petit trou bien rond s'épanouirait au milieu du front d'une de ces pétasses blondes à gros c...

— Fais gaffe à ce que tu dis, lâcha une inspectrice armée.

— Avec leur grosse caméra, rectifia l'inspecteur.

Olson arriva, suivi par les Benton, les Packard, et Lester Moore, le directeur du journal.

— Qui est ce Rodriguez ? lança Olson. Tout le monde le croit coupable.

— Un suspect, répondit Rose Marie. Lucas...

— Nous pensons qu'il trafique de la drogue, intervint Lucas. En fait, nous en sommes sûrs. Et nous disposons au moins de deux sources distinctes pour dire que Sandy Lansing était de mèche avec lui. En clair, elle revendait au détail la drogue fournie par Rodriguez.

— C'était son grossiste ?

— Plutôt le titulaire d'une sorte de franchise locale. Lansing faisait partie de ses employés.

— Étonnant, fit Olson. Une franchise, des employés. Il payait ses cotisations à la Sécu ?

— Vous pouvez le coffrer ? intervint Moore.

— Pas encore, répondit Lucas. Peut-être pour trafic. Nous n'avons pas de corrélation directe avec les meurtres, mais nous savons qu'il était à la fête, nous avons établi le lien entre Lansing et lui – malgré sa déposition, où il prétend ne pas la connaître –, et nous réussirons vraisemblablement à démontrer qu'ils vendaient de la drogue ensemble. Par projection, il est possible d'envisager l'hypothèse d'une querelle professionnelle qui aurait mal tourné. Il tue Lansing, peut-être par accident, en précipitant sa tête contre un cadre de porte. Alie'e sort de sa chambre à cet instant, et il décide de se débarrasser d'un témoin gênant.

Olson se leva lentement, posa un regard fixe sur les Benton, puis sur Moore.

— Vous voulez dire... qu'elle aurait été tuée uniquement parce qu'elle passait par là ? Elle se serait trouvée au mauvais endroit au mauvais moment ?

— C'est une possibilité, dit Lucas.

— Je n'y crois pas. Ce n'est pas un meurtre de circonstance. Tous ces morts... ne peuvent pas être le fruit du hasard. Impossible.

— Nous ne sommes sûrs de rien, intervint Rose Marie. Lucas ne fait qu'esquisser une théorie plausible.

— Seigneur qui êtes aux cieux... lâcha Olson.

Il porta les mains à ses tempes, comme le jour où il avait découvert ses parents morts, et se tira sur les cheveux comme ce jour-là, juste avant son malaise.

Lucas se leva, s'approcha de lui, le prit par le bras.

— Doucement.

— Je ne peux pas, je ne peux pas...

— Rasseyez-vous.

Olson tituba. Lucas l'aida à retrouver sa chaise. Olson balaya la pièce du regard – tous ces visages braqués sur lui.

— Ce n'est pas possible. Pas possible...

Quand la famille fut repartie, Frank Lester déclara :

— Si ce qu'il vient d'entendre ne lui fait pas péter les plombs, je ne vois pas ce qui pourrait le faire.

Lane revint.

— Ça m'a pris la journée, mais l'inspectrice de la commission bancaire est de notre avis. Elle juge ces prêts foireux.

— C'est l'expression technique ? Foireux ?

— Oui. Mais il y a un problème, poursuivit Lane. Et c'est ma faute. J'ai commis l'erreur fondamentale de l'enquêteur : j'ai posé la question de trop. Ou plutôt non – j'en ai posé deux de trop.

— Je t'avais prévenu, fit Lucas.

— Ouais, bon. Donc, j'ai cette inspectrice en face de moi – elle a de très jolies jambes, soit dit en passant, même si elle n'est pas marrante-marrante –, et je lui demande : « Que feriez-vous si vous repériez ça ? À l'occasion d'un contrôle ? » Elle me répond : « Je dirais que ce prêt est risqué et, en fonction de la situation générale de leurs autres prêts, je leur recommanderais de prendre des mesures. » Et moi, je lui dis : « C'est tout ? » Et elle me répond : « Que voulez-vous que je fasse ? Que je sorte mon flingue pour les descendre ? » Et c'est là que j'ai commis ma deuxième erreur : j'ai posé une autre question.

— Tu en as déjà posé deux.

— Non, c'était la question un et la question un bis. Là, j'arrive à la question deux. Je demande : « Combien y a-t-il de prêts commerciaux dans l'État du Minnesota ? Il doit y en avoir des centaines de milliers, pas vrai ? » Et elle me fait : « Disons plusieurs dizaines de milliers. » Moi – et c'est ma question deux bis : « Combien sont aussi foireux que celui-là ? » Je m'attendais à ce qu'elle me lâche un truc du genre : un ou deux par an. Et vous savez ce qu'elle me sort ?

— J'en ai bien peur, dit Lucas.

— Tu peux avoir peur. Elle répond : « Il doit bien y en avoir quelques milliers. »

— Et merde, grommela Lucas.

— Ouais. Du coup, notre prise sur Spooner se révèle plutôt glissante. Mais d'un autre côté – l'idée m'est venue sur le chemin du retour...

— Quoi ?

— Spooner n'en sait rien, acheva Lane.

— Tu es vraiment un enfoiré de première, fit Lucas. Et c'est une qualité que j'admire chez un flic.

Tandis que le crépuscule s'installait et que les lampes s'allumaient un peu partout, Del arriva en léchant un cornet de glace.

— Je vais voir Marcy. Tu viens ?

— Oui. Le temps d'attraper mon manteau.

En chemin, Lucas parla de Catrin. Del l'écouta en terminant son cornet dans la nuit froide, puis :

— Elle a probablement envie de sauter dans ton lit. Histoire de se prouver qu'elle reste désirable, aussi bonne qu'au bon vieux temps.

— Qu'est-ce que je dois faire ?

— Je ne crois pas que coucher avec elle soit la solution, dit Del en regardant Lucas. Si ?

— Non. Je la trouve mignonne, mais elle est complètement paumée.

— Alors, sers-lui un petit discours pour lui faire comprendre qu'elle est paumée – peut-être en trouvant une expression plus appropriée – et qu'elle ne devrait rien entreprendre avant d'avoir les yeux en face des trous.

— Je doute que Catrin soit en mesure d'entendre ça.

— Comment fais-tu pour toujours rencontrer ce genre de filles, d'ailleurs ? Putain, elles sont toujours tellement compliquées...

— Je ne sais pas. Un talent personnel.

— Ce qu'il te faudrait, c'est une poule qui t'accoste en te disant : « Hé, tu veux que je te montre ma Harley ? » Et toi, tu répondrais : « C'est une Sportster ? » Et elle : « C'est ce que tu veux que ça soit, mon chou. »

— Je me suis souvent demandé si tu avais un imaginaire, fit Lucas. Je crois que j'ai enfin la réponse.

— Ouais, eh bien, à ta place, je rentrerais chez moi et je réfléchirais un bon coup à cette Catrin. Surtout si c'est toujours une amie. (Ils marchèrent quelques rues en silence, après quoi Del ajouta :) Enfin, je vois quand même un élément positif à ce problème.

— Ah bon ?

— Oui. C'est ton problème, pas le mien.

Marcy était assise, éveillée, mais Lucas lui trouva l'air lointain, et le regard un peu trop brillant.

— Les toubibs soupçonnent un début de pneumonie, expliqua Black. D'après eux, ça ne devrait pas être trop sérieux... enfin, elle doit être traitée.

Lucas s'accroupit et regarda Marcy dans le blanc des yeux.

— Comment te sens-tu ?

— Un peu fiévreuse.

— Toujours mal ?

— Toujours.

— Nom d'un chien ! (Il se releva.) Il doit y avoir des médocs plus puissants.

— Ouais, mais ils me détraquent la cervelle. Je préfère avoir un peu mal. Où en est l'enquête ? J'ai cru comprendre que Rodriguez est partout sur les ondes.

Ils discutèrent un moment de Rodriguez, et Marcy resta éveillée, toutefois elle ne paraissait plus tout à fait aussi bien que la fois précédente. On aurait dit qu'elle était grippée. Après avoir parlé un moment, Lucas annonça qu'il allait chercher une boisson au distributeur et quitta la chambre. Dès qu'il en fut sorti, il se dirigea vers le poste des infirmières et demanda :

— Est-ce que Weather Karkinnen... ?

Le regard de l'infirmière fila par-dessus son épaule. Weather venait vers eux dans le couloir. Lucas la rejoignit.

— Tu es au courant pour Marcy ? Cette histoire de pneumonie ?

— Oui, je suis ça de près. Ce n'est pas encore trop grave. La fièvre est sous contrôle.

— Attends, Weather. Ça risque de dégénérer ?

Elle secoua la tête.

— Je ne peux pas l'affirmer, Lucas. Elle est assez jeune et solide pour que ça ne dégénère pas, et on la surveille de près... mais elle a été gravement blessée, et son poumon en a pris un coup. Alors... il faut continuer à la surveiller de près.

— C'est tout ?

— Je ne sais rien de plus, soupira-t-elle, exaspérée. Je ne sais rien d'autre.

— D'accord.

Ils restèrent un moment face à face, gênés, puis Weather lui effleura le bras :

— J'ai vu cet homme, Rodriguez, à la télévision. C'est toi, n'est-ce pas ? C'est l'aspect de l'enquête que tu supervises ?

— Oui. Il est coupable. Le problème, c'est de savoir comment l'atteindre. On n'a presque rien retrouvé d'exploitable sur le lieu du crime. On essaie de construire un dossier à partir d'éléments indirects...

Ils se remirent en marche, et Lucas continua de lui parler de l'affaire. Ils l'avaient déjà fait quand ils vivaient ensemble : Lucas la mettait souvent dans la confidence de ses enquêtes difficiles. Ce dialogue l'aidait, lui remettait les idées en place, même quand Weather ne répondait presque rien. Ils reproduisirent d'instinct ce modèle, Weather le relançant çà et là d'un « Pourquoi penses-tu ceci ? », d'un « D'où est-ce que tu tiens ça ? » ou d'un « Quel est le rapport ? »

Ils rebroussèrent chemin à l'extrémité du long couloir. Del passa la tête hors de la chambre de Marcy, jeta un coup d'œil dans leur direction, disparut de nouveau dans la chambre. Sur le chemin du retour, Weather demanda à Lucas :

— Que fais-tu ce soir ? Ça te dirait d'aller manger des pâtes quelque part ?

— Je ne peux pas, répondit-il, secouant la tête. Tu sais comment c'est... Je deviens marteau. Par contre... tu me permets de t'appeler ?

— Oui. Je crois que oui.

Elle l'attrapa par le lobe de l'oreille, le força doucement à abaisser le visage, le baisa sur la joue.

— À plus, murmura-t-elle.

23

Lucas mangea seul dans la cuisine – un rapide sand-wich au rosbif et au concombre –, resta quelques minutes immobile sous la douche, enfila un jean et un sweat-shirt sur un polo de golf, un blouson en cuir et des bottes. Il envisagea un instant de prendre son Tahoe ; il se fondrait mieux dans le décor. Mais Jael adorait la Porsche.

Il s'installa donc au volant de la Porsche, emprunta Ford Bridge, longea le Mississippi vers l'amont, puis bifurqua à l'ouest en direction de la maison-atelier de Jael. Elle avait opté pour une tenue assez proche de la sienne : jean et blouson en cuir, bottes de cow-boy, collier de turquoises et d'argent.

— On dirait un couple invité à un quadrille, remar-qua-t-elle.

— Venez.

Dans l'atelier, elle dit :

— J'ai oublié mes clés, une minute...

Dès qu'elle fut remontée les chercher, un des ins-pecteurs chargés de sa protection, assis par terre devant une console PlayStation, leva la tête et s'adressa à Lucas :

— Putain, Davenport, vous me fendez le cœur.

— Hé, on va juste à l'église.

— Ouais... Ah, merde, j'ai loupé mon virage !

Jael revint avec son jeu de clés.

— C'est bon.

L'inspecteur regarda Lucas en clignant de l'œil. Lucas haussa les épaules et suivit Jael vers la porte.

Olson prêchait à l'église évangélique du Christ triomphant, à près d'une heure à l'ouest de Minneapolis, dans la bonne ville de Young America. L'église était un long bâtiment de planches peintes en blanc à façade étroite et surmonté d'un clocher, dans le plus pur style Nouvelle-Angleterre, avec un parking de gravier attenant quasiment complet. Lucas se gara entre un Ford F-150 bardé de chromes étincelants et un Chevy S-10 équipé d'un chasse-neige, à une place où le Tahoe aurait largement tenu. À côté de ces gros pick-up, sa Porsche ressemblait à un cafard tapi entre deux réfrigérateurs. Une dizaine de places plus loin, il reconnut une voiture banalisée à l'ombre d'une fourgonnette.

Devant l'église, un homme maigre au visage rose, vêtu d'un long manteau noir, était debout à côté d'une sébile de type Armée du Salut. L'écriteau disait : « DONNEZ SVP », et en dessous, en minuscules : « Suggestion de don : $2 par personne. »

— Je croyais, fit observer Jael, que le révérend Olson n'acceptait aucune rétribution.

— C'est pour l'église, m'dame, répondit le type à la sébile. Le révérend Olson ne prend même pas de quoi payer son essence.

Lucas déposa un billet de cinq dollars dans la sébile.

— Merci beaucoup, m'sieur-dame. Vous feriez bien d'entrer si vous voulez une place assise.

La simplicité de l'aménagement intérieur de l'église confinait à l'austérité : murs uniformément blancs, plancher en bois naturel, allée centrale tracée entre deux rangées de bancs, une croix de bois grossière au fond de l'estrade. Les bancs étaient aux deux tiers occupés, et une vingtaine de personnes attendaient debout. Lucas et Jael s'assirent près du fond. Il faisait chaud, et tous deux retirèrent leur blouson. Dans le coin gauche, deux inspectrices des Stups devisaient à mi-voix. En cinq minutes environ, tous les bancs furent pleins, et quelques personnes s'assirent dans l'allée.

— Le chef des pompiers tomberait raide s'il voyait ça, grogna Lucas pendant que les fidèles continuaient à s'entasser.

— Vous avez vu les femmes ? fit Jael en se penchant vers lui.

— Quelles femmes ?

— Celles en tricot bleu foncé, dit-elle en ponctuant sa phrase d'un coup de menton.

Lucas mit plusieurs secondes à les repérer : une demi-douzaine de femmes s'agitaient à l'avant de l'assemblée, faisant circuler des feuilles de papier, s'arrêtant un instant pour parler aux gens, riant, bavardant. Puis il vit deux hommes en tricot bleu, qui eux aussi arpentaient la foule.

— Il y a également ces deux types. Et vous voyez celui à la parka ? Il en porte un dessous.

— Ah, oui. Je ne les avais pas vu. Je me demande...

Lucas murmura :

— Quoi ?

— Ce ne serait pas une secte ?

Pendant que la lumière s'atténuait progressivement, Lucas haussa les épaules. Une des femmes en tricot bleu leur remit une liasse de feuilles volantes à transmettre jusqu'au bout du banc. Ils en prirent chacun une et firent passer le reste. Lucas déchiffra le texte dans une clarté de plus en plus faible : les paroles d'une demi-douzaine de chants et, au verso, une sorte de schéma. Il posa la feuille sur ses genoux et leva les yeux au moment où Olson faisait son entrée à l'avant de l'église, montait sur l'estrade et lançait à la foule :

— Alors, vous tous, comment ça va ce soir ?

On entendit fuser quelques « bien » et autres « ça va ».

— Pour moi, ça pourrait aller mieux, reprit Olson. Combien d'entre vous savent qu'Alie'e Maison était ma sœur ? Levez la main.

Les deux tiers de l'assistance levèrent la main.

— Donc, vous savez que ma sœur a été assassinée, que mes parents ont été assassinés, et qu'un certain Amnon Plain a été assassiné. C'est de cela que je veux vous parler.

Il parla de sa sœur et de ses parents pendant une vingtaine de minutes, de la façon dont Sharon Olson, ses parents et lui avaient connu à Burnt River la vie tranquille des petites villes, essentiellement organisée autour de la famille, à une singularité près : la beauté et le talent d'Alie'e.

— Je n'étais pas conscient de cette singularité. Je ne savais pas que, même à Burnt River, pendant que je courais au bord de l'eau, que j'allais à la pêche avec mon père et que je faisais avec mes camarades des batailles de pommes, des batailles de carabine à air comprimé... – je suis sûr que plus d'un d'entre vous a déjà été mêlé à une bataille de carabine à air comprimé, même parmi les dames, hein ? (Une vague de rires et de murmures approbateurs parcourut l'assemblée.) Je ne savais pas qu'à l'ombre de ces jeux enfantins, puérils, même là-bas, le mal nous guettait. Avec ses longs tentacules venus de New York, venus de Los Angeles, avec ses doigts crochus prêts à agripper nos âmes...

Lucas eut un frisson. Olson avait une voix profonde, sonore, et il savait en user : même quand elle se ramassait en un murmure, ou qu'elle semblait s'adresser individuellement à chaque personne présente, elle restait assez forte pour être parfaitement audible de tous. Il avait aussi cette constitution solide, imposante, et ce visage carré, vigoureux, qui le paraient d'une aura de violence contenue.

Olson parla du mal et de ses manifestations à la télévision, au cinéma, dans la restauration rapide, sur Internet.

— J'ai roulé ma bosse. J'ai servi dans les marines, j'ai fait la patrouille côtière de Subic Bay[1]. Je connais tous les problèmes que les gens peuvent s'attirer avec l'argent, la drogue, par cupidité et désir de possession. Je sais qu'il y a un peu de tout cela en chacun de nous – mais je sais aussi qu'un adulte peut le combattre. Peut-être pas remporter la victoire, mais choisir de se battre. Avez-vous personnellement observé les entrailles de ce mal nouveau – cet Internet que toutes les écoles et que toutes les bibliothèques cherchent en ce moment à nous vendre ? Moi, oui – dans une bibliothèque, avec l'aide d'un bibliothécaire, un des nôtres –, et le mal sur Internet est au-delà de ce qui est imaginable, au-delà de ce que j'ai pu rencontrer à Subic Bay, au-delà de ce que vous, les vétérans du monde, avez pu voir, au-delà

_____

1. Base de l'US Navy aux Philippines. *(N.d.T.)*

de tout cela. Et ce flot maléfique inonde directement la conscience de nos enfants.

Olson entama son prêche sur le mal dans le monde et la lumière à venir ; sur Jésus, qui était avec nous en permanence et qui nous apparaîtrait dans les prochaines années. Car la fin des temps était imminente...

Le prêche dura une vingtaine de minutes, sorte de flux et de reflux d'émotions arrivant par vagues dont la crête était toujours un peu plus haute que la précédente. Olson s'aventura jusqu'à mi-hauteur dans l'allée centrale, parlant sans cesse, interpellant les enfants de Dieu, se faufilant entre les bancs pour toucher les gens, hommes et femmes. L'assistance finit par tanguer avec lui, à son rythme, épaule contre épaule. Dans la rumeur des fidèles et la chaleur de l'église, la voix d'Olson atteignit son apogée sous la forme d'une longue plainte désespérée.

Quand elle retomba, le prédicateur souriait.

— Mais nous allons nous en sortir – parce que nous sommes les enfants du Seigneur.

Voilà, songea Lucas, ce serait tout pour ce soir. Olson, d'une manière quasi professionnelle, se mit ensuite à parler d'Amnon Plain.

— Un nom biblique, Amnon. Et Plain[1], ça, c'est très important. Dès que j'ai entendu ce nom, j'ai pensé qu'il s'agissait d'un message : et dès que j'ai été informé de son meurtre, j'en ai eu la certitude. J'ai déjà parlé dans cette église de mon admiration pour les Simples – nos frères amish et mennonites –, et même si nos croyances sont parfois divergentes, sur ce point, sur la croyance au Simple, nous sommes au diapason. Le Simple nous sauvera. Vous avez vu ici des

---

1. L'adjectif *plain* signifie « simple, commun, quelconque, banal ». *(N.d.T.)*

gens en tricot bleu ; ce sont des tricots bleus faits main, ils les ont confectionnés eux-mêmes. Si vous acceptez le Simple, fabriquez-vous un tricot. Portez-le. Puis débarrassez-vous de votre téléviseur. Débarrassez-vous de votre connexion à Internet. Débarrassez-vous de ces magazines qui dégoulinent de péchés.

L'assistance replongea soudain, mais cette fois différemment, saisie par la frénésie quasi orgasmique qu'avait déclenchée le mot « Simple », l'évocation de la mort d'Amnon Plain et le message limpide adressé aux enfants de Dieu.

Tandis que cette frénésie continuait de monter, les doigts de Jael s'enfoncèrent dans la cuisse de Lucas, s'enfoncèrent et y restèrent. Olson discourait toujours, la lumière s'atténua progressivement jusqu'à une obscurité quasi complète – jusqu'à ce qu'il ne reste plus qu'un vague halo de clarté pour souligner la silhouette du prédicateur sur son estrade. Un nœud est en train de se former en lui, songea Lucas ; son corps tremblait de plus en plus sous la violence de ses mots. Quelques personnes se levèrent, crièrent – et bientôt la congrégation entière fut debout, et la plainte s'éleva de nouveau...

Olson, en pleine lumière, tomba soudain à genoux et jeta les mains vers le ciel, paumes tournées vers l'assistance. Un filet de sang ruisselait sur ses poignets, le long de ses avant-bras, et sa plainte devint si impérieuse que Lucas eut peine à la supporter.

Puis il s'écroula, et la plainte s'arrêta net, comme si un interrupteur venait d'être actionné – les membres de l'assistance se regardèrent avec stupeur. Un homme du premier rang s'agenouilla à côté d'Olson, puis un autre. À deux, ils le remirent debout, l'entraînèrent vers le coin de la nef et disparurent avec lui.

L'homme maigre qui avait fait la quête devant

l'église s'avança dans la clarté de l'autel et annonça à l'assemblée médusée :

— Le révérend Olson sera de retour dans un moment. Il n'y aura pas de quête, rien de tel n'est prévu. Si vous vous sentez capables de devenir Simples, si vous souhaitez devenir Simples, faites-vous un tricot. N'en faites pas si vous ne le souhaitez pas. Certains trouveront plus commode de fabriquer ce tricot pour se remémorer ce que nous sommes. Mais je ne veux pas qu'une seule d'entre vous, les femmes, confectionne le tricot de son homme. Il devra le faire lui-même, et s'il ne tombe pas parfaitement... montrez-lui comment s'y prendre, mais laissez-le faire le travail. Ce tricot ne vous sauvera pas, mais vous vous apercevrez qu'il vous tiendra chaud, très chaud... Au verso des paroles se trouve un dessin, une sorte de patron pour la fabrication de votre tricot.

Il y eut un bruissement de papier collectif pendant que les gens retournaient leur feuille, et l'homme ajouta :

— Si vous souhaitez chanter avec nous, soyez les bienvenus. Ceux qui ont un peu trop chaud sont invités à sortir prendre un bol d'air. Je vous propose de commencer par *Tu es mon rayon de soleil*. Mais d'abord, que les chanteurs laissent passer tous ceux qui désirent sortir.

Un certain nombre de fidèles refluèrent vers la sortie. Lucas prit le bras de Jael. Ils passèrent devant le dernier couple au bout de leur banc, s'engagèrent dans l'allée, quittèrent l'église.

— Je dirais qu'on en a eu pour notre argent, commenta Jael en se retournant vers l'édifice au moment où le premier refrain filtrait entre les portes.

Lucas était en train de lire sa feuille.

— Aucun de ces chants n'est religieux. Ce ne sont que des vieilles rengaines populaires.

— Vous voulez y retourner ?

— Non. J'ai ma dose.

— Moi aussi. Quand il s'est mis à parler d'Amnon, j'ai ressenti un électrochoc.

Ils rejoignirent la Porsche, montèrent dedans, et Jael dit :

— Je sais, ça va vous paraître aussi con que les stupidités de Hollywood auxquelles Olson tente d'échapper, mais... il est bon. Vraiment bon. Dans son allure de paysan balèze et dur à cuire, et dans sa voix, il y a quelque chose qui...

— Vous allez vous faire un tricot ?

— Il y a du vrai dans ses paroles. Surtout qu'il n'oblige personne à s'engager dans une grande marche chrétienne vers les portes du paradis. À la façon dont il en parle, tout le monde peut devenir Simple. On retrouve souvent cette quête de la simplicité chez les potiers.

— Sauf que c'est trop tard. Au point où nous en sommes, être Simple est un luxe que la plupart d'entre nous ne peuvent plus s'offrir. Un peu comme ces œuvres de céramique hors de prix.

— Vous croyez qu'il a un truc ? Pour le sang ? demanda-t-elle dans la voiture. Qu'il s'est coupé ?

— Non, à moins que nous ayons affaire à l'escroc le plus doué de la planète, et ce n'est certainement pas l'impression qu'il donne.

— Si c'était l'escroc le plus doué de la planète, il ne donnerait pas l'impression de l'être.

— Je n'en sais rien, mais je vais quand même vous dire une chose : je l'ai vu s'effondrer – un malaise ou un genre d'attaque – après le meurtre de ses parents, et ce n'était pas du chiqué. Ce qui s'est passé ce soir m'a paru être du même ordre : ç'avait l'air réel.

— Alors, il est fou ?

— Tout dépend de la définition que vous donnez de ce mot. Il y a quelques vrais extatiques, et il semblerait qu'il soit du nombre. Peut-être sont-ils fous ? Je n'en sais rien.

— Vous ne pensez pas que c'est lui. Vous ne pensez pas qu'il a tué Plain.

— Certains indices jouent contre lui.

— Il ne s'agissait pas d'une question. Je sais qu'il y a des indices, mais je sens que vous ne le croyez pas coupable.

— Vous vous trompez. Je crois qu'il est possible que ce soit lui. Mais dans ce cas, le... le moi... qui a fait ça n'est pas celui que nous venons de voir. Ce soir, nous avons vu un saint ; peut-être y a-t-il aussi en lui un démon. Un démon que nous n'avons pas encore perçu.

Ils avaient effectué la moitié du trajet quand le portable de Lucas sonna.

— Vous vous en servez ? s'étonna Jael. On m'a dit que vous étiez connu pour ne jamais le brancher.

— Les choses sont en train de bouger, maugréa Lucas en extirpant l'appareil de sa poche. S'il y a du nouveau, je tiens à le savoir. (Il appuya sur le bouton d'appel.) Oui ?

— Lucas ? Ici Frank. Tu es où ?

— Sur la 494, à hauteur de France. Du nouveau ?

— Ton pote Rodriguez est mort.

— Quoi ?

— Il s'est peut-être suicidé.

— Arrête, mec, comment veux-tu qu'il...

— En sautant. Dans une espèce de cour intérieure d'immeuble, comment tu appelles ça ? – ah oui, un atrium. Il a fait une chute dans l'atrium de son immeuble. Il est très amoché.

— Qui est sur place ?

— Deux de nos gars, et la police de Saint Paul est en route. Je m'apprête à y aller. J'appelle Rose Marie et je file.

— OK, on se retrouve là-bas.

24

Jael eut beau trépigner et grincer des dents, Lucas la déposa chez elle avant d'aller à Saint Paul. La scène en cours au pied de l'immeuble évoquait un remake en centre-ville de celle qui s'était tenue quelques jours plus tôt devant chez Silly Hanson, avec un troupeau de voitures pie à touche-touche le long du trottoir et quatre fourgonnettes de la télévision en stationnement illicite un peu plus loin dans la rue, entourées de reporters et de techniciens désœuvrés.

Une journaliste montra la Porsche du doigt, et plusieurs projecteurs s'allumèrent aussitôt, répandant une clarté presque opaque sur le pare-brise de Lucas. En passant au ralenti à la hauteur des camionnettes, il entendit crier la femme.

— Lucas... Lucas !

Quelqu'un donna une claque sur la carrosserie.

Il se gara derrière une Jeep, celle de Lester, mit pied à terre, montra son insigne à un agent de la police de Saint Paul.

— Ça se passe où ?

L'agent lui indiqua l'entrée principale de l'immeuble. Lucas entra, emprunta un hall au bout duquel se découpait un essaim de policiers, émergea à l'air libre dans l'atrium. Rodriguez était toujours au sol, découvert. Son visage était écrabouillé telle une brique de lait compressée. Lester salua Lucas d'un signe de tête en le voyant arriver.

— Nom d'un chien ! lâcha Lucas, dégoûté. Qui est-ce qui le surveillait ?

— Pat Stone et Nancy Winter. Ici.

Stone et Winter étaient deux flics en tenue réquisitionnés pour la surveillance de Rodriguez. Lucas s'approcha d'eux.

— Que s'est-il passé ?

— Il est arrivé dans l'immeuble, il a rejoint son appartement, et il est entré, expliqua Winter. On a vu de la lumière dans son salon, et on commençait tout juste à se mettre à l'aise quand il est ressorti en voiture. Il s'est garé devant un CompUSA, il s'y est engouffré, a acheté quelque chose – on n'a pas pu s'approcher assez pour voir quoi – et après, il a repris sa bagnole pour revenir ici.

— Et vous n'avez pas vu ce qu'il a acheté ?

— Non, je suis restée dehors, mais je l'ai vu par la vitre à la caisse. Ce n'était pas un gros truc, en tout cas. Il doit toujours l'avoir – à moins que quelqu'un le lui ait piqué. Dans sa serviette.

— D'accord. Et après ?

— Je me suis postée devant la rampe d'accès du parking pendant que Pat remontait en courant à la passerelle pour surveiller son bureau.

— Dès son retour au bureau, enchaîna Stone, j'étais censé rappeler Nancy. Sauf qu'il n'est jamais arrivé. J'étais sur la passerelle, il n'est donc pas ressorti par là.

— Il n'y a pas d'autres passerelles ?

— Pas à cette heure, dit Stone. C'était la seule

418

ouverte. Il n'existe que trois façons de sortir de l'immeuble : ma passerelle, le parking et la porte d'entrée – on peut l'ouvrir de l'intérieur. Toutes les autres issues du rez-de-chaussée sont verrouillées.

— On s'est dit qu'il avait peut-être fait un arrêt pipi, ajouta Winter. J'ai montré mon insigne à la caissière du parking, j'ai sorti mes clés et je les ai agitées comme si je m'apprêtais à récupérer ma voiture, et j'ai remonté la rampe à pied jusqu'à ce que je voie celle de Rodriguez, pour vérifier qu'elle était toujours là. Ensuite, je suis ressortie à pied. Pat ne l'avait toujours pas vu arriver. Je suis revenue jusqu'à la porte d'entrée et j'ai jeté un coup d'œil à l'intérieur – comme je n'avais pas la clé, je ne pouvais pas entrer – et c'est là que j'ai vu cette forme, par terre. Je n'étais pas sûre de savoir ce que c'était, mais j'ai demandé à la caissière du parking de me faire entrer, et... vous l'avez vu.

— Combien de temps entre le moment où il est entré dans le parking et celui où vous avez repéré la forme ? demanda Lucas.

— On a essayé de le calculer. Vu qu'on communiquait par portable, le relevé de nos appels vous permettra probablement d'obtenir un minutage exact, mais à mon avis, environ dix minutes, fit Winter.

— Ou un tout petit peu plus, corrigea Stone. Je dirais qu'il s'est écoulé dix minutes avant que tu remontes la rampe, et quelques-unes de plus pour que tu ressortes et que tu regardes à travers la porte vitrée... peut-être douze ou treize minutes au total.

— Les appels le préciseront, dit Winter.

Lucas comprit que les deux agents étaient impatients d'être débarrassés de la pression. Il ne voyait pas vraiment ce qu'ils auraient pu faire de plus.

— D'accord, dit-il. Vous avez fait du bon boulot.

Soulagé, Stone jeta un coup d'œil à Winter ; Lucas

rejoignit les policiers qui faisaient cercle autour du corps de Rodriguez.

— Où est sa serviette ?

— Là-haut, répondit un flic de Saint Paul en montrant la balustrade du premier étage. Il l'a posée avant de faire le saut de l'ange – si c'est ce qu'il a fait.

— Pas facile de balancer un type aussi balèze sans laisser des traces de lutte, remarqua un autre.

— Il avait les médias au cul. Il était aux abois.

— Je veux voir le contenu de sa serviette, fit Lucas.

— La brigade scientifique bosse dessus. Prenez l'ascenseur.

Lucas monta, trouva un technicien en train d'examiner la serviette de Rodriguez.

— Des papiers, constata-t-il. Et ce truc.

Il sortit une petite boîte en plastique entre ses doigts gantés de latex.

— C'est quoi ? demanda Lucas.

— Des disques zip. Une boîte de deux.

— Un ticket de caisse ? Vous voyez quelque chose qui ressemble à un ticket là-dedans ?

Le technicien fouilla de nouveau la serviette et en ressortit un ticket de caisse. Il l'éloigna de son visage, l'exposa à la lumière.

— CompUSA, dit-il. Disques zip. Une boîte de deux.

Lucas redescendit au rez-de-chaussée. Le chef de la police de Saint Paul arrivait à ce moment dans le hall, deux pas derrière Del, qui le salua de la main.

— Il a sauté ? demanda le chef de la police de Saint Paul.

— Je n'en sais trop rien, répondit Lucas, mais je chargerais bien quelqu'un d'analyser son ordinateur. À mon avis, il est ressorti pour faire le ménage de son disque dur. Peut-être qu'il a changé d'avis en longeant la balustrade.

Ils levèrent tous ensemble les yeux vers la balustrade.

— La police de Woodbury est à son domicile, annonça le chef de la police de Saint Paul. Apparemment, il n'a pas laissé de message.

— Ou il n'a pas eu le temps de l'écrire, fit Lucas en se tournant vers Del. Une petite virée à Woodbury, ça te tente ?

Del laissa tomber son regard sur le corps de Rodriguez, leva la tête vers la balustrade.

— Pourquoi pas ? Elvis n'y est plus.

Tandis qu'ils commençaient à s'éloigner, le chef de la police de Saint Paul leur lança :

— S'il a sauté... il a entraîné un tas de problèmes avec lui.

Sur la route de Woodbury, Del contacta par téléphone la police locale afin d'obtenir des indications de trajet. Rodriguez habitait dans un des immeubles dont il était propriétaire.

— Le duplex en terrasse, lui expliqua son correspondant avec une touche de respect. Enfin, c'est ce qu'on m'a dit.

— Tâche de voir qui était chargé d'écouter ses lignes ce soir, dit Lucas à Del. Et de trouver s'il y a eu des appels.

Del vérifia.

— Pas un seul appel chez lui aujourd'hui.

— Bon sang.

Rodriguez vivait dans un banal immeuble résidentiel devant lequel une couche de gravillons recouvrait un dallage de béton, avec une double porte vitrée et, dans le sas, une batterie de boîtes aux lettres et d'Interphones. Un agent de Woodbury en tenue les expédia au quatrième et dernier étage. La porte de l'appartement était ouverte. Lucas entra, Del sur les talons.

— Ça sent l'argent de la came, grommela Del dès qu'ils furent à l'intérieur.

Toutes les cloisons étaient tapissées de papier floqué ; le mobilier, de type suédois, moderne, venait intégralement du même magasin ; des peintures contemporaines plutôt classes décoraient les murs. Un inspecteur en civil s'avança vers eux.

— Commissaire Davenport ? Je suis Dave Thompson.

— Comment allez-vous ? Voici Del. Alors, qu'est-ce que vous avez ?

— Pas grand-chose. Il y a beaucoup de paperasse à son bureau, essentiellement du fiscal... Pas de message d'adieu, rien de ce genre. On a vérifié le répondeur ; rien non plus. Pas d'ordinateur chez lui.

— Vous avez parlé à ses voisins ?

— Il n'y a qu'un autre appartement à l'étage. On n'a pas encore pu leur mettre la main dessus. Un couple marié, ils sont ressortis vers six heures du soir. D'après quelqu'un d'en bas, ils dînaient en ville. Ils avaient l'air sur leur trente et un.

— D'accord... Ça vous dérange si je fais un petit tour ?

— Non. Simplement, comme je l'ai dit, il n'y a pas grand-chose à voir. Des miroirs dans sa chambre... une énorme télé, avec une installation de home cinéma.

Lucas et Del effectuèrent une brève visite, en commençant par le fond de l'appartement. La chambre principale était située au bout du couloir central : il y avait des miroirs au mur à côté du lit, et deux autres au plafond. Une armoire en pin massif et une commode à tiroirs assortie, avec des boutons en métal noir. La pièce voisine était un petit bureau, avec un plan de travail encastré, un carnet d'adresses à fiches, un rangement à dossiers à deux tiroirs et un téléphone. Un flic, à genoux, était en train d'inspecter le contenu de l'armoire.

— N'oubliez pas le carnet d'adresses, recommanda Lucas.

— Bien sûr.

Le home cinéma se composait d'un rétroprojecteur et d'une muraille d'équipement stéréo et vidéo face à un vaste canapé en cuir noir semi-circulaire ; à côté du canapé, un réfrigérateur revêtu de cuir. À l'origine, se dit Lucas, cette pièce devait avoir été divisée en deux chambres. Les travaux avaient été bâclés : des cicatrices restaient visibles au plafond et sur les cloisons.

— L'argent de la came, répéta Del. Le rêve éveillé d'un putain de dealer.

L'inspecteur en civil de Woodbury s'approcha d'eux.

— Vous avez retrouvé quelque chose qui ressemble à un coffre ? demanda Lucas.

— Non, non, rien de ce genre.

— Il va peut-être falloir creuser un peu. Je vous parie à cinq contre un qu'il y a une planque quelque part.

— Vérifiez les prises de courant et intéressez-vous à celles qui ne marchent pas, renchérit Del. C'est un grand classique.

Lucas avait fait halte dans la cuisine. Une boîte d'allumettes était ouverte sur le plan de travail, près de l'évier.

— Tu crois qu'il fumait ? demanda-t-il à Del.

Del considéra le plafond, puis les rideaux, les renifla, dit :

— Je ne crois pas. Pourquoi ?

— Ces allumettes, là...

423

Lucas les ramassa, se pencha sur l'évier. Quelques grains de matière noire sur le bouchon de bonde. Il passa un doigt dessus, le retira.

— C'est quoi ? s'enquit Del.

Le flic de Woodbury se tordit le cou pour mieux voir.

— On dirait de la cendre, fit Lucas.

— Il a brûlé quelque chose ?

— Peut-être.

Et ce fut tout : un groupe de policiers debout sur une moquette bordeaux un poil trop épaisse, devant une gravure de LeRoy Neiman.

— Et maintenant ? fit Del. Qu'est-ce qu'on fait ?

— Tu crois qu'il s'agit d'un suicide ?

— Ouais, je pourrais être tenté d'acheter l'idée – ça résoudrait un tas de problèmes. Mais j'aimerais quand même avoir quelques petits renseignements sur ses antécédents médicaux.

— Chez les toubibs ?

— Exact. Voir s'il était déprimé, s'il prenait un traitement quelconque. Mais après tout, peut-être qu'il a juste vu les murs se resserrer autour de lui, qu'il s'est approché de la balustrade et qu'il a simplement obéi à... une impulsion.

— Du premier étage ? Laisse tomber, répliqua Lucas, secouant la tête.

— C'est un étage élevé. Un simple coup d'œil de là-haut, et tu sais que tu ne rebondiras pas. Moi, je vois bien un mec totalement flippé, qui a toutes les télés au cul ; il sait qu'il est repéré comme dealer, il a bâti une fortune et il sent qu'elle va lui filer entre les doigts... peut-être même que c'est lui qui a tué Alie'e. Va savoir. Bref, le voilà qui dépose sa serviette, il enjambe la balustrade...

424

Ça sonnait bien.

— Peut-être.

— Je dirais même plus, acquiesça Del. En me réservant le droit de changer d'avis.

— Attendons l'avis du légiste.

Lucas déposa Del dans le centre, envisagea de passer chez Jael, se ravisa. Pensa ensuite à appeler Weather – mais ce n'était pas la personne adéquate à qui parler de mort et de destruction, surtout au moment où ils tâtonnaient péniblement vers une forme de réconciliation.

Mais, dans le fond, était-ce de ça qu'il était question ? Y pensait-elle quand elle l'avait autorisé à l'appeler ? Bon sang ! qu'avait-elle en tête ? Et pourquoi s'ingéniait-il à déconner avec Jael ? Pour couronner le tout, il n'avait même pas envie de *penser* à Catrin.

Il rentra chez lui, réfléchit quelques minutes à son jeu, prit une douche et se coula dans son lit. S'emmitoufla jusqu'aux oreilles et sombra dans le sommeil.

Il se réveilla deux fois pendant la nuit, restant chaque fois une bonne heure les yeux ouverts, à réagencer tous les éléments. Le matin, il se rasa, prit une douche et, toujours fatigué, partit vers le centre de Saint Paul. En chemin, il sortit son portable de sa poche et appela le photographe du département.

— J'ai besoin de vous pour une photo.

25

Vendredi. Le septième jour d'Alie'e.

L'immeuble où Rodriguez avait son bureau fut fouillé, puis rouvert au public ; sans la présence des policiers penchés sur son ordinateur, personne ne se serait douté de rien. Lucas s'y arrêta brièvement et fut présenté à sa secrétaire, une jeune femme qui accueillait apparemment ce coup du sort avec sérénité.

— J'aurai retrouvé un job demain soir, lui dit-elle. De nos jours, même un mort se ferait embaucher. Oups... L'expression n'est peut-être pas très heureuse.

— Richard aurait-il pu se suicider ?

— Il n'a jamais été du genre neurasthénique. (Elle mit un doigt en travers de ses lèvres, réfléchit un instant.) D'un autre côté, quand il décidait de faire quelque chose, il le faisait. Vite. À l'impulsion. Alors, je veux dire, avec toute cette mauvaise publicité... je ne sais pas. Peut-être ne connaît-on pas vraiment quelqu'un tant qu'il n'a pas commis un acte de cet ordre-là. Et ensuite, évidemment, on ne peut plus le connaître du tout, vu qu'il est mort. Un peu comme si on n'avait jamais la chance de connaître qui que ce soit. Si on y réfléchit bien.

Dans le hall, Lucas retrouva l'inspecteur de Saint Paul.

— Elle a l'air de bien tenir le choc, estima-t-il.

— Oui. Un peu trop bien, si vous me demandez mon avis. Je ne serais pas surpris d'apprendre qu'elle planquait le fric ou la came de son patron.

— Le fric, à la rigueur. Mais pas la came. Elle est trop cruche pour qu'on lui confie de la came.

— On finira probablement par découvrir que c'était elle le cerveau.

Ils l'épièrent tous deux par la vitre de la porte. Elle parlait à un autre policier tout en enroulant inconsciemment une mèche de cheveux autour de son index. Lucas et l'inspecteur de Saint Paul échangèrent un regard et dirent en même temps :

— Probablement pas.

— Vous savez ce dont j'aurais vraiment besoin ? reprit Lucas. J'aurais besoin de retrouver le gardien.

Le gardien semblait anxieux.

— Je vais faire tout mon possible pour vous aider.

— Ce que je voudrais savoir, c'est comment on fait pour sortir de cet immeuble quand on ne peut passer ni par le parking, ni par l'entrée principale, ni par la passerelle.

— Un peu comme si un mystérieux inconnu s'était introduit ici hier soir, vous voulez dire ?

— Exactement.

Le gardien réfléchit au problème.

— Pas possible, reconnut-il enfin. Il lui aurait fallu la clé. Mais il n'y a que deux trousseaux, et il faut savoir où on veut aller pour s'en servir. Chaque clé porte un simple numéro. Alors, même si vous n'en voulez qu'une, il faut voler tout le trousseau – ce que personne n'a fait. Et ça ne vous dira pas quelle clé

427

ouvre quelle porte, à moins de les essayer toutes chaque fois. En ne faisant rien d'autre, vous en auriez pour deux jours.

— Supposons que ce type n'ait pas eu la clé.

— Bon, il y a quelques fenêtres qui s'ouvrent au premier étage. À la rigueur, il aurait pu les atteindre depuis le toit – mais il se serait fatalement fait repérer. À cette heure de la soirée, il y a encore de la circulation.

— Et ça fait un joli brin de descente, estima Lucas. Il lui aurait fallu une longue corde.

— Oui. (Perplexe, l'employé se remit à réfléchir.) Vous dites qu'il n'a pas pu ressortir par le parking ?

— Non.

— À sa place, je serais resté planqué dans l'immeuble jusqu'à ce que les flics soient repartis, et ensuite je me serais tranquillement fondu dans la foule. Les cachettes ne manquent pas.

— La police de Saint Paul a tout fouillé de fond en comble, hier soir et de nouveau ce matin.

— À qui le dites-vous ! Ils m'ont fait cavaler comme un malade.

— Une porte de service à l'arrière de l'immeuble ?

— Niet. Il y a bien des trappes pour les livraisons, mais elles sont cadenassées et... oh ! Attendez une minute.

— Quoi ?

— La porte du sous-sol. Elle est équipée d'un gros loquet, mais...

— On peut l'ouvrir de l'intérieur.

— Oui. Je ne m'en sers jamais. En cas de grosse livraison, les gars sonnent et je leur ouvre une trappe...

— Allons jeter un coup d'œil, suggéra Lucas.

L'employé le précéda vers le fond de l'immeuble.

— Elle se referme à clé de l'extérieur.

428

— Il ne suffit pas de la tirer ?

— Non. Impossible. On la referme soit à clé de l'extérieur, soit avec le loquet de l'intérieur.

Ils descendirent l'escalier de la cave et longèrent un corridor sombre menant à l'aire de déchargement des livraisons. Lucas s'approcha de la porte de service. Elle était en métal, avec une petite fenêtre grillagée.

— Ne touchez pas le loquet, dit-il au gardien. Il y a de la lumière ?

— Oui.

L'employé actionna un interrupteur mural. Ils baissèrent en même temps les yeux sur le loquet.

— Ce loquet est ouvert, constata Lucas.

— Ça alors...

Lucas jeta un regard circulaire sur l'aire de déchargement.

— Est-ce que Rodriguez s'est fait livrer quelque chose par ici ?

— Ses meubles, j'imagine.

— À part ça, vous l'avez déjà vu traîner au sous-sol ?

— Non. Personne ne descend jamais ici, sauf pour les livraisons. Et en cas de panne de machinerie.

— Hmm. On ferait mieux de prévenir Saint Paul, fit Lucas.

— Et ils ont dit quoi les gars de Saint Paul ? demanda Del.

— D'abord que c'était de la connerie, que ça ne changeait rien. Que rien n'indiquait que quelqu'un se soit glissé dans l'immeuble. Ensuite, ils ont commencé à se renvoyer la balle.

— Chez nous, c'est plutôt des balles qu'on se serait envoyées.

— Les gens de Saint Paul sont nettement plus civilisés...

Ils marchaient à travers la ville, Lucas serrant une grande enveloppe brune dans une de ses mains gantées. Il faisait encore plus froid qu'au début de la semaine, et même si le ciel avait viré au bleu, des rafales continuaient de balayer les rues. Les amateurs de lèche-vitrine allaient drapés de longs manteaux, les hommes d'affaires grimaçaient face au vent.

— Si tu ne m'expliques pas ce qu'il y a dans cette enveloppe, dit Del, je vais avoir l'air d'un con quand on arrivera sur place.

— Tu n'auras qu'à faire semblant d'être au parfum.

— Tu as décidé de me faire chier uniquement parce que tu t'es levé du pied gauche ?

— Pas du tout. A vrai dire, je pète le feu.

— Voilà qui me surprend. Alors, soit tu as résolu l'énigme, soit tu t'es fait Jael Corbeau.

— Tu n'envisages pas les deux ?

— Personne n'est aussi chanceux. Alors, qu'est-ce qu'il y a dans cette enveloppe ?

— India te le dira. Dès qu'on sera au Brown.

India, le prince Philip et la seconde femme à avoir examiné la photo de Rodriguez attendaient à la réception quand Lucas et Del arrivèrent à l'hôtel. Lucas sortit un cliché de l'enveloppe et le fit glisser sur le comptoir ; pris le matin même avec un appareil numérique, il était sorti de l'imprimante à peine une demi-heure plus tôt.

— Vous connaissez ce type ?

Del se déporta sur le côté pour tenter de voir quelque chose, mais Lucas lui bloqua malicieusement le passage.

— C'est lui, affirma India.

La deuxième femme confirma, et Philip, après avoir gratifié l'image d'un coup d'œil hautain, lâcha :

— En effet, je l'ai vu.

— Connaissait-il Derrick Deal ?

— C'est possible, répondit Philip. Et même probable. Il me semble les avoir vus discuter tous les trois. Au moins une fois. Alors, peut-être que...

— Cet homme est venu ici, c'est sûr, insista India.

Del tendit le bras, s'empara de la photo, la contempla et :

— Je me tue à te le dire depuis le début, Lucas. C'est cet enfoiré de Spooner.

— Vous vous fichez de moi, lâcha Rose Marie.

Elle était aussi tassée qu'on puisse l'être dans un fauteuil, les deux mains devant les yeux pour fuir l'horreur de la situation.

— Dire qu'on commençait à peine à engranger les dividendes de la piste Rodriguez.

— Il a été assassiné, fit Lucas. J'ai passé la moitié de la nuit à y réfléchir. Vous vous rappelez ce qu'on a dit l'autre jour ? Que si Angela Harris était en mesure de formuler une prédiction exacte en ce qui concernait les Olson, il faudrait s'intéresser de près à son intuition ?

— Je me rappelle.

— Donc, j'ai consacré une bonne partie de ma nuit à tout remettre en place. À la fin, j'avais *deux* prédictions. Un, que je trouverais un moyen de ressortir sans être vu de l'immeuble de Rodriguez. Et deux, que le personnel du Brown reconnaîtrait Spooner. Permettez-moi d'en risquer une troisième. On sait que sur notre liste, on n'a qu'une grosse moitié des invités de la fête – Frank a demandé à ses hommes de montrer la photo de Spooner à tous ceux qui ont déjà été interrogés. Je

431

vous parie qu'il y en a au moins un qui confirmera qu'il était sur place.

— Doux Jésus... Allez-y, Lucas, envoyez la sauce.

Lucas se lança dans l'énumération des divers points de son raisonnement :

— Pour commencer, on a un jeune voyou qui débarque des bas-fonds de Detroit sans la moindre instruction – et deux ans plus tard, il monte une société à Miami pour acheter de vrais apparts dont il se sert afin de blanchir l'argent gagné en vendant de la came. C'est un petit peu trop sophistiqué à mon goût.

» Si c'est trop sophistiqué, qui a pu lui expliquer comment s'y prendre ? Que diriez-vous d'un banquier ?

» Quel profit pour ce banquier ? De la drogue, de l'argent, des femmes...

» Qu'obtient Rodriguez en échange ? Que pensez-vous d'un financement, d'un moyen de réinjecter son argent dans le circuit, bref, d'une légitimité ? Il n'a peut-être pas d'instruction, mais c'est un malin.

» Que se passe-t-il exactement à la fête ? Allez savoir. En tout cas, Spooner tue Sandy Lansing, peut-être par accident. Alie'e est témoin du meurtre, il doit l'éliminer aussi. Ensuite, il disparaît – peut-être en sortant par la fenêtre, je n'en sais rien. Ce qui est sûr, c'est qu'il ne figure pas sur notre liste d'invités. Il ne fait pas partie de la jet-set, c'est juste le petit ami de Lansing – qu'un tas de gens ne connaissent pas non plus.

— Une minute, intervint Rose Marie. Vous allez un peu vite en besogne. Les autres points se tiennent, mais là, vous venez de brûler les étapes, et...

— Laissez-moi finir, coupa Lucas. Nous réussissons à savoir que Rodriguez était à la fête parce que, à la différence de Spooner, il est connu pour être riche et célibataire, ce qui lui vaut une certaine attention dans le milieu des noceurs.

» Quand Al-Balah fait le lien entre Rodriguez et Lansing, nous *supposons* que, puisqu'ils avaient des relations d'employeur à employée, un incident a dû se produire entre eux. Nous *supposons* ensuite que Derrick Deal était au courant de ces relations parce que nous, nous savons déjà que Rodriguez était le patron de Lansing. Nous *supposons* que Deal est allé voir Rodriguez, qu'il a essayé de le faire chanter et qu'il s'est fait tuer. Sauf que, quand j'ai montré une photo de Rodriguez aux employés du Brown, personne ne l'a reconnu. Et je me suis souvenu que, quand j'ai parlé à Deal, il n'était pas sûr que Sandy Lansing vendait de la came. Il la soupçonnait, mais il ne savait pas. Ce qui me suggère qu'en réalité, il ne connaissait pas son patron. Par contre, il savait, sans l'ombre d'un doute, qui était son petit ami – fait confirmé pas plus tard que tout à l'heure grâce à la photo de Spooner. C'est Spooner qu'il est allé voir, pas Rodriguez, et c'est Spooner qui l'a tué.

» De toutes les personnes présentes à la fête, celles qui auraient eu les meilleures chances de nous dire que Spooner y était sont Lansing, qui en est ressortie les pieds devant, et Rodriguez, qui ne pouvait pas parler sous peine de démasquer sa combine.

» Je vais donc voir Spooner. Je tente de l'intimider en lui suggérant que nous sommes sur le point d'arrêter Rodriguez. Je lui fais sentir qu'on surveille Rodriguez, qu'il ne pourra pas nous échapper.

» Spooner se rend compte que, si on met vraiment la pression sur Rodriguez, il est cuit – Rodriguez tâchera de rester réglo avec lui aussi longtemps que possible, mais il n'ira pas jusqu'à endosser un meurtre pour ses beaux yeux. Il finira par parler, et une chose s'en dégagera forcément : Spooner était aussi à la fête. Spooner connaissait Lansing. Pour le sexe, la came ou autre. Et c'est un suspect aussi valable que Rodriguez. En revanche, si Rodriguez se suicide...

» Spooner sait qu'on surveille Rodriguez, et il se doute que cela inclut probablement l'écoute de ses lignes de téléphone. Il se rend chez Rodriguez et lui glisse un mot sous la porte. Sans doute un mot anonyme, éventuellement tapé à la machine. Quelque chose du genre : « Vous avez les flics au cul – videz votre ordinateur de tous les fichiers compromettants. N'oubliez pas de brûler ce message. »

— On a retrouvé des cendres dans l'évier chez Rodriguez, compléta Del. Il aurait mieux fait de balancer ce truc aux chiottes.

— Rien de tel que le feu pour se débarrasser d'un document, dit Lucas avant d'enchaîner : Spooner épie Rodriguez jusqu'à le voir repartir chez lui, puis se cache dans l'immeuble où il peut surveiller l'entrée depuis la rampe du parking. Rodriguez rentre chez lui, trouve le message, et se dit : « Putain, s'ils saisissent mon ordi, je suis cuit. » Il se rend dans un magasin CompUSA pour s'acheter un disque zip, parce qu'il projette de transférer tous ses fichiers dessus, et ensuite soit il veut réinitialiser le disque dur, soit le retirer purement et simplement pour le jeter dans le fleuve. Ces trucs-là valent trois fois rien.

» Mais Spooner sait qu'on est là. Il ne peut donc pas se contenter d'effacer Rodriguez et de repartir par la passerelle, le parking ou la porte principale, ce qui serait le moyen le plus logique de ressortir, surtout pour quelqu'un qui est pressé. Il doit rester inaperçu. Il passera donc par la porte du sous-sol.

— Comment pouvait-il connaître l'existence de cette porte ? demanda Del.

— Va savoir. Peut-être à force de fréquenter Rodriguez. Ou bien il a effectué un repérage la veille. Ce qui est sûr, si Rodriguez a été tué, c'est que son assassin s'est tiré en catimini, comme s'il savait que l'immeuble était sous surveillance.

— Et comment l'aurait-il tué ? questionna Rose Marie.

— En le frappant avec un objet plat et dur. Pas une batte de base-ball, vu que la blessure aurait été repérable. Une planche, peut-être. Ensuite, il tire Rodriguez jusqu'à la balustrade, le fait passer par-dessus, tête la première, et le balance. Rodriguez se fracasse le crâne ; affaire réglée.

— Je vais vous dire quelque chose, intervint Rose Marie. Vous vous rappelez ces gens qui faisaient le grand saut de la terrasse de l'immeuble exécutif du comté ? J'en ai vu deux ou trois. Ils ne se jetaient pas la tête la première – ils se contentaient de sauter, et en général, ils atterrissaient à l'horizontale. Rodriguez aurait dû prendre sciemment la décision de plonger – d'atterrir sur le crâne. Ça ne colle pas. Les gens qui veulent mourir ne tiennent pas à finir privés de leur identité. Le visage en bouillie.

— Je n'y avais pas pensé, mais vous avez raison, approuva Lucas.

Del acquiesça.

Ils restèrent assis un moment à réfléchir. Rose Marie, tout en se balançant d'avant en arrière dans son fauteuil, finit par demander :

— Avez-vous élucidé le reste ?

— On s'est rendu compte qu'on ne l'aurait jamais, si c'est le sens de votre question, répondit Del.

Lucas hocha la tête.

— Nous avons déclaré en public – ou nous nous

sommes débrouillés pour faire savoir – que nous pensons à deux coupables : celui qui a tué Lansing et Alie'e, et quelqu'un qui s'est mis en chasse pour venger les meurtres initiaux. Par conséquent, le candidat le plus vraisemblable au meurtre de Rodriguez est ce deuxième homme, surtout dans la mesure où le nom de Rodriguez a filtré. Or, *nous* savons que ce n'est pas possible, parce que nous surveillons le type qui est sans doute le deuxième homme, et qu'il était manifestement à l'autre bout de la ville au moment des faits. Sans compter que ce deuxième homme, même si ce n'est pas Olson, n'avait aucun moyen de faire revenir Rodriguez à son bureau. Il ne pouvait pas savoir que Rodriguez faisait l'objet d'une surveillance policière vingt-quatre heures sur vingt-quatre. Il n'était pas informé des écoutes téléphoniques. Aux yeux d'un jury, ça ne tiendrait pas la route.

— On avait déjà quasiment réussi à mettre les meurtres d'Alie'e et de Lansing sur le dos de Rodriguez, continua Del. Les détails commençaient à transpirer dans la presse. Même son suicide colle... il est trop tard pour changer de cap.

— Si on change de cap, si on épingle Spooner, la défense se débrouillera pour faire le procès de Rodriguez – et elle gagnera, dit Rose Marie. Vous m'avez aux deux tiers convaincue de la culpabilité de Spooner, mais face à un jury Rodriguez continuerait de tenir la corde à cinq contre un. Tout ce que nous avons contre Spooner, c'est la longue chaîne de suppositions que vient d'égrener M. Lucas Davenport.

— De suppositoires, rectifia Del.

— Ce n'est pas tout à fait exact, fit Lucas. Nous sommes en mesure d'établir le lien entre Lansing, Deal et lui. Alors que personne n'a pu relier Deal à

Rodriguez. Si nous réussissons aussi à prouver qu'il était à la fête...

— L'argument serait faible, mais néanmoins exploitable, si Rodriguez ne constituait pas un candidat alternatif fort, objecta Rose Marie. Vous n'avez même pas évoqué la raison pour laquelle Spooner aurait tué Lansing. Dans le cas de Rodriguez, on peut facilement envisager un conflit crapuleux entre un grossiste et sa détaillante.

Dix secondes s'écoulèrent dans un silence mortel, après quoi Rose Marie ajouta :

— Alors, que dois-je raconter à Olson ? Il arrive dans un quart d'heure, je peux donc encore lui servir la version officielle sur Rodriguez et affirmer que nous sommes convaincus que le meurtrier d'Alie'e est hors course. Qu'est-ce que je dis ?

— Faites-le marcher, répondit Lucas. Dites-lui que certains indices tendent à désigner Rodriguez, mais que nous continuons à examiner d'autres possibilités.

— Il va réclamer la clôture du dossier sous une forme ou sous une autre, répliqua Rose Marie.

— Qu'il aille se faire voir, dit Lucas. Pas question de clore quoi que ce soit.

— On est loin du compte, maugréa Del.

Lucas demanda à Del de s'informer auprès des inspecteurs de la Criminelle qui faisaient circuler le portrait de Spooner parmi les invités répertoriés de la fête.

— J'ai de la paperasse à remplir, dit-il. Quand tu auras été mis au jus par la Crim, tu pourrais peut-être aller voir où en est Marcy. Préviens-la que je passerai dès que possible.

Après le départ de Del, Lucas regagna son bureau, verrouilla sa porte, regarda sa montre, s'installa dans son fauteuil et ferma les yeux. Dix minutes plus tard, ses paupières se rouvrirent d'un seul coup. Il était temps d'agir. Il se leva, revint vers le bureau de Rose Marie, jeta un coup d'œil depuis le seuil de l'antichambre : porte close. Il s'approcha de la secrétaire.

— Olson et sa clique sont là ?

— Oui. Je dirais même que c'est une clique morose.

Lucas rebroussa chemin, prit son manteau et se posta au bout du couloir, d'où il voyait la porte du bureau de Rose Marie, mais où il pouvait aussi donner l'illusion d'être en train d'attendre quelqu'un à la porte principale. Dans la rue, plusieurs camions de la télévision étaient stationnés ; sur le trottoir, un reporter en trench-coat, au menton proéminent, enregistrait sa prochaine intervention, avec le City Hall en toile de fond. Encore de l'antenne pour Alie'e.

Un policier nommé Hampstad passa à la hauteur de Lucas, le jaugea de biais et demanda :

— Vous connaissez celle du type qui a mal au crâne ?

— Manquait plus que ça, grommela Lucas.

— Le mec va chez son toubib et dit : « Doc, il faut que vous m'aidiez. J'ai un mal de tête abominable. Comme si on m'enfonçait un clou dans le front à coups de marteau. Ou comme si une paire de tenailles me comprimait le crâne juste derrière les oreilles. C'est le stress de mon boulot. Je ne peux pas lever le pied en ce moment, mais ces maux de tête me foutent en l'air. Il faut m'aider. » Et le toubib lui répond : « Vous savez, j'ai un remède. Il m'est arrivé la même chose – je travaillais trop, j'avais exactement les mêmes symptômes. Et un soir que j'étais en train de faire une langue fourrée à ma femme et que ses cuisses me serraient le crâne hyperfort, la pression a dû déclencher quelque chose, parce que après je me suis aperçu que ma tête allait beaucoup mieux. J'ai remis ça tous les soirs pendant quinze jours, et au bout de deux semaines, ma migraine n'était plus qu'un souvenir. » Le mec fait : « Au point où j'en suis, doc, je suis prêt à essayer n'importe quoi. » « Très bien, dit le docteur, on se revoit dans deux semaines. » Le type s'en va, et deux semaines plus tard, il revient pour son rendez-vous, et c'est l'homme le plus joyeux du monde : « Doc, vous êtes un magicien. J'ai fait exactement ce que vous m'avez prescrit, et mon mal de tête a disparu. Envolé. Je me sens en pleine forme. Ça doit être la pression, et, au fait, vous avez une maison superbe. »

— Je l'ai vue venir, lâcha Lucas sans sourire.

— Mon cul ! Vous n'en pouvez plus de vous retenir de rire.

— Vous ai-je déjà parlé de nos stages de maîtrise de l'émotivité ? Les cours ont lieu le...

— Allez vous faire voir avec votre maîtrise, coupa Hampstad. Plus personne n'a le sens de l'humour dans cette maison.

Au bout du hall, Olson venait d'émerger du bureau du chef. Lucas s'écarta du mur.

— Il faut que j'y aille.

Il s'éloigna vers la sortie, contempla les véhicules de presse le temps de compter jusqu'à vingt, fit demi-tour vers le bureau de Rose Marie. Il entendit le groupe approcher derrière le coin du couloir et faillit heurter Olson de front. Ils tournèrent brièvement l'un autour de l'autre, puis Olson dit :

— Commissaire Davenport... Nous venons de parler au chef Roux.

— Oui, on m'avait informé que vous veniez.

— Pas franchement satisfaisant. Elle a été beaucoup plus... je ne dirais pas évasive, mais elle s'est

439

montrée nettement moins catégorique que je ne m'y attendais. À propos de cet homme, Rodriguez.

Lucas le dévisagea longuement, puis passa en revue les autres membres de la clique de Burnt River.

— Puis-je vous parler en privé une petite minute ?

Olson acquiesça et s'adressa à ses amis de Burnt River :

— Excusez-moi un instant.

Lucas et lui s'éloignèrent dans le hall vers l'entrée principale.

— Le chef est, euh... Au fait, savez-vous que j'ai assisté à votre prêche hier soir ?

— J'ai bien pensé que ça pouvait être vous dans le fond. Mais je n'en étais pas sûr.

— Impressionnant. Je n'appartiens pas au même... courant chrétien que vous. Je suis catholique, mais j'ai tout de même été... affecté, dit Lucas, trébuchant volontairement sur les mots. En fait, je sais que vous êtes un homme de bien, je l'ai vu hier soir. L'idée qu'on puisse vous raconter des bobards me fait horreur. Le chef ne vous a pas menti, mais, pour vous dire la vérité, la plupart d'entre nous croient que Rodriguez est innocent. Que lui-même pourrait avoir été assassiné.

— *Quoi ?* souffla Olson, interloqué. Mais alors, qui... ?

— Un banquier nommé William Spooner. À l'origine, c'est lui qui a installé Rodriguez dans le trafic de drogue, qui lui a appris à blanchir son argent... Et il avait une liaison avec Sandy Lansing.

— Dans ce cas, pourquoi vous ne... ?

— Nous enquêtons sur lui sous tous les angles possibles, mais pour être honnête – s'il vous plaît, ne répétez à personne que je vous ai révélé ceci –, il risque d'être très difficile à piéger. Il y avait deux

témoins clés contre lui, Sandy Lansing et Rodriguez :
ils sont morts tous les deux. Et même si nous l'arrê-
tions, un avocat aurait beau jeu de charger Rodriguez
à l'audience... Franchement, Rodriguez est un suspect
bien plus séduisant. Même s'il n'est pas coupable.

— Vous êtes en train de me dire que Spooner ne
sera jamais puni ?

— Je ne sais pas ce qui va se passer, vraiment.

— Je devrais peut-être retourner voir le chef Roux.

— S'il vous plaît, non, ça ne lui attirera que des
ennuis supplémentaires. Elle fait tout ce qu'elle peut
face à la pression des médias... Elle veut que les journalistes restent concentrés sur Rodriguez encore
quelques jours, dans la mesure où ça ne peut plus lui
faire de mal, pendant que nous faisons le maximum
pour coincer Spooner.

— C'est que... je ne sais pas.

— Je vais vous dire ce que vous pouvez faire, fit
Lucas en s'efforçant de respirer la sincérité. Priez pour
nous. Et si j'en juge par ce que j'ai vu hier soir, ça ne
nous fera que du bien.

Olson le scruta un long moment – un examen spé-
culatif de plusieurs secondes – avant de déclarer :

— Entendu.

Lucas prit congé après lui avoir serré la main, fendit
de nouveau la délégation de Burnt River, remonta le
couloir et rejoignit son bureau. Le doigt noir de la
fourberie lui chatouillait la conscience. Au nom de la
justice, pensa-t-il. Ou d'autre chose. La *victoire*, peut-
être.

Lucas attendit dans son bureau assez de temps pour
laisser Olson partir, puis descendit à la Criminelle afin
de parler à Lester.

— Il faut mettre deux hommes sur William Spooner,

ordonna-t-il. Plus pour le protéger que pour le surveiller.

— Que se passe-t-il ?

— Je viens de donner son nom à Olson. Je ne l'ai
pas dit à Rose Marie, histoire de la préserver. Mais si
Olson se met à tourner en voiture et qu'on se trouve
trop loin de l'action... il pourrait débouler chez Spooner et le descendre avant qu'on ait pu intervenir.

— Pas sûr que tu aies eu une bonne idée, lâcha
Lester en secouant la tête.

— On a bien fait la même chose avec Jael et
Catherine Kinsley – les utiliser comme appâts – alors
qu'elles n'étaient coupables de rien.

— D'accord, mais en un sens elles étaient volon-
taires.

— Elles n'avaient pas tellement le choix, Frank.
Leur nom avait été divulgué dans les journaux et à la
télé. C'est quelqu'un de chez nous qui les a données.
Elles y auraient réfléchi à deux fois si leur nom
n'avait pas été cité.

— Soit, soit... Il m'arrive d'être un peu rigide.

— Tu vas mettre des gars sur lui ?

— D'acc. Je m'en occupe tout de suite.

— Encore une petite chose, si ça ne te dérange pas.
J'ai demandé à Spooner de venir déposer ici aujour-
d'hui avec son avocat – et je ne veux pas m'en occuper maintenant. Préviens-le que, à la suite de la mort
de Rodriguez, on est en train de réévaluer le dossier et
qu'il se pourrait bien qu'il n'ait pas du tout besoin de
venir.

— C'est dans mes cordes.

— Je l'aurais bien fait moi-même, mais je veux
éviter de lui parler. À ce stade, on n'a pas intérêt à lui
mentir.

Après son départ de la Criminelle, Lucas se rendit à pied à l'hôpital. Il croisa Del à l'entrée.

— Ils l'ont ramenée aux soins intensifs, l'informat-il, un peu nerveux. La pneumonie gagne du terrain.

— Elle peut parler ? demanda Lucas.

— Elle dort. Ils disent que son état est contrôlé, mais je l'ai trouvée moins bien qu'hier.

— Putain... Laisse-moi jeter un coup d'œil.

Del revint dans le service avec lui. Une infirmière les fit entrer dans la salle de soins ; Marcy dormait. Revenu dans le couloir, Lucas se dirigea vers le bureau de Weather. Personne.

— Comment fait-on ici pour avoir des informations, nom d'un chien ?

— Black est parti il y a dix minutes pour se chercher un casse-dalle, répondit Del. D'après lui, ils restent optimistes.

— Et lui, il en pense quoi ?

— Il n'est pas médecin.

— Je sais, mais il en pense quoi ?

— Qu'elle est dans la panade, lâcha Del.

Ils revinrent au service des soins intensifs, restèrent un moment à l'extérieur de la salle à regarder Marcy avant de repartir à pied vers le City Hall.

Sur la porte de Lucas, un Post-it de Loring disait *Urgent – Rappelle-moi*. Lucas et Del redescendirent à la Crim et trouvèrent Loring en train d'enregistrer la déposition d'un homme blond très pâle et entièrement vêtu de noir. En d'autres temps, il aurait pu être croque-mort.

— Qu'est-ce qui se passe ? demanda Lucas.

— Ah ! vous voilà, fit Loring. Voici John Dukeljin, il était à la fête de Sallance Hanson. Il a reconnu

443

William Spooner sur un échantillon de photos. D'après lui, il y était aussi.

— Oooh ! s'exclama Lucas. Excellent.

— J'en suis *presque* sûr, rectifia Dukeljin. Il était en train de partir, et nous on revenait. Je l'ai vu descendre l'allée principale – Silly a fait installer dans son jardin un éclairage électrique hyperpuissant, ce qui fait qu'on l'a vu très nettement – je l'ai même montré du doigt à mon ami. Mais il a atteint le bout de l'allée avant nous et il est parti dans la direction opposée.

— Pourquoi l'avez-vous montré du doigt ? Il avait quelque chose de particulier ? questionna Lucas.

— J'ai pensé qu'il était peut-être gay, répondit Dukeljin.

— M. Dukeljin et son ami sont gays, expliqua Loring.

— Pourquoi... ?

— Il portait un sac. Porter un sac, pour un homme, ce n'est pas si courant. Alors, en général, quand on voit un homme en porter un, vous savez, inconsciemment... ça donne matière à réfléchir.

Lucas jeta un coup d'œil à Loring.

— Parfois, dit-il, il t'arrive de faire preuve d'une infime étincelle d'intelligence.

— Tu es jaloux, rétorqua Loring.

— Qu'est-ce qu'il y a ? interrogea Del.

— On n'a jamais retrouvé le sac de Sandy Lansing, expliqua Loring. Si on l'avait, on aurait probablement pu prouver qu'elle dealait.

Lucas considéra Dukeljin.

— Vous croyez que votre ami reconnaîtrait Spooner ?

— Je n'ai pas réussi à le joindre. Il est en déplacement sur un chantier – il est ingénieur –, mais je lui ai montré ce type. Ça, j'en mettrais ma tête à couper. Et pour le sac aussi. C'est tellement ringard... Cela dit, je ne sais pas s'il se souviendra précisément de son visage.

— Où est ce chantier ?

— À Rochester. La clinique Mayo. Il devrait être de retour ce soir.

Lester arriva sur ces entrefaites.

— Alors ? Loring vous a mis au parfum ?

— Ouais.

— C'est vraiment chiant, Lucas. Ce serait mieux pour tout le monde que ce soit Rodriguez. On referme le dossier, et on passe à autre chose.

— Impossible.

— Je sais, soupira Lester. Je viens de voir Rose Marie, et elle m'a expliqué que tu avais prédit l'identification de Spooner ; elle est convaincue. Du coup, j'ai mis quatre hommes sur lui pour cette nuit. Et on ne lâche pas Olson.

— Ça va péter très bientôt, dit Lucas. Il y a vraiment trop de pression accumulée. S'il arrive quoi que ce soit, demande-leur de me prévenir.

Weather téléphona.

— J'ai cru comprendre que tu étais passé à mon bureau en allant voir Marcy Sherrill.

— Oui. On est assez inquiets, dit Lucas.

— J'en ai parlé aux médecins, et ils continuent de penser que ça se passe bien. Ils sont intervenus tout de suite. S'ils l'ont remise aux soins intensifs, c'est surtout pour pouvoir la surveiller de près.

— Tom Black traîne sûrement encore dans les parages. Ça t'embêterait de lui redire ça ? Il a vraiment les boules.

— Bien sûr. Je descends tout de suite.

— Et je voudrais qu'on se voie. J'ai besoin de te parler. Mais tu sais comment c'est...

— J'ai appris pour Rodriguez. Est-ce que cela ne résout pas la plupart de vos problèmes ?

— Non, pas vraiment. Je t'expliquerai. On pourrait déjeuner ensemble demain ?

— Bien sûr. Mais probablement pas de très bonne heure. J'ai deux interventions prévues, et la seconde est programmée à dix heures.

— Ça me va. Je tâcherai de passer te prendre. Appelle-moi n'importe quand. Je vais laisser mon portable branché, et je rappliquerai dès que tu seras prête.

En fin de journée, Lucas passa de nouveau voir Marcy ; pas de changement. Il repartit à pied vers la rampe du parking couvert, récupéra sa voiture et fila plein sud vers l'atelier de Jael Corbeau. Elle faisait de la poterie ; assis avec elle dans son atelier, deux nouveaux flics en civil l'observaient. À l'entrée de Lucas, elle leva la tête et demanda :

— Déjà l'heure du dîner ?

— C'est vous qui l'avez dit.

— C'est le truc le plus délirant que j'aie jamais vu, déclara un des inspecteurs. Vous devriez la voir fabriquer un pot. C'est... dingue.

— Intéressant, fit Jael.

— Si ça m'intéressait, demanda l'inspecteur, y a-t-il un endroit où je pourrais prendre des cours ?

— Il y en a au moins cent, répondit-elle. Cette ville est un des hauts lieux de la céramique américaine.

— Ce truc est sacrément bien tourné, dit-il.

L'autre flic haussa les sourcils et secoua la tête.

— Jouer avec de la boue...

Jael se tourna vers lui :

— Jouer avec de la boue peut se révéler très amusant,

dit-elle en promenant la pointe de sa langue sur sa lèvre supérieure.

— Seigneur, rappelez-moi maintenant, je suis prêt, soupira l'inspecteur.

Jael éclata de rire et s'adressa à Lucas :

— Donnez-moi dix minutes pour me débarbouiller.

Ils dînèrent dans un fast-food de Ford Parkway, à quelques rues de la maison de Lucas.

— Un petit cinéma ? proposa-t-il.

— Si on s'offrait plutôt une balade à pied ? On pourrait longer le fleuve.

— Il fait plutôt froid.

— Ça me ferait du bien. Je suis coincée chez moi nuit et jour. Je ne tiendrai pas tellement plus longtemps. Encore deux jours, et je pars pour New York. Qu'il essaie donc de m'y retrouver s'il en est capable.

Ils laissèrent la Porsche chez Lucas et parcoururent un bon kilomètre à pied sur River Road en se racontant leur journée. Lucas l'informa de ses doutes sur Rodriguez et sur le rôle éventuel d'un autre suspect. Elle lui résuma ses conversations avec les inspecteurs tout au long d'une interminable journée, en évoquant celui qui semblait s'intéresser à la céramique.

— Ou à votre cul..., observa Lucas.

— Je suis tout à fait capable de faire la différence. Je connais la façon dont certains visages s'éclairent au spectacle d'un pot qui prend forme sur le tour, dit-elle. Il a vraiment trouvé que c'était du bon travail. Il était épaté.

— Dans ce cas... peut-être s'y mettra-t-il.

— Vous ne semblez pas fasciné par la céramique.

— Non, mais les céramistes m'intéressent.

— Vous l'avez montré...

— Ce n'est pas ce que je voulais dire, coupa Lucas

avec une pointe d'impatience. J'aime les gens qui sont capables de produire quelque chose. Les artisans. Les bons charpentiers. Les bons maçons. Les bons journalistes. Les bons flics. Tout ça, en un sens, c'est du pareil au même.

Ils rejoignirent Cretin, bifurquèrent au sud, puis revinrent vers chez Lucas.

— Drôle de nom pour une rue, fit-elle.

— C'est celui d'un évêque, expliqua Lucas. J'ai un ami qui a étudié à Normal, Illinois, et un autre à Cretin, le grand lycée de Saint Paul. Ils parlaient toujours de se promener une fois ensemble, l'un avec son tee-shirt « Cretin » et l'autre « Normal ».

— Ce serait drôle pendant une demi-seconde. Après, je crois que ça deviendrait pénible.

De retour chez lui, Lucas referma la porte.

— Ça fait du bien de prendre l'air, reconnut Jael. Mais du coup, j'ai chaud.

— Vous voulez une bière ? J'ai loué un film l'autre jour, *Les Rues de feu*, de Walter Hill, ça n'a pas l'air mal dans un style assez carré.

— D'accord.

Lucas alla prendre deux bières, et quand il ressortit de la cuisine Jael avait déjà ouvert le coffret du DVD et était en train d'insérer le disque dans le lecteur. Il mit le téléviseur en marche, tendit à Jael une des bouteilles de bière et s'affala sur le canapé. Le générique arriva. Jael but une gorgée de bière, la reposa sur la table basse et retira son sweat-shirt. En dessous, elle portait un chemisier en coton, et encore en dessous un soutien-gorge. Elle jeta le tout au sol, se débarrassa de son jean et de sa culotte, reprit sa bière.

— On pourrait peut-être faire l'amour tout en regardant le film, suggéra-t-elle.

— Si vous savez abattre vos cartes, dit Lucas en

actionnant la télécommande. Et mettez-vous un peu plus à gauche, vous me masquez l'écran.

— J'ai bien l'intention de vous le masquer, dit-elle.

Elle s'assit à califourchon sur une de ses cuisses et entreprit de défaire sa boucle de ceinture.

— Et j'ai bien l'intention de vous faire oublier ce satané écran.

26

Samedi. Jour huit.

Il ramena Jael chez elle à deux heures du matin. Ensuite, piqué au vif et vaguement électrisé par le sexe, il prit la I-394W jusqu'à la liaison 494-694, décida à la dernière minute de prendre vers le nord, puis vers l'est pour traverser la partie nord de la zone métropolitaine, puis de nouveau au sud, et rentra dans Saint Paul par la I-94. Le trajet lui demanda près d'une heure, qu'il consacra à penser à Jael, à Weather et à Catrin.

Il se sentait uni à Weather par un lien fort ; il ne pouvait s'en empêcher. Si elle l'appelait demain matin pour lui dire « Et merde, marions-nous la semaine prochaine », il répondrait sans doute oui. D'un autre côté, pendant qu'elle opérait un mouvement préliminaire en vue de ce qui pourrait être une réconciliation, lui dormait – si on pouvait parler de dormir – avec Jael. Il était en train de risquer son avenir avec Weather pour une fille qui ne traînerait pas longtemps dans les parages. Il savait que Jael ne faisait que passer, et Jael savait qu'il le savait ; d'ailleurs, quand il ne l'avait pas devant lui, c'était tout juste s'il pensait à elle, du moins consciemment.

Mais sa voiture s'obstinait à le ramener devant le perron de Jael, et il finissait régulièrement par se retrouver au lit ou sur un canapé avec elle. Et il *aimait* ça. C'était essentiellement dû à Jael elle-même : elle n'était ni farouche ni particulièrement soucieuse du plaisir de Lucas. Elle prenait le sien et laissait Lucas s'occuper de lui, ce qu'il faisait. Et il aimait *ça*. C'était du sexe, du vrai.

Il allait déjeuner avec Weather ; ce déjeuner avait un petit air de réunion de crise. Si rien ne se passait, il était probable qu'il ne se passerait plus rien entre eux. Une *occasion* était sur le point de se présenter. Il pouvait la saisir ou la laisser filer, et il avait vraiment envie de la saisir, mais si seulement il pouvait se débrouiller pour obtenir une semaine de rab avec Jael... Ou peut-être deux ?

Il repensa à la célèbre citation de saint Augustin qui avait tant séduit ses camarades de lycée qui se destinaient au séminaire : « S'il vous plaît, Seigneur, rendez-moi pur... mais pas maintenant. »

Il y avait aussi Catrin – un problème qui risquait d'être plus épineux que celui de Jael. Il se sentait attiré par elle. Il ne pouvait s'empêcher de penser que si ça ne marchait pas avec Weather, ça pourrait peut-être marcher avec Catrin. Elle excitait sa curiosité ; elle lui avait beaucoup plu vingt ans plus tôt, il aurait pu s'investir dans une relation sérieuse avec elle. Tout bien réfléchi, il se demandait si le fait qu'il ne se soit jamais marié n'était pas en partie dû à l'histoire qu'ils avaient vécue ensemble tant d'années plus tôt ; d'une certaine façon, Catrin l'avait immunisé contre le mariage. *Encore* une occasion – et il l'avait laissée filer.

Il lança sa Porsche sur la bretelle d'accès à la I-94, avala la descente en roue libre, accéléra en bas, laissa une Pontiac Firebird sur place aussi facilement que si elle avait été en stationnement, et décida que son cerveau avait sa dose d'italiques... Il était temps de prendre une décision.

Cela dit, ne pouvait-il pas être heureux tout en grappillant une semaine de plus... ou deux... avec Jael ? Avait-il seulement envie d'être heureux ?

— Et merde ! lâcha-t-il à haute voix.

Ce n'était pas le reflet de ses pensées. Il fonçait à un peu plus de deux cents à l'heure sur une chaussée quasiment déserte quand il passa à la hauteur de Snelling Avenue. Trente secondes plus tard, il croisa en coup de vent une voiture de la police routière qui venait en sens inverse. Il vit le gyrophare s'allumer, sourit à belles dents, emprunta la bretelle de sortie Cretin-Vandalia et tourna à gauche.

Ces zozos n'avaient pas l'ombre d'une chance.

À dix heures du matin, un coup de fil l'avertit qu'Olson s'était mis en branle.

— On ne sait pas trop ce qu'il fiche, expliqua le flic. Il a pris l'autoroute et ça fait deux fois qu'il fait le tour de Saint Paul. Il s'est arrêté sur White Bear Avenue pour prendre de l'essence.

— Il est passé à proximité de Highland Park ?

— Il a pris la 35E entre la 94 et la 494, et il est passé sans ralentir devant les deux sorties menant chez Spooner, Randolph et la Septième. S'il en avait pris une, vous nous auriez entendu gueuler comme des porcs qu'on égorge – mais il continue de rouler.

— Restez en contact, dit Lucas.

Weather l'appela pendant qu'il était sous la douche.

— J'ai un problème, annonça-t-elle.

— Plus de déjeuner ? demanda Lucas, nu et dégoulinant sur le carrelage du couloir.

Elle perçut sa déception.

— Je suis désolée, mais ce... truc vient d'arriver, et il faut que je m'en occupe.

— On dirait que ce n'est pas un problème médical.

— En effet. Lucas, je suis... bon sang, il faut vraiment qu'on se voie pour mettre les choses à plat. Je n'ai pas eu de relations sexuelles depuis notre rupture.

— Et tu ne veux pas prendre le risque d'être déçue par...

— Tu veux bien la fermer ? Juste trente putains de secondes ?

— D'accord.

— Je n'ai pas eu de relations, mais il y a eu ce médecin...

— Le Français ?

— Tu es au courant ?

— Je sais que tu sors avec un Français.

— Je ne sors pas. Je suis sortie avec lui trois fois. Ou quatre. Ou peut-être cinq ou six fois, je ne sais pas. Nous n'avons pas vraiment coupé, ni rien. Quand je n'étais pas trop occupée, c'était lui, et nos relations ont fini par se déliter. Là-dessus, il a dû repartir un certain temps à Paris.

— Et il est revenu.

— Oui. Il m'a appelée hier soir, pour qu'on déjeune ensemble. Il a beaucoup insisté, même quand je lui ai expliqué que j'étais débordée... Il faut que je lui parle.

— Et... ?

— Réflexion faite, les Français ne m'intéressent pas.

453

— Bon Dieu, Weather, pourquoi ne dis-tu pas tout bonnement à ce bouffeur de grenouilles d'aller se faire voir chez les Grecs ?

— Je ne suis pas sûre que ce serait une façon très diplomatique de...

— Tu ne bosses pas pour le Département d'État, putain de merde ! coupa Lucas en s'autorisant une pointe d'amertume.

— Je travaille avec lui. C'est quelqu'un d'important.

Ils parlèrent encore une minute ou deux, et il se laissa aller à un peu de colère – ayant senti en son for intérieur, avec une sorte de satisfaction, que cette colère faisait son petit effet sur Weather. Ensuite, il revint sous la douche, termina sa toilette et s'habilla. *Soit.* Il décrocha son téléphone et appela Jael.

Elle répondit à la troisième sonnerie.

— Votre problème, attaqua-t-il de but en blanc, c'est que vous êtes trop puritaine.

— C'est mon problème, en effet, dit-elle paresseusement. Un instant, ne quittez pas.

Il l'entendit crier : « Ça va, c'est pour moi », et elle revint en ligne.

— Vous avez pris votre petit déjeuner ?

— Je me réveille à peine. Il n'est même pas dix heures et demie.

— Si vous voulez, je peux passer vous chercher.

— Impossible. J'attends une demi-douzaine de personnes à midi. Nous préparons une expo collective, et nous sommes trop nombreux. Il va falloir trouver un moyen d'éliminer quelques postulants. Vous êtes le bienvenu si vous avez envie de passer, mais ces gens risquent de ne pas vous plaire, et je ne tiens pas à voir l'un d'eux passer par la fenêtre.

— Bon sang ! lâcha-t-il. Pas moyen de trouver quelqu'un à qui parler ce matin.

— Et mon père arrive ce soir. Nous allons tous le chercher à l'aéroport. Donc...

— Pas de dîner. Pas d'escapade de minuit.

— Vous avez déjà essayé l'amour au téléphone ?

— Une fois, mais ça ne marche pas. Cela dit, je suis assez doué pour donner du plaisir. Je n'irais pas jusqu'à employer l'adjectif *brillant*, mais c'est uniquement parce que je suis un garçon modeste.

— Vraiment ? Intéressant. Par exemple, vous commenceriez comment ?

— Vous êtes toujours au lit ?

— Ouais.

— Vous portez quoi ?

— Une chemise de nuit en coton, un slip et des chaussettes.

— Des chaussettes ? Bon sang, vous ne me facilitez pas la tâche.

— Allez, Davenport...

— D'accord. Vous savez, cet attrape-rêves [1] à l'indienne que vous avez accroché au-dessus de votre évier ?

— Oui... ?

— Allez le chercher.

— Aller le chercher ? Pour quoi faire ?

— Écoutez, vous allez le faire, oui ou non ?

— Eh bien... je voulais juste savoir...

— Vous aurez bientôt besoin de la plume de faucon.

---

1. Dans la culture indienne, le *dreamcatcher* est un cerceau de roseau auquel on attache des objets de la vie quotidienne. On lui attribue le pouvoir d'attirer les rêves d'une personne en filtrant les mauvais pour ne laisser passer que les bons. *(N.d.T.)*

— Ne quittez pas, dit-elle au bout d'un instant.

— Une minute ! Vous êtes toujours là ?

Jael revint en ligne.

— Oui ?

— N'ai-je pas aperçu l'autre jour un rasoir Lady Remington dans votre salle de bains ?

— Si.

— Apportez-le aussi.

— Autant vous prévenir tout de suite, il n'est pas question que je rase quoi que ce soit.

— Ce n'est pas à ça que servent ces engins, répliqua Lucas. Vous vous en servez pour vous *raser* ? Vous êtes touchante de naïveté, ma petite.

— Je reviens.

Tout était calme au City Hall ; il y avait moins de véhicules de la télévision le long du trottoir, et les locaux de la Criminelle étaient quasiment déserts. Del appela Lucas sur son portable.

— Sacré nom, tu l'as branché.

— Oui. Quoi de neuf ?

— Rien. Je t'appelais pour te poser la même question.

— D'accord. Je débranche cette saloperie tout de suite.

— Non ! Ne fais pas ça. Écoute, je passe l'après-midi avec ma mère. On va voir une vieille tante, et peut-être acheter quelques tapis.

— Tu t'intéresses aux tapis, maintenant ?

— Ouais, pour le séjour.

— D'accord. À plus tard.

Lucas se retrouva dans son bureau avec tous les documents disponibles sur l'affaire ; il n'y trouva rien de neuf, mais leur examen renforça son sentiment que

Spooner en était le pivot. Puis Lester lui téléphona pour dire que l'ami homo de John Dukeljin, qui avait repéré Spooner à la fête avec un sac en bandoulière, se rappelait bel et bien avoir vu un homme portant un sac mais n'avait pas pu l'identifier parmi les photos présentées.

— Un partout, lâcha Lucas. Tu as quelqu'un d'autre ?

— Deux autres personnes disent l'avoir vu. Mais ce mec est du genre transparent, et l'éclairage ne facilitait pas les choses, il y avait ces stroboscopes qu'on met pour faire bouger les gens... Pour l'instant, c'est tout ce qu'on a.

Ce fut ensuite au tour de Rose Marie.

— Un petit mystère à soumettre à votre sagacité, dit-elle. Pour quelle raison le patron de la police routière m'aurait-il appelée chez moi pour me dire : « Demandez à cet enfoiré de Davenport d'arrêter de déconner » ?

Lucas réfléchit un moment, puis :

— Ça doit être une histoire politique. Il est républicain.

— C'est aussi ce que j'ai pensé.

— Olson revient cet après-midi ?

— Non. Il sait qu'on le préviendra en cas d'événement important.

— D'accord. Je file.

— À lundi... Ah, et Lucas, quoi qu'il ait voulu dire, arrêtez de « déconner ».

Il appela Catrin chez elle, prêt à raccrocher si une voix masculine répondait.

— Qu'est-ce que tu fais ?

Elle n'eut pas besoin de demander qui était à l'appareil – plutôt un bon signe.

— Eh bien, je m'en vais.

— Quand ?

— Je dors chez une amie ce soir. Jack semble amusé. Il doit croire que je traverse une crise passagère. Ça me met vraiment en rogne.

— Si tu as envie de parler en grignotant un morceau, je peux te retrouver à mi-chemin.

— Lucas, on pourrait plutôt faire ça demain ? Je suis vraiment débordée. Je viens à peine de trier les photos de première communion de ma fille.

— D'accord, d'accord. Ne me raconte pas. Tu as mon numéro de portable ?

— Tu ne réponds jamais.

— Il est branché en permanence – du moins pour la durée de l'affaire Alie'e.

— Je t'appellerai.

Il avait des vues indécentes sur trois femmes, était quasiment en train de se rendre malade à force de se demander comment il allait pouvoir jongler avec elles... et n'arrivait pas à décrocher un seul rendez-vous.

— On voudra toujours bien de toi chez Saks[1], lança-t-il au mur de son bureau.

Et en effet, on voulut bien de lui chez Saks.

— Lucas, comment allez-vous ? lui demanda le responsable du rayon sur-mesure. Nous avons quelque chose de très bien pour vous. Je vous l'ai mis de côté. Deux nouveaux tissus, venus tout droit d'Italie, vous n'allez jamais croire que c'est de la laine.

Il tua deux heures chez Saks et finit par signer un chèque de trois mille dollars. En plein essayage, il

---

1. Chaîne de grands magasins de luxe. *(N.d.T.)*

reçut un coup de fil de l'un des policiers chargés de filer Olson.

— On a une théorie, annonça le flic.

— Je suis tout ouïe.

— On vient de raccompagner Olson à son motel. Il prêche ce soir à Saint Paul Ouest... Vous savez où est le Southview Country Club ?

— Oui.

— Ça se passera juste à côté, dans une église. Il a fini par cesser de tourner et s'est garé sur le parking de l'église, comme s'il venait d'en découvrir l'existence. Ensuite, il s'est remis à rouler, et il a fini par échouer ici, à son motel. Alors, voilà ce qui nous est venu à l'esprit : et s'il était en train de minuter quelque chose ?

— Hmm hmm.

— Ouais. Si on n'y fait pas gaffe, entre Saint Paul Ouest et l'adresse de Spooner à Highland Park, le rapport ne coule pas de source, mais dès qu'on regarde le plan, on s'aperçoit que c'est assez près – à peine dix bornes, et essentiellement par voie express. On peut se taper l'aller-retour en moins d'un quart d'heure. Supposez qu'il fasse son prêche à la mords-moi-le-nœud, et qu'ensuite il raconte au pasteur qu'il a besoin de se recueillir un moment – ou un autre truc de ce genre ? Il saute dans sa bagnole, fonce à Highland Park, descend Spooner, revient vite fait, et le tour est joué : un tas de témoins sont prêts à jurer qu'il était à l'église.

— C'est... hollywoodien.

— Ouais, bon, mais en tout cas... c'est notre théorie.

— Ça pourrait être aussi la sienne. Combien de gars sont sur Spooner ce soir ?

— Deux... ou quatre.

— Je vais m'assurer qu'il y en a quatre. Vous avez besoin de renforts pour Olson ?

— S'il va à l'église ce soir, on aurait l'usage d'une voiture de plus, au moins pour un moment.

— D'accord. Prêtez-moi un walkie, et je viendrai vous tenir compagnie. Je n'ai rien de mieux à faire.

Il passa le reste de l'après-midi à déambuler en ville – il se fit couper les cheveux, poussa les portes d'un magasin de jeux, de trois bars, et pour finir d'une armurerie, dont le vendeur, qu'il connaissait, tenta de lui fourguer un fusil Steyr à deux mille six cents dollars.

— Il faudrait au moins que je tire un cerf de six cent cinquante kilos pour en avoir pour mon argent, dit Lucas en étudiant le fusil. Voire d'une tonne. Un cerf de la taille d'un pick-up Chevrolet, quoi.

— Ce n'est pas le poids du cerf qui compte, c'est l'esthétique de la machinerie, rétorqua le vendeur, qui avait récemment quitté son poste de prof d'anglais pour vendre des armes. Jetez un coup d'œil à cette pièce...

— La poignée de culasse est bizarre, fit Lucas.

— Elle est allemande.

— Elle est bizarre.

— Oubliez la culasse une minute, regardez plutôt...

— Pourquoi le viseur est-il placé si loin sur le canon ?

— Je vais vous expliquer pourquoi, fit le vendeur en indiquant la fenêtre. Tenez, pointez-le sur quelque chose de l'autre côté de la rue. Gardez les yeux ouverts et, ensuite, regardez dans le viseur avec l'œil droit.

Lucas s'exécuta.

— Ouah... c'est chouette. On tire là où on regarde.

— Ils n'ont pas fait exprès, mais vous avez entre les mains le fusil idéal pour chasser le cerf du Nord. On n'a jamais fait mieux.

— Le calibre est insuffisant.

— Un 308, insuffisant ? Vous avez fumé trop de moquette ou quoi ? Le 308 est absolument...

— Pas pour un cerf d'une tonne. Et la poignée de culasse est bizarre.

— Je vous prenais pour un artiste, Davenport. J'ai du mal à dissimuler ma déception.

À six heures, Lucas repartit vers Saint Paul Ouest, localisa l'église où Olson devait prêcher, alla dîner dans un grill et revint à l'église peu avant sept heures et demie. Il retrouva un des types chargés de sa surveillance, un inspecteur des Renseignements, qui lui fournit un talkie-walkie et une paire de jumelles.

— J'en ai ma claque, soupira le flic.

— Quelque chose va péter, fit Lucas. Où voulez-vous que je me mette ?

— Vous voyez cette butte là-haut, avec toute une rangée de bicoques dont les jardins surplombent directement le parking ? Si vous pouviez monter, frapper chez quelqu'un et le harceler un petit peu...

— Comment reconnaîtrai-je la voiture d'Olson ?

— Appelez-nous une fois que vous serez installé. Quand Olson arrivera et qu'il sera à l'intérieur, je m'approcherai à pied de sa bagnole et je pointerai ma torche dans votre direction. On aura quelqu'un dans la salle pour le surveiller. On craint qu'il trouve un moyen de s'éclipser sans qu'on s'en rende compte. Ou qu'un de ses potes de Burnt River lui ait laissé une autre caisse.

— D'accord. Je monte.

Lucas repéra une maison où il y avait de la lumière, brandit son insigne et obtint la permission de faire le guet sur la terrasse. Le propriétaire alla lui chercher une chaise pliante pleine de toiles d'araignée dans un appentis de jardinage.

Olson s'était déjà mis en route, légèrement en avance sur l'horaire. Il arriva vingt minutes avant le début de son sermon ; l'inspecteur des Renseignements indiqua comme convenu sa voiture à Lucas, qui se mit en configuration d'attente. Son talkie-walkie éructait régulièrement des phrases brèves : lorsque Olson attaqua son prêche, chaque fois qu'un véhicule arrivait ou repartait, et à l'occasion pour une réflexion de caractère philosophique ou existentiel.

Quatre hommes répartis en deux voitures surveillaient l'avant et l'arrière de la maison de Spooner, et ils faisaient de temps à autre un rapport. Spooner était chez lui, mais les rideaux étaient tirés. Puis une lumière illumina le garage ; quelques secondes plus tard, Spooner sortait en marche arrière au volant de sa voiture. Les flics qui le surveillaient se mirent en branle. Spooner s'arrêta devant une supérette Super-America cinq blocs plus loin, y acheta quelque chose, longea un demi-bloc à pied jusqu'à un vidéoclub Blockbuster, loua un film et revint chez lui en voiture. La porte du garage s'abaissa. Les guetteurs reprirent leur position initiale.

Le type à la radio dit :

— Ça y est, Olson est dans son délire. La foule marche à fond.

Et, une minute plus tard :

— Il y a un bonhomme qui arrive côté nord, avec un clebs...

— Je l'ai.

Un des flics chargés de la surveillance de Spooner :

— Spooner vient de ressortir en bras de chemise. Il lève la tête vers le toit de sa bicoque. Putain, qu'est-ce qu'il... SPOONER EST TOUCHÉ, SPOONER EST TOUCHÉ. PUTAIN DE MERDE, DAVE, DAVE ! Est-ce que tu vois le... ?

Lucas le perdit ; puis il revint en ligne.

— À L'OUEST, À L'OUEST, À L'OUEST ! BON DIEU, FAIS DEMI-TOUR. NON, DEMI-TOUR. PUTAIN APPELLE EMS. APPELLE EMS...

Lucas courait déjà. Il contourna la maison, fonça vers sa Porsche.

À chaque pas, de nouveaux hurlements fusaient de son talkie-walkie. En moins d'une minute, il fut sur Mendota Road, en deux sur Robert Street. Il rejoignit la 110, roulant aussi vite que possible sans tuer personne, dépassant les voitures en trombe, zigzaguant sans cesse, priant pour ne pas croiser une voiture de patrouille, accélérant encore pendant que les messages radio se faisaient de plus en plus frénétiques :

— PUTAIN, ON EST EN TRAIN DE LE PERDRE ; ON EST EN TRAIN DE LE PERDRE. ON A BESOIN D'AIDE, BON DIEU, QUELQU'UN...

Lucas atteignit la I-35, mit le cap au nord, appela :

— J'arrive. Si vous avez un fugitif, dites-moi de quel côté il va.

Un des policiers, de retour en ligne :

— On ne sait pas ! On ne sait pas !

— Je croyais que vous étiez en train de le perdre.

— Spooner, Spooner, on est en train de perdre Spooner !

— Où est le tireur, où est le tireur ?

— Je ne sais pas. Je n'en sais rien, on ne l'a pas vu une seule fois. Dave, tu es où ? Dave, tu as pris l'ouest ?

Dave :

— J'ai pris l'ouest, mais je vois que dalle, rien ne bouge. Lucas, puisque vous arrivez, bloquez la bretelle d'accès de la 7ᵉ Rue, branchez votre gyro et voyez si quelqu'un essaie de vous éviter.

C'est fichu. S'ils en étaient réduits à bloquer les bretelles, c'était fichu.

Lucas avait vu juste.

Spooner mourut sur sa pelouse au son des hurlements de sa femme penchée sur lui, pendant que deux policiers tentaient d'endiguer à mains nues le flot de sang. Il s'était pris une balle de 44 Magnum à dix centimètres à gauche du sternum ; il mit deux ou trois minutes à mourir mais ne s'en rendit pas compte. Abstraction faite des considérations techniques, il était mort à la seconde où la balle l'avait atteint.

27

Lester arriva de Minneapolis avant la levée du corps. Lucas et lui, immobiles sur la pelouse de Spooner, regardaient le médecin légiste du comté de Ramsey à l'ouvrage.

— J'ai bien peur qu'on soit grillés, murmura Lester. Personnellement, je veux dire. Il faut qu'on prévienne Rose Marie pour qu'elle ne se laisse pas acculer par la presse.

— Je sais, fit Lucas. Mais avant ça, on devrait secouer Olson. Mettre les flics de Saint Paul au courant de ce qu'on faisait, leur demander de saisir les papiers et l'informatique de Spooner, et aussi ses coffres à la banque – demain matin, à la première heure, il faudra envoyer quelqu'un dans toutes les agences dans un rayon de deux heures de bagnole pour un contrôle des coffres. Peut-être aussi demander un mandat de perquisition sur son domicile afin de récupérer toutes les clés en sa possession.

— Bon sang, Lucas, on risque de donner l'impression qu'après avoir provoqué la mort de Spooner on s'acharne sur sa femme.

— Ça ne fera pas une grande différence pour nous

465

s'ils nous collent le meurtre de son mari sur le dos. Par contre, si Spooner est vraiment mouillé, on devrait pouvoir limiter la casse. Il faut mettre le paquet sur lui.

— Nom de Dieu..., lâcha Lester, ébranlé.

Il revenait sans cesse vers le cadavre étendu sur le gazon, désormais dissimulé sous une couverture.

— Écoute, reprit Lucas, ce n'est pas ta faute. C'est la mienne. C'est moi qui ai rencardé Olson. De deux choses l'une : soit Olson a mis le meurtrier au parfum – et c'est lui qui le téléguide –, soit quelqu'un d'autre l'a mis sur la trace de Spooner. Or, à ma connaissance, personne n'avait entendu parler de Spooner. C'est donc forcément Olson.

— Qu'est-ce qu'on fait ?

— Je me charge de parler à Rose Marie. Tu restes en dehors de ça. Je ne citerai pas ton nom. Je lui dirai juste que je t'ai demandé de mettre deux gars sur Spooner. Ce qui s'est effectivement passé.

— Sauf que j'ai marché dans ton plan.

— Foutaise. Je ne t'ai pas demandé ton avis avant de prévenir Olson. Que pouvais-tu faire après coup ? Supplier Olson d'oublier le nom que je lui avais refilé ? Tu n'as fait que m'aider à préserver Rose Marie.

— Bon sang...

— Contente-toi de rester sagement sans bouger.

Lucas sortit son portable, appela Del, lui raconta tout.

— Je vais aller secouer Olson. Tu veux m'accompagner ?

— Je t'attends, dit Del. Tu sais où il est ?

— Je vais demander aux gars de l'église de nous avertir dès qu'il repartira à son motel. Il faut qu'on le voie seul.

De l'autre côté de la rue, dans le jardin de la maison située en face de celle de Spooner, un policier de Saint Paul s'était mis à crier. Deux inspecteurs en civil le rejoignirent au trot.

— Il se passe quelque chose, fit observer Lester.

Lucas coupa la communication, sortit son talkie-walkie, contacta les policiers de l'église.

— Prévenez-moi quand il repart vers le motel. À la seconde.

— Bien reçu, chef.

Il reprit son portable et appela les inspecteurs chargés de la protection de Jael.

— Quelqu'un risque de débouler. Maintenez-la à distance des fenêtres et des portes. Si quoi que ce soit bouge, tirez dans le tas.

Lester et lui traversèrent la rue.

— On a une douille, leur annonça un des inspecteurs de Saint Paul.

— Quel modèle ?

— 44 Mag, répondit un agent en tenue.

— Il s'est servi d'une carabine, dit Lucas. Une Ruger, je parie. La douille a été éjectée, et il n'a pas réussi à la récupérer.

— Qu'est-ce que ça nous apprend ? demanda Lester.

— Je n'en sais foutre rien, grommela Lucas.

Il téléphona à Rose Marie.

— J'ai un problème. Il faut que je vienne vous voir.

— Que s'est-il passé ?

— J'arrive.

Rose Marie vivait dans un quartier confortable au sud de Minneapolis, à un quart d'heure de route de chez Spooner. Lucas ne réfléchit pas à ce qu'il allait lui dire, sauf qu'il devait couvrir Lester et ses autres collègues. Le mari de sa chef était en train de sortir avec son cocker quand il arriva.

— Tant qu'il ne s'agit pas d'un autre meurtre, lâcha-t-il d'un ton affable.

— Désolé de gâcher votre soirée, fit Lucas d'un air lugubre.

— Allons bon. Ici ? En ville ?

— À Saint Paul.

— C'est toujours ça.

Rose Marie lisait. Elle laissa tomber son livre au sol quand Lucas, ayant franchi le seuil de la maison, l'appela.

— Lucas... Que se passe-t-il ?

— William Spooner est mort, il vient d'être abattu. Il y a une demi-heure, à Saint Paul.

— Mon Dieu ! s'exclama-t-elle, abasourdie.

— C'est pire que ça.

Il relata les faits d'un ton aussi neutre que possible. Elle l'écouta quasiment sans changer d'expression et déclara dès qu'il eut fini :

— Laissez-moi réfléchir une minute.

Elle prit une minute entière, puis :

— Il va falloir en parler au maire. Je peux garder ça pour moi jusqu'en début d'après-midi, au maximum.

— Et après ?

— Je ne sais pas. Vous avez sauvé la mise d'un certain nombre de personnes depuis que vous êtes dans la police, mais là... Si on n'arrive pas à établir que Spooner a tué Rodriguez et les autres...

— Vous semblez nettement moins en pétard que je ne m'y attendais.

— Bah, fit-elle, haussant les épaules. Je ne le suis

pas. Je sais ce que vous essayiez de faire. Le fait est que le nom de Spooner aurait filtré tôt ou tard – comme celui de Rodriguez, comme l'histoire du « broute-minou ». D'une certaine façon, on a contrôlé la fuite.

— *Je* l'ai contrôlée, dit Lucas. Pour limiter les dégâts, il me semble qu'on devrait garder les projecteurs braqués sur moi. Je détesterais que quelqu'un d'autre soit atteint.

Elle secoua la tête.

— M'est avis qu'on sera au moins deux à déguster – s'ils vous accusent, ils s'en prendront à moi pour ne pas avoir su retenir mon département.

— Quelle connerie !

— C'est de la politique. Bon, je peux tenir jusqu'au déjeuner. Vous dites que vous souhaitez secouer Olson. Allez-y. Je me charge de faire bouger le chef de Saint Paul, histoire qu'il envoie quelques mandats à cette pauvre Mme Spooner, Dieu la préserve. Si on a obtenu quelque chose avant midi ou une heure, le maire y réfléchira à deux fois avant de nous jeter aux chiens.

— Si on coince quelqu'un, ou si on a de quoi lancer la traque, avec un nom...

— Dans ce cas, l'énigme sera résolue. Surtout si on réussit à prouver la culpabilité de Spooner. L'enquête est close, et personne n'a plus grand-chose à nous reprocher.

Lucas consulta sa montre.

— Ça nous laisse quinze heures.

Il quitta la maison de Rose Marie de meilleure humeur, mais son idée de laisser transpirer le nom de Spooner lui apparaissait, rétrospectivement, comme une bourde impardonnable. D'un autre côté, si son stratagème avait fonctionné, tout le monde aurait crié au génie. Un peu comme Napoléon à Waterloo : battu d'un poil, mais battu.

Les flics en planque à l'église le rappelèrent. Olson se dirigeait vers l'ouest sur la 494, autrement dit vers son motel. Lucas sauta dans sa voiture, passa prendre Del chez lui, l'informa de la bavure Spooner.

— Tu fais maintenant partie des quatre personnes qui savent ce qui s'est passé, conclut-il.

— Ç'aurait dû marcher, dit Del.

— J'avais un mauvais présupposé en tête. Je me suis imaginé que le meurtrier s'approcherait le plus près possible, comme il l'a fait avec Plain, et *pan !* une balle de pistolet. Mais, dans le cas de Plain, s'il s'est approché aussi près, c'est parce qu'il n'y avait pas d'autre moyen. Il se trouvait dans un immeuble. Une carabine, mec... Si on avait retrouvé une douille de 30-06, j'aurais fait passer le secteur au peigne fin dans un rayon de deux blocs. Mais du 44 ? Je suis parti du principe qu'il tirerait à bout portant.

— Comme nous tous, fit Del. Je me demande comment il se fait que cette fille du Matrix, tu sais...

— Oui, l'Asiatique.

— ... comment il se fait qu'elle n'ait pas vu la carabine. Si c'était le même type ?

— C'est une arme à canon relativement court. On peut la planquer dans une jambe de pantalon si on n'a pas peur de boiter un peu.

Del réfléchit un moment, le regard perdu dans les ténèbres par-delà la vitre, puis :

— Par quel moyen il a attiré Spooner dehors ?

— Je n'ai pas posé la question. D'après l'équipe de surveillance, il est sorti regarder sa cheminée. Tu as ton portable ?

— Oui.

— Appelle la police de Saint Paul. Demande si Spooner a reçu un coup de fil.

Saint Paul s'était déjà posé la question. Spooner avait bel et bien reçu un coup de fil, expliqua quelqu'un à Del, apparemment d'un voisin, pour le prévenir d'un possible début d'incendie dans sa cheminée. Selon sa femme, Spooner était sorti de chez lui en courant pour vérifier. La recherche du numéro d'appel était en cours.

— Ça pourrait être intéressant, dit Lucas.

— Je te fiche mon ticket qu'il a été passé d'une cabine.

Olson arriva au motel dix minutes avant eux. Lucas et Del retrouvèrent les policiers chargés de le filer, puis se dirigèrent vers sa chambre.

— Je veux que tu restes dans le couloir, hors de vue, dit Lucas. Je vais entrer en costaud. Si j'ai besoin de toi, je te passerai un coup de fil sur ton portable et je te demanderai s'il y a du nouveau, comme si j'appelais le département. Dans ce cas, laisse-moi une minute, et ensuite frappe à la porte.

— J'entre comment ?

— En douceur. Il risque d'avoir besoin de quelqu'un pour lui témoigner un peu de compassion.

Del se posta hors de vue. Lucas frappa.

— Une minute, lança une voix d'homme.

Peu après, Olson entrouvrit la porte en mettant sa ceinture. Il lui jeta un coup d'œil au ras de la chaînette, fronça les sourcils.

— Commissaire Davenport ?

— Il faut qu'on parle, dit Lucas.

— Bien sûr.

Olson détacha la chaînette. Lucas repoussa violemment

la porte, plaqua une main sur le torse d'Olson sans lui laisser la moindre chance de réagir et le repoussa en arrière jusqu'au lit. Olson tomba sur le dos en travers du matelas. Lucas referma la porte d'un coup de pied.

— Comment avez-vous fait votre coup, putain de merde ? Qui sont vos complices ?

Olson, les yeux écarquillés, tenta de s'asseoir, mais Lucas lui bloqua les jambes tout en sortant son 45 de son étui. Il le maintint canon bas, le long du corps.

— Qu'est-ce que... vous... ?

— Épargnez-moi votre baratin. Vous l'avez eu, vous le savez bien. Vous avez tué vos parents, et je ne veux plus entendre de conneries.

— Quoi... quoi... ?

Lucas inspira.

— Je n'ai parlé de Bill Spooner qu'à une seule personne. Une seule. Vous. Et Spooner vient de se faire descendre dans son jardin, sous les yeux de sa femme. Un assassinat commis de sang-froid. Abattu d'un coup de carabine.

— Je n'ai pas... Je... Oh, non. Non, non ! bredouilla Olson. Je l'ai dit, je l'ai dit, oh non... J'en ai parlé à quatre personnes. Je l'ai dit à quatre personnes, mon Dieu, j'en ai parlé à quatre personnes !

— Qui ?

La question fut couverte par un coup frappé à la porte. Del aurait théoriquement dû empêcher toute visite. Lucas revint vers l'entrée, ouvrit la porte, regarda à l'extérieur. Del était planté dans le couloir.

— Il y a du nouveau, dit-il.

Son regard quitta Lucas pour se poser sur Olson, désormais assis sur le lit.

— Tu lui as parlé de Spooner ? demanda Del.

— Oui.

Del fixa Olson.

— Spooner a été attiré sur sa pelouse par un coup de fil l'avertissant d'un début d'incendie. La police de Saint Paul a retrouvé l'origine de l'appel. Il a été passé d'un portable enregistré au nom de votre mère.

— Quoi ? fit Olson.

— De votre mère, répéta Del.

Olson roula des yeux ronds de Del à Lucas.

— Mon Dieu, excusez-moi. Je ne savais même pas qu'elle avait un portable.

— Et, bien entendu, fit Lucas, vous n'avez rien à voir là- dedans.

— J'ai mentionné le nom de Spooner à quatre personnes. Au dîner, hier soir. Les Benton et les Packard.

— Où sont-ils en ce moment ?

— Ils sont repartis chez eux pour le week-end.

— Burnt River est à quelle distance ? s'enquit Lucas.

— Cinq heures. En voiture.

— Vous avez leur téléphone ?

— Oui. Bien sûr.

— Je veux que vous les appeliez, ordonna Lucas. Si quelqu'un répond, par exemple Mme Benton, je veux que vous demandiez à parler à son mari. Si c'est M. Benton qui répond, je veux que vous trouviez un prétexte pour parler ensuite à sa femme. Vous n'avez qu'à les remercier de leur aide.

— J'aurais l'impression de les trahir.

— Ce ne sera pas le cas s'ils sont chez eux.

— Je saurais...

— Des gens meurent, coupa Del.

Olson passa ses appels depuis le téléphone de sa chambre pendant que Lucas écoutait sur un autre poste. Les deux couples étaient chez eux.

— Ça ne peut pas être eux, conclut Olson.

— Vous prétendez que vous en n'avez parlé qu'à quatre personnes, dit Lucas.

— Seulement ces quatre-là. On a dîné ensemble de l'autre côté de la rue, au Perkins, avant qu'ils reprennent la route. À la tombée de la nuit, hier soir.

Lucas réfléchit un moment. Burnt River, Burnt River... Et s'ils avaient fait entièrement fausse route ? Ou à moitié ? Il pouvait s'agir d'une relation ancienne, profonde, mais pas forcément familiale. De quelqu'un qui l'aurait connue autrefois, quelqu'un qui...

Il empoigna le téléphone et appela Lane.

— Tu te souviens de cette généalogie que tu m'as faite l'autre jour ? Comment s'appelait le mec qui s'est fait Alie'e sur le terrain de base-ball ?

— Une minute, je suis en train de regarder le match, fit Lane.

Un instant plus tard, il revint au bout du fil.

— Louis Friar. Les gens du coin l'appellent « le Révérend », mais il n'a jamais compris pourquoi.

— Merci. Je file. Je te rappelle demain. (Lucas se retourna vers Olson.) Qui est Louis Friar ?

— Un habitant de Burnt River.

— Les Benton ou les Packard le connaissent-ils ?

— Oui. Ses parents, surtout. Les parents de Louis, les miens, les Benton, les Packard et quelques autres familles font tous partie du même cercle. Ils jouent aux cartes, ce genre-là.

— Il a eu autrefois une aventure avec Alie'e.

— Ce n'est qu'une rumeur.

— Tout le monde y croit, à Burnt River. Tout le monde a l'air de croire que c'est arrivé.

— Oui, fit Olson. Je sais.

— Pensez-vous qu'il aurait pu conserver à son égard une sorte d'instinct de protection ? Qu'il aurait pu...

— Non, non... Ce n'est qu'un habitant parmi d'autres. Un spécialiste des pelouses. Il s'occupe des maisons secondaires, il entretient les jardins.

— Célibataire ? demanda Del.

— Oui.

— Il chasse le cerf ?

— Sans doute. Je ne le connais pas assez. Il était deux classes derrière moi à l'école.

Lucas reprit le téléphone, composa le numéro de Rose Marie.

— Appelez l'aéroport et faites préparer le gros hélico. Il faut qu'on aille à Burnt River. Immédiatement. Trois passagers.

— Vous croyez pouvoir tenir les quinze heures ? demanda-t-elle.

— Je croise les doigts, répondit Lucas.

— Foncez à l'aéroport. Je les préviens.

28

Lucas aurait volontiers cru qu'il était trois heures du matin – il avait l'impression d'être debout depuis une éternité –, mais quand l'hélicoptère décolla avec Del, Olson et lui à son bord, il n'était même pas dix heures du soir. Avant de quitter la zone métropolitaine, Lucas contacta le shérif du comté de Howell et lui fit un bref résumé de la situation. Puis il demanda si une voiture de patrouille pouvait venir les chercher à l'aéroport de Sheridan, le plus proche de Burnt River. Le shérif promit d'en envoyer deux, en ajoutant qu'il serait du voyage.

— Ce truc m'intéresse, dit-il.

Le vol dura un peu plus d'une heure. Lucas n'en souffrit pas. Seul l'avion l'effrayait : quand d'aventure il en tombait un, les passagers se retrouvaient transformés en morceaux de viande au format timbre-poste. En hélicoptère, on gardait toujours une chance.

Si le ciel était essentiellement nuageux au-dessus des Villes jumelles, ils se posèrent à Sheridan par une nuit cristalline, criblée d'étoiles aussi brillantes que celles que Lucas avait pu contempler de son chalet la semaine précédente. Deux Ford Explorer à gyrophare transversal les attendaient. Le shérif et deux de ses adjoints en descendirent pour leur serrer la main.

— Qui voulez-vous qu'on vous dégote en premier ? demanda le shérif. Friar ?

— Oui, répondit Lucas. Et s'il n'est pas dans le coin, il faudra qu'on parle à ses parents et qu'on jette un coup d'œil à l'endroit où il habite – au cas où on retrouverait sur place des indices d'implication dans l'affaire Alie'e.

— Vous risquez d'avoir du mal à obtenir un mandat si vous n'apportez rien d'autre que votre envie de jeter un coup d'œil. Nos juges ne sont pas coopératifs à ce point.

Le shérif était un homme aux épaules et au visage carrés, à la moustache en brosse. Malgré la neige, il portait un jean et des bottes de cow-boy.

— On a notablement réduit l'éventail de personnes, policiers mis à part, qui connaissaient le nom de l'homme abattu ce soir, dit Lucas. Elles sont cinq. Ce nombre inclut M. Olson ici présent – et nous savons où il était ce soir – et deux couples d'amis qui sont ici, chez eux. Mais si Friar n'est pas à Burnt River – et il ne peut pas y être s'il a trempé dans le meurtre de ce soir –, il méritera largement qu'on s'intéresse à lui. Il a eu autrefois une aventure avec Alie'e.

— Ça y est, je vois qui c'est ! fit un des adjoints. C'est le mec qui s'est fait Alie'e. On l'appelle « le Révérend ».

— Qu'est-ce que tu en penses ? lui demanda le shérif. Tu crois qu'il pourrait l'avoir tuée ?

— Autant que je sache, c'est un brave gars, répondit l'adjoint. Peut-être qu'il s'est pris quelques prunes pour conduite en état d'ivresse dans le temps, mais c'est tout. Rien de grave.

— Et si ses parents confirment lui avoir répété le nom de Spooner ? interrogea Lucas.

— Ça pourrait vous permettre de décrocher votre mandat, fit le shérif. N'oublions pas qu'il s'agit d'Alie'e.

— Allons-y, dit Lucas.

Del et Lucas s'embarquèrent à l'arrière du véhicule du shérif pendant qu'Olson montait avec les adjoints. Une fois à bord, Del s'adressa au shérif :

— J'ai demandé à vos gars de garder un œil sur Olson. Il n'est pas encore entièrement blanchi.

— Faites-leur confiance.

Le shérif sortit un téléphone portable de sa poche, le mit en marche, fit défiler une liste de numéros d'appel, appuya sur un bouton.

— Hé, Carl, dit-il quelques secondes plus tard. C'est moi... Tu as quelque chose sur Friar ? Oui ? Quand ça ? Au McLeod ? Hmm-hmm. D'accord, on y va.

Il coupa la communication et se tourna vers Lucas.

— Il se peut que vous ayez fait le voyage pour rien. Un flic de la police municipale de Burnt River dit qu'un type qu'il a croisé au supermarché a vu Friar jouer au billard avec des amis à la taverne McLeod, au bord du lac. Ils y étaient encore il y a une demi-heure.

— Nom d'un chien..., lâcha Lucas.

— Alors ? Que voulez-vous qu'on fasse ? insista le shérif.

— Puisqu'on est ici, allons lui parler. Ensuite, on pourra toujours aller réveiller les Benton et les Packard, histoire d'entendre ce qu'ils ont à raconter. Tout a forcément démarré ici – soit avec Olson, soit avec les Benton, soit avec les Packard.

Il n'en était déjà plus tout à fait sûr. Et s'il y avait

eu une fuite au quartier général ? Et si Olson avait menti – s'il manipulait quelqu'un d'autre, par exemple un disciple ? Un naïf qui le prenait pour Jésus ?

— Comme vous voudrez, dit le shérif.

Il contacta le second Explorer, et les deux quatre-quatre prirent la direction du McLeod.

Le McLeod ressemblait trait pour trait à cinq cents autres tavernes de bord de lac : un parking recouvert d'un manteau blanc et bordé de montagnes de neige déblayée ; une décoration de type faux chalet de rondins ; d'étroites fenêtres sous l'avant-toit ; une guirlande de Noël sur la porte ; un parc à motoneiges sur la berge.

— On n'a pas encore eu de neige à Minneapolis, fit remarquer Lucas au moment où ils faisaient halte.

— Vous vivez quasiment à Miami, repartit le shérif.

— Ce doit être à cause des palmiers qu'ils ont plantés devant le QG, glissa Del à Lucas.

Les conversations dans le bar s'interrompirent à l'entrée du groupe ; Lucas vit plusieurs têtes se tourner. Ils se rendirent directement à la salle de billard à travers un voile de fumée de grillades. L'adjoint, qui connaissait le Révérend, le désigna :

— C'est lui, là, en chemise rouge.

Louis Friar visait la boule cinq quand il les vit arriver. Il se redressa, planta sa queue à la verticale sur le plancher.

— 'soir, shérif. (Il reconnut Olson, prit un air déconcerté et ajouta :) Salut, Tom. Bon sang, je suis vraiment navré pour Alie'e...

— Vous pourriez venir par ici ? Nous aimerions vous dire quelques mots, fit le shérif.

Friar confia sa queue à un ami.

— Bien sûr... qu'est-ce que j'ai fait ?

— Rien, apparemment. Mais il faut qu'on parle.

Ils se replièrent dans un coin de la salle, à bonne distance du bar, et Lucas mit brièvement Friar au fait du problème.

— Ouais, mes parents m'en ont parlé, dit-il. Je veux dire, je ne serais peut-être plus capable de vous ressortir le nom de ce mec ce soir, mais j'aurais sûrement pu le faire hier soir et toute la journée d'hier. Spooner, c'est ça ? Un banquier.

— Vous en avez parlé à quelqu'un ? demanda Lucas.

— Sûr... à tous ces gars, là.

Ils se retournèrent à l'unisson pour observer les trois hommes avec qui Friar jouait au billard.

— Quand ?

— Hier soir, je crois. Mes vieux sont rentrés vers dix heures. On venait d'avoir de la neige. J'étais en train de déblayer leur allée, et ils m'ont raconté ce truc. Je suis descendu ici ensuite pour me siffler deux ou trois bibines, vous voyez le genre... et j'en ai parlé à quelques connaissances.

— Vous croyez... qu'elles auraient pu le répéter à quelqu'un d'autre ?

— Franchement, ça m'étonnerait qu'il y ait encore à Burnt River une seule personne qu'ait pas entendu le nom de ce mec. Les Benton en ont parlé à mes vieux, mes vieux en ont probablement parlé à des amis, et j'imagine que les Benton ont fait pareil de leur côté. Tout le monde s'intéresse à ce qui est arrivé à Alie'e, c'est la personne la plus célèbre qui soit jamais sortie d'ici – et qui en sortira jamais. C'est la seule du comté, et peut-être même de tous les comtés de la région, à s'être fait tirer le portrait dans un magazine.

— Nom d'un chien ! grommela Lucas.

Le shérif fit signe aux trois autres joueurs de billard.

— Hé, les gars, vous pourriez faire une petite pause ?

Les trois hommes obtempérèrent et s'approchèrent d'un même pas.

— On aimerait savoir si l'un d'entre vous a entendu parler de cet homme, le banquier suspecté dans l'affaire Alie'e, par quelqu'un d'autre que Louis. Vous ne risquez rien, on a juste besoin de savoir si son nom a beaucoup circulé.

Deux d'entre eux admirent l'avoir répété ; et deux d'entre eux l'avaient aussi entendu au cours d'une conversation le samedi ou le dimanche.

— Bref, tout le monde est au courant, fit Lucas.

— Tout le monde, opina un gaillard en chemise verte. Qu'est-ce qui s'est passé, au fait ? Quelqu'un a descendu cet enfoiré ?

Lucas le fixa dans le blanc des yeux.

— Exactement. Quelqu'un a descendu cet enfoiré.

— Vrai ?

Ils attendaient des détails. Lucas secoua la tête :

— Voilà la question qu'on se pose : y a-t-il dans cette ville quelqu'un qui aurait pu concocter un plan de ce genre ?

— Il a été descendu avec quoi ? fit un type en chemise dorée.

— Probablement une carabine. Le tireur se trouvait à une cinquantaine de mètres. Il l'a touché en pleine poitrine.

— Avec une carabine ? Plutôt minable, lâcha Chemise Bleue. J'aurais visé la nuque.

— Tu vises toujours la nuque, rétorqua Friar. Et la prochaine fois que tu ramèneras un cerf, je serai grand-père.

— Ce n'était pas du 44 Mag, par hasard ? s'enquit Chemise Dorée.

Lucas et Del se tournèrent simultanément vers lui.

— Quoi ?

— C'était du 44 Mag ?

— Oui. C'est bien ça, répondit Lucas. (Tous les regards convergeaient à présent sur Chemise Dorée.) Vous connaissez quelqu'un qui tire au 44 Mag ?

Chemise Dorée déglutit bruyamment en consultant ses amis du regard.

— Vous savez qui ? Ce branleur de Martin Scott.

Friar s'administra une claque sur le front.

— Bon Dieu, Steve. (Il regarda Lucas.) C'est lui, c'est Martin Scott.

— Qui est-ce ?

— Le livreur de Coca-Cola pour le comté de Howell, répondit Chemise Dorée. Un cinglé. Il tire au 44 Mag – il a une carabine Ruger – et il en a toujours pincé pour Alie'e. Grave, je veux dire. Il bosse à l'œil pour ses parents. Il tond leur pelouse, il déneige leur allée et tout le bazar, parce qu'il s'imagine que quand elle reviendra, ils le laisseront sortir avec elle.

— Il prétend avoir vu ses lolos un jour qu'elle était au bord de sa piscine, ajouta Chemise Verte. Je l'ai traité de foutu menteur, je lui ai dit que personne dans le comté de Howell n'avait jamais vu ses nibs à part le Révérend ici présent, et encore, lui ne les a vus qu'une seule fois. Mais Martin n'en démord pas.

— Y a environ soixante-six milliards de personnes qui les ont vus au moment où on cause, remarqua Chemise Dorée. (Il se rendit soudain compte de la présence d'Olson, avala sa salive et ajouta :) Bon Dieu, Tom, excuse-moi.

— Scott est maboul. Il se prend pour un soldat de

l'armée Coca-Cola et se promène vingt-quatre heures par jour en salopette rouge, dit Chemise Bleue.

— Peut-être, mais vous savez quoi ? fit Chemise Verte. Ça peut pas être lui.

— Tu déconnes, rétorqua Friar. C'est forcément lui.

— Non. Parce que... vous savez quoi ? répéta Chemise Verte en croisant les bras.

— Quoi ? s'impatienta Lucas.

— La plupart de ces gens se sont fait descendre lundi. C'était pas lundi, p'têt' ?

Lucas dut réfléchir. Les faits paraissaient remonter à des lustres. Effectivement, Marcy s'était fait tirer dessus le lundi après-midi. Les autres aussi.

— Si, reconnut-il. C'était lundi.

Chemise Verte dévisagea ses amis l'un après l'autre.

— Martin bosse le lundi.

— Exact, concéda Friar.

— Et les chances pour que ce cloporte de Randy Waters lui ait refilé sa journée sont minces, pour pas dire nulles. Ce type est un esclavagiste.

— Je ne bosserais jamais pour lui, renchérit Chemise Bleue. Une vraie terreur. L'autre jour, je l'ai vu soulever le cul d'une Chevy Camaro en plein River Street.

— C'est plutôt léger, comme bagnole, fit observer Chemise Dorée.

— J'aimerais t'en voir soulever une, rétorqua Chemise Verte. Tes roustons pèteraient comme des ballons de baudruche.

Lucas intervint :

— Quelqu'un pourrait-il appeler ce Waters pour lui demander si Scott était à son poste lundi dernier ? Ça nous aiderait énormément.

— Je m'en occupe, dit le shérif.

— S'il n'est pas au nid, avertit Friar, vous les trouverez sans doute du côté du port, sa vieille et lui.

Chemise Dorée offrit une tournée, et tout le monde se regroupa autour du bar. Le shérif réclama un annuaire au barman et passa une série d'appels depuis l'arrière-salle. À son retour, il dit à Lucas et à Del :

— On ferait mieux de filer tout de suite chez Martin.

— Oui ?

— Oui. Il a pris sa journée lundi dernier. Il a dit à Waters qu'il avait besoin d'aller à Minneapolis pour donner un coup de main aux Olson à cause de l'affaire Alie'e. Il a ajouté que, s'il n'obtenait pas ce congé, il démissionnerait. Et il n'avait pas l'air de rigoler.

Le regard de Lucas s'arrêta sur Friar.

— Vous savez où habite cet homme ?

— C'est pas facile à expliquer, mais je peux vous montrer.

Ils quittèrent le bar en convoi – deux pick-up et deux Explorer aux armes du comté. Ils entrèrent dans Burnt River, ressortirent à l'autre bout de la ville, empruntèrent un chemin vicinal sur une centaine de mètres. Martin Scott vivait dans un petit chalet de bois flanqué d'un abri-garage construit au-dessus d'une allée relativement large et couverte de neige. La neige était tassée, mais il n'y avait pas la moindre trace de pneus. Une seule fenêtre était éclairée. Une antenne parabolique de la taille d'un moule à pizza trônait sur le faîtage, tournée vers un satellite en orbite au-dessus de Reno. Une grande bouteille de propane était visible au bord de l'allée et, juste à côté du garage, Lucas remarqua une grosse pile de bois de chauffage. Le tout baignait dans la clarté bleuâtre d'une lampe de jardin.

— Il n'est pas là, lâcha Friar en considérant le chalet obscur.

Tous étaient descendus de voiture pour se rassembler devant un des Explorer du shérif.

— Comment le savez-vous ? s'enquit Del. Peut-être qu'il dort.

— Il se chauffe au bois, et son poêle ne fume pas. Ce truc, là (il désigna le filet de fumée qui s'échappait d'un tuyau d'une dizaine de centimètres de diamètre), ça vient du brûleur à propane. On ne s'en sert que quand on n'est pas chez soi, pour garder le poêle en position de veille.

— Attendez-nous ici, dit Lucas au shérif. Del ?

Lucas et Del dégainèrent leur arme et s'approchèrent à pied de la maison. Lucas frappa, puis cogna au contrevent ; aucun signe de vie. Il ouvrit le contrevent et essaya le bouton de porte. Fermée à clé. Le shérif les rejoignit.

— Essayons par-derrière, suggéra-t-il.

La maison disposait d'une véranda arrière, mais l'issue ne semblait guère utilisée. Le passage n'avait pas été déneigé depuis la dernière tempête, et aucune empreinte n'était visible. Lucas, debout sur la véranda, tenta de jeter un coup d'œil par la fenêtre.

— Vous voulez de la lumière ? proposa le shérif en lui tendant sa torche.

Lucas braqua le pinceau lumineux sur la vitre et discerna une cuisine.

Chemise Dorée, qui s'était approché du garage, avait réussi en tirant de toutes ses forces à entrebâiller suffisamment la double porte pour apercevoir l'intérieur.

— Son camion n'est pas là, annonça-t-il.

Lucas partit vers le côté opposé de la maison, suivi par Del et le shérif. Derrière une des fenêtres, en hauteur, une fente d'une dizaine de centimètres séparait les rideaux. Lucas se tourna vers Del :

— Si je te fais la courte échelle, tu peux jeter un œil là-dedans ?

— Je crois.

Lucas joignit les mains, Del posa le pied dessus, et Lucas le souleva. Le shérif lui tendit sa torche, et Del regarda à l'intérieur.

— C'est vu, dit-il une minute plus tard.

Lucas l'aida à redescendre. Del rendit sa torche au shérif.

— C'est lui, signala-t-il à Lucas.

— Qu'est-ce que tu as vu ?

Les quatre Chemises, les deux adjoints et le shérif faisaient cercle autour de Del.

— Voyez vous-mêmes, suggéra Del. Quelqu'un peut approcher une de ces camionnettes ?

Chemise Dorée repartit au trot vers la sienne, la fit démarrer en rugissant et l'approcha en marche arrière le plus près possible de la façade. Lucas reprit sa torche au shérif, et tout le monde monta sur le plateau de la camionnette. Lucas projeta le faisceau de lumière sur la fenêtre.

Ils découvrirent ce qui, à une certaine époque, avait dû être une chambre à coucher ; c'était à présent un sanctuaire. Les murs étaient tapissés de milliers de visages d'Alie'e Maison, tous soigneusement découpés, collés à plat, avec des milliers d'yeux de jade qui les contemplaient depuis le mur d'en face. Au centre de la pièce trônait une chaise de bois solitaire, sur laquelle un homme pouvait s'asseoir et s'abîmer dans le vert des yeux d'Alie'e.

Le shérif s'imprégna du décor, grommela quelque chose dans sa barbe et se tourna vers un de ses adjoints.

— Va tirer Swede de son lit et demande-lui un mandat. Dis-lui que j'en ai besoin illico. Qu'il me l'aurait fallu pour hier parce que je suis déjà dans la place.

Ce à quoi Lucas ajouta :

— Trouvez le numéro de plaque de ce type, le modèle de son véhicule et rappelez-moi. Aussi vite que possible.

— Un Dodge 1997 noir métallisé, à marchepieds tubulaires noirs et pare-chocs avant renforcés, avec « MARTIN SCOTT » inscrit en lettres rouges sur la portière, récita Chemise Dorée.

Tout en revenant vers l'avant du chalet, Lucas téléphona à Rose Marie.

— On ne le tient pas encore, lui apprit-il, mais on sait qui c'est. Un adjoint du shérif va appeler le central. On a besoin de divulguer la description d'un camion et son numéro de plaque.

Le shérif ouvrit la maison grâce à un expédient d'une grande simplicité : il brisa de son poing ganté la vitre de la porte d'entrée, passa le bras à l'intérieur, actionna le verrou. Il pria ensuite les quatre types de rester dans les parages – sans leur permettre d'entrer.

Le shérif, Lucas, Del et le second adjoint s'avancèrent dans le chalet. La puanteur les assaillit dès le premier pas.

— On dirait qu'il dépouille des visons chez lui, lâcha le shérif.

Ils examinèrent l'intérieur du sanctuaire. Du dehors, ils n'avaient pu voir que le mur qui faisait face à la fenêtre ; ils constatèrent que les quatre murs, de même que le plafond, étaient couverts de portraits d'Alie'e.

Le shérif secoua la tête.

— Ce truc me fout la chair de poule. Même si on

m'avait montré ça par un beau jour d'été, du temps où Alie'e était encore en vie, ça m'aurait foutu la chair de poule.

— C'est un peu excessif, concéda Lucas.

Chemise Verte, qui s'était aventuré sur la véranda, lança :

— Hé, on aimerait pouvoir juste jeter un coup d'œil, ou bien carrément repartir au McLeod. Ça caille vraiment trop pour qu'on reste dehors sans bouger.

Le shérif chercha le regard de Lucas, qui haussa les épaules.

— Après tout... Peut-être remarqueront-ils quelque chose qui nous a échappé.

Le shérif laissa entrer les quatre hommes pendant que Del et Lucas visitaient la chambre et la cuisine de Scott ; ils trouvèrent une boîte de cartouches de calibre douze – pour le ball-trap – dans un placard de la chambre, mais pas de fusil correspondant ; un fusil Winchester 300 Magnum à lunette ; une carabine Ruger 22 semi-automatique.

— Le douze doit être avec lui, dit Lucas.

— Je préviens le central, décida Del.

Le séjour était exigu, avec d'épais rideaux de velours noir pour refouler la lumière ; une causeuse adossée contre un mur ; face au canapé, un rétroprojecteur Sony de cent cinquante centimètres ; et à côté, un gros meuble d'équipement audiovisuel. Il y avait aussi une console Nintendo par terre devant le canapé, avec une douzaine de coffrets de jeux – et non loin, une Dreamcast avec un nombre de jeux encore plus important. Cinq petits haut-parleurs étaient disséminés dans la pièce, et un caisson de basses gros comme une poubelle était installé à proximité du téléviseur.

— Quatre-vingt-dix-neuf chaînes de merdasse

télévisuelle, faites votre choix mesdames-messieurs, déclama Del.

Dans la cuisine, ils ne trouvèrent strictement rien. Chemise Dorée ressortit du sanctuaire, les rejoignit, ouvrit la porte du réfrigérateur, prit une bière et la décapsula.

— Qu'est-ce que vous fichez ? demanda le shérif.

— Il n'en aura plus besoin, répondit Chemise Dorée. Cette bibine va se perdre.

— File-m'en une, dit Friar.

Chemise Dorée rouvrit la porte du réfrigérateur et lui tendit une bouteille. Tout en s'attaquant à la capsule, Friar dit :

— Le problème de Martin, c'est qu'il a toujours cru qu'il allait devenir célèbre. C'est peut-être même la seule pensée qui lui ait jamais traversé l'esprit. Il s'imaginait pouvoir y arriver en commençant tout en bas de l'échelle, ici, à Burnt River. Il pensait que s'il bossait d'arrache-pied en gardant le nez propre, Coca-Cola s'occuperait de lui. Résultat, il s'est crevé le cul au boulot, ça fait dix ans qu'il conduit ce fichu bahut, et je peux vous dire qu'il n'a pas grimpé des masses dans la hiérarchie. (Il but une gorgée au goulot, puis ajouta :) Telle qu'on la connaît ici.

— Vous croyez qu'il aurait pu tuer quelqu'un ? s'enquit Lucas.

— Personne ne veut chasser avec lui, répondit Chemise Bleue. Il aime un peu trop les armes. Tiens, une fois, un type que je connais revenait d'une chasse au cerf...

— Ray McDonald, précisa Chemise Dorée.

— Et voilà qu'il tombe sur Martin, enchaîna Chemise Bleue, et Martin lui fait : « T'as tort de fumer des cigarettes, le cerf sent leur odeur à un mile de distance. » Là-dessus, Ray rentre chez lui, il se met au pieu le soir, et d'un seul coup, alors qu'il rêvassait tranquillement, il s'aperçoit qu'il était à un bon demi-mile de Martin quand il a écrasé son mégot.

Chemise Bleue lança à Lucas et au shérif un regard qui semblait signifier : *C'est important.* Lucas mit presque une minute à déchiffrer le sens de ce regard.

— Il l'avait observé à la lunette, dit-il.

— Ouai. Ray m'a avoué qu'il avait failli en chier dans son froc, là, au fond de son lit. Martin Scott l'avait regardé fumer dans la lunette de son fusil 300 Magnum.

— Il n'a pas tiré, fit remarquer Del.

— Mais je parie qu'il y a pensé, dit Chemise Bleue. Martin est totalement cinglé – il l'était déjà quand je l'ai connu au jardin d'enfants.

Tard dans la soirée, tandis que Lucas, Del et un Tom Olson plutôt pensif, volant vers les Villes jumelles, se trouvaient déjà à plus de cent cinquante kilomètres de l'aéroport de Sheridan, le shérif de Burnt River les contacta.

— J'ai une mauvaise nouvelle, annonça-t-il.

— Bon Dieu, maugréa Lucas, je n'ai ni l'envie ni le temps d'entendre ça.

— On n'a toujours pas Scott, mais on a retrouvé son camion. Il est garé à côté du camion Coke à la centrale de distribution. On a rappelé Randy Waters, et il nous a expliqué que Scott le laisse là les soirs où il prévoit un froid extrême, vu que son garage à lui n'est pas chauffé.

— Il ne fait pas si froid, objecta Lucas. Ça va cher-cher dans les combien ?

— Peut-être moins vingt-cinq, répondit le shérif.

— Autant dire pas grand-chose, fit Lucas.

— Ouais, je sais. On n'arrive pas à mettre la main

sur Scott – je ne pense pas qu'il soit ici. Mais une chose est sûre : s'il est quelque part du côté de chez vous, chercher son camion ne vous avancera pas à grand-chose.

— Gardez l'œil, dit Lucas. Si on ne retrouve pas Scott, peut-être qu'il se pointera pour bosser demain matin.

Lucas résuma la situation à Del.

— Ça doit être lui quand même, avança celui-ci en secouant la tête. Rappelle-toi la piaule dans le chalet.

— Tu le vois partant en stop vers les Villes jumelles ?

— Non, mais il a fini par y arriver d'une manière ou d'une autre. C'est vrai que connaître son véhicule nous arrangerait bien.

À mi-trajet, Lucas reprit la parole :

— Je viens de penser à autre chose. Tu te rappelles l'Asiatique du Matrix ? Elle a vu le type qu'on soup-çonne d'être le meurtrier – à peine une seconde ou deux –, mais elle l'a pris pour le responsable des dis-tributeurs automatiques. Elle l'a aussi trouvé dodu – comme Jael après avoir surpris un type en train d'es-sayer de s'introduire chez elle la même nuit... La police de Saint Paul a interpellé le gars des distribu-teurs, sauf qu'au lieu d'être dodu il était rachitique.

— Et ?

— Et je te parie que ce fumier de Martin Scott por-tait sa salopette Coca-Cola. Un des potes de Friar nous a dit tout à l'heure qu'il la portait vingt-quatre heures par jour. Je te parie que c'est à ça que la fille a réagi – sa salopette Coke, précisément le genre de fringue qu'un spécialiste des distributeurs aurait porté.

— C'est maigre, estima Del.

— Mais tout de même.

— J'en ai marre, soupira Del juste avant l'atterrissage. Tu me déposes chez moi ?

— Oui. Ensuite, je pousserai jusqu'à l'atelier de Jael, histoire de m'assurer que les collègues ont bien verrouillé le périmètre.

— Je veux bien t'accompagner.

Ils avaient laissé la voiture de Lucas au motel – elle ne pouvait accueillir que deux personnes – et s'étaient rendus à l'aéroport dans la Volvo déglinguée d'Olson.

— Je repars dans la vallée dès demain, annonça le prêcheur en les ramenant. À Fargo. Prévenez-moi quand les permis d'inhumer auront été délivrés. Je reviendrai enterrer les miens, mais je n'en peux plus d'attendre. Cet endroit est une banlieue de l'enfer.

— Quelle connerie, grogna Del, irrité. C'est une chouette ville.

— Rappelez-vous cette semaine, répondit Olson d'une voix douce. Il y a dix jours, j'avais une famille – plus maintenant. Mais ce ne sont pas des individus qui ont commis ces crimes : ces gens-là ne sont que de pauvres âmes qui tâchent de se frayer un chemin à travers la vie. C'est la culture qui est coupable. La culture dominante est mortifère. Elle dégouline de la télévision, elle dégouline des magazines, elle dégouline d'Internet, elle dégouline des jeux vidéo. Rappelez-vous le téléviseur de ce pauvre Martin Scott. L'objet le plus imposant, le plus onéreux qu'il ait sans doute jamais possédé, son camion mis à part. Et tous ces jeux vidéo... C'était un homme courageux. Il travaillait dur. Mais la culture l'a consumé, elle l'a atteint par le biais de sa parabole et ne l'a plus lâché. On voit déjà ces choses à Fargo, mais là-bas, il est

492

encore possible de les combattre. Ici... Ces deux villes sont perdues. Ici, il est trop tard. Trop tard. Vous verrez.

— Vous allez la fermer, oui ou merde ? s'emporta Del.

29

Dimanche. Jour neuf.

Six heures du matin.

— Prévenez-moi quand les corps seront libérés, répéta Olson en se garant devant le motel.

Lucas promit.

Tandis qu'ils s'installaient dans la Porsche, Del fit remarquer :

— Il pourrait avoir encore un pied dedans.

— Non. Il n'y a pas de conspiration, Del. Juste un meurtre à la con pour une histoire de drogue, avec ensuite un frappadingue qui se lâche.

— Où est Scott, à ton avis ?

— Ici, affirma Lucas.

— Dans la banlieue de l'enfer ?

— Ouais. Quelque part.

— Il passe environ une bagnole toutes les cinq minutes, dit l'un des deux inspecteurs qui montaient la garde dans le jardin de Jael. Les collègues ont apparemment un peu plus de trafic devant chez Kinsley, mais si vous voulez tout savoir, il n'y a strictement rien à signaler.

— D'accord.

Ils entrèrent aussi discrètement que possible. Un troisième inspecteur, assis dans un fauteuil du séjour, avait les yeux fixés sur l'écran du téléviseur posé à même le sol.

— Pour éviter le halo aux fenêtres, expliqua-t-il.

— Jael dort ?

— Ouais.

— Où se situe le périmètre de sécurité ?

— À deux blocs de distance ; tous les accès sont surveillés. Il faudrait qu'il saute en parachute.

— J'ai surtout peur d'une attaque-suicide, dit Lucas. Il a un fusil de chasse.

— Qu'il y vienne, soupira l'inspecteur. Je m'emmerde comme ce n'est pas permis.

— Si ça ne te dérange pas, fit Lucas à Del quand ils furent de nouveau dans la Porsche, j'aimerais passer chez les Kinsley. Dix minutes, juste le temps de jeter un coup d'œil.

— Ça me va.

Deux blocs après l'atelier de Jael, à un carrefour, une voiture venue de la gauche marqua un léger temps d'arrêt à l'approche de la Porsche de Lucas, puis traversa lentement l'intersection.

— Tiens, une vieille chèvre [1], dit Del.

— Oui.

Lucas traversa à son tour et continua tout droit.

— Hé, attends un peu.

Il braqua à fond et fit demi-tour.

— On suit la chèvre, dit-il sèchement. Sors ton stylo, note la plaque, communique-la au central.

---

1. Surnom de la Pontiac GTO, coupé mythique des années soixante. *(N.d.T.)*

Quand ils revinrent au carrefour, la vieille GTO s'approchait lentement de l'extrémité du bloc suivant. Lucas prit la même direction. Puis elle s'immobilisa sous un panneau stop ; le chauffeur, qui semblait hésiter sur sa destination, regarda d'un côté, et de l'autre. Lucas se rapprocha peu à peu. Le pinceau de ses phares caressa la plaque d'immatriculation de la GTO.

— Ça y est, je l'ai, annonça Del.

— Appelle le central, il nous faut la réponse dans les trente secondes.

— Qu'est-ce que... ?

— Tu te rappelles, au motel, quand on s'est renseignés sur le permis de conduire de Lynn Olson et qu'on a demandé la liste des véhicules enregistrés à son nom ? Il avait une Volvo, un Explorer et une GTO de collection. Je te parie que cet enfoiré de Scott, après avoir garé son camion au dépôt Coca-Cola, est retourné à pied chez les Olson pour emprunter la GTO. Tu en vois souvent par ici, des bagnoles comme ça, toi ? Surtout le dimanche à six heures du mat ?

Del demandait déjà le service des immatriculations. Répétant lentement le numéro qu'il avait gribouillé sur son poignet. La Pontiac continua tout droit. Lucas tourna à gauche, fit de nouveau demi-tour, coupa ses phares et revint au ralenti jusqu'au carrefour. La GTO prit à gauche au coin du bloc suivant. Lucas accéléra, tous feux éteints, roula aussi vite qu'il put jusqu'à l'intersection, exerça une forte pression sur la pédale de frein, revint au ralenti.

La GTO avait avalé la moitié du bloc. Au carrefour, elle freina, tourna à droite.

— Il est en maraude, dit Lucas en accélérant de nouveau après avoir bifurqué. C'est sûrement lui.

Del se taisait, son portable collé contre l'oreille.

— D'accord. (Il se tourna vers Lucas.) C'est lui.

— Fais-les tous venir... Tout le monde dans la rue !

Tout en restant eux-mêmes invisibles, ils s'efforcèrent ensuite d'orienter vers la GTO les voitures de patrouille qui convergeaient sur le secteur. Mais, quatre ou cinq minutes après avoir commencé à jouer au chat et à la souris, ils furent repérés par leur proie. En arrivant une nouvelle fois au ralenti au bout d'un bloc, Lucas constata que la Pontiac était déjà en train de tourner au croisement suivant. Quand il l'atteignit à son tour, toujours au ralenti, ils n'étaient plus qu'à deux blocs de distance...

— Bon sang, on est grillés !

Il écrasa l'accélérateur. La Porsche se cabra et s'élança en rase-mottes dans une rue étroite – bien trop vite pour que Lucas puisse se permettre de continuer tous feux éteints, car il pouvait y avoir des piétons. Lucas ralluma ses phares en même temps que, devant eux, la GTO disparaissait après avoir brûlé un stop et que Del vociférait des instructions dans son portable ; ils atteignirent le coin alors que la GTO bifurquait déjà derrière un réverbère.

— À l'ouest sur Lake ! cria Del. Il vient de prendre à l'ouest sur Lake Street !

Il cessa de s'époumoner pour se rattraper à la planche de bord pendant que Lucas rétrogradait en faisant hurler son moteur. Ils franchirent le carrefour. Lucas se remit à accroître sa vitesse, et Del poursuivit au téléphone :

— Il coupe la 15e... la 14e... la 13e... la 12e... Bon Dieu, où sont les autres ?

— Derrière nous, répondit Lucas, qui venait d'apercevoir l'éclair d'un gyrophare dans son rétroviseur.

(Lui-même n'avait pas eu le temps de mettre le sien. En fait, il n'y avait même pas pensé.)

— Il est en train de passer sous le viaduc de l'autoroute ! s'écria Del.

— S'il prend l'autoroute, on le tient. C'est un entonnoir de béton.

Del s'accrocha de plus belle tandis que Lucas négociait son virage ; ils avaient notablement réduit la distance qui les séparait – plus que quelques centaines de mètres d'avance. Le fugitif grilla un feu. Lucas, forcé de ralentir, perdit du terrain ; la GTO s'élança sur la bretelle d'accès à l'autoroute et disparut encore une fois. Lucas accéléra, retrouva sa proie en émergeant à son tour de la bretelle et entreprit de réduire l'intervalle. Del cessa un instant de crier dans son téléphone, le temps de demander :

— Qu'est-ce qu'on fait quand on l'aura rattrapé ?

— Je n'y ai pas encore réfléchi. On ferait mieux d'éviter de rester à sa hauteur.

— Ce serait effectivement une idée déplorable. À moins que tu n'aies toi aussi un fusil de chasse planqué dans ta caisse.

— On va se contenter de lui coller au train et de le pousser au maximum. Soit il finira par perdre le contrôle, soit on l'interceptera en douceur.

Quatre ou cinq autres véhicules circulaient sur la chaussée ; il restait encore une bonne heure avant le début de la circulation matinale. Au bout de quinze secondes, alors que la Porsche avait deux cents mètres de retard, le fugitif fit une queue-de-poisson à une Ford assez lente et se propulsa sur la bande d'arrêt d'urgence. L'air se retrouva aussitôt saturé d'une gerbe de gravillons ; l'un d'eux rebondit sur le capot immaculé de la Porsche.

— Tu vas me payer ça ! grogna Lucas. J'aurai ta peau.

Il s'écarta sur la gauche. La GTO continua de labourer le bas-côté pendant une dizaine de secondes avant de bifurquer d'un seul coup vers la sortie suivante.

— Bon Dieu ! eut tout juste le temps de crier Del.

Lucas coupa plusieurs voies en diagonale et se rabattit juste à temps sur la droite pour attraper la bretelle. En haut, la GTO roulait trop vite pour négocier correctement son virage ; le chauffeur fit de son mieux, mais la voiture échappa à son contrôle, percuta le trottoir en sous-virant, rebondit contre un abribus et pénétra en dérapage latéral sur l'aire d'approvisionnement d'une station-service. Lucas, écrasant tout à la fois le frein et l'embrayage, vola à travers le carrefour, esquiva de peu un morceau d'abribus volant et s'arrêta juste à temps pour voir une silhouette sauter du véhicule. Armé d'une carabine, l'homme courut vers la station-service.

Lucas coupa le contact. Del et lui mirent pied à terre. Del hurlait toujours au téléphone. Dans le reflet de la cabine vitrée du caissier, ils virent le chauffeur de la GTO pointer sa carabine sur une femme qui avait les deux mains en l'air. Mais il semblait crier sur quelqu'un d'autre, et un moment plus tard l'homme installé à l'intérieur de la cabine lui ouvrit la porte.

Le chauffeur poussa la femme à l'intérieur de la cabine et claqua la porte.

En dix minutes, la moitié des policiers en service de Minneapolis arrivèrent sur place. Lucas contacta le preneur d'otages par téléphone.

— Nous savons qui vous êtes, monsieur Scott. Vous n'avez aucune chance de sortir d'ici. Je ne crois pas que vous souhaitiez faire du mal à ces innocents ou à vous-même. Ce n'est pas votre objectif.

— Je n'ai rien à vous dire, riposta Scott.

— Nous estimons préférable de maintenir la communication, insista Lucas.

— Passez-moi votre négociateur.

Lucas fixa le combiné en se demandant s'il avait bien entendu. Pas de doute.

— Comme vous voudrez, monsieur Scott.

Les négociations s'ouvrirent juste avant sept heures. Étant donné la fixation de Scott sur Alie'e, quelqu'un suggéra qu'il valait mieux envoyer une négociatrice. Cela parut fonctionner. La négociatrice et Scott se livrèrent à un dialogue amical afin d'établir la confiance, après quoi Scott formula ses exigences : un avion de Northwest Airlines devait l'attendre à l'aéroport avec suffisamment de carburant pour rallier Cuba, faute de quoi il procéderait à l'exécution de ses otages.

L'armada médiatique entama son débarquement à sept heures dix ; Rose Marie arriva à sept heures douze, talonnée par Lester.

— C'est lui ? s'enquit Lester, le regard fixé sur la caisse de la station-service.

— Oui, confirma Lucas. Au fait, tu me dois une retouche de peinture sur ma Porsche.

— Comment va-t-on le sortir de là ? demanda Rose Marie.

— Je n'en sais rien, dit Lucas. Il est enfermé dans une cabine à l'épreuve des balles avec environ six cents boîtes de Coca, une cinquantaine de kilos de chips et de biscuits, mille dollars de cigarettes et une télé.

— Excellent programme de week-end, observa Lester.

— Aussi longtemps qu'il ne descend pas les otages, précisa Rose Marie en laissant errer son regard sur la file de véhicules de presse. Vous croyez qu'une meilleure couverture puisse exister ?

— Pas sûr, répondit Lucas. Il manque peut-être quelques Russes et Chinois, mais à part eux tout le monde est là.

La négociatrice suait sang et eau.

— Je sais ce que vous êtes en train de faire, grésillait la voix de Scott dans le haut-parleur. Vous essayez de gagner du temps. Ne comptez pas sur moi pour me faire rouler. J'ai déjà vu ça vingt fois. Vous êtes censée gagner du temps. Et je vais vous dire un truc : je sais que tous les jours des avions s'envolent d'ici pour Los Angeles, San Francisco et Hawaii, et n'importe lequel est capable d'atteindre Cuba. Alors, épargnez-moi votre boniment sur la programmation des ordinateurs de bord ou le manque de carburant et fournissez-moi plutôt un moyen d'aller à l'aéroport et de monter dans l'avion avant que je sois forcé d'exécuter cette petite dame.

— Nous avons un problème, glissa la négociatrice à Rose Marie.

— Pas qu'un seul, fit Del, debout à côté de Lucas. Visez-moi ça.

Jael Corbeau, suivie comme son ombre par trois policiers à l'air malheureux, remontait la rue à grands pas, en venant droit sur eux. Un flic posté à la limite du périmètre de sécurité s'interposa, mais Jael lui montra Lucas du doigt.

— Ah, nom d'un chien ! lâcha Lucas en faisant signe au flic de la laisser passer.

— C'est lui ? demanda Jael à peine arrivée.

Elle était habillée en noir de la tête aux pieds :

manteau de laine noire, pantalon noir, bottes noires, une petite perle noire à chaque oreille. Lumineuse.

— C'est lui. Un type de Burnt River, il s'appelle...

— Scott. Je sais, vos collègues me l'ont dit. Martin Scott. Alors ? Comment allez-vous le faire sortir de là ?

— Écoutez, intervint la négociatrice, il va fixer un ultimatum, et je ne serais pas surprise qu'il s'y tienne. Qu'il exécute les otages. S'il a des tendances suicidaires...

— Je n'y crois pas, coupa Lucas. Il est simplement marteau. Il a essayé d'effacer ses traces après deux de ses crimes... Je ne pense pas qu'il ait voulu être pris.

— Soit, fit la négociatrice. D'un autre côté, il semble capable de tuer cette femme.

— Qu'est-ce qu'on fait, alors ? s'enquit Rose Marie.

— On pourrait peut-être lui fournir un moyen de se rendre à l'aéroport, suggéra Lucas. Là, un tireur d'élite...

Rose Marie se tourna vers Lester.

— Où est le môme de l'Iowa ?

Le môme de l'Iowa était le tireur d'élite du département.

— Il est en route.

— Laissons-lui le temps de s'installer. S'il peut faire un boulot propre... (Elle considéra la négociatrice.) Il nous faut encore du temps. Demandez-lui comment il veut aller à l'aéroport, ce qui pourrait le rassurer.

— Ah, nom d'un chien ! lâcha Lucas.

— Quoi ?

— Franchement... Regardez-moi ce bordel.

Il indiqua du geste les camions de la télévision, qui étaient à présent huit ou neuf. Quatre hélicoptères planaient au-dessus de leurs têtes.

— Bah, c'est comme ça, fit Rose Marie en fixant de nouveau la négociatrice. Demandez-lui comment il veut qu'on fasse.

Pendant que la négociatrice parlait au téléphone, le maire arriva. Il regarda la station-service, puis Lucas.

— Comment allez-vous le faire sortir de là ?

Un fourgon blindé.

— Ah, nom d'un chien ! lâcha Lucas.

— Allez-vous enfin la boucler ? lui enjoignit Rose Marie.

— Je peux parler à ce mec ? Juste une minute ?

La négociatrice se tourna vers Lucas.

— J'ai réussi à établir un climat de confiance, dit-elle.

— Tu parles, il voit venir les coups à l'avance, rétorqua Lucas. *Vous* lui faites confiance, mais pas lui. Laissez-moi lui parler.

Rose Marie chercha le regard du maire, qui se contenta de hausser les épaules.

— Je ne suis pas expert, éluda-t-il.

— Allez-y, fit Rose Marie.

Lucas prit le téléphone.

— Allô ? Ici Lucas Davenport. C'est moi qui vous ai poursuivi en Porsche, et je tiens à vous dire que vous avez endommagé une peinture impeccable.

— Ça me fait une belle jambe. Qu'est-ce que vous voulez ?

— Je veux m'approcher de la porte de la cabine pour vous parler, loin de cette foule. Cette cabine est blindée, je ne peux pas vous faire de mal, vous ne pouvez pas m'en faire non plus, et en plus, vous avez les otages. Je veux simplement vous parler à l'écart de la foule.

— De quoi ?

— De la télé.

— Quoi ?

— De toutes ces chaînes de télévision. Accordez-moi deux minutes. Je n'entrerai pas. Je me contenterai de passer la tête à l'intérieur.

Au bout d'un moment :

— Si c'est un piège, cette dame restera sur le carreau.

— Ce n'est pas un piège. Je suis fatigué de ce foutoir.

Lucas marcha vers la station les bras levés, à hauteur d'épaules, s'arrêta à la porte, la poussa lentement et se pencha à l'intérieur.

— Comment va, Martin ?

— Qu'est-ce qui vous prend, mec, vous vous la jouez Henry Fonda ?

— Non. Mais je n'ai aucune envie que quelqu'un se fasse tuer. Et surtout pas moi.

— Qu'est-ce que vous voulez ?

— Mettre deux ou trois choses au point avec vous. D'abord, vous n'avez aucune envie d'aller à Cuba. Vous savez ce qu'ils vont faire de vous à Cuba ? Ils vous jetteront en prison. Le dernier type à avoir détourné un avion sur Cuba n'a pas été revu depuis 1972. Ces communistes n'aiment pas les criminels. Ils vous boucleront dans un cachot humide, grouillant de rats, et vous aurez tôt fait de ressembler au comte de Monte-Cristo. Putain, la prison de Stillwater est un parc de loisirs à côté de ce qu'ils font de mieux à Cuba.

— Je suis peut-être prêt à courir le risque, répliqua Scott.

Il joue les caïds, songea Lucas. Il le voyait nettement à travers la vitre : une tignasse couleur de paille, un visage lourd et rubicond, des lunettes à monture en plastique, la salopette Coke.

— Tiens, vous voyez toutes ces caméras, là, dehors ? Et si j'en faisais venir une pour vous permettre d'expliquer à tout le monde ce que vous avez fait pour Alie'e ? Ensuite, on oublie cette histoire de Cuba et d'exécution d'innocents devant les caméras, qui donnerait au monde entier l'impression que vous êtes un salopard. Vous vous rendez, et vous nous racontez ce qui vous est arrivé. Vous aurez droit à un avocat et tout le tintouin. Vous serez bien traité.

— Quelle chaîne ? demanda Scott.

Gagné, songea Lucas.

— Celle que vous voudrez. Personnellement, je vous conseillerais Channel 29. Ils sont partenaires de la Fox, dont le service de l'information est le meilleur de tous, comme vous le savez sûrement.

— Non, non. Oubliez la Fox. Channel 3 diffuse CBS, non ?

— Oui.

— Laissez-moi parler à quelqu'un de Channel 3, histoire de voir ce qu'ils ont à proposer.

Lucas repartit vers le cordon de sécurité.

— Où en êtes-vous ? demanda Rose Marie.

— On discute, répondit-il. Il faut que je parle au showbiz.

Il avait l'impression de patauger jusqu'aux genoux dans une boue épaisse. De loin, il repéra Ginger House, de Channel 3, debout à côté de son caméraman. Il la montra du doigt et lui fit signe. Elle s'enfonça l'index dans la poitrine, et Lucas opina en criant :

— Amenez-vous avec votre cadreur !

Le couple franchit le cordon de sécurité au petit

trot. Plusieurs journalistes se mirent à criailler à l'arrière-plan.

— Vous aurez bientôt envers moi une dette que vous n'êtes pas près de pouvoir rembourser, annonça Lucas.

— Pourquoi ?

Ginger était une jolie rousse au nez fin saupoudré de taches de son.

— On va s'approcher de la cabine, ce mec va vous faire une déclaration, et peut-être qu'ensuite tout se terminera bien.

— C'est dangereux ? demanda-t-elle, méfiante.

— Non, je ne crois pas.

— Tu veux savoir ce qui serait dangereux, Ginger ? interrompit le cadreur. Ce qui serait vraiment dangereux, ce serait que tu refuses, parce que je te jure devant Dieu que je retournerais au camion, que j'y prendrais mon flingue et que je te collerais un pruneau en plein front. Bon sang, tous les habitants de la planète nous regardent. Si on le fait, on devient des stars !

— Ou des cadavres.

— Tu n'es qu'une journaliste de deuxième zone à Minneapolis. C'est comme si tu étais déjà morte.

Elle médita sur cette idée une fraction de seconde.

— Soit. (En marchant vers la cabine, elle lança à Lucas :) Qu'est-ce que je lui raconte ?

— Recourez à vos clichés habituels, dit Lucas.

Lucas poussa la porte de la cabine.

— Voici Ginger House, de Channel 3.

Le cadreur régla sa mise au point sur Scott.

— Il faudrait que je puisse entrer pour faire mon intro, dit Ginger. Je ne suis pas armée.

— Mieux vaut pour vous qu'il n'y ait pas d'entourloupe, rétorqua Scott. J'ai une télé, et elle est branchée sur Channel 3.

Il montra du menton le minitéléviseur installé sur une étagère de la cabine.

— Je suis bien trop nerveuse pour me risquer à une entourloupe, répondit Ginger d'une voix vibrante de sincérité.

Elle franchit le seuil et se retourna face à la caméra, avec la silhouette de Scott qui se découpait derrière elle à travers la vitre. Le caméraman régla son optique.

— Tu es à l'antenne, souffla-t-il.

— Bonjour, ici Ginger House... Nous nous trouvons dans une station-service Amoco en bordure de la I-35W, à Minneapolis, où M. Martin Scott retient actuellement deux personnes en otage. M. Scott est soupçonné par la police de Minneapolis d'être impliqué dans plusieurs meurtres commis pour venger la mort d'Alie'e Maison cette semaine. M. Scott a accepté de répondre en exclusivité aux questions de Channel 3 dans le cadre de notre programmation matinale. Comment allez-vous, monsieur Scott ?

Souriante, elle pivota vers Scott, qui lui rendit son sourire :

— Ma foi, Ginger, je suis assez occupé ce matin, comme vous pouvez le constater...

— Ah, nom d'un chien ! marmonna Lucas dans sa barbe.

Il se retourna vers la foule grandissante. De l'endroit où il était, il pouvait entendre les hululements des autres envoyés des médias.

L'entretien dura dix minutes ; Scott ne s'en tire pas trop mal, songea Lucas. Il expliqua les meurtres de façon convaincante, les justifia. Plain avait exploité la mort d'Alie'e en vendant des photos d'elle immédiatement après le meurtre ; ses parents avaient été les

507

premiers à la pousser vers la drogue et la dépravation ; quant à Spooner, il l'avait tuée.

À la fin de l'interview, Ginger demanda :

— Pourrais-je poser une ou deux questions aux otages ?

— Bien sûr, allez-y.

La femme s'appelait Melody.

— Nous sommes bien traités, mieux que je ne m'y attendais, répondit-elle avec un léger accent impossible à identifier. M. Scott est un gentleman.

Puis elle se fendit d'un petit salut de la main à la caméra.

L'autre otage, un jeune homme aux cheveux noirs prénommé Ralph, déclara pour sa part :

— Tout ce que je veux, c'est sortir d'ici. J'ai cours ce matin.

Tandis que Ginger et son cadreur retraversaient l'aire d'approvisionnement en direction du cordon de sécurité, les hululements reprirent. Lucas se pencha sur le seuil de la cabine.

— Ça y est, dit-il à Scott, vous avez eu votre temps d'antenne. Maintenant, si vous tuez qui que ce soit, les gens croiront que tout le reste était du baratin et que vous vous êtes foutu de la gueule du monde depuis le début.

— Laissez-moi réfléchir, répliqua Scott.

La femme, Melody, lança à Lucas :

— S'il vous plaît, je vous en supplie, sortez-moi d'ici. (Et, à Scott :) S'il vous plaît, monsieur, laissez-moi partir.

— Je ne peux pas, répondit Scott en regardant Lucas. Pas encore. Il manque quelque chose.

— Que voulez-vous de plus, Martin ? dit Lucas en

508

gesticulant vers la foule et les caméras. Vous venez de parler au monde entier.

— Je ne sais pas. Il me faudrait autre chose.

Lucas soupira, regarda tout autour de lui.

— D'accord. Il y a peut-être autre chose.

— Quoi ?

— Je reviens.

Il retraversa le parking.

— Qu'est-ce qu'il y a encore ? demanda Rose Marie.

— On y vient. Mais c'est à peu près aussi facile que de sortir un escargot de sa coquille. (Lucas repéra Jael et la rejoignit.) J'ai un service à vous demander.

Ils revinrent côte à côte vers la cabine de la station-service.

— Je vais mouiller mon pantalon, dit Jael.

— Excellent, fit Lucas. Devant six milliards de téléspectateurs, vous allez mouiller votre pantalon.

— Drôle de trip, hein ?

Lucas passa de nouveau la tête dans l'encadrement de la porte.

— Monsieur Scott, je suis sûr que vous reconnaissez cette jeune femme. Vous avez essayé de la tuer. Elle tient à vous demander pardon pour le mal qu'elle a pu faire à Alie'e, et en échange elle voudrait que vous lui demandiez pardon d'avoir tué son frère, qu'elle aimait profondément.

Jael s'avança d'un pas à l'intérieur de la cabine. Lucas l'avait prévenue de rester près de la porte afin de pouvoir se replier si Scott pétait les plombs.

— Tant qu'il reste à l'intérieur, lui avait-il expliqué, vous ne courez pas grand risque.

— Monsieur Scott, commença-t-elle, je regrette sincèrement...

Elle joue son rôle à la perfection en fixant Scott de

ses beaux yeux, en lui laissant apprécier la texture de papier déchiré de son visage, songea Lucas.

— J'ai eu une enfance difficile. Regardez mes cicatrices, dit-elle en se touchant la joue. Un accident de voiture...

Ils dialoguèrent quelques minutes, puis Scott secoua la tête comme pour chasser son hébétude.

— Bon, quelle est votre offre ? demanda-t-il à Lucas.

— Voici mon offre : je repars vers le cordon, je vous ramène une autre caméra de votre choix. Vous videz le chargeur de votre carabine – au fait, où est le fusil de chasse ?

— Dans la Pontiac. Je n'ai pas eu le temps de le récupérer après l'accident.

— D'accord. Vous déchargez votre carabine, vous la posez par terre. Ensuite, vous ouvrez la porte et vous vous rendez à Jael – n'oubliez pas que nous bénéficions d'une audience record –, on retraverse tous ensemble la station-service, et vous êtes placé en garde à vue. Avec un avocat tout prêt à vous défendre.

— Quelle chaîne ?

— Channel 3 ? Vous voulez que Ginger revienne ?

— Non. Elle était bien, mais un peu trop... lisse. Pas tout à fait assez... tranchante. Que diriez-vous de... Euh, vous avez quelqu'un en tête ?

— Channel 6. Ils ont une journaliste formidable, une sorte de beauté méconnue, si vous voyez ce que je veux dire.

— Ce ne serait pas Ellen ?

— Exactement. Ellen. Elle est là, dehors.

Scott réfléchit longuement, puis :

— D'accord. Va pour Ellen.

Lucas repartit et montra du doigt Ellen Goodrich, qui s'élança hors de la foule en remorquant son caméraman.

— Lucas... Comment pourrais-je vous remercier ? Et quel est le programme ?

— Reddition en direct.

— Ah, sapristi ! mais c'est tout simplement... tout simplement...

Il crut qu'elle allait fondre en larmes, mais elle se contint.

— On y va, dit-il.

La reddition se passa bien – à deux ou trois détails près.

Jael fit sa déclaration, présenta des excuses formelles pour les torts qu'elle avait pu avoir envers Alie'e. Scott demanda pardon pour les meurtres en réaffirmant qu'il les considérait toujours comme un mal nécessaire – mais que Jael, par son geste noble, avait réparé une partie du préjudice.

Puis, sous l'œil de la caméra, Scott actionna la culasse de sa Ruger jusqu'à ce que la dernière cartouche en ait été éjectée.

— Je me rends à Jael Corbeau, une jeune femme pleine de bravoure.

Il tendit le bras et fit coulisser le loquet de la cabine. À la seconde où la porte s'ouvrait, Ralph, l'otage aux cheveux sombres, hurla :

— ENCULÉ DE TA RACE !

Il saisit le minitéléviseur sur son étagère et, au moment où Scott se retournait, médusé, le frappa en pleine figure.

Scott s'écroula aussi brutalement que s'il avait été heurté par un météorite.

— Hé ! s'écria Lucas.

Il tenta d'ouvrir la porte de la cabine, mais Melody, l'autre otage, s'était mise à faire pleuvoir des coups de pied sur Scott en l'insultant avec un accent mexicain tout à fait inattendu. Puis elle saisit un bidon d'antigel sur un présentoir et l'abattit à plusieurs reprises sur la nuque de Scott, lui arrachant chaque fois un lambeau de cuir chevelu.

Scott tenta de se redresser, de fuir la grêle de coups en rampant. Lucas cherchait à contourner Jael, qui hurla à son tour :

— Tu as tué mon frère, fils de pute !

Scott, ahuri et sanguinolent, leva la tête vers elle. Elle lui décocha un coup de pied dans l'arcade sourcilière, et il s'écroula de plus belle.

La caméra était dans la cabine. Lucas repoussa Jael sur le côté et tenta d'atteindre l'otage aux cheveux noirs, qui continuait de frapper Scott avec les vestiges du téléviseur. Lucas l'empoigna au collet, le projeta par-dessus le corps de Scott, et Ralph percuta le cadreur ; le cadreur, Ralph et Ellen Goodrich s'effondrèrent comme des quilles en un amas confus. Melody hurla, saisie de panique, et s'enfuit en courant. L'espace d'un instant, Lucas et un Martin Scott médusé restèrent seuls derrière le comptoir, sur un îlot de paix et d'intimité. Scott fit mine de se redresser, et Lucas murmura :

— Et celui-ci est pour Marcy, connard.

Il lui assena un coup de poing sur le nez, de toutes ses forces.

Un agréable craquement d'os se fit entendre, et Scott s'écroula une dernière fois, K-O pour le compte.

Une heure plus tard, le maire déclarait :

— Les choses ne se sont pas trop mal terminées. Enfin, je veux dire, tout bien considéré.

30

L'attention des médias resta intense tout au long de la matinée et jusqu'au coup d'envoi des matchs de football. Mais, à neuf heures du soir, les trois quarts des journalistes venus d'ailleurs avaient plié bagage.

Le lundi, Lucas, Frank Lester et le maire se retrouvèrent dans le bureau de Rose Marie.

— Nous avons reçu des tonnes d'éléments contre Spooner, dit Rose Marie. Il était mouillé jusqu'au cou. Et d'après le bureau du légiste du comté de Ramsey, il n'est pas certain que la mort de Rodriguez soit un suicide. Ils ont retrouvé des résidus de produit de traitement pour le bois sur son cuir chevelu.

— Je vous l'avais bien dit, fit observer Lucas d'un ton détendu. Il s'est pris un coup de planche sur le crâne avant d'être précipité par-dessus la balustrade. Par Spooner. Spooner ne s'est pas contenté de tuer Rodriguez – je parie que c'est également lui qui a balancé son nom à *Spittle*. Il l'a piégé, il lui a taillé un costard de coupable sur mesure, et pour finir il l'a éliminé.

— Spooner détenait un coffre dans une banque

d'Hudson, ajouta Lester. Les documents qu'on y a retrouvés montrent qu'il avait consenti à la société de Rodriguez à Miami un prêt d'un demi-million de dollars. Et surtout, d'après les fédéraux, il avait un droit de regard sur la revente de la société. Rodriguez ne pouvait pas s'en défaire sans que Spooner soit automatiquement averti par le comté de Dade, ce qui signifie qu'il disposait d'un signal d'alarme imparable au cas où Rodriguez aurait tenté de se retirer du jeu. Spooner avait un autre atout. Pour vendre ses immeubles, Rodriguez était obligé de liquider d'abord ses hypothèques, et, en tant que responsable des prêts de l'Atheneum, Spooner aurait forcément été informé.

— Où Spooner s'est-il procuré le demi-million de dollars de son prêt ? s'enquit le maire.

— Ce demi-million n'a jamais existé, dit Lester. C'est un prêt fictif. Il correspond à la part du gâteau de Spooner. Ils ont couché ça sur le papier, et ils ont planqué le papier. En quinze ans, avec les intérêts, la part de Spooner doit aujourd'hui frôler les deux millions. De cette façon, il avait toujours en son pouvoir le contrôle de l'affaire, au cas où Rodriguez et lui auraient un différend personnel. Il aurait même pu porter plainte contre lui dans le comté de Dade sans que personne d'ici n'en sache jamais rien... et Rodriguez aurait dû passer à la caisse.

— La combine aurait d'ailleurs pu continuer à fonctionner après la mort de Rodriguez, déclara Lucas. Si personne n'avait découvert le prêt, on aurait pu juger l'investissement de Spooner un tantinet contestable – mais, après tout, c'était vraiment une somme minime. Surtout s'il se retranchait derrière son baratin sur l'aide aux minorités et tout le bazar.

— Quelqu'un va nous attaquer ? demanda le maire.

— Je n'en sais rien, répondit Rose Marie. La

femme de Spooner pourrait. Elle sait que le nom de son mari a été cité lors d'une réunion d'information avec Olson, ce qui a indirectement entraîné sa mort.

— Ça ne la mènera nulle part, dit le maire. Je me suis déjà essayé à ce genre de poursuites, et elle aura beaucoup de chance si elle obtient un dollar et demi de dommages. Ce n'est pas *nous* qui avons tué son mari, c'est sa propre cupidité. Et un fou.

— Il y a aussi Al-Balah, hasarda Rose Marie.

— Il se peut qu'il ne traîne pas assez longtemps dans le secteur pour nous attaquer, dit Lucas. Un mec des Stups m'a appris qu'il avait été relâché, mais que son ancien territoire est désormais contrôlé par un autre gang. Les nouveaux patrons n'entendent pas le lui rendre. Il risque d'y avoir du grabuge.

— Ça pourrait déboucher sur un joli ménage, commenta le maire.

— Quoi, encore une guerre de la cocaïne ?

— Bah, les dealers meurent quelquefois. On n'y peut pas grand-chose, philosopha le maire. C'est une tragédie, bien sûr. Aucun homme n'est une île, vous connaissez le refrain.

Tout le monde acquiesça.

Quand le maire fut reparti, le regard de Rose Marie alla de Lester à Lucas.

— Sauvés, soupira-t-elle.

— Je n'arrive pas à croire qu'il ait tout avalé, dit Lucas.

— Ce n'est pas le cas. Notre maire sait bien qu'on lui a servi quelques bobards. Mais c'est un avocat de formation, brillant, du reste. Il sait pertinemment qu'en certaines circonstances il faut se garder de poser la question qui crève les yeux.

— Donc, on est sauvés, répéta Lucas.

— À la dernière seconde, précisa Lester.

— Mais sauvés quand même, insista Rose Marie, qui se leva et s'approcha de sa fenêtre avec une succession de lourds sautillements – une sorte de pas de gigue. Toutes ces autres villes, toutes ces grosses affaires criminelles, dès lors que les médias débarquent, la controverse s'installe pour des mois. Nous, on a eu notre gros crime, et *pan !*, le meurtrier meurt, et re-*pan !*, le second meurtrier passe des aveux en direct à la télé devant une audience nationale. Une semaine...

Lucas semblait embarrassé.

— Vous savez...

— Ne le dites pas, coupa Rose Marie. N'y pensez même pas.

— Je ne peux pas m'en empêcher, dit Lucas. Il y a eu un paquet de foirages dans cette affaire, et pour l'essentiel ils viennent de moi. Je suis tombé à bras raccourcis sur Rodriguez. J'ai cru à la piste Olson. Je n'ai pas pensé que le tueur avait pu se servir d'une carabine, parce que c'était du 44. Le pistolet de l'inspecteur Harry, nom d'un chien ! J'ai sous-estimé la vitesse à laquelle une rumeur peut se répandre dans une petite ville comme Burnt River...

— On a tous une part d'excès en nous, fit remarquer Rose Marie.

— Ouais, fit Lucas. C'est ça.

— Vous plus que d'autres..., ajouta-t-elle.

— Ils l'ont remise dans une chambre normale, annonça Tom Black.

— Elle va mieux, dit Lucas.

— Elle va s'en tirer, fit Black.

— Tu devrais dormir un peu, lui conseilla Del.

Marcy était réveillée.

— Tâche de ne plus nous refaire le coup de la pneumonie, la gronda Lucas.

Sans sourire, elle se contenta de murmurer :

— J'ai mal.

— Je sais, je sais.

— J'ai mal, répéta-t-elle.

Et elle regarda Lucas comme s'il était capable de la soulager. Il resta assis, impuissant, les mains sur les genoux.

— Je sais que tu as mal...

Lucas n'avait pas revu Jael depuis l'épisode de la station-service, même si elle lui avait laissé un message. Il en trouva un autre de Catrin. Et Weather désirait également lui parler d'une « histoire de grenouilles ».

Il ne savait pas de quel côté commencer. Du coup, au lieu de commencer, au lieu de décider quoi que ce soit, il regagna son bureau, posa les pieds sur un tiroir, se carra dans son fauteuil et s'efforça de tirer la situation au clair. Une chose était sûre, il brûlait d'envie de passer quelques jours supplémentaires avec Jael. Bien entendu, il y avait Weather – la seule femme qu'il ait vraiment aimée. Et il se souvenait aussi du temps où Catrin et lui... Nom d'un chien ! Ce truc avec le Lady Remington qu'il avait fait faire à Jael au téléphone – c'était Catrin qui l'avait *inventé*.

Ce souvenir déclencha un sourire, et il était presque assoupi quand le téléphone sonna.

Il sursauta, ouvrit les yeux, décrocha.

— Allô, Lucas ? fit une voix féminine.

Des livres pour serial-lecteurs

Profilers, détectives ou héros ordinaires, ils ont décidé de traquer le crime et d'explorer les facettes les plus sombres de notre société. Attention certains de ces visages peuvent revêtir les traits les plus inattendus... notamment les nôtres.

Vos enquêteurs favoris vous donnent rendez-vous sur www.pocket.fr

ENQUÊTES
À HAUTS RISQUES

◀ John SANDFORD
Nuits d'enfer

Anna Batory n'est pas une journaliste ordinaire : elle sillonne tous les soirs les rues de Los Angeles afin de trouver des sujets chocs – sexe, drogue, violence – pour les vendre à la télévision. Mais après son dernier reportage – le suicide d'un jeune drogué, filmé en gros plan pendant sa chute – un membre de l'équipe d'Anna est assassiné. Puis c'est le tour de ses proches. Le cercle se referme sur la journaliste… Et si elle était la véritable cible ?
Pocket n° 12191

John SANDFORD ▶
Le code du diable

Jack Morrison, virtuose de l'informatique, est abattu par le service de sécurité. Pour venger cette bavure, Lane Ward, sa sœur, fait appel à Kidd, redoutable hacker, et à LuEllen, voleuse irrésistible. Et si Jack avait fait une découverte de la plus haute importance, un code diabolique délivrant des informations confidentielles ? C'est le début d'une traque sanglante et clandestine dans les hautes sphères du pouvoir…
Pocket n° 11475

Pour en savoir plus : www.pocket.fr

Collection Thriller

John SANDFORD ▶
Une proie certaine

Carmel Loan, l'une des plus brillantes avocates de Minneapolis, est prête à tout pour avoir l'homme qui lui plaît, même s'il faut engager une tueuse à gages pour se débarrasser de l'épouse gênante. L'histoire aurait pu en rester là si Carmel n'avait pas pris, elle aussi, goût au sang. Lorsqu'il se met à enquêter sur plusieurs omicides, Lucas Davenport ne se doute pas qu'il est sur les traces de deux femmes aux charmes mortels…

Pocket n° 11839

◀ John SANDFORD
La proie de la nuit

Sara Jensen, agent de change, est une très belle femme. Depuis quelque temps, elle est harcelée par un homme qui passe son temps à l'épler depuis l'immeuble voisin. Parallèlement à cette affaire, une série de meurtres de femmes, sur le corps desquelles sont gravées les initiales "SJ", attire l'attention de la police. Lucas Davenport entreprend une enquête, accompagné de Meagan Connell, son acolyte.

Pocket n° 10249

Pour en savoir plus : www.pocket.fr

Faites de nouvelles découvertes sur www.pocket.fr

- Des 1ers chapitres à télécharger
- Les dernières parutions
- Toute l'actualité des auteurs
- Des jeux-concours

Il y a toujours un **Pocket** à découvrir

Composition et mise en page
Nord Compo

Impression réalisée sur Presse Offset par

Brodard & Taupin

43983 – La Flèche (Sarthe), le 23-10-2007
Dépôt légal : novembre 2007

POCKET – 12, avenue d'Italie - 75627 Paris cedex 13

Imprimé en France